KB137799

해서열전

바다의 인문학 01

97권의 책에서 건져 올린 바다 이야기

남종영·손택수 외 지음

글항아리

바다가 책이라면!

- 해서海書의 물결 위에서 '바다의 실학'을 상상하다

지금 이 행성은 지구地球가 아닐지 모른다. 바다가 이 행성 표면적의 72퍼센트를 차지하고 있으니 바다로 둘러싸인 해구海球이지 않은가? 대륙은 해수면 위로 솟아난 땅덩이에 불과하고, 더욱이 인간이 존재하기 전부터 바다에는 생명체가 들끓었던 만큼 현존하는 어떤 바다 생물은 인간이 자초할지 모를 핵전쟁이나 생태계적 재앙에서도 살아남을지 모른다. 또한 우주 탐사보다 심해 탐사가 더 늦었고, 해저 지형이 달 지형보다 더 늦게 알려진 정보이며, 온갖 동물의 핏속에 바닷물과 비슷한 비율의 나트륨과 칼슘이 들어 있다는 사실은 무엇을 말해주는가? 바다야말로 지오그래픽의 기획자일지도 모른다. 「마션」과 「인터스텔라」가 공전의 히트를 치더라도 인간은 우주의 비밀을 다 알기도 전에, 온난화로 인한 해수면 상승으로 멸종할지도 모른다. 우주의 낮엔 해가 뜨고 밤엔 달과 별이 빛나지만 바다는 암흑에 빠진다는 사실은, 어쩌면 미지의 바다는 보물창고이거나 그곳에 인류 생존의 비밀 열쇠가 잠겨 있다는 오의奧義일지도 모른다.

2016년, 글항아리는 이 '해구'에 대한 종합적인 상상력과 인식력을 키우자는 취지에서 '바다의 인문학' 시리즈를 선보인다. 제1권으로 『해서열전海書列傳』을 기획했다. 이를테면 '바다의 교양을 읽을 수 있는' 국내외 대표 해양 픽션과 논픽션 작품을 문인, 번역사, 평론가, 역사학자, 언론인 등이 개인적 체험을 녹여 비평한 '본격 해양도서 서평에세이집'이다. 그를 위해 '해서의 바다'를 다시 뒤져 100권에 가까운 대상도서를 추려냈는데, 바다생태계의 면모를 보여주는 책, 해양생물과 어민의 삶을 핍진히 다룬 책, 바다문명사를 여러 측면에서 보여주는 책 등 바다에 관한 온갖 주제들을 포괄했다. 『오디세이아』 같은 고전도 포함시킨 까닭은 '바다와 인문학'이라는 프리즘으로 새롭게 읽어 인간의 삶과 바다의 밀접함을 재인식하고 싶었기 때문이다. 아직 한국에서 출간되지 않은 외국의 해양논픽션 걸작도 핵심을 요약 소개해 해양지식 지평을 넓히고, 우리의 해서 목록에서 어떤 책들이 빠져 있는지 가늠해보고자 했다.

이 책은 주제별로 나눠 총 6부로 구성됐다. 제1부 '바다 위에서 탄생한 문명'에서는 대서양, 지중해, 환동해, 극해 등 바다에서 발아한 문명을 향해 돛을 올렸다. 근대를 횡단하려는 자라면 왜 바다라는 무대에 올라서야만 하는지를 함께 생각해보고자 한 것이다. 가령 영제국은 바다를 지배함으로써 세계를 쥐락펴락했지만, 근대 이전까지의 바다는 결코 서양인의 전유물이 아니었다. 만일 명나라 정화鄭和의 해양 대탐험이 계속되었다면 동양이 근대의 주도권을 장악했을지도 모른다. 하지만 해양 패권을 좇던 환관 세력이 유교 관료들과의 정쟁에서 패하는 바람에 해양굴기 정책은 폐기되었다. 지대물박地大物博이니 유학으로 육지에서 치세를 이루면 바다 밖에서 구해올 건 없다는 논리 때문이었다. 결과는? 근대 중국의 몰락이다! 지금은 어떤가? 서구 민주주의를 해외로 확산한다는 미명아래 세계 곳곳에 군사기지를 보유하고 있는 미국이라는 "비공식적 제국"은 세계를 어떻게 지배하고 있는가? 19세기 팍스 브리태니카와 비교하여 팍스 아메리카나의 제일 원동력인 비행기는 하늘을 날아다니지만, 그것도 오대양을 누비는 항공모함이 있기에 가능하다.

제2부 '우리를 둘러싼 바다'에서는, 바다는 단지 수산물을 생산하는 경제 수단일 뿐인가라는 문제의식 아래 '텅빈 바다'로 돌변해가는 해양 생태계와 해양 환경보전 문제를 살펴본다. 개별 국가의 이익과 자본의 욕망만이 바다에 남은 이래 '포 피시(연어, 농어, 대구, 참치)가 없는 어업 기술의 진보'라는 공유지의 비극이 바다에서도 펼쳐지고 있다. 주인 없는 초지에 경쟁적으로 소를 방목해 초원이 황폐화되듯이, 국경 없는 바다에 국가의 지원과 자본의 탐욕으로 등 떠밀린 어부들이 경쟁적으로 저인망 그물을 던짐으로써 재생산이 불가능한 바다가 되어버린 것이다. 20세기 환경운동의 발흥에도 불구하고 해양 생물을 '수산자원'으로만 바라보는 관점이 우세하다. 하지만 이젠 장기지속적인 경제성을 위해서라도 '수산물에서 수산생물로' 인식 지평을 확대해야 할 시점이다. 예컨대 『대구』는 환경에 대한 강파른 목소리를 내지 않으면서도 생명 감수성의 회복과 서구 중심 해양사에 대한 반성을 견인하고 있다.

제3부 '바다와의 사투'에서는 불확실한 자연(바다)과의 싸움에

서 겪은 파란만장한 인류의 삶, 바다라는 해독 불가능한 미지의 공간에서 벌어지는 해양 개척사를 통해 인간은 바다에서 어떻게 살아남았고, 바다(생물)를 어떻게 대했는가를 묻는다. 가령 『노인과 바다』에서 노인의 분투는 단순히 어업 행위에 그치는 게 아니라, 인간과 자연의 어떤 본질적 소통을 대변하는 우의다. 노인은 바다 위를 날아가다 지쳐서 배에 내려앉은 휘파람새와 덩치 큰 거북이에게 연민을 느끼고, 죽여야 돈이 되는 청새치와 상어도 궁극적으로는 친구라고 인지한다.

제4부 '바다에서 꾸린 삶'에서는 갯마을과 섬사람들의 삶을 통해 욕망과 생존 욕구가 공존하는 바다의 맨얼굴을 살펴본다. 예로 한승원의 소설은 상처받은 바닷사람을 둘러싼 비정한 욕망들 사이에서 솟구치는 삶의 순정과 진실에 눈을 뜨게 함으로써 인간을 좀 더 성숙하게 이해하게 한다. 『멍텅구리배』에서는 멍텅구리배 안 음험한 권력관계의 민낯을 통해 기형적인 압축성장 근대화가 강요하는 인간의 악마성을 파헤침과 동시에 복원해야 할 인간됨의 가치가 무엇인지를 어루만진다.

제5부 '우리 역사, 바다를 통해 읽다'는 역사 속의 바다를 그린 다양한 작품을 통해 우리에게 바다는 무엇을 의미했고 어떤 역할을 했는지를 톺아본다. 한국문학사에서 바다는 여태껏 유력한 상상력의 원천이지 않았다. 조선이 중원 대륙국가를 문명의 중심으로 바라봤다는 점이 큰 이유로 작용했을 것이다. 그럼에도 정약전은 유배지에서 『자산어보』를 쓰며 육지 중심 시선을 접고, 바다를 탐구의 대상으로 삼아 '실학의 바다의 진면목'을 발견한다. 황석영은 구로시오 해류를 따라 흐른 심청의 편력기 『심청, 연

꽃의 길』로 근대 전환기 동아시아 역사와 문명을 이해하고자 한다. 해양 중심의 이 서사는, 심청이란 존재가 멸망해가는 조선의 상징이며 동아시아에서 전개된 열강의 거침없는 식민제국주의의 희생양임을 각인시켜준다. 현기영의 해양 성장소설 『지상에 숟가락 하나』는 중심부-변경의 도식적 관계를 전복함으로써 '변경이 세계의 중심' '섬은 창조의 영점'이라는 소중한 깨달음에 이른다.

제6부 '미지의 바다, 광기의 바다'에서는 쥘 베른의 『해저 2만 리』가 나온 지 150여 년이 지났지만 바다는 아직도 인류에게 남은 미지의 수수께끼라는 점을 '문명을 뒤덮는 바다의 어둠'이라는 철학적 주제의식으로 돋을새김 한다. 최근 해양소설 분야에서 독보적 성취를 이룬 『극해』는 바다 자체가 전쟁과 같은 인간의 한계 상황을 강력하게 추념하는 알레고리이고 단순히 지리학적 개념이라기보다는 '지정학의 표상'으로 이해될 수 있으며, 바다의 환유 공간인 유키마루호는 바다가 치열한 생존 고투의 현장이자 국가와 민족 간의 갈등이 첨예화되는 국경선임을 드러낸다. 요즈음 해양시로서 현장성과 예술성을 공히 인정받은 『멍게』 『살구꽃이 돌아왔다』 등의 시집은 낙지, 꽃게, 홍어, 주꾸미, 명태, 갈치, 멸치, 고등어, 오징어 등등 식탁 위 바다 우화로 우리네 삶의 비의를 환기시켜준다.

무릇 대한민국은 삼면이 바다이므로 반도국가라 한다. 하지만 DMZ가 열리지 않는 한 육로론 어디도 갈 수 없다. 섬에 갇혀 살고 있는 셈이다. 고로 바다를 더더욱 알아야 할는지 모른다. 200년 전 정약용은 『경세유표』에 "섬은 우리의 그윽한 수풀이니 진실로 한 번 경영만 잘하면 장차 이름도 없는 물건이 물이 솟고,

산이 일어나듯 할 것"이라고 썼다. 다산은 섬과 바다를 관리하는 부서로 체계적인 해양 경영을 해 국부를 살찌우자며, 바다를 국가기구의 총체적 개혁을 추동하는 정책 입안 공간으로 확장했다. 하지만 조선의 상상력은 대륙을 벗어나질 못했다. 1860년 영·프 연합군이 베이징을 함락하고 청 황제가 열하로 피신하는 사태가 터졌다. 조선 조정은 공황에 빠져들고 '대륙국가' 청의 몰락을 지켜보면서도 바다를 열지 못했다. 결국 자율적 개항에 실패한 조선은 타율적 개항과 억압적 일제 식민지화의 길을 걸었다. 반면 일본은 어땠는가? 에도 바쿠후 시절 '재야의 지식인' 하야시 시헤이는 "에도의 니혼바시에서 당나라나 네덜란드까지는 경계가 없는 수로"라는 아이디어에서 출발해, 최초로 일본을 해양국가로 바라보고 해양 자주국방론을 주장한 『해국병담』(1791)을 저술했다. 이는 에도가 바다를 통해 곧장 세계로 이어진다는 획기적 발상이었다. 그리하여 바쿠후 말기에 가쓰 가이슈가 일본 최초로 해군을 양성하고, 이후 메이지유신을 통해 바다로 나아간 일본은 아시아에서 처음으로 근대국가가 되는 데 성공했다.

지금 이곳 섬나라에서 우리는 '해구'를 얼마나 알고자 하는가? 서평 중에서 유독 여운이 긴 대목을 인용함으로써, 이 물음을 갈무리해보고자 한다.

> 사정은 200년 전의 육지중심주의를 크게 벗어나지 못한 것 같다. 물때 하나 정확하게 측정 못해 우왕좌왕 참극을 실시간으로 목격해야 했던 세월호 침몰 당시의 무력한 바다를 기억해보라. 그해 우리는 참혹한 현실의 바다를 잊기 위해 「명량」이나 「해적」

같은 스크린의 바다에 기이할 정도의 열광을 보내며 집단적 트라우마를 달래야 했던 것이 아닐까. 슬프다. 유배 기간의 고독을 빛나는 별자리로 바꾼 200년 전 (정약전의) '실학의 바다'는 묻는다. '바다의 실학'이 이 땅에 과연 있는가 하고.

_손택수, 「실학, 바다를 발견하다」

하야시 시헤이의 말을 빌려 이를 빗대자면 "서울의 마포대교에서 독일이나 브라질까지는 경계가 없는 수로"라는 아이디어가, 한반도에서 섬나라 꼴이 되어버린 지금 이곳의 절박한 화두라는 지적이 아닐까.

2016년 3월

저자 일동

차례 海書列傳

들어가며 바다가 책이라면! _5

{제1부} 바다 위에서 탄생한 문명

세계는 바다로 이어져 있다 **『문명과 바다』** · 김봉석 _18

지중해, 고달픈 그래서 더 위대한 삶의 바다 **『위대한 바다』** · 안두환 _26

잊힌 해양문명, 환동해를 불러내다 **『환동해 문명사』** · 조운찬 _35

천하루 밤 이후에도 지속되는, 앞으로도 살아남을 영원한 이야기
『천일야화』 · 이상민 _43

바이킹의 확장 그리고 그린란드의 시작과 종말 **『문명의 붕괴』** · 김동욱 _51

경도經度, 불확실의 땅으로 이끈 힘 **『경도 이야기』** · 김동욱 _59

중세 모험가가 전해주는 진귀한 이야기
『이븐 바투타의 오디세이』『이븐 바투타의 여행기』 · 이정명 _66

꿈과 욕망, 집념이 넘실거리는 바다 **『위대한 항해자 마젤란』** · 이구용 _73

내가 서쪽으로 간 까닭은 **『콜럼버스 항해록』** · 이종훈 _81

70년 동안의 평화를 위해 목숨을 바친 바다 사나이를 위한 진혼가
『레판토 해전』 · 이상민 _89

세계를 호령한 영국, 그들은 세계를 구했는가 **『제국』** · 김종원 _96

프라이데이와 방드르디, 보편문명이란 존재하는가
『방드르디, 태평양의 끝』 · 노만수 _104

바다의 유령과 마주하기 **『악령이 출몰하던 조선의 바다』** · 유승훈 _112

부록 | 더 읽어보기: 국내 미번역 해서들 ▪ 첫 번째 _120

{제2부} 우리를 둘러싼 바다

지구의 서사시, 과학과 시의 화학반응 **『우리를 둘러싼 바다』** · 손택수 _134

'천상시인'의 바다, 더 낮은 곳을 향하여 **『말랑말랑한 힘』** · 이원규 _141

과학 요정의 위대한 축복을 받은 섬 **『갈라파고스』** · 강경태 _148

사람의 한평생은 바다를 망치기에 충분하다 **『바다나라』** · 이세진 _155

대구는 어떻게 역사가 되었는가 **『대구』** · 손택수 _161

기묘한 방탕의 세기에 생산되는 네 가지 물고기 **『포 피시』** · 남종영 _168

허황된 모험주의가 만연하다 **『텅 빈 바다』** · 남종영 _175

물고기의 블랙박스를 해독한 단편들 **『멸치 머리엔 블랙박스가 있다』** · 남종영 _182

부록 | 더 읽어보기: 국내 미번역 해서들 ▪ 두 번째 _189

{제3부} 바다와의 사투, 인간은 바다에서 어떻게 살아남았나

포세이돈에 맞선 영웅의 탁월한 모험담 **『오디세이아』** · 김원익 _210

북극 항로를 향한 이방인의 고독한 싸움 **『빙하와 어둠의 공포』** · 진일상 _218

기호 너머의 기호 **『모비딕』** · 손택수 _224

『모비딕』을 낳은 해양 다큐멘터리 **『바다 한가운데서』** · 한영탁 _231

삶은 신이 주는 유일한 축복 **『파이 이야기』** · 우은주 _237

바다에 홀로 맞선 요트 세계일주기
『바다와의 사투 272일』 · 한영탁 _243

소영웅의 몰락인가, 위대한 자아의 완성인가 **『로드 짐』** · 이선열 _250

조금은 낡아버린 성장소설 속의 바다 **『라몬의 바다』** · 신지영 _257

대항해시대를 온몸으로 겪은 한 남자의 믿을 수 없는 회고담
『핀투 여행기』 · 정명섭 _263

바다 위에서 삶과 죽음을 연주하는 장엄한 교향곡
『노인과 바다』 · 이인규 _269

부록 | 더 읽어보기: 국내 미번역 해서들 • 세 번째 _278

{제4부} 바다에서 꾸린 삶

광기가 아니라면 저 바다를 누가 **『만선』** · 방현희 _288

바다, 사무치게 그립고 미운 임 **『갯마을』『흑산도』** · 김원우 _294

바다를 닮은 새로운 서정의 탄생 **『그늘의 깊이』『살구꽃이 돌아왔다』** · 오철수 _303

욕망의 바다, 바다의 욕망 **「목선」『멍텅구리배』『항항포포』** · 고명철 _310

바위를 병풍 삼은 섬, 암태도 **『암태도』** · 정재홍 _319

홍합의 맛, 전라도 사투리의 힘 **『홍합』** · 고영직 _326

먹염바다를 건너가는 저물녘의 시 **『언 손』** · 휘민 _332

천국의 성분은 무엇인가 **『당신들의 천국』** · 고영직 _340

어쩔 수 없는 곳의 어쩔 수 없는 기록 **『사할린 섬』** · 이하나 _347

섬놈의 자유 분투기 **『그리스인 조르바』** · 황윤정 _355

부록 | 더 읽어보기: 국내 미번역 해서들 • 네 번째 _361

{제5부} 우리 역사, 바다를 통해 읽다

구로시오 해류가 만든 심청의 편력기 **『심청, 연꽃의 길』** · 이명원 _376

고대 동아시아 바다의 역사를 열다 **『고구려 해양사 연구』** · 서영교 _383

죽음의 바다, 통곡의 바다, 생명의 바다 **『난중일기』** · 박종평 _389

실학, 바다를 발견하다 **『자산어보』『상해 자산어보』** · 손택수 _398

사대부, 바다를 건너다 **최부의 『표해록』** · 김충수 _407

제주 선비의 표류 오디세이 **장한철의 『표해록』** · 조운찬 _412

실학적 사고의 단초가 된 통신사행록 **『해유록』** · 이효원 _419

4·3의 역사적 진실을 추구하는 문학의 힘
『순이 삼촌』『마지막 테우리』 · 고명철 _425

'변경이 세계의 중심이다'라는 성장 체험 **『지상에 숟가락 하나』** · 고명철 _434

부록 | 더 읽어보기: 국내 미번역 해서들 • 다섯 번째 _441

{제6부} 미지의 바다, 광기의 바다

문명을 뒤덮는 바다의 어둠 **『파리대왕』** · 방현희 _450

식민의 바다, 생사의 극한지대 **『극해』** · 이명원 _457

바다 밑 부러진 기타–멍게의 노래를 들어라 **『멍게』** · 손택수 _464

타히티 섬, 창작의 영감이 샘솟는 영혼의 고향 **『달과 6펜스』** · 박상률 _471

못다 꾼 바다의 꿈을 소설 속에 펼치다 **『해저 2만리』** · 김석희 _477

당신의 예상과 살짝 다른 진짜 바다 동물 이야기
『바다 동물은 왜 느림보가 되었을까』 · 유은정 _483

부록 | 더 읽어보기: 국내 미번역 해서들 • 여섯 번째 _490

제1부

바다 위에서 탄생한 문명

세계는 바다로
이어져 있다

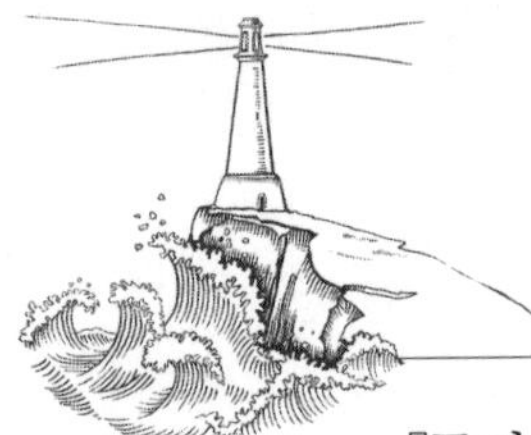

『문명과 바다』

주경철 | 산처럼 | 2009

미국 드라마 「마르코 폴로」는 『동방견문록』을 쓴 베네치아의 상인 마르코 폴로가 동양에서 겪은 일을 그리고 있다. 마르코 폴로가 직접 겪은 일만이 아니라 수많은 과장과 거짓말이 섞여 있는 『동방견문록』은 당대의 유럽인들에게 충격을 안겨주었다. 15세기 이전까지 서양인들이 바라보는 동양은 신비의 땅이었다. 유럽인들은 동양뿐 아니라 유럽을 제외한 모든 곳에 대해 거의 모르는 상태였다. 대륙을 통한 교류는 언제나 있었고, 로마의 군대가 중국에 오거나 훈족과 몽골이 유럽을 침공하는 일도 있었지만 한때였다. 동양과 서양은 독자적인 발전을 이루었고, 서로에게 크게 관여하지 않았다. 근대가 시작되기 전까지는.

근대는 바다와 함께 발을 내디뎠다. 정확히 말하면 바다를 통해 전방위적인 문명의 교류가 시작되면서 근대가 촉발되었다. 『문명과 바다』의 부제는 '바다에서 만들어진 근대'다. 바다가 아니었다면 과연 근대는 가능했을까. 인간과 이성의 발견, 과학기술 혁명만으로 근대가 성립할 수 있었을까. 근대는 엄청난 인력과 자원의 이동, 새로운 지식과 기술의 전파, 폭력과 파괴의 전 세계적 범람으로 인해 가능했다. 그것은 바다를 통해 이루어졌다. 수많은 유럽인이 바다로 나가지 않았다면 근대는 오지 않았을지도 모른다. 결국 왔더라도, 우리는 우리가 아는 현재와는 다른 세계를 살고 있을 것이다.

☸ 거대한 흐름은 어떻게 만들어지는가

1부 '아시아의 바다'는 유라시아 대륙의 문명이 교류하던 인도양을 보여준다. 근대 이전까지의 바다는 결코 서양인의 전유물이 아니었다. 명나라 때 정화는 바다를 통해 인도를 넘어 동아프리카 해안까지 나아갔고, 이 추세로만 이어졌다면 중국이 근대의 주도권을 장악했을지도 모른다. 하지만 중국은 바다를 포기하는 결정을 내렸다. 북방 민족의 위협, 농민 봉기 등의 원인도 있었지만 제일 큰 문제는 내부의 갈등이었다. 바다를 통해 국외로 뻗어나가고자 했던 환관 세력이 유교를 앞세운 관료들과의 세력 다툼에서 패하는 바람에 정책이 완전히 바뀌었다. 기업도 국가도 세력 다툼이 심해지면 한쪽이 실권을 장악할 때마다 이전 세력의 업적을 무시하거나 정반대로 정책을 세우는 일이 허다하다. 중국은 바닷길로의 진출을 금하는 것은 물론 배를 부수고, 선원을 다른 곳으로 몰아냈으며 심지어 정화의 업적을 역사에서 지우려 했다. 지대물박地大物博, 땅은 넓고 물자도 많으니 유교 사상으로 잘 다스리면 바깥에서 구해올 것이 없다는 논리였다. 결과는? 근대 중국의 몰락이다. 지금도 마찬가지다. 세계의 변화를 보지 않고 우리 안에서만 잘 살면 된다는 생각은 필연적으로 패망의 지름길로 이어진다.

6부 '물질과 감각의 교류'에서도 비슷한 교훈이 나온다. 동양에서 가장 먼저 근대화의 길을 걸었던 일본은 서양의 총을 빠르게 실전에 도입했다. 1543년 포르투갈인에게 총을 배운 후 일본은 급속도로 개량을 하고, 전투에서 실용적으로 쓰일 수 있도록 했다. 당시의 총은 한 발을 쏘고 다시 장전을 하기까지 많은 시간이 걸려 실전에서 별무소용일 때가 많았다. 하지만 오다 노부나가織田信長의 군대는 총을 가진 병사들이 몇 줄로 늘어서서, 한 발을 쏘면 뒤로 물러나 장전을 하고 뒷줄의 병사가 앞으로 나와 총을 쏘는 방식으로 전투에서 대승을 거두었다. 이러한 연속발사 전술은 서양보다 30년 앞선 것이었다. 하지만 전국시대가 막을 내리고 도쿠가와 쇼군이 정권을 장악하자 일본은 총과 대포를 앞세운 군대를 양성하는 대신 기존 방식대로 칼을 숭상하는 사무라이 중심 사회로 되돌아갔다. 무사 계급의 숫자가 많기도 했고, 총이 미학적으로 떨어진다는 것도 이유였다. 전투에서의 효용보다는 무사와 칼이라는 상징을 중시한 것이다.

> 무력 혹은 군사력이 단순히 기술적인 혹은 기계적인 일이라고는 볼 수 없다. 아주 유용하고 효율적인 기술이라고 해도 그것은 해당 사회의 문화적 맥락에서 용인을 받아야 진정으로 받아들여진다. 일본은 유럽식 총을 필요에 의해 받아들였다가 문화의 이름으로 포기했다.
>
> _317쪽

이처럼 『문명과 바다』는 15세기 이후 각 문명권이 갑자기 바다를 통해 소통하면서 벌어지는 일들을 소상하게 알려준다. 유럽은 신대륙을 찾아 바다로 나섰고, 아메리카와 아시아에 들어가 식민지를 만들었다. 그리고 온갖 재화를 독점하고 부를 축적하며 제국주의 시대를 열었다. 이런 대강의 사실 안에는 미묘한 차이가 무수하게 박혀 있다. 의문도 있다. 그동안 동양은 그저 힘의 열세 때문에 바다를 바라만 보고 있었던 것일까? 아무리 국가 체제가 취약했다고 해도 남아메리카는 왜 순식간에 몰락해버린 것일까? 『문명과 바다』는 모든 사태를 서구 중심으로 바라보는 시각을 바꾸자고 말한다. 서구가 홀로 의도하고 실행했기 때문에 세계가 변해버린 것이 아니다. 거대한 흐름은 동양과 서양의 상호작용, 미세한 사건이나 영향 속에서 생겨났다.

☸ 바다 위의 서양, 돌출하는 영웅과 악인

2부 '폭력이 넘쳐나는 세계', 3부 '근대세계의 이면, 선원과 해적의 세계', 4부 '노예무역 잔혹사', 5부 '세계화폐의 순환'에서는 서구가 어떻게 폭력을 앞세워 세계를 '정복'했는지 정치적·경제적으로 살펴본다. 흥미로운 이야기가 많다. 노예무역에서 북아메리카에 팔려간 노예보다 중동과 아시아 지역에 팔려간 노예의 수가 많다거나 노예무역이라는 외부 요소가 아프리카 사회 전체를 변화시킨 것은 아니라는 주장은 새로운 시사점을 준다. 또한 선원들의 노동 강도와 근무 환경 등이 거의 지옥 같은 수준이었고 이들을 최초의 프롤레타리아로 볼 수 있다는 주장, 보통의 배보다 오히려 해적이 민주적으로 배를 운영하는 경우가 있었다는 것, 신대륙에서 약탈한 은이 대부분 중국으로 흘러들어갔다는 사실 등등은 이 시대의 면면에 대한 이해를 풍성하게 해준다.

그리고 격랑의 역사에서 돌출하는 영웅과 악인들이 있다. 개인적으로 관심이 갔던 것은 말린체라는 여성이다. 에스파냐의 코르테스가 멕시코 지역에 도착하여 아스테카 제국을 멸망시킬 때 말린체는 큰 역할을 했다. 단순한 통역이 아니라, 아스테카 제국에 반대하는 집단을 설득하고 외교적 수단과 무력을 적절히 활용하는 복잡한 게임에 깊이 개입했던 것이다. 코르테스는 "내가 성공할 수 있었던 데에는 하느님 다음으로 말린체의 공이 크다"고 말했다. 이런 사실만으로 단순하게 본다면 말린체는 침략자 편에서 동족을 학살하고 제국을 파괴하는 데 협력한 반역자가 된다.

말린체는 1502~1505년경 지방 귀족의 장녀로 태어났다. 아버지가 죽은 후 어머니가 재혼하여 아들을 낳으면서 노예로 팔렸고 또다시 주인이 바뀌기도 했다. 그리고 코르테스가 마을에 들어오자 '선물'로 바쳐진 20명의 여인 중 하나였다. 아름다운 용모를 가진 말린체는 신분이 가장 높았던 푸에르토카레로의 정부가 되었다가, 그가 본국으로 떠나자 코르테스의 여인이 된다. 이런 삶을 살아온 그녀가 아스테카가 아닌 에스파냐의 편에 선 것이 부당한 일일까? 귀족 일가였지만 딸이라는 이유로 노예가 된 여인, 물건처럼 정복자에게 선물로 바쳐진 여인. 드라마 「기황후」가 방영됐을 때 비슷한 논란이 있었다. 원나라 편에 선 악독한 여인을 주인공으로 세웠다는 비난이었다. 하지만 마찬가지로 여자라는 이유로 선물로 바쳐졌고 그리하여 황후 자리에 오른 인물이 '조국'을 옹호할 이유가 과연 있을까.

하나의 관점만으로 세상을, 역사를 바라보는 것은 위험하다. 1550년, 에스파냐에서는 바야돌리드 논쟁이 있었다. 신대륙 사람들을 무력으로 지배하는 것이 과연 정당한지에 대한 논쟁이었다. 현지에서 그들과 함께 생활했던 라스카사스 신부는 무력에 반대하는 입장이었다. 하지만 그의 생각은 한계가 명확했다. 신부는 원주민이 미개하고 신을 알지 못하니 최선을 다해 그들을 도와주어 에스파냐 국왕의 신하가 되게 하고 그것을 영광으로 여기게 해야 한다고 주장했다. 결과적으로 지배를 정당화하는 입장이었다. 게다가 그런 원주민을 보호하기 위해 흑인 노예를 수입하자는 말도 했다. 무력 지배에 반대한다면 떠나가는 것이 최선이었을 테지만 그들은 그러지 않는다. 결국 지배라는 분명한 목적 하에, 다만 정당화를 필요로 했을 뿐이다.

☸ 한반도라는 섬 바깥의 바다를 바라보라

우리는 서구가 정당화하고 기술한 역사를 받아들이며, 배워왔다. 『문명과 바다』의 생각은 분명하다. 서구중심주의에서 벗어나자. 하나의 이유나 사건으로 모든 것이 변하지는 않는다. 6부 '물질과 감각의 교류', 7부 '정신문화의 충돌', 8부 '생태 환경의 격변'을 읽으면 이는 더욱 분명해진다. 유럽인들이 감자를 많이 먹게 된 것은 단지 신대륙에서 감자가 보급되었기 때문이 아니다. 유럽인들은 18세기 들어 극도로 기근이 심해지기 전까지는 감자를 악착같이 먹지 않았다. 우리가 배추김치를 먹게 된 것 역시 배추가 들어온 18세기 이후의 일이다. 민족 고유의 풍습이나 먹거리라는 것도 기껏해야 200년 정도의 역사를 지닐 뿐이다.

서구인이 자원을 약탈하고 생물을 멸종시키는 등 생태계를 파괴하는 짓을 했다는 것은 상식처럼 되어 있다. 그리고 미국 원주민은 환경을 파괴하지 않았다고 생각한다. 하지만 흔히 인용되는 시애틀 추장의 연설은 후대에 조작된 것이다. 원주민의 인구가 적었기에 환경이 파괴되지 않았을 뿐, 그들 역시 자연을 상대로 비슷한 일들을 했다. 서양이건 동양이건 인간의 문명은 자연과 모순을 빚을 수밖에 없다.

역사는 이미 존재했던 일이다. 때문에 단 하나의 역사적 진실이 존재한다고 생각하기 쉽다. 그렇지만 사실은 보는 관점에 따라 얼마든지 다른 모습을 드러낸다. 다른 책에, 다른 방식으로 쓰여 있다. 다른 시선으로, 다른 사건이나 책과 연결하여 읽으면 전혀 다른 형상으로 보이기도 한다. 『문명과 바다』는 읽는 내내 새로운 관점들이 시야를 넓혀주는 책이다. 익히 알고 있던, 근대를 만들어낸 '신대륙 발견'이라는 사건과 겹쳐져 있는 수많은 면면이 드러난다. 그들을 읽고 그들의 역사를 통해 지금을 돌아보는 재미가 대단하다.

지금 한국은 섬이나 마찬가지다. 육로로는 어디에도 갈 수 없다. 우리는 섬이고, 바다로 나아가야만 한다. 한반도의 절반에 갇힌 채 우리끼리 대단하게 살아갈 수 있어, 라고 믿는 것은 심대한 착각이다. 그러니 바다를 봐야 한다. 『문명과 바다』는 말한다. 유럽인들이 바다로 몰려나간 것은 물론 세계의 풍향 시스템을 알게 되었기 때문이기도 하지만 무엇보다 그들에게 목표가 있었기에 가능했다고. 돈을 벌건, 위대한 기독교도의 나라를 찾건, 무엇을 하건 바다로 뛰쳐나가게 했던 그들의 마음이 있었기 때문이라고. 지금 우리에게 필요한 것이 그런 마음이 아닐까. 그런 생각을 하며 『문명과 바다』를 덮었다.

글쓴이 김봉석

대중문화평론가이자 영화평론가. 『씨네21』 『한겨레』 기자, 컬처 매거진 『브뤼트』의 편집장을 거쳐 현재 『에이코믹스』 편집장으로 있다. 영화, 장르소설, 만화, 대중문화, 일본문화 등에 대한 다양한 글을 쓴다.

지중해, 고달픈 그래서 더 위대한 삶의 바다

『위대한 바다』

데이비드 아불라피아 | 이순호 옮김 | 책과함께 | 2013

☸ 지중해, 유럽문명의 고향?

지중해는 유럽문명의 고향이다. 유럽문명은 지중해를 떠나 대서양과 인도양으로 그리고 마침내는 저 먼 미지의 태평양으로 뻗어나갔지만, 여전히 고향 지중해의 흔적이 유럽문명 곳곳에 뚜렷이 남아 있다. 케임브리지 대학 역사학과 교수인 데이비드 아불라피아의 『위대한 바다: 지중해 2만 년의 문명사』는 유럽문명의 고향 지중해의 장구한 역사를 비판적으로 재구성함으로써 지중해의 세계사적 함의를 재조명하고자 한 지극히 야심찬 노작이다.

아불라피아는 무엇보다 고향에 대한 아련한 추억을 무턱대고

되살리거나 형형색색으로 칠하고자 하지 않는다. 오히려 노학자는 추억은 더 오래될수록 그리고 마음이 더 아릴수록 혼자만의 것이 될 수 있다고 에둘러 충고한다. 추억 속의 고향이 오래전 가족과 친구의 그리운 모습을 담고 있는 낡고 색 바랜 흑백 사진이라면, 현실 속의 고향은 언제나 셀 수 없이 많은 사람으로 정신없이 북적대는 시장이라고 아불라피아는 누차 말한다. 모든 고향이 그러하듯 역사 속의 지중해 역시 유럽문명만의 고향은 아니었다. 떠올리면 언제나 애틋한 향수를 주는 고향은 추억으로만 존재할 따름이다. 지중해는 "외적 영향에 지속적으로 노출되어 있었고, 그러므로 항상 유입 상태에 있었다"면서 저자는 다음과 같이 적고 있다.

> 시칠리아의 초기 정착민들로부터 에스파냐 해안 지대의 난개발에 이르기까지, 지중해 유역은 언제나 지중해 자원을 이용하거나 혹은 지중해 산물을 여건이 좋은 곳에서 나쁜 곳으로 이동하여 생계를 유지하는 법을 터득한, 배경이 천차만별인 사람들에게 만남의 장을 제공해주었던 것이다. _947쪽

아불라피아의 이 책이 발간 즉시 학계와 세간에서 저돌적 역작이라고 절찬을 받은 이유는 바로 이러한 그만의 관점 때문이다. 오랫동안 지중해의 역사는, 특히 유럽에 있어서는 그 자리에 머물며, 떠올리면 언제나 그립고 힘이 솟는 고향의 추억으로 쓰이고 읽혔다. 그도 그럴 것이 지중해는 바다의 사나움이 아니라 호수의 고요함을 지닌 바다다. 15세기 말 크리스토퍼 콜럼버스가

카나리아 제도를 발판삼아 뛰어든 대서양이나 바스쿠 다 가마가 아프리카 연안을 돌아 도달한 인도양, 아니면 16세기 초 페르디난드 마젤란이 남아메리카를 돌아 건넌 태평양에 비하면 지중해는 바다라 부르기에는 너무나 왜소하다. 물론 마젤란은 태평양을 '평온한 바다Mar Pacifico'라 명명했지만, 이는 망망대해의 적막이 불러일으키는 끝 모를 두려움을 잠재우고자 짜낸 방책에 다름 아니었다. 이에 반해 지중해는 고대 그리스인들이 칭했듯이 고향과 같이 길을 잃을 염려를 할 필요가 없는, 언제 어디에 있어도 불안하지 않은 '육지 사이의 바다της Μεσογείου, tis Mesogeiou'다.

☸ 브로델의 수평적 서술 VS 아불라피아의 수직적 서술

따스한 햇살을 품고 산들바람에 잔잔히 일렁이는 지중해의 파도는 전쟁으로 점철된 유럽 대륙과는 전혀 다른 역사적 상상력을 자아냈다. 일례로, 현대 역사학을 선도한 아날학파의 대표 주자인 페르낭 브로델은 북해에 위치한 나치 독일의 한 포로 수용소의 창살 뒤 어둠 속에서 살을 에는 추위와 고통을 잊고자 로마인들이 '우리의 바다Mare Nostrum'라 불렀던 지중해를 떠올렸다. 프로방스의 언덕에서 바라본 지중해의 그림엽서 같은 풍경은 곧 브로델을 고통스러운 역사 밑에 존재하는 또 다른 역사의 층위로 인도했다. 독일이 패망한 후 브로델은 이렇게 찾아낸 역사의 세 층위를 현대 지중해사 연구를 개시한 고전 중의 고전 『펠리페 2세 시대의 지중해와 지중해 세계』에 고스란히 담아냈다. 맨 위에 자리한 층위는 정치사의 층위로, 브로델은 이를 "사건들의 역사histoire événementielle"라 명명했다. 파도가 해안에 부딪히며 일으키는 흰 물보라와 철썩이는 파도 소리처럼 변화무쌍하고 예측 불허한 '사건들의 역사'는 우리의 눈과 귀를 유혹하고 자극하지만 얼마 지나지 않아 사라져버리는, 어찌 보면 무의미하고 허망한 역사라고 브로델은 생각했다. 다음으로 브로델은 끝없이 일렁이는 지중해의 잔물결을 떠올리며 사회와 경제의 주기적인 변화를 포착했다. 그는 일정한 주기를 따르는 사회와 경제의 변화는 저 멀리 보이는 잔물결이 어느새 파도로 변해 해안선을 만들어가듯이 생겨난다고 보았으며, 이를 "국면conjoncture"이라 불렀다. 그러나 이 위대한 프랑스의 역사학자를 사로잡은 바다는 수면 아래의 바다였다. 브로델의 지중해는 아무런 움직임도 없는 듯하지만 수면 위의 모든 변화를, 마주 대한 하늘과 땅과 조화를 이루며 추동하고 또 아우르는 수면 아래의 바다였다. 브로델은 지중해의 역사를 지리적 구조의 역사, 오랜 세월 지속되는 "장기지속longue durée"의 역사라 규정했다.

브로델이 추억 속 고향의 산과 들로서 지중해를 그려내고자 애썼다면, 아불라피아는 이와는 정반대로 현실로서 지중해를 직시하자고 외친다. 브로델이 펠리페 2세의 에스파냐 제국 치하 지중해를 중심으로 한 삶의 지리적 환경 속에서 지중해의 변치 않는 고유한 정체성을 도출하고자 했다면, 아불라피아는 지난 2만 년 동안 지중해를 삶의 터전으로 삼은 다양한 군상의 복잡다단한 교류 역사를 추적함으로써 지중해의 본질이, 그리고 지중해를 고향으로 하는 유럽문명의 본질이 다양성에 있음을 밝히고자 한다. 아불라피아의 말을 직접 빌리면, "특정 시대를 고찰하여 지중해의 특성을 파악한 브로델의 수평적 역사 서술 방식을 지양하고, 시대에 따른 지중해의 변화에 주안점을 두는 수직적 역사 서술 방식을 지향"(23-24쪽)한 것이다. 그는 "지중해를 넘나든 인간들의 경험이나 바다를 생계 수단으로 삼은 항구도시 및 섬들에 거주했던 인간의 삶을 전면에"(28쪽) 내세움으로써 "지중해 역사의 통합성은 역설적이게도 변화무쌍한 가변성, 상인과 유랑민들의 이산 (…) 겨울이 닥쳐 해상에서 발이 묶이지 않기 위해 서둘러 바다를 건너려 한 사람들 사이에서 찾아볼 수 있다"(956쪽)는 점을 보여주고자 한다.

☸ 비극적인 우연으로 가득 찬 지중해의 위대한 역사

『위대한 바다』에서 아불라피아는 기원전 2만 년부터 오늘날까지 지중해의 역사를 크게 다섯 시기로 나누어 살핀다. 이야기는 선사시대 지중해 전역에 대한 고찰로 시작하지만, 저자의 첫 초점은 온난화로 만년설이 녹아내리면서 지중해가 지금과 같은 모습으로 점차 윤곽을 드러낸 기원전 8000년 이후 동지중해에 맞추어져 있다. 인류 문명의 두 발상지가 교차하는 동지중해를 중심으로 다양한 종족이 생존 혹은 번영을 위해 점차 나일 강과 티그리스, 유프라테스 강 유역을 벗어나면서 서로 충돌하고 합쳐지는 과정이 그의 주된 관심사다. 평화적인 교역이 폭력 분쟁에 의해 번번이 짓밟히지만 이합집산을 거쳐 매번 다시 솟아나는, 『구약성서』 곳곳에 파편적으로 남아 있는 당대의 생활상을 아불라피아는 생생히 되살려놓는다.

다음으로 저자는 호메로스의 서사시에서 폴리비오스와 리비우스의 역사서에 이르는, 즉 동지중해의 이권을 둘러싼 작은 다툼이 지중해 전체 패권을 둘러싼 로마와 카르타고의 엄청난 싸움으로 확대되는 시대를 나름의 흥망성쇠의 관점에서 살핀다. 그는 트로이 전쟁, 페르시아 전쟁, 포에니 전쟁에서 연이어 극적으로 승리하며 지중해의 지배자로 등극한 그리스와 로마가 "전무후무한 대규모 문화적 융합"을 이끌며 유럽문명의 초석을 놓았다고 극찬하면서도, 평화적 교류가 활성화됨에 따라 새로운 종교가 확산되고 반달족을 위시한 새로운 종족이 부상하면서 점차 기력을 잃어가는 로마를 대신해 잠시나마이지만 지중해에 새로운 생명을 불어넣은 비잔티움도 그만큼의 애정 어린 시선으로 관찰한다.

3기 지중해는 이슬람 제국이 '팍스 로마나Pax Romana'를 종식시킨 후부터 이에 맞서 수차례나 기약 없는 십자군 원정에 나섰던 기독교 유럽의 끈질긴 시도가 이루어지는 시기다. 하지만 아불라피아는 흔히 그러듯 이 시기를 두 종교 간의, 두 문명 간의 대결로만 덮어씌우지 않는다. 오히려 그의 관심은 극심한 혼란에도 불구하고 유유히 성지를 찾아 나섰던 순례자 행렬과 고래 싸움의 틈새에서 어떻게든 살아남고자 무던히 애썼던 지중해 각지의 상인과 해적 그리고 용병에 있다.

다음으로 아불라피아는 포르투갈과 에스파냐가 지중해를 장악하게 되지만 역설적이게도 이 이베리아 반도의 두 기독교 제국이 이슬람 제국과의 대치 속에서 발전시킨 항해술에 힘입어 대서양을 개척하면서 초래된, 어느 누구도 예상치 못한 전 지구적 전환으로 우리를 안내한다. 아불라피아는 레판토 해전 대승의 기쁨이 결코 오래가지 않았다고 강조한다. 펠리페 2세의 무적함대와 보병 부대는 얼마 지나지 않아 영국과 네덜란드라는 두 대서양 세력의 도전 앞에 차례로 무릎을 꿇었다.

> 16세기 말엽과 17세기에 지중해는 방향성을 상실했다. 제노바의 레반트 무역 재건 노력도 무위로 돌아갔다. 서유럽 무역의 주도권이 대서양 상인들에게로 넘어간 것이다. 대서양 상인들에게 지중해는 네덜란드에서 브라질과 동방으로 이어지는 교역로들 가운데 가장 흥미롭거나 중요한 곳이 아니었다. 그들에게 지중해는 그저 하찮은 일부에 불과했다. _705쪽

지중해의 공동화 현상은 1859년 수에즈 운하의 착공으로 한층 더 가속화된다.

마지막으로 아불라피아는 '팍스 브리태니카'가 수립되면서 식민지 인도로 가는 길로 전락한 이후의 지중해 이야기를 들려준다. 두 차례 세계대전 이후 대중 관광의 중심지로 변모한, 그리고 이제는 지독한 가난과 끝 모를 내전으로부터 탈출하고자 유럽행 배에 몸을 맡긴 아프리카 난민의 무덤이 된 지중해의 애달픈 사연이 펼쳐진다. 하지만 저자는 일면 비극적으로 보이는 지중해의 운명을 뜻밖의 긍정으로 받아들인다.

> 지중해는 지구상의 색다른 사회들이 서로 간에 활발하게 교류

> 하던 지역이었으며, 인류 문명의 역사 면에서도 다른 대양은 결코 넘볼 수 없는 역할을 수행했다고 할 수 있다. _957쪽

애석하게도 "지중해를 중심으로 돌아가던" 세계는 "5기 지중해를 끝으로 종말을 맞게" 되었지만, 이는 세계가 "하나의 거대한 지중해가 된" 결과라는 것이다(946쪽).

끝으로 『위대한 바다』의 독특한 인간 중심적 관점은 지중해의 세계사적 운명이 결정된 1492년의 두 사건으로부터 연유한다. 콜럼버스가 산타마리아호에 올라탄 그해 무어족의 아성인 그라나다를 함락시키며 레콩키스타reconquista를 완수한 페르디난드와 이사벨라는 알함브라 칙령을 공표하여 통일된 이베리아 반도에서 모든 유대인을 추방하라고 명했다. 아불라피아의 선조는 바로 이때 에스파냐에서 갈릴리로 이주한 옛 세파르디 유대인이었다. 고향에서 쫓겨난 유대인에게 지중해는 본질적으로 안락한 추억의 공간이 아니라 가혹한 생존의 공간이었다. 책의 서문에서 저자 스스로 고백하고 있듯이 "이 책은 지난 수백 년간 지중해를 넘나든 나의 조상들을 추모하며 쓴 역사서"이며, "책 제목도 기도문에 지중해의 뜻으로 쓰인 히브리어 명칭을 따서 '위대한 바다Great Sea'라 정했다." 이런 면에서 이 책은 유럽이 지중해를 이슬람 세력으로부터 재탈환했지만 자신은 낯선 이슬람 세력의 중심지로 떠날 수밖에 없었던, 그리고 이와 동시에 시작된 지중해의 몰락 과정을 낯선 땅에서 지켜볼 수밖에 없었던, 비극적인 우연으로 가득 찬 유대인의 고단한 삶의 지혜가 녹아 있는 대서사시다.

글쓴이 안두환

케임브리지대 역사학과에서 18세기 영국 외교사 및 지성사로 박사학위를 받았으며, 현재 서울대 정치외교학부 교수로 재직 중이다. 마이클 하워드의 『평화의 발명』『유럽사 속의 전쟁』 등을 우리말로 옮겼다.

잊힌 해양문명,
환동해를 불러내다

『환동해 문명사』

주강현 | 돌베개 | 2015

☸ 지중해의 기억, 환동해의 기억

프랑스 역사학자 페르낭 브로델이 15~18세기의 자본주의를 분석한 『물질문명과 자본주의』를 쓸 때만 하더라도 그의 연구 범위는 100년 단위로 구분할 수 있었다. 그러나 브로델은 『프랑스의 정체성』 『지중해의 기억』을 잇따라 내면서 연구의 시간대를 1000년 단위로 확장시켰다. 이 일련의 작업을 통해 그는 아날학파의 대표 학자로 자리매김했다. 특히 그의 만년작 『지중해의 기억』은 선사시대부터 로마의 정복까지 수천 년에 걸친 지중해의 역사를 서술하면서 아날학파의 장기지속이나 지리적 결정론이 무엇인지를 잘 보여주었다. 『지중해의 기억』을 보면 "인간의 시간을 전체적으로 포괄하지 않으면 역사를 이해할 수 없다"는 브로델의 말을 실감할 수 있다.

주강현의 『환동해 문명사』는 『지중해의 기억』과 겹쳐 읽게 되는데, 이는 주강현의 문제의식이 브로델의 역사연구 방법론에 크게 기대고 있기 때문이다. 그는 프롤로그에 이렇게 썼다. "동해의 유구한 역사를 곁에서 지켜본 최고의 목격자는 바로 동해일 것이다." '동해'를 '지중해'로 바꾸면? 그것은 그대로 페르낭 브로델의 언설이다. "지중해의 유구한 역사를 곁에서 지켜본 최고의 목격자는 바로 지중해일 것이다."

주강현은 일국주의적인 동해와 일본해를 뛰어넘어 '환동해'라는 개념을 제시한 뒤, 장기지속의 관점에서 바다의 서사를 풀어냈다. 지중해는 그리스의 바다도, 로마의 바다도, 에스파냐의 바다도, 이집트의 바다도 아니다. 마찬가지로 환동해는 한국, 일본, 중국, 러시아, 그 누구의 것도 아니다. 당연히 한국, 일본, 중국, 러시아의 역사만 가지고 환동해를 서술할 수 없다. 또 시공간의 장기지속이 만들어낸 지중해 역사는 정치사, 경제사, 문화사로만 서술할 수 없다. 기후와 지질, 지리문화적 공간, 종교적인 전통 등 구조화된 특성을 읽어야만 한다. 환동해의 역사 서술도 그래야 한다. 지리적, 인문학적, 해양문화적 시각이 요구되는데, 이로써 국민국가의 역사에서 누락되고 배제됐던 다양한 지역, 종족, 문화권의 특성을 발견할 수 있다. 이 책은 이처럼 바다를 매개로 끊임없이 교섭하고, 관계를 맺어온 환동해 문명을 장기지속의 관점에서 풀어낸 거대한 서사시다. 어쩌면 환동해에 대한 최초의 아날학파적 역사 서술인지도 모른다.

☸ 액체, 변방, 야만의 역사를 쓰다

환동해란 어디인가. 저자가 포괄적으로 지칭한 그곳은 "중국 쪽에서 바라본 동쪽 바다, 러시아 연해주 바다, 오호츠크와 인접한 사할린과 홋카이도의 바다, 일본의 서북부 바다 그리고 다양한 북방 소수민족이 바라본 바다"다. 환동해는 영토나 영해의 개념이 아니다. 그곳은 국민국가의 변방이다. 국가라는 이름으로 포획되어 있지도 않다.

당연히 환동해의 역사는 개별 민족 역사의 총합이 될 수 없다. 사할린과 홋카이도에 거주한 아이누족의 역사는 일본사에서도, 러시아사에서도 빠져 있다. 베링 해협의 발견자 비투스 베링에 앞서 베링 해협을 통과하고서도 괴혈병으로 숨지는 바람에 '최초의 발견자'라는 영예를 놓친 이반 피오도로브의 사연은 해양 탐험사에서 크게 조명받지 못한다. 고려시대에 여진족이 동해를 가로질러 울릉도를 침략하고 규슈까지 들이친 사실을 조명하려면, 대륙사관과 함께 해양사적 시각도 필요하다. 이들 이야기는 굵은 그물코의 기존 역사망에서 누락되어왔지만, 해양사에서 빠뜨려서는 안 되는 역사적 사례들이다.

환동해는 변방의 바다다. 그 역사는 대륙의 시각으로 쓰일 수 없다. 해양사관, 해륙사관이라는 새로운 접근법이 필요하다. 육지 중심의 고체의 역사 대신 바다의 '액체의 역사', 중심의 역사가 아닌 변방의 역사를 찾아야 한다. 문명의 역사만이 아니라 야만의 역사도 기록해야 한다. 이 대목에서 테사 모리스-스즈키가 제시한 '변방에서 바라보기'의 시선이 중요하다. 변방의 시선으로 보아야 '국가 없는 사회의 기록 없는 역사'의 궤적을 그려낼 수 있으며, '문명의 범주'에서 벗어나 있는 미지의 사회체계를 이해할 수 있다.

『환동해 문명사』는 환동해를 둘러싼 '쓰이지 않은 역사' '보이지 않는 역사'를 저인망식으로 훑고 있다. 환동해에서 주목해야 할 것은 많은 원주민, 종족들의 민족지誌다. 연해주 우수리 강변은 '인종의 용광로'로 불릴 정도로 많은 원주민이 살았다. 우데게, 나나이, 오로치, 타즈 등 원주민들은 러시아가 동쪽으로 진출하기 전까지 환동해 문명의 한 축을 담당했다. 『후한서』 「동이전東夷傳」은 읍루를 "동쪽으로 큰 바다와 접해 있다東濱大海"고 기록했다. 고구려, 발해시대의 지속적인 일본 왕래는 이미 부족국가 시대에 싹이 텄다고 볼 수 있다. 한반도의 고대 국가 예, 옥저, 읍루의 동해에서의 활약상은 우리가 상상하는 것보다 훨씬 더 활발했다. 사할린은 일본과 러시아의 각축장이기 이전에 아이누, 니브흐족, 윌타족 등의 터전이었다.

환동해의 문명을 말할 때 빼놓을 수 없는 요소는 바닷길이다. 환동해의 길은 다양할 뿐 아니라 오랫동안 외부에 열려 바다로, 육지로 사통팔달 이어졌다. 우리에게 익숙한, 발해의 염주(지금의 크라스키노)에서 일본 열도로 이어지는 바닷길은 그 가운데 하나일 뿐이다. 해삼을 좋아했던 중국인들의 욕망을 충족하기 위해 연해주까지 '해삼의 길'이 열렸다. 블라디보스토크의 중국 이름

해삼위海蔘威는 해삼이 모이는 곳이라는 뜻이다. 유럽인들의 유난스런 모피 사랑은 유라시아 대륙을 횡단하여 알래스카까지 이른 '담비의 길'을 만들었다. 함경도에서 경상도까지 동해안을 따르는 '식해의 길'도 있었다. 생선에 좁쌀을 얹어 만든 식해는 한민족의 바닷길 음식문화였다. 이밖에 연해주 아무르 강 하구에서 홋카이도를 거쳐 혼슈로 넘어가던 '에조면(면직물)의 길', 중앙아시아에서 연해주에 이르는 '소그드 상인의 길' 등이 환동해의 대표적 교역 통로였다.

『환동해 문명사』는 환동해 변의 역사를 네크워크로 묶어낸다. 그 네트워크는 교역망이기도 하고, 탐험과 침략의 루트이기도 하다. 중요한 것은 그 교섭과 충돌이 거대한 바다 문명을 만들어냈다는 사실이다.

☸ 환동해의 모든 것을 담은 지식백과사전

이 책은 한국해양수산개발원의 유라시아 환동해 네트워크에 관한 종합적 연구의 일환으로 쓰였다. 정부 산하 연구기관의 프로젝트라고는 하지만, 오랫동안 해양문화와 바다 문명에 천착해온 사람이 아니라면 할 수 없는 일이다. 이 책은 환동해에 대한 고고학, 역사학, 지리학, 민족학, 인류학, 생태학, 언어학 등의 연구 성과를 해양사적 시각에서 풀어냈다. 이것으로 그쳤으면 딱딱한 역사인류학 학술보고서가 되었을 텐데 술술 읽히는 것은 저자의 견문이 곳곳에 녹아들어 있기 때문이다. 주강현은 지난 20여 년간 중국 동북지역, 러시아 연해주, 몽골, 시베리아, 홋카이도, 캄차카 반도, 베링 해협 등 이 책이 다룬 지역들을 답사했다. 답사 때의 경험, 인상, 인터뷰 등이 어우러지면서 한층 흥미를 더한다. 책은 환동해에 대한 백과사전이라 불러도 좋을 정도로 온갖 정보로 가득하다. 그 가운데 몇 가지를 예시해본다.

단군 조선의 단檀이 수달류인 담비와 관련이 있다는 가설은 흥미롭다. 고대 바이칼 호 일대는 모피의 거래시장이었다. 시장 규모가 커지면서 유목제국이 등장하게 됐는데, 달단(타다르), 달달, 단단 등의 종족으로 부상했다. 여기의 '달獺'은 수달을 가리키며, 단군 조선의 '단檀' 역시 수달에서 유래한 명칭이다. 또한 조선은 순록 유목민 조족朝族과 순록 방목민 선족鮮族이 통합된 부족국가였다.
_95쪽

발해는 우리 역사상 유일한 해륙海陸국가였다. 발해인들은 육로와 해로를 두루 이용했다. 아무르 강, 쑹화 강, 우수리 강 등을 따라가는 육로는 중앙아시아까지 이어졌고, 환동해의 발해 교통로는 일본으로 뻗어갔다. 발해가 융성했던 727년부터 922년까지 바닷길을 이용해 일본을 왕래한 횟수는 35차례나 된다.
_224-230쪽

동해의 별칭은 경해鯨海, 즉 '고래의 바다'다. 반구대 암각화에 고래 그림들이 등장하는 게 그 증거다. 지금도 한반도 연해에 서식하는 고래류는 35종이나 된다. 전 세계의 고래 종수가 80여 종

> 인 점을 감안하면 매우 다양한 편이다. 예부터 동해에서 많이 잡힌 귀신고래의 학명은 'Korea Grey Whale'이다. 예나 지금이나 한반도 연해는 '고래의 낙원'이다. _532쪽

이 책은 환동해에 대한 온갖 지식의 보물창고다. 그러나 의욕이 지나쳐 단군 조선의 명칭 유래와 같이 어떤 부분은 과연 사실에 들어맞는지 의문이 가기도 한다. 때로는 인상기 수준의 답사 기록과 학술적인 내용이 혼재되면서 서술의 일관성이 떨어지기도 한다. 환동해권에서 벗어나 있는 내륙 몽골, 먼 바다인 베링 해와 북극해를 각각 한 장章에 걸쳐 상세하게 기술한 대목에서는 고개가 갸웃거려진다.

'문명사'라는 개념도 생각해볼 필요가 있다. 문화가 정신적·종교적·예술적이라면, 문명은 정치적·경제적·사회적인 것을 가리키는 개념이다. 문명은 문화와 달리 지향성을 갖는다. 학술용어로 볼 때 '문명'이라는 이름은 기술이든, 경제든, 정치든 '앞으로 나아감' 즉 진보가 있어야 붙일 수 있다. 한반도 권역에서 해양문명은 발해나 백제 정도를 거론할 수 있을 것이다. 이처럼 기존의 역사 패러다임으로 볼 때 동해를 포함한 환동해를 문명사적 시각에서 바라보기란 쉽지 않다. 그런데 주강현은 과감하게 환동해에 '문명'을 붙였다. 『환동해 문명사』의 부제는 '잃어버린 문명의 회랑'이다. 그는 "'문명의 회랑'이란 부제 표현은 문명의 단선적 교섭보다 중층적·망상적 교섭을 내포하며, '침묵의 바다'가 아닌 어떤 역동성을 지니고 있어 문명사적 궤적을 설명할 수 있는 공간임을 뜻한다"고 설명한다. 그러나 여기에는 환동해가 과거 '문명의 회랑'

이었다는 사실보다는 '문명의 회랑'으로 부상하길 바라는 마음이 투영된 것은 아닐까. 물론 중심과 변방, 문명과 야만이라는 이분법적 잣대를 넘어 둘을 변증법적으로 통합해 인식하려는 태도는 소중하다.

일본의 해양 전문 기관에 가면 으레 '환일본해지도'가 걸려 있다고 한다. 위쪽에 일본 열도를 포위하고 있는 환동해와 태평양, 동중국해가 위치하고 아래에 한반도와 중국, 러시아 연해주가 놓인 지도다. 위로부터 만주, 연해주, 한반도, 일본 열도 순으로 동아시아 지도를 보아온 우리에게는 낯설다. 『환동해 문명사』는 '환일본해지도'의 시선으로 환동해를 바라보라고 권유한다. 익숙하고 길들여진 관념에서 벗어나기는 쉽지 않다. 그러나 낯섦은 새로움과 통한다. 『환동해 문명사』는 낯설면서도 새롭다.

글쓴이 조운찬

서울대 국사학과를 졸업하고 경향신문 베이징특파원과 문화부장을 역임했다. 현재 경향신문 후마니타스연구소장으로 있다.

천하루 밤 이후에도 지속되는, 앞으로도 살아남을 영원한 이야기

『천일야화』(전6권)

앙투안 갈랑 | 임호경 옮김 | 열린책들 | 2010

세상에는 밤하늘 별들만큼이나 수많은 이야기가 존재한다. 그러나 모든 이야기가 똑같은 생명력을 지니고 있진 않다. 어떤 이야기는 신생아보다 짧은 수명을 가지고 있고, 어떤 이야기는 수 세기에 걸쳐 전해지기도 하고, 또 어떤 이야기는 그보다도 더 오래 살아남는다. 이를테면 우리에게 『아라비안나이트』라고도 알려진 『천일야화』가 그렇다.

『천일야화』는 대략 6세기경 페르시아에서 전해지는 1001일 동안의 이야기를 아랍어로 기술한 설화 모음집이다. 형성 과정을 살펴보면 무척 흥미로운데, 6세기경 사산왕조 때 페르시아에서 모은 『천의 이야기』가 8세기 말경까지 아랍어로 번역되었고 후에 바그다드를 중심으로 다시 많은 이야기가 더해졌다. 당시 페르시아에는 인도로부터 설화가 많이 들어왔으므로 이 이야기에는 인도와 이란·이라크·시리아·아라비아·이집트 등지의 갖가지 설화가 포함되었다. 이렇게 확장을 거듭한 천일야화는 15세기경에 완성된 것이라고 하는데 작자는 한 사람도 알려져 있지 않다.

이 이야기문학의 보고가 유럽을 비롯해 전 세계에 퍼지게 된 것은 1704년에 프랑스의 동양학자 앙투안 갈랑이 불어판을 출간하고 나서부터였다. 또 그는 여기에 본래 『천일야화』에는 없었던 「알라딘과 이상한 램프」 「알리바바와 40인의 도둑」 등의 이야기를 임의로 추가했다. 이 불어판이 현재 우리가 알고 있는 『천일야화』다. 6세기경에서 1704년까지, 무려 1000년의 시간이 걸려 비로소 완성된 셈이다.

『천일야화』의 시작은 이렇다. 페르시아 사산왕조의 한 술탄이 우연하게 아내의 외도를 목격하고 비탄에 빠진다. 아마도 억장이 무너졌으리라. 술탄은 아내를 교수형에 처한 것도 모자라 시녀들마저 모조리 참수하지만 그럼에도 분노를 가라앉히지 못한다. 이만해도 과하다 싶은데 그의 복수는 여기에 그치지 않았다. 속 좁고 옹졸한 남자들이 대개 그렇듯 이 밴댕이 소갈딱지 같은 술탄은 죄 없는 여인들에게까지 화풀이를 했다. 매일같이 수많은 여인을 궁으로 불러 하룻밤을 보내고 다음날 바로 죽이고야 마는데, 그야말로 뒤끝이 무엇인지 몸소 보여준다. 딸을 둔 모든 아버지는 술탄이 그만 분노를 가라앉히고 광기 어린 보복을 끝내기만을 맘속으로 빌어보지만 그의 폭주는 멈출 생각을 하지 않았다.

이때 홀연히 영웅이 등장한다. 수많은 영웅담의 주인공들처럼 어마어마한 무력을 자랑하는 근육 사내가 아니라 끝도 없는 이야기보따리로 무장한 영웅, 바로 지혜로운 소녀 셰에라자드다. 대재상의 장녀인 그녀는 아버지의 만류에도 불구하고 스스로 희생양을 자처한다. 결국 그녀의 고집을 꺾지 못한 대재상은 셰에라자드를 술탄에게 보내게 되고, 셰에라자드는 평소 우애가 돈독한 여동생 디나르자드를 궁으로 불러들인다. 그리고 운명의 첫날밤, 동틀 무렵에 먼저 일어난 동생 디나르자드는 셰에라자드가 미리 시킨 대로 언니에게 재미난 이야기를 해달라고 조른다. 셰에라자드는 술탄의 허락을 받아 이야기보따리를 풀기 시작하고, 처음에는 별반 관심이 없던 술탄도 그녀의 이야기에 점차 빠져든다. 셰에라자드는 천부적인 이야기꾼이었다. 아마 지금 세상이었다면 작가로서 성공했을 것이다. 매번 절묘한 타이밍에 이야기를 끊으니 그다음 내용이 궁금한 술탄은 그때마다 그녀의 죽음을 유예시켰다. 무려 천 일이라는 긴 시간 동안 그녀의 이야기는 끝없이 이어졌고, 비로소 자신의 과오를 깨달은 술탄은 현명하고 지혜로우며 아름다운 셰에라자드를 정식 아내로 맞는다. 문득 궁금해진다. 끝없이 펼쳐지는 셰에라자드의 그 많은 이야기는 어디서 나온 것일까.

> 그녀는 무수한 책을 읽었을 뿐 아니라 기억력 또한 비상하여 한 번 읽은 것은 결코 잊는 법이 없었다. 그녀는 철학, 의학, 역사, 각종 예술에 능통했으며 당대의 가장 뛰어난 시인들을 능가하는 시를 짓곤 했다.
>
> _1권 32쪽

셰에라자드가 단지 독서를 통해서만 그 많은 이야기를 알고 있었을까? 그럴 수도 있겠지만 다르게 볼 수도 있다. 이야기의 근간에는 여러 가지가 있지만 여기서 견문을 빼놓을 수 없다. 풍부한 견문 없이 상상력만으로 이야기를 지어내는 데는 한계가 있다. 오늘날에는 인터넷이 광범위한 정보를 손쉽게 전달하지만 당시에 이런 역할은 상인들의 몫이었다. 바다를 누비며 진 세계를 무대로 교역하는 그들의 견문은 이야기꾼들의 상상력을 자극하는 촉매제 역할을 했다. 실제로 『천일야화』에는 상인들이 주인공으로 등장하는 이야기가 많다. 그중에서도 가장 많이 알려진 상인을 꼽자면 수많은 영화와 게임 그리고 만화로도 만들어진 신드바드가 대표적일 것이다.

☸ 바다의 모험가들이 낳은 끝나지 않는 이야기

신드바드는 바그다드의 바다 사나이란 별명으로 불리는 아라비아 상인이다. 그는 남들이 평생에 한 번 겪을까 말까한 모험을 무려 일곱 번이나 경험했다. 거대한 고래를 섬으로 착각하고 등에 올랐다가 조난을 당하고, 코끼리를 잡아먹을 정도의 거조 로크를 만나거나, 무시무시한 식인 거인에게 잡아먹힐 뻔하고, 누구도 가본 적 없는 코끼리 무덤에 발을 들이기도 한다. 물론 모험의 보상도 크다. 그는 이때마다 모두가 부러워할 만큼 많은 금은보화를 얻어 엄청난 부를 쌓았다. 그리고 신드바드는 결코 부귀영화를 누리는 삶에 안주하지 않고 매번 새로운 모험을 찾아 나선다. 그 불가해한 동인은 무엇일까.

> 여러분! 어쩌면 여러분께서는 이해하기 힘드실 겁니다. 벌써 다섯 차례나 난파를 당하고 그 숱한 위기를 겪은 내가, 어떻게 또 다시 운명에 몸을 맡기고 모험을 찾아 떠날 생각을 하게 되었는지 말입니다. 사실 지금 생각해보면 나 자신도 잘 이해가 되지 않습니다. 아마 그런 팔자를 타고난 게지요. _2권 401쪽

이야기의 재미를 위한 장치라는 지극히 단순한 설명도 가능하지만, 아마도 그보다는 스스로가 인정하듯 그 자신이 상인이기에 그렇다는 게 훨씬 그럴듯해 보인다. 당시 아라비아 지역은 극동처럼 생산력이 뛰어난 농경 중심 사회가 아니었으므로 생활의 많은 부분을 교역에 의존할 수밖에 없었다. 더 멀리 나아가서 더 많은 것을 보고 듣고 가져와야 했다. 이런 배경에서 활동한 아라비아 상인은 아주 오래전부터 동서 문화교류에 특출 난 기여를 해왔다. 그들은 단지 재화를 사고파는 상인 이상으로 동서양 문명의 가교 역할을 하며 새로운 문명의 출현에 상당히 기여했다. 그들의 무대는 서아프리카에서 지중해 연안의 유럽 국가들, 중앙아시아, 심지어 일본에 이르렀을 정도로 광활했다. 실제로 『천일야화』에는 '박박'이라는 지명이 언급되는데, 지금의 중국이나 일본에 해당한다. 신드바드의 후예들은 해상 실크로드를 통해 한반도까지 찾아와 교역을 했던 것이다.

우리 역사를 살펴봐도 신라시대에 아라비아 상인들을 통해 들여온 향료들이 상류층에서 상당한 인기를 누렸는데 워낙 고가품

이라 국가 재정에도 심각한 문제를 일으켰다는 기록이 있다. 요즘으로 치면 명품 외제화장품쯤 될 것이다. 부유층의 소비 취향은 예나 지금이나 비슷한 모양이다. 그래서 골품에 따라 향료 사용을 제한하도록 조치를 취했다고 한다. 고려시대에 이르러서는 아라비아 상인들의 활약이 더욱 두드러진다. 11세기의 벽란도는 국제 무역항으로 명성이 자자했다. 다양한 국가의 상인들이 벽란도를 찾아왔고 그중에는 아라비아 상인들도 있었다. 특히 아라비아 상인들은 산호, 상아, 호박 등 고려에서 귀하기 힘든 진귀한 물품을 가져와 개경의 문벌귀족 사회에 퍼뜨렸다. 이 무렵 코리아(고려)라는 이름이 서양에 전해진 것도 아라비아 상인들에 의해서라고 추측된다. 아라비아 상인은 이토록 오래전부터 우리문화와 역사에 깊이 들어와 있었다. 『삼국유사』에 등장하는 처용은 남다른 외모 때문에 용의 아들이라고 전해지지만 일각에는 그가 아랍인이었다는 견해도 있다. 어떤 면에서는 신빙성이 있는데, 「처용가」의 설화를 살펴보면 재미있는 점을 찾을 수 있다. 신라의 왕으로부터 관직을 받은 처용은 어느 날 몹시 취해 밤늦게 귀가했다가 아내를 범한 역신을 보고 노래를 부르며 춤을 추었다. 그러자 역신이 달려 나와 무릎을 꿇고 용서를 빈다. 흥미롭게도 이 설화에 등장하는 역신을 『천일야화』에 빈번하게 등장하는 마왕이나 마신으로 대체하면 셰에라자드가 술탄에게 들려주던 이야기들 중 하나라고 해도 전혀 어색하지 않다. 아니, 어쩌면 처용의 설화가 사람들 사이에 구전되어 바다를 건너가면서 윤색되고 재창작되어 『천일야화』의 수많은 이야기 중 하나로 편입되었을지도 모를 일이다. 누가 알겠는가.

셰에라자드의 경이로운 이야기는 1001일 만에 끝을 맺었다. 그러나 그녀가 들려주었던 이야기는 사라지지 않고 여전히 현재진행형이다. 단지 연극, 영화, 뮤지컬, 만화 등으로 각색된 형태만을 말하는 게 아니다. 『천일야화』 속에 등장하는 천리경, 하늘을 나는 마법의 양탄자, 마술램프, 요정과 정령 그리고 마왕 등. 그 수많은 이미지와 아이콘들이 오늘날에도 SF와 판타지라는 외피를 두르고 변용되어 새로운 신화로 자리 잡고 있다. 세월의 풍화를 견디며 이어져오는 이야기에는 '힘'이 있다. 그 힘은 미처 인지하지 못하는 사이에 우리에게 적지 않은 영향을 끼친다. 상상력을 부여하고, 영감을 주며, 그 영감을 현실로 이루고자 하는 강력한 동인으로 작용한다. 방 안에 앉아서 전 세계 사람들과 대화를 나누고, 양탄자 대신에 비행기를 타고 어느 곳이든 갈 수 있다. 작은 장치 하나로 원하는 정보를 얼마든지 검색할 수 있고, 처음 가는 낯선 장소의 길 안내도 받을 수 있다. 『천일야화』가 형성되던 시대의 사람들이 상상만 해왔던 수많은 일이 현재를 살아가는 우리들에겐 현실이 되었다. 세상은 그렇게 빠르고, 또 끊임없이 변해간다. 점점 그 간극이 좁혀지고 있다. 그렇다면 셰에라자드의 이야기는 언젠가 스러지게 될까? 신드바드의 모험은 더는 우리에게 아무런 영감을 주지 못하게 될까? 단언하건대 아마도 그런 일은 일어나지 않을 것이다. 외연의 변화는 있을지 몰라도 여전히 셰에라자드가 들려주는 『천일야화』에 귀를 기울이고, 신드바드의 모험에 열광할 것이다. 그게 아니라면 새로운 『천일야화』가 등장할지도.

글쓴이 이상민

만화 스토리작가, 카피라이터, 뮤지컬, 시나리오 작가, 연애 칼럼니스트, 소설가 등 전방위 글쓰기를 해왔으며 현재 전업 작가 및 콘텐츠 기획자로 활동 중이다. 『사랑한다면 이들처럼』 등을 썼다.

바이킹의 확장 그리고 그린란드의 시작과 종말

『문명의 붕괴』

재러드 다이아몬드 | 강주헌 옮김 | 김영사 | 2005

거칠고, 야만스런 해적. 바이킹에 대해 사람들이 떠올리는 일반적인 이미지가 아닐까 싶다. 낭만적인 탐험가나 '상남자'를 연상하는 이도 없지 않겠지만 흔히 바이킹은 '침략자'라는 단어와 동일시되곤 한다. 실제로 오늘날의 바이킹이란 말의 어원이 된 고대 노르웨이어 단어 '비킹가르vikingar'는 '침략자'라는 뜻을 지니고 있었다.

하지만 바이킹은 난폭한 해적이기도 했지만 다른 측면에선 농부이기도 했고, 상인으로서의 역할도 수행했다. 다른 한편으로 이들은 식민지 개척자로 북대서양을 처음 탐험한 유럽인이다. 중세 말에 이르러 바이킹은 자신들의 정체성을 낙농가, 기독교도,

유럽인에서 찾기도 했다.

『총·균·쇠』로 세계적인 명성을 얻은 재러드 다이아몬드 미국 UCLA 교수의 또 다른 역작 『문명의 붕괴』는 '개척자'이면서 '환경 파괴자'이고, 또 환경 변화의 '희생양'이었던 바이킹의 삶을 실감나게 묘사한다. '문명의 몰락'이라는 묵직한 주제 아래 쓰인 본문 726페이지, 참고문헌 목록 41페이지에 달하는 두툼한 책 속엔 거석상을 세웠던 이스터 섬의 폴리네시아 문화와 아나사지와 마야에서 꽃피웠던 아메리카 원주민의 문화, 대서양 식민지 개척에 나섰던 바이킹이 비슷한 패턴으로 몰락해간 이야기가 생생하게 펼쳐진다. 생리학자에서 출발해 진화생물학, 생물지리학, 역사학 등으로 영역을 넓혀간 다이아몬드 교수의 강점이 잘 드러나는 책이다.

저자가 재구성한 바이킹의 모습은 사람들이 떠올리는 단순한 침략자 이상의 존재였다. 유럽 각국의 역사에서 바이킹은 크고 작은 흔적을 남겼고, 영국과 유럽 대륙에 정착해서는 각 지역 토착민들과 융화됐다. 러시아와 잉글랜드, 프랑스 등에선 국민국가를 세우는 데 큰 역할을 했다.

☸ 바이킹, 더 많은 전리품을 찾아 더 많은 무인도로

오늘날 스웨덴 지역에 뿌리를 둔 바이킹의 일파였던 바랴기 족은 동쪽으로 발트 해를 건너 러시아로 진출했다. 그들은 비잔티움 제국과 교역하면서 키예프 공국을 세우는 등 러시아 역사의

'첫 장'을 썼다. 덴마크 지역에 기반을 둔 바이킹은 서진西進하면서 서북유럽 해안과 영국 동쪽 해안을 휩쓸었다. 그들은 라인 강과 루아르 강 하구를 드나들었고, 오늘날 프랑스와 벨기에 각지에 정착했다. 9세기에는 세 차례나 파리를 점령하면서 내륙의 여러 도시를 약탈했고 노르망디 공국을 세웠다. 동東잉글랜드에선 바이킹이 지배하는 지역인 데인로Danelaw를 건설했다. 바이킹은 또 이베리아 반도를 돌아 지브롤터 해협을 건넌 뒤 지중해로 들어가 시칠리아와 이탈리아를 습격하기도 했다.

이처럼 바이킹이 본격적으로 본거지에서 유럽 각지로 뻗어나가기 시작한 것은 (묘하게도 정확한 시기를 적시한 기록이 남아 있는데) 793년부터라고 한다. 그전에 바이킹은 유럽에서 가장 후진적인 스칸디나비아 반도에 살던 '외딴 존재'에 불과했다. 그러던 중 700년경 스칸디나비아 반도 인구가 늘면서 변화가 일기 시작했다. 인구 증가 탓에 농지로 개간할 땅이 부족해졌다. 스칸디나비아에 살던 사람들은 어쩔 수 없이 외지로 나가야 했는데 때마침 날렵하면서도 조작하기 쉬운 배들이 제작되기 시작했다. 유럽의 다른 지역 배들에 비해 바이킹 선박은 월등히 빨랐다. 또 노르웨이의 해안선이 들쑥날쑥했던 탓에 일찍부터 육로보다 해로가 발달했고, 덕분에 항해술이 남다르게 발전할 수 있었다. 선원들의 행동도 민첩했다. 바이킹은 이 같은 장점을 살려, 신속하게 약탈하고 재빨리 달아나는 '히트 앤드 런hit and run' 전술을 구사했다.

바이킹의 습격은 793년 6월 8일 전격적으로 시작됐다. 풍요롭지만 방비가 허술했던 영국 동북부 해안의 린디스판이라는 작은 섬이 역사적 사건의 무대였다. 섬에 있던 수도원은 종교시설이란 특성상 값어치 나가는 귀한 물건이 많았고 약탈에 저항할 힘은 거의 없었다. 손쉬운 첫 번째 습격에서 재미를 본 바이킹은 바다가 잔잔해지고, 바람도 유리한 여름만 되면 연례행사 격으로 섬을 침범했다.

이후 바이킹은 유럽 각지에서 군사력이 약한 지역을 발견하면 평화적으로 거래를 시작하고는 나중엔 "침략하지 않겠다"는 조건으로 공물을 강요하곤 했다. 이 단계를 지나면 약탈하고 퇴각하기를 반복하다가 최종적으로는 그 지역을 정복하는 것으로 막을 내렸다. 이것이 바이킹이 해외 식민지를 건설해나가는 방법이었다.

이 같은 바이킹의 해외 진출 과정에서 뜻밖의 '부산물'도 생겨났다. 유럽 땅을 향한 바이킹의 집요한 여행 과정에서 많은 바이킹 선박이 북대서양에서 바람에 밀려 항로를 벗어났는데, 그중 일부는 그때까지 알려지지 않은 땅을 발견하는 뜻밖의 성과를 거뒀다. 예를 들어 페로 제도는 800년경까지 무인도였지만 바이킹이 정착했고, 아이슬란드도 870년경에 사람이 살게 됐다. 이어 바이킹은 980년경엔 그린란드를 '발견'했다.(당시 그린란드에는 도싯족이라는 이누이트 족이 북쪽 귀퉁이에 살고 있었다.) 아이슬란드와 그린란드 개척에 이어 바이킹은 북아메리카에 도달한 최초의 유럽인이기도 했다.

특히 양을 키우는 데 적합한 무인도인 페로 제도를 발견한 것은 바이킹의 역사 발전에서 큰 의미가 있었다. 이로 인해 아이슬란드에 갈 수 있었고, 그것은 또다시 그린란드를 찾는 계기가 됐기 때문이다. 전리품을 안고 고향에 돌아온 바이킹들이 "새로운 섬을 발견했다"는 소식을 전할 때마다 스칸디나비아 반도 원거주지 바이킹들의 상상력엔 불이 지펴졌다. 더 많은 바이킹이, 더 많은 전리품을 노리고, 더 많은 무인도를 찾아 연쇄적으로 고향을 떠났다. 때론 유혈이 낭자한 내부 다툼이 식민지 개척을 부추기기도 했다. 980년 '붉은 털 에리크Erik the Red'라는 아이슬란드인이 내분에서 밀려 추방당하자, 그는 추종자를 이끌고 그린란드로 몸을 피해 재기를 모색했다.

☸ 무지와 고집과 물자 부족, 그들이 역사 속으로 사라진 까닭

하지만 바이킹이 개척한 이들 '식민지'의 운명은 제각각이었다. 바이킹이 최초로 정착하려 했던 북아메리카의 땅 빈랜드는 10여년 만에 포기할 수밖에 없었다. 그린란드는 450년간 유럽에서 가장 멀리 떨어진 식민지 개척자들의 거류지로 남았지만 결국 이들은 실패했다. 반면 아이슬란드 식민지는 오랜 가난과 정치적 역경을 겪었음에도 생존에 성공했다. 바이킹 본거지인 스칸디나비아 반도와 가까웠던 오크니 제도와 셰틀랜드 제도, 페로 제도는 1000년 이상 존속했다.

바이킹이 세운 식민지들은 모두 같은 뿌리를 지닌 사람들의 사회였다. 그런데도 각 식민지의 운명이 달랐던 이유로 저자는 환경에 주목한다. 각 식민지는 노르웨이와 영국을 기점으로 한 거리나 항해 횟수, 원주민의 저항 등의 조건에서 천차만별이었다. 바이킹은 농사를 지으려 했던 만큼 정착지의 위도와 기후도 영향을 미쳤다. 토양 침식과 삼림 파괴 가능성 같은 환경적 취약성도 결정적 변수가 됐다.

바이킹의 식민지 개척은 환경 측면에서 큰 흔적을 남겼다. 인간이 정착한 이후 아이슬란드를 뒤덮고 있던 나무와 초목 대부분이 파괴됐다. 원래 토양도 절반가량이 바다에 침식됐다. 바이킹의 원거주지인 노르웨이에 비해 아이슬란드는 토양이 느리게 형성되었기에 훨씬 더 빨리 침식된 것이다. 토양이 취약한 것을 알지 못했던 바이킹은 농사와 양의 방목을 위해 토양과 초목을 무차별적으로 이용했다. 결국 척박한 환경에서 자원 남용이 거듭된 끝에 870년 본격적으로 시작된 바이킹의 아이슬란드 정착은 930년경이 되면 막을 내린다.

그린란드에서도 척박한 환경을 남용한 탓에 바이킹은 영속적으로 거주하는 데 실패했다. 1420년경 소빙기가 절정에 이르면서 그린란드, 아이슬란드, 노르웨이를 잇는 바다에는 여름에도 유빙이 늘어났다. 이 때문에 그린란드의 노르웨이인들은 완전히 고립됐다. 주변 이누이트족은 반달바다표범을 사냥하면서 추위를 견뎠지만, 목축을 경제활동의 기반으로 삼았던 노르웨이인들은 이런 변화를 견디기 힘들었다. 바이킹이 그린란드에 데리고 온 돼지는 초목의 뿌리를 캐 먹고, 땅을 파헤치는 파괴적인 행위의 흔적만 남긴 뒤 사라졌다. 바이킹은 기본적인 식량 공급원을 추운 기후에 잘 견디는 양과 염소로 바꿨지만 이마저도 오래 지속되지 못했다. 결국 그린란드 정착 시도는 키우던 사냥개와 송아지, 새끼 양까지 다 잡아먹은 뒤 굶어 죽는 비극으로 마무리됐다.

바이킹은 또 콜럼버스보다 500년 앞선 1000년경에 아메리카 대륙에 식민지를 세웠지만 이 역시 오래 유지하진 못했다. 바이킹들이 '포도의 땅(빈랜드)'이라고 부른 곳은 오늘날의 뉴펀들랜드 지역으로 그린란드 정착지에서 직선거리로 1600킬로미터 떨어져 있었다. 당시의 항해술로 항해 시간만 6주가 소요되는 먼 곳이었다. 빈랜드에서 실패한 이유로는 수적으로 우세한 인디언과 적대적 관계가 이어졌던 점이 우선 꼽힌다. 여기에 빈랜드 개척의 후방 기지라고 할 수 있는 그린란드가 물질적으로 허약한 상태여서 제대로 지원해줄 수 없었다는 점이 발목을 잡았다. 그린란드는 나무와 철이 부족했고 또 너무 멀리 있었다. 바다를 항해할 배도 많지 않았다. 1000년경 그린란드 식민지의 인구는 500명도 안 되었던 것으로 추산되는데 그린란드에서 가용한 인력을 총동원해도 빈랜드에 파견할 성인은 80명이 안 됐을 것으로 추정된다.

엎친 데 덮친 격으로 유럽 대륙에서도 각지에서 바이킹이 축출되었다. 이들의 '전성기'가 지난 가운데 해로의 결빙 탓에 그린란드의 생명줄이던 노르웨이와의 교역이 급격히 줄었다. 철과 목재 공급은 물론 문화적 연결고리까지 끊긴 것이다. 여기에 이슬람 세력이 지중해 세계를 주도하면서 공급이 중단됐던 아시아와 동아프리카의 코끼리 상아가 십자군 원정으로 다시 유럽에 들어온 점도 바이킹에겐 악재였다. 그린란드의 주요 수출품이었던 해마 상아 수요가 크게 줄어들었기 때문이다. 노르웨이에서 힘들게 그린란드로 배를 보낼 이유도 점점 사라졌다.

이처럼 해외 식민지에서 바이킹은 자원을 남용하고 환경을 파괴해 고전을 거듭하고 생존을 위협받았지만, 식민지로 이주한 바이킹의 후손들은 고집스럽게 전통적 생활 방식을 버리지 않았다.

그리고 이것은 그들의 최후를 재촉한 요인이 됐다. 그린란드 헤르욜프네스 교회 묘지의 영구동토층에 묻힌 시신이 그 증거다. 그린란드 사람들은 '유럽사회'를 유지하고자 했다. 시신들의 복장은 유럽의 유행을 따른 것으로 그린란드의 추운 날씨와 무관했다. 이누이트의 모피 옷이 더 어울렸을 법한 환경에서 그린란드의 노르웨이 사람들은 최후의 순간까지 유럽식 의상을 고집했다. "우리는 유럽인이다"라는 집착으로 이들은 그린란드의 기후에서 고집스레 소를 키웠고, 건초를 수확해야 할 여름에 사람들을 멀고 위험한 노르드르세타 사냥터로 보내 해마를 사냥하도록 했다. 이들은 이누이트족의 유용한 처세법을 끝까지 거부했다. 결국 무지와 고집, 물자 부족이 겹치면서 환경이 척박한 북대서양 여러 섬에서 바이킹은 사람들의 뇌리에 희미한 기억만 남긴 채 사라졌다.

글쓴이 김동욱

한국경제신문 기자, 블로그 '김동욱 기자의 역사책 읽기'를 통해 사회현상과 역사적 사실을 접목하는 작업을 하고 있다. 『독사-역사인문학을 위한 시선 훈련』 『세계사 속 경제사』 등을 썼다.

경도經度, 불확실의 땅으로 이끈 힘

『경도 이야기』

데이바 소벨 | 김진준 옮김 | 웅진지식하우스 | 2012

1494년 교황 알렉산드르 6세가 토르데시야스 조약을 중재하며 에스파냐와 포르투갈의 해외 식민지 영토 분쟁을 매듭지은 것은 탁견이었다. 아프리카와 아시아, 아메리카 대륙에서 사사건건 충돌하던 두 나라의 영역은 교황의 권위 덕에 '분명'해졌다. 알렉산드르 6세는 대서양 한복판 아조레스 제도 서쪽 100리그 지점을 기준으로 남북으로 선을 긋고선 '기준선 서쪽의 땅은 에스파냐에, 동쪽의 영토는 포르투갈에' 할당했다. 당시 이 선의 정확한 위치를 아는 사람이 없었다는 점에서 절묘한 정치적 '신의 한 수'가 아닐 수 없었다. 에스파냐와 포르투갈 모두 조약을 자기 편한 대로 해석하면서 만족했을 것이다.

지금은 인공위성을 이용한 위성위치확인시스템GPS 같은 각종 첨단 과학기술 덕에 항공기와 선박, 차량을 탈 때 어렵지 않게 지도 위에서 자신의 위치를 찾을 수 있다. 항해를 할 때 조그마한 어선이라도 위도와 경도를 파악하는 것은 기본이 됐다. '독도가 동경 132도, 북위 37도에 있다'는 것도 노래 가사를 통해 상식처럼 알려져 있다.

하지만 과거에는 끝없는 수평선이 펼쳐지고, 어디를 둘러봐도 파도만 출렁이는 바다에서 가로세로로 상상의 선을 긋고선 자신이 있는 곳을 확정한다는 것이 말처럼 쉬운 일은 아니었다. 이러한 시절 경도를 찾아 나선 인류의 지난한 모험을 흥미롭게 되짚어본 작가가 있다. 바로 『뉴욕타임스』가 '스토리텔링의 대가'라고 극찬한 과학저널리스트 데이바 소벨이다. 그의 첫 작품 『경도 이야기』는 24개 국어로 번역됐고, 영국 '올해의 책' 등 각종 상을 휩쓸었다. 이 책에 이어 소벨은 『갈릴레오의 딸』과 『코페르니쿠스의 연구실』이라는 16~18세기 과학혁명 3부작을 완성하면서 딱딱하기 그지없는 과학사와 과학자들의 업적을 드라마틱한 소설처럼 손쉽게 접할 수 있게 했다.

☸ 세계인이 부딪힌 난관, 경도란 무엇인가

『경도 이야기』는 경도의 개념에서 시작된다. '적도와 평행선'인 위도와 '남극과 북극을 잇는 선'인 경도라는 개념은 인류사의 초기에 등장했다. 사람들의 머릿속에 경도와 위도 개념이 있었다는 근거는 기원전 2~3세기부터 찾아볼 수 있다고 한다. 프톨레마이오스의 『지리학Geographia』에는 27장의 크고 작은 세계지도Ptolemy's world map가 포함됐는데 이 지도 위에 알파벳순으로 지명과 색인을 달고 선을 표시한 뒤 위도와 경도를 병기했던 것이다.

위도에 대해선 프톨레마이오스 당시부터 이견이나 논쟁의 여지가 거의 없었다. 위도 개념이 처음 생겼을 때부터 자연스럽게 적도가 '위도 0도'가 됐던 것이다. 기준선뿐 아니라 낮의 길이와 태양의 높낮이, 별자리 등을 통해 측정자가 자리 잡은 곳의 위도를 판단하는 기술도 고대부터 꾸준히 축적됐다.

하지만 경도는 사정이 사뭇 달랐다. '경도 0도'인 본초자오선은 위도처럼 자연적으로 정해지지 않았기 때문이다. 그렇다고 '엿장수 마음대로' 임의로 결정할 수도 없는 노릇이었다. 프톨레마이오스는 포처니트 제도(카나리 제도와 마데이라 제도)를 지나가는 선을 '경도 0도'로 삼았지만 이후 지도를 만드는 사람에 따라 본초자오선의 기준은 그때그때 달라졌다. 아조레스 제도를 비롯해 로마, 코펜하겐, 예루살렘, 상트페테르부르크, 피사, 파리, 필라델피아가 모두 본초자오선의 기준점이 된 전력이 있다. 결국 최종적으론 19세기 대영제국의 힘을 바탕으로 런던 그리니치 천문대로 '경도 0도'가 지나는 지점이 낙착됐다. 본초자오선의 위치를 정하는 것은 정치적인 문제였던 것이다.

설사 기준을 정했다 하더라도 자신이 자리한 지점의 경도를 판정하는 일은 지난한 과제였다. 위도와 달리 경도의 자오선을 측정하는 일은 시간에 좌우됐다. 바다에서 경도를 알려면 배가 있는 곳의 시각과 바로 그 순간 배가 출발한 모항 또는 이미 경도를 아는 한 곳의 시각도 동시에 알아야만 했다.

문제는 거기서 끝나지 않았다. 두 지점의 시간을 동시에 알았다고 하더라도 시계가 제대로 작동하리란 법이 없었기 때문이다. 흔들리는 배 위에서 시계는 속도가 마구 변했고, 멈추는 일도 비일비재했다. 온도와 습도 변화에 따라 시계 부품이 수축과 확장을 거듭했고 부품 사이에 칠했던 윤활유의 점도가 변했던 탓이다. 기압과 위도 차에 따른 중력 변화도 시계가 제각각으로 돌아갔던 원인이다.

제대로 된 기초 관측을 하는 것도 말처럼 쉬운 일이 아니었다. 15~17세기 바다에 나갔던 선장들은 모두 배가 모항의 동쪽이나 서쪽으로 얼마나 멀어졌나를 측정하기 위해 '추측항법'을 사용했다. 추측항법이란 바다 위에 줄이 풀리는 정도에 따라 배의 속도와 이동 거리를 재는 장치인 측정기를 던져놓고 임시 이정표로부터 얼마나 빨리 멀어지는지를 관찰하는 것이었다. 이를 통해 조잡한 수준의 속도 측정값을 확보했고, 별이나 나침반으로 확인한 방향을 추가해서 위치를 계산했다. 하지만 이런 식으론 오차가 적지 않게 발생했고, 오차가 크다 보니 목적지를 찾지 못하고 엉뚱한 곳만 배회하는 일이 비일비재했다.

☸ 경도에 대한 무지가 몰고 온 세계적 재앙

위대한 탐험가나 숙달된 뱃사람 가릴 것 없이 하나같이 경도를 재지 못한 탓에 바다에서 길을 잃곤 했다. 희망봉을 돌았던 바스쿠 다 가마와 태평양을 발견한 바스코 누녜스 데 발보아, 최초의 세계일주자 페르디난드 마젤란, 위대한 해적 프랜시스 드레이크 등은 경도를 알지 못한 탓에 대양을 방황했고 천운으로 간신히 목적지에 닿았던 인물들이기도 하다. 그들은 말 그대로 신의 은총 덕에 위대한 업적을 이룰 수 있었다.

반면 '위대한' 모험가들만큼 운이 좋지 않았던 무수한 뱃사람들은 경도를 몰라 목숨을 잃었다. 경도를 모르는 배들은 침몰할 수밖에 없었고, 침몰하지 않았다 하더라도 표류를 거듭하다가 괴혈병이나 식량 부족 등에 시달리면서 서서히 죽어갔다.

경도를 몰랐던 까닭으로 세계 각국은 어마어마한 경제적 재앙도 감수해야 했다. 대양을 오가는 배들은 살아남기 위해 '안전한' 소수의 비좁은 항로를 이용했다. 배들이 모두 위도만으로 항해를 했던 까닭에 육지에서 멀지 않은 좁은 항로에 상선과 전함, 해적선이 서로 뒤엉켜, 싸우고 희생되는 일이 거듭되었다. 17세기 말에는 자메이카와 교역하기 위해 영국제도와 서인도제도 사이의 특정 루트를 오간 배가 연간 300척 가까이 되었다.

이처럼 경도 측정의 필요성이 절실해질수록 경도의 수수께끼를 푸는 것은 국가적 과제가 됐다. 경도 문제를 해결하기 위해 각국의 주요 정치가와 과학자들이 총동원되다시피 했다. 프랑스의 루이 14세와 영국의 조지 3세가 경도 문제에 직접 관여했고, 유럽 각국의 천문학자들도 해법을 찾고자 나섰다. 갈릴레오 갈릴레이와 장 도미니크 카시니, 크리스티안 하위헌스, 아이작 뉴턴, 에드먼드 헬리 등 빼어난 과학자들은 경도 풀기 도전자 명단에 이름을 올렸다.

이런 와중에 경도를 찾는 방법을 발견하는 계기가 일어났다. 1707년 10월 22일 영국의 한 해변 근처에서 생긴 '비극적 사건'이 인류사의 방향을 바꾼 것이다. 클로디슬리 경이 이끄는 영국 전함 네 척은 경도를 잘못 파악한 탓에 표류하다가 암초를 만나 잇따라 좌초했다. 2000여 명의 승무원은 영국의 해운 중심지가 지척이었음에도 불구하고 순식간에 목숨을 잃었다. 비보를 접한 영국 정부는 경도 파악을 국정의 급선무로 삼았다. 영국 의회도 1714년에 그 유명한 '경도법'을 제정하며 "경도를 측정하는 실행 가능하고 유용한 방법을 찾는 사람"에게 2만 파운드를 주겠다며 거액의 상금을 내걸었다. 대권(지구를 그 중심을 지나는 평면으로 자를 때 생기는 원)의 2분의 1도 이내로 정확하게 경도를 측정할 수 있는 방법을 밝혀내는 이에게 막대한 포상금을 약속한 것이다.

☸ 경도, 바닷길을 열다

마침내 경도를 향한 인류의 숙원을 푼 이는 뜻밖의 인물이었다. 그는 명성이 자자한 과학자도, 산전수전 다 겪은 선원도 아니었다. 소벨이 '역사의 망각' 속에서 구원해낸, 정식 교육을 받지 못한 무명의 시골 시계공 존 해리슨이 발상의 전환을 이끈 주역이었다.

해리슨의 등장 이전까지는 목성 주위를 도는 네 개 위성의 위치를 측정해 경도를 알아내려던 갈릴레이를 비롯해 천문학자들이 '하늘에 답이 있다'는 신념 하에 열심히 하늘을 관측했다. 하지만 해리슨이 등장하면서 판은 근본적으로 바뀌었다. 배가 제아무리 요동을 쳐도 완벽한 균형을 유지하면서 하루에 3초 이상 틀리지 않는 시계를 만든 것인데, 이로써 낮이고 밤이고 기상 상황 및 때와 장소에 관계없이 경도를 측정할 수 있는 도구를 손에 쥐게 되었다. 천문학자들은 시계로 경도 문제를 해결하겠다는 생각에 몹시 못마땅해하며 해리슨의 작업을 사사건건 방해하고, 폄훼했다. 이에 대해 해리슨은 40여 년간 'H-1' 'H-2' 'H-3' 'H-4'라는 이름의 네 개의 시계를 만들면서 경도를 재는 것이 더 이상 불가능한 일이 아님을 증명해냈다. 그리고 마침내 1773년 6월 경도법 수상자로 인정돼 막대한 상금을 받았다. 그의 나이 여든의 일이었다.

경도를 알게 된 이후 바다를 바라보는 인류의 시선은 바뀌었다. 바다에 대한 두려움과 해상 이동의 위험은 크게 감소했다. 해상 교역의 확장과 제국주의의 발흥, 산업혁명 등은 모두 경도 측정법의 발견이 없었으면 불가능했거나 크게 늦춰졌을 수밖에 없는 일이었다. 오차가 거의 없는 시계의 발명이 해양 개척과 인류사의 진전을 크게 앞당겼던 것이다.

글쓴이 김동욱

한국경제신문 기자, 블로그 '김동욱 기자의 역사책 읽기'를 통해 사회현상과 역사적 사실을 접목하는 작업을 하고 있다. 『독사-역사인문학을 위한 시선 훈련』 『세계사 속 경제사』 등을 썼다.

중세 모험가가 전해주는 진귀한 이야기

『이븐 바투타의 오디세이』
데이비드 웨인스 | 이정명 옮김 | 산처럼 | 2011

『이븐 바투타 여행기』(전2권)
이븐 바투타 | 정수일 옮김 | 창비 | 2001

예순넷 평생의 절반을 그는 항상 '여행 중'이었다. 스물두 살의 메카 성지순례로 시작된 여정은 28년 동안 이어졌다.

세계 역사상 가장 위대한 여행자의 한 사람으로 꼽히는 이븐 바투타는 12만 킬로미터에 달하는 약 30년의 여정을 『리흘라』(여행기라는 뜻의 아랍어)에 담았다. 이 책의 또 다른 제목은 『여러 도시의 경이로움과 여행의 신비로움을 열망하는 사람들에게 주는 선물』이다. 마르코 폴로의 『동방견문록』, 오도리크의 『동방여행』 그리고 신라의 승려 혜초가 쓴 『왕오천축국전』과 함께 세계 4대 여행기로 꼽힌다.

『리흘라』는 2001년 기준으로 전 세계 15개 언어로 완역됐는데 이중 한국어도 포함된다. 이슬람문화 전문가이자 문명교류사 권위자인 정수일이 『이븐 바투타 여행기』라는 제목으로 옮겼다. 당시 예상을 훨씬 뛰어넘는 판매고로 출판사도 놀랐다는 후문이다.

지금 소개하는 『이븐 바투타의 오디세이』(이하 『오디세이』)는 방대한 분량의 『리흘라』에 좀더 쉽게 접근하도록 인도하는 일종의 안내서이자 해설서다. 영국 랭커스터대학 이슬람학과 명예교수인 저자 데이비드 웨인스는 이슬람문화와 이븐 바투타를 전문가적 입장에서 분석하고 논증하되 대중적으로 더 쉽게 이해되도록 흥미로운 이야깃거리를 발췌하고 정리하여, 전문가와 일반독자 모두를 만족시키겠다는 야심찬 계획을 세웠다.

과연 입문서까지 필요하냐는 의문은 그 여정의 방대함으로 충분히 설득된다. 또한 다분히 학술적인 질문들은 조금 차치해두더라도, 이븐 바투타의 『리흘라』 완역본을 읽고 싶은 독자들에게는 중세 여행기를 둘러싸고 항상 제기돼왔던 의문—이 여행자는 직접 그 여행지를 방문했는가—과 표절 시비 등을 둘러싼 친절한 설명이 제공되므로, 이 책을 읽고 나면 한결 가볍고 준비된 마음으로 완역본에 도전할 수 있을 것이다. 또한 완역본까지는 욕심을 내지는 않으나, 그 유명한 이븐 바투타의 여행기를 제대로 '맛보기'하고 싶은 독자들에게 충분히 권할 만하다.

☸ 방대하고도 기막힌 14세기의 모험

이븐 바투타는 북아프리카 왼쪽 거의 끝자락에서 에스파냐를

코앞으로 마주보는 고향 모로코 탕헤르에서 시작하여, 아프리카 대륙을 서-북-동으로 훑어 내리고 바다의 길과 땅의 길을 번갈아 지중해, 홍해, 흑해, 카스피 해 연안과 서아시아 일대, 아라비아 해와 인도 그리고 중국까지 주유했다. 이 여행자의 위대함을 가늠해보고 싶다면 직접 지도를 펼쳐놓고 육로와 해로를 두 눈으로 확인해보자. 지도 위에 그려질 그의 여정에는 거미줄처럼 얽혀 있는 육지의 길뿐만 아니라 한번 시작하면 30~40일, 혹은 88일 그 이상으로 이어지는 바다의 길이 존재한다.

14세기에 이런 여정이 어떻게 가능했을까 하는 생각이 절로 든다. 물론 이븐 바투타는 특별한 사람이었다. 이슬람 율법에 정통한 법학자로서 어디를 가나 대접을 받았다. 신분도 신분이거니와 나라 밖에서도 전문 여행객으로서 명성이 자자했던 것 같다. 가는 곳마다 술탄들의 융숭한 대접을 받았다.

그렇다고 그의 여정이 순탄하기만 했던 것은 아니다. 아프리카에서 홍해를 건너 메카로 가겠다던 첫 성지순례의 바닷길 계획은, 맘루크 왕조의 전투로 선박이 죄다 부서지는 바람에 수포로 돌아갔다. 어느 때는 도적 떼를 만나 말 그대로 "바지 하나" 남기고 모든 것을 빼앗기고, 열병에 걸려 거의 죽다 살아나기도 했다. 한번은 짐을 실어놓고 예배에 참석하느라 잠시 하선했던 배가 하룻밤 새 폭풍우에 부서져 승객 모두가 죽는 절체절명의 사고를 겪기도 한다.

웨인스 교수는 『리흘라』가 일부 여행기에 비하면 "바닷길 여정에 대해서 아주 상세히 설명하는 편은 아니"라며 "이븐 바투타는 남아라비아에서 동아프리카 연안으로, 그리고 인도에서 중국으로 아주 긴 항해에 올랐지만 뱃길여행의 경험담을 여행기 어디에도 서술해놓고 있지 않다"고 말한다. 물론 바닷길에 대한 짤막한 언급들은 도처에서 발견된다. 주로 "풍향이 바뀌어 우리가 의도했던 항로를 벗어났다. (…) 파도가 배 안으로 밀려들어왔고 승객들은 견디기 힘들 정도로 멀미를 했다"는 등 바다여행의 불편함을 기록하거나, 순례자들을 "마치 닭장 속의 닭처럼" 배에다 꽉꽉 싣기 바쁜 선주들의 탐욕에 대한 언급들이다. 웨인스에 따르면 "당시 선주들 사이에는, 배는 자신들이 마련했으나 목숨은 순례자들 스스로 지켜야 한다는 오랜 속담이 있었다."

이븐 바투타가 길고도 길었던 바닷길 여정을 상대적으로 적게 묘사한 이유에 대해서는 정확히 설명되지 않는다. 웨인스 교수는 선임 여행자들의 저서를 충분히 읽고 미리 준비한 덕분일지 모른다고 짧게 언급하지만, 어쩌면 공저자의 기술 방식 때문일 수도 있다. 당시 여행기가 쓰이는 일반적인 과정을 보면, 여행가의 구술을 받아 적고 이를 이야기로 집필하는 전문 작가가 따로 있었다. 이븐 바투타와 마르코 폴로 모두 이런 작가들과 '협동'하여 여행기를 썼다.

어찌 됐든 이븐 바투타의 여행기는 당시로서는 독보적인 스케일을 자랑한다. 대여행가 이븐 바투타가 탄생할 수 있었던 데에는 당시의 시대적 환경, 즉 이슬람문명의 번성이라는 배경의 힘도 있었을 것이다.

> 이븐 바투타가 살았던 14세기는 (…) 정치적으로 비교적 조용하고 또 통합이 이뤄지던 시기였다. (…) 당시 이슬람은 비정통 분

파들까지 합세하여 보편 종교로서 교세를 넓혀가던 시기였는데, 한쪽에는 아브라함의 전통을 공유하는 기독교와 유대교라는 소수 종교 집단이 활기찬 활동을 벌이고 있었다.

☸ 바닷길로 드넓은 이슬람 세계를 관통하다

하지만 『리흘라』가 타의 추종을 불허하는 여행기로 손꼽히는 이유는 무엇보다 이븐 바투타가 견지한 보편주의적인 시각 덕분일 것이다. 그는 여행을 통해 주류 문화로서의 이슬람뿐만 아니라 소수 종교로서의 이슬람 문화권과 그 변방 지대를 적극적으로 탐험했고 그에 관한 기록을 남겼다.

> 이븐 바투타는 첫 번째 성지순례를 마치고 움마(이슬람 공동체)의 변두리 지역을 향해서 모험을 떠났다. 처음에는 남쪽으로 동아프리카 연안에 갔다가, 다시 아나톨리아, 크림 반도, 아프가니스탄을 거쳐 인도에서 몇 년을 머물렀다. 인도 다음으로 막간을 이용해 몰디브 제도에서 시간을 보낸 후 움마의 동쪽 끝자락에 위치한 수마트라로 항해여행을 떠났다. 중국을 거쳐 모로코로 귀환한 것은 여행의 끝이 아니었다. 그는 다시금 곧장 무슬림이 살고 있는 알안달루스(이베리아 반도)의 깊숙한 국경지대를 방문하고 다시 남하하여 이번에는 서아프리카 수단을 향했다. 이는 여행을 시작하면서 의식적으로 잡아놓은 거대 계획의 일부가 아니라 여행의 경험 자체가 촉발시킨 모험이었다. (…) 계속해서 움

마의 변방, 즉 그의 고향 모로코와는 너무나 다른 점들이 존재하는 땅으로 쉼 없이 내달렸다. 이븐 바투타는 움마의 서쪽 끝자락에 위치한다고 해서 모로코를 소홀히 하는 일 따위도 하지 않았다. 오히려 평생을 바친 여행을 통해 목격했던 그 광대한 움마를 형성하는, 매우 중요한 주변부의 한 지점으로 고향 땅을 관망할 줄 알았다.

웨인스의 분석대로라면 이븐 바투타는, 해외여행이 일상화되어 '나와 타자' '우리와 그들'을 항상 경험하는 동시에 글로벌 시민으로서 살아갈 책무를 지닌 21세기 지구촌 사람들에게도 매우 현재적인 의미를 갖는 여행철학자다.

책에는 이 충직한 무슬림이 경험한 다양한 이슬람 분파에 대한 흥미로운 이야기들뿐만 아니라, 그의 솔직한 여성 편력에서 한 걸음 나아가 당시 이슬람 사회의 양성평등에 관한 흔치 않은 지식이 친절하게 정리되어 있다. 또한 손님 접대를 아주 중요한 일상사로 여겼던 무슬림의 풍성한 음식문화에 대한 흥미로운 소개도 독자들의 이목을 끌기에 충분할 것이다. 음식 이야기를 읽다 보면 책에 나오는 레시피를 한번쯤 따라 해보고 싶은 충동마저 인다.

웨인스는 또한 그동안 서구 학계가 품어왔던 이 이슬람 여행자에 대한 이해와 오해의 현주소를 적나라하게 파헤친다. 그리고 일반 독자들도 관심을 가질 법한, 이븐 바투타와 그의 여행기에 관한 학술적 주제들을 결코 무겁지 않게 다루어내는 미덕도 보여준다. 아마도 이 책을 읽다 보면 그 광대한 여행기를 가로세로로 자르고 이어 붙이고 엮어내는, 거의 편집증에 가까운 저자의 꼼꼼한 노고에 누구든 혀를 내두르게 될 것이다.

글쓴이 이정명

동국대 수학교육학과를 졸업하고 성균관대 대학원 신문방송학과에서 석사 학위를 받았다. 이학과 문학의 경계 혹은 접점에 관심이 있으며, 음악과 건축, 수학에 관한 좋은 책을 소개하고자 한다.

꿈과 욕망,
집념이 넘실거리는 바다

『위대한 항해자 마젤란』(전2권)

베른하르트 카이 | 박계수 옮김 | 한길사 | 2003

바다는 잡종 괴물처럼 이중적이다. 꿈이라는 '이상'과 욕망이라는 '현실'이 늘 교차했고, 문명이 전파됐는가 하면 팽창의 야욕이 이 바다 위를 오랜 세월 떠다녔다. 그렇게 무수한 삶과 죽음이 번갈아가며 '인간의 바다'를 펼쳐 보였다.

억압과 구속의 뭍에서 벗어나 망망대해를 가르고픈 사람들은 늘 존재했다. 비록 실패와 좌절을 안겨줬지만 바다는 오랫동안 모험가와 몽상가들의 결핍을 채워주고 꿈을 이뤄줄 유일한 대안으로 여겨졌다. 꿈을 찾아 바다로 나간 이들의 끊임없는 시도 속에서 조금씩 역사의 지각은 바뀌어왔다.

☸ 기술의 축적, 바다를 열다

바다라는 물레를 한 바퀴 돌려볼 때 그 짝패처럼 떠오르는 것이 지도다. 지도는 더 먼 바다로 나가고자 했던 이들이 발전시켜 왔다. 지도 제작술을 비롯한 해양학 지식은 신대륙 발견과 점령에 결정적 역할을 한다. 중세 이전까지 이 분야의 기술은 국가 기밀이었다. 하지만 르네상스를 지나면서 원양 항해는 더 이상 전문가만의 특권이 아니게 되었다. 포르투갈의 항해왕자 엔리케는 탐험여행을 준비하기 위해 당시 가장 유명했던 지도 제작자를 사그레스에 있는 해양학교에 보냈고, 그곳에서 서아프리카 해안을 항해할 수 있는 토대가 마련되었다. 그 토대는 이로부터 80년 후 바스쿠 다 가마를 통해 인도로 가는 해로가 열리면서 성공적으로 완결됐다. 유럽 팽창은 이렇게 11세기부터 유럽 내부에 축적되어 온 기술과 경제·문화적 발전 및 지도 제작술과 같은 항해과학의 발달과 나란히 전개되었다.

15세기 후반 포르투갈의 수도 리스본은 모험가와 몽상가들의 집합소였다. 그들은 학자와 항해자였으며, 큰 돈벌이의 냄새를 맡은 허풍쟁이와 대서양의 해적들이기도 했다. 그리고 이곳에 페르디난드 마젤란(1480~1521)이 있었다. 마젤란은 인류 역사상 바닷길로만 지구를 한 바퀴 돈 최초의 인물이다. 그는 1505년부터 1511년까지 동쪽으로 아프리카 해안을 따라 남하해 인도양을 가로질러 필리핀까지 가는 해로를 개척했으며, 1519년부터 1521년까지 서쪽으로 남아프리카의 복잡한 해협을 통과해 거대한 태평양을 3개월 이상 기적처럼 달려 다시 필리핀에 도착했다. 서로 다른 방향으로 지구를 한 바퀴 감은 셈이다. 이로써 인류는 해로를 통한 최초의 세계일주자를 배출하게 되었다.

『위대한 항해자 마젤란』은 이런 마젤란의 삶과 모험을 다룬 전기다. 마젤란의 삶은 결코 평탄하지 않았다. 포르투갈의 하급 귀족 가문 출신이었으나 9살 때 부모를 잃고 거친 세상에 홀로 남겨졌다. 어린 나이에 포르투갈 해군에 몸담고 경력을 쌓아 선장의 자리에까지 오르지만 결국 왕에게 버림받자 에스파냐로 국경을 넘어가서 끝내 자신의 꿈을 실현한다. 후에 마젤란은 지구 반대편으로 돌아 다시 필리핀 군도에 도착하는 대업을 이루자마자 어이없는 죽음을 맞았다. 세부 섬의 왕자와 우호관계를 맺고 그들의 정적인 막탄 섬 라푸라푸 족의 정벌을 도와주러 나섰다가 이들의 화살에 맞아 죽고 만 것이다. 결국 에스파냐로 다시 돌아오는 배 위에 마젤란은 없었다. 이러한 사실들은 그의 삶을 더욱 극적으로 꾸며준다.

이 책의 저자 베른하르트 카이는 소설적 기법을 차용해 마젤란의 유년 시절부터 1123일에 달하는 항해 기록을 상세하게 복원한다. 1권에서는 필생의 항해를 시작하기 전 마젤란이 겪는 어려움과 수차례의 반전, 이를 넘기 위한 계략 등이 펼쳐지고 2권에서는 에스파냐로 건너가 카를로스 1세에게 자신의 원대한 계획을 설명하고 선단을 꾸리는 과정, 지구가 둥글다는 것을 증명하고 전장에서 최후를 맞이하는 모든 장면이 그려진다.

책의 서두에는 마젤란보다 앞선 세대이자 아메리카 대륙을 발견한 콜럼버스가 포르투갈 왕의 추밀 고문관과 나누는 대화가 소개된다.

"지도 제작 부서가 당신의 보고에 흥미를 가질 것 같군. 당신이 훌륭한 지도를 제작하면 좋을 텐데. 그 비용은 우리에게 문제가 안 되니까 말일세!"
"각하, 지도를 제작해서 몇 에스쿠도(포르투갈과 에스파냐의 동전)를 벌자고 말씀드리는 것이 아닙니다." _1권 29쪽

당시 유럽의 주요 항해 목적 중 하나를 잘 드러내는 대목이다. 마젤란이 태어난 시대에 유럽인들의 눈은 탐욕으로 희번덕거렸다. 마젤란이 다닌 시동학교 교사는 학생들에게 "포르투갈은 탐험가의 나라다! (…) 포르투갈은 세계의 심장이다! 하늘은 주 하나님의 것이며 땅은 용기 있는 자만의 것이다!"(1권 74쪽)라고 말했다. 바다를 중심으로 전개되는 탐험과 항해는 꿈과 호기심을 발현하기 위한 출발점이지만 숨겨진 또 다른 명분은 점령이라는 수단을 통한 부의 축적이다.

아프리카는 엄청나게 컸다. 원정대가 계속 파견되었다. 마침내 1471년에 포르투갈의 배가 기니에 도착했다. 엔리케 왕자가 죽은 지 11년 후에야 그의 노력은 포르투갈에 이익을 가져오기 시작했다. 해안 지역의 이름들은 어떤 종류의 물건들이 그 이후에 포르투갈로 운반되느냐에 따라 결정되었다. 상아 해안, 노예 해안, 후추 해안 등등. 배들은 점점 앞으로 나아갔다. 아프리카 대륙은 끝이 없는 것처럼 보였다. _1권 73-94쪽

☸ 시대에 매인 영웅, 인간 마젤란의 복원

베른하르트 카이는 영웅이기 이전에 한 인간으로서의 마젤란을 객관적으로 조명하려 했다. 어린 시절 부모를 여의고 마누엘 왕의 궁정에 들어간 마젤란은 억압적 분위기에서 자랐고, 왕궁 안에서 무한한 자유의 상징 바다를 동경하게 되었다. 끊임없는 충성맹세, 자제력 그리고 종종 모순을 드러내는 그의 기질은 꼼꼼하면서도 대담해야 하는 항해자의 자질로서는 긍정적으로 작용했다. 잔인하면서도 상냥하고, 강직하면서 세심한 성품은 정복자의 기질과도 맞닿아 있었다.

저자가 보기에 그의 삶은 이중으로 곡해되었다. 포르투갈 사람들은 그가 조국의 기밀을 적대국에 누출시키고 심지어 적대국을 위해 봉사했다는 점, 그로 인한 엄청난 피해 때문에 그가 포르투갈 출신이라는 점을 외면했다. 한편 에스파냐 사람들은 마젤란이 살아 있던 당시에는 그가 첩자이지 않을까 하는 불신뿐만 아니라 에스파냐인들을 지휘하며 카스티야(에스파냐 민족의 발상지)의 자존심을 상하게 했다는 이유로 높이 평가하기를 주저한다. 바로 그렇기 때문에 저자는 역사가 기록하지 않은 마젤란의 또 다른 면을 복원하려 했다. 특히 마젤란의 탐험 정신을 높이 평가한다.

저자는 마젤란의 원정에 관해서는 원칙적으로 증명된 사실을 토대로 기술했으며, 감정적 동기 역시 신빙성이 있다고 판단될 때에만 영향력 있게 다루었다. 자료의 공백을 채우는 데 있어 정서적 접근을 피하려 노력하면서도 마젤란의 성과와 결실에도 불구하고 당대의 시대적 정서가 그에게 불명예를 안겼음을 우회적으로 지적한다.

마젤란이 살던 시대는 신과 경건의 구속에서 벗어나 인간을 중시하는 단계로 진입하는 때였다. 선박 제조기술의 발달은 미지의 대륙을 찾아 나서는 일에 관심이 있는 이들이 바다로 나갈 수 있게 만들었고 인쇄술 덕분에 지식의 확대 전파가 이루어졌다. 이것은 정치적·종교적 기존 질서를 흔들었다. 특히 항해술은 해상 이동에 긍정적인 전망을 가져다주었다. 15, 16세기의 유럽은 세계의 발견과 정복을 위해 필요한 기술을 갖기 시작했으며, 이는 20세기 초까지 그들의 부와 영토를 확장하는 요긴한 수단이 되었다.

15세기 후반 경쟁적으로 대항해시대를 열어가던 에스파냐와 포르투갈이 협정을 맺었다. 바로 토르데시야스 조약(1494)으로 탐험 지역들에 대한 소유권 분쟁을 해결하는 것이 목적이었다. 포르투갈과 에스파냐의 세력 확장 범위, 즉 바다의 국경선을 정한 조약이다. 이 조약에 따르면 포르투갈은 대서양을 통하여 아시아 및 동인도 제도로 진출할 수 있었고, 에스파냐는 아메리카 대륙 쪽(서쪽)으로 진출해야만 했다. 마젤란의 항해 역시 철저히 이런 배경 위에서 이루어졌다.

☸ 바다의 기질을 그대로 닮은 영웅

마젤란은 에스파냐에 투신했기 때문에 향신료를 구하기 위해서는 아메리카 대륙을 넘어 동남아시아를 항해하는 계획을 세워야 했다. 여기에 앙베르의 상인인 전주錢主를 만나 재정적 도움을 얻었고 국왕 카를로스 1세에게 자신의 탐험 계획을 제안하여 후원을 약속받았다. 1519년 8월 10일 마젤란 선단은 드디어 서쪽 항로를 통해 몰루카 제도에 갈 계획을 세우고 선박 5척과 승무원 270명으로 세비야를 출발했다. 그는 행선지를 감춘 채 항해하여 12월 중순에 리우데자네이루에 닿았고, 1520년 1월 라플라타 강에 도착하여 이곳이 해협이 아니라 강인 것을 확인했다. 남하를 계속한 일행은 1520년 11월 28일에야 험난한 항해 끝에 마젤란 해협을 빠져나갈 수 있었다. 이때 선단 1척이 침몰하고, 1척은 도망쳐 남은 것은 3척뿐이었다. 남은 이들을 맞은 것은 잔잔한 대양이었다. 끝없이 넓었지만 끝없이 고요했던 이 대양에 마젤란은 '태평양'이란 이름을 붙여주었다. 태평양에서 불안에 떠는 선원들을 통솔하여 계속 서쪽으로 가는 석 달 동안 어떤 섬과도 조우하지 못했다. 1521년 3월 6일에야 괌에 도착하여 원주민과 교전했고, 3월 16일에는 현 필리핀 군도 레이테 만의 즈르안 섬에 도착해 세비야에서 연행해온 수마트라인 노예의 통역으로 원주민과 우호관계를 맺었다. 세비야를 떠난 지 1년 6개월여 만이었다.

페르디난드 마젤란의 성과는 교황이나 왕이 지녔던 절대권력의 중심축을 뒤흔드는 신호탄이 되었다. 그는 하인, 시종 그리고 반역자로 낙인찍힌 인물도 역사의 중심이 될 수 있다는 것을 보여줬다. 그렇게 되기까지 마젤란은 고립된 공간에서 선원들에게 자신의 의지를 관철시켜야 했고, 인간적이고도 합당한 방식으로 리더십을 발휘했다.

베른하르트 카이가 그리는 마젤란은 바다의 기질을 그대로 닮은 영웅이다. 뭍에서 받은 억압은 그의 위대한 항해의 동력이 됐으며, 미지의 바다에서 그는 문명과 야만이 뒤섞인 역동적인 모습을 보여준다. 마침내 그는 꿈을 이루었지만, 여전히 결핍을 느끼며 상처 입은 채 필리핀에서 41세를 일기로 세상을 떠났다. 그의 여행으로 유럽인들은 지구가 둥글다는 사실을 확인하고, 마르코 폴로의 『동방견문록』에 등장한 이야기들의 진위를 파악할 수 있게 되었다. 그로 인해 사람들은 신대륙의 실체를 믿을 수 있었고, 태평양이라는 가장 큰 대양을 알게 되었다. 마젤란 이후 더욱 더 많은 이들이 바다 위의 모험을 감행했다. 그러나 마젤란처럼 죽음을 무릅쓰고 세계를 일주하는 자는 없었다.

글쓴이 이구용

출판칼럼니스트. 케이엘매니지먼트 대표로 있다.

내가 서쪽으로 간 까닭은

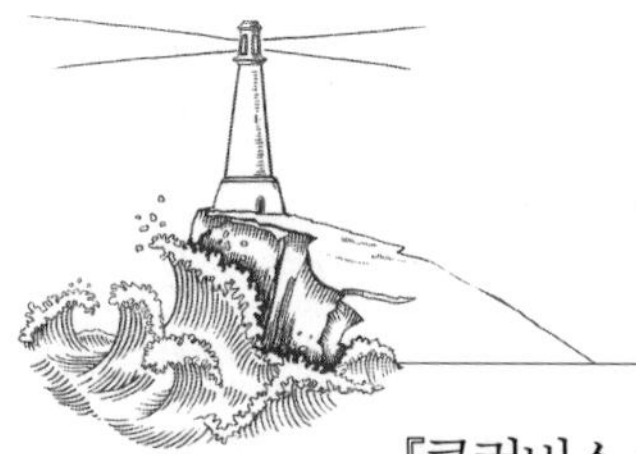

『콜럼버스 항해록』

크리스토퍼 콜럼버스 | 이종훈 옮김 | 서해문집 | 2004

이번 항해 동안 제가 한 행동과 보고 경험한 모든 것에 관해 하나도 빼놓지 않고 자세히 기록하기로 마음먹었습니다. 나중에 보시면 알게 될 것입니다. 저는 매일 밤에는 낮에 있었던 일을 기록하고 낮에는 전날 밤에 항해한 거리를 기록하는 일을 그치지 않을 것입니다. 또한 대양 전체를 정확하고 상세하게 파악할 수 있는 새로운 항해도를 작성할 계획입니다. 바다와 육지의 실제 위치와 항로를 잘 배치하고 위도와 경도를 표시하고 모든 것을 사실적으로 그린 지도책도 만들 계획입니다. _16쪽

『콜럼버스 항해록』의 서두에 나오는, 콜럼버스가 자신을 후원

한 여왕에게 보낸 편지다. 이 책은 크리스토퍼 콜럼버스가 아메리카 대륙을 발견한 7개월여(1492년 8월 3일부터 1493년 3월 15일까지 220일 동안의 1차 항해)에 걸친 항해를 기록한 것이다. 아쉽게도 항해일지 원본은 분실되고 없다. 지금 전해지는 건 그것을 요약해서 베낀 필사본이다.

이탈리아의 무역항 제노바에서 태어나 일찍이 활발한 동서 교역을 목격하며 자란 콜럼버스는 열정적인 젊은 시절을 보냈다. 제도학, 천문학, 라틴어에 능통할 만큼 상당한 학식을 지녔으며, 일찍부터 항해를 했다. 그는 수학자 토스카넬리에게서 지도를 구해 연구했을 뿐 아니라, 마르코 폴로의 『동방견문록』, 맨더빌 경의 『맨더빌 여행기』 등 새로운 세계에 관한 책들을 꼼꼼히 읽으면서 "동방의 부자나라에 가고 싶은 꿈"을 키웠다. 다양한 종류의 배를 몰며 바다에서 오랜 경험을 쌓은 그는 마침내 서쪽으로 계속 항해해서 인도에 도달할 수 있다는 확신을 갖게 되었다. 당시 포르투갈이 시도하던, 남아프리카 희망봉을 돌아 인도로 가는 항로의 실험이 성공하기 전에 콜럼버스 자신이 먼저 인도를 발견해야 한다는 게 인생의 목표가 되었다.

☸ 과학과 지적 욕망과 부귀에의 열정이 낳은 항해

그러나 쉽지 않았다. 1484년 콜럼버스는 포르투갈 왕 주앙 2세에게 그의 대서양 항해 계획을 밝히고 지원을 구했으나 희망봉 루트를 준비 중이던 왕은 그 제안을 거절했다. 1486년 콜럼버스는 다시 에스파냐 카스티야 왕조의 이사벨 여왕을 만나 그의 대담한 항해 계획을 설명했고 오랫동안 집요하게 지원을 요청한 끝에 에스파냐의 후원을 받아냈다. 이사벨 여왕과 페르난도 부부는 해외 진출에 관심을 갖고 있던 터라 마침내 콜럼버스를 등용하기로 마음을 먹은 것이다.

당시 육류를 주식으로 삼았던 서유럽에서는 고기 냄새를 제거하고 부패를 막아주는 향료(후추, 육두구, 계피, 정향 등)가 없어선 안 될 중요한 물자였다. 그래서 포르투갈은 희망봉을 돌아서 인도로 가는 루트의 항해를 준비 중이었고, 경쟁국 에스파냐는 서쪽 항로를 개척해 인도에 도달하는 방법을 강구해야 했다. 에스파냐는 신항로를 개척할 인물이 필요했고, 콜럼버스는 자신의 탐험을 지원해줄 사람이 필요했다. 양쪽의 필요가 절묘하게 맞아떨어진 셈이다.

콜럼버스가 당시 용감하게 항해에 나설 수 있었던 이유는 첫째, 그는 지구가 둥글다는 것을 굳게 믿고 있었고, 서쪽으로 항해하면 반드시 인도에 닿을 수 있으며 거리도 그다지 멀지 않다고 생각했다. 둘째, 수많은 오래된 책을 탐독한 그는 항해에 대한 강렬한 욕망에 사로잡혀 있었다. 셋째, 그는 서쪽 항로를 통해 인도로 가는 길을 개척하면 자신의 업적이 역사에 길이 남을 것이며, 큰 부귀와 명예가 보장될 것이라고 생각했다.

"콜럼버스는 발견한 토지의 부왕으로 임명될 것이며, 이 직책과 특권(산물의 10분의 1)은 자손에게 전승한다." 왕실과 콜럼버스가 맺은 산타페 협약에는 이런 조건이 포함되어 있었다. 협약을 맺은 콜럼버스는 팔로스 항에 머물면서 항해를 준비했다. 왕의 명령에 따라 팔로스 시로부터 산타마리아호, 니냐호, 핀타호 세 척의 배를 제공받은 그는 1492년 8월 3일, 90명의 선원과 함께 마침내 팔로스 항을 떠났다.

콜럼버스가 이끈 세 척의 배는 8월 12일 카나리아 제도에 들렀다가 9월 6일 본격적인 항해를 시작했다. 수시로 바뀌는 해풍과 거센 파도를 이겨내며 밤낮을 가리지 않고 항해했다. 몇 날이 걸리는 긴 항해에는 어떤 어려움이 도사리고 있을지 알 수 없다. 콜럼버스에게 가장 큰 문제는 바로 '선원들'이었다. 그는 실제로 항해한 거리보다 약간 줄여서 항해일지에 기록하기로 마음먹었다. 항해가 오래 걸리더라도, 선원들이 놀라거나 낙담하지 않도록 하기 위해서였다. 그러나 육지는 좀처럼 나타나지 않았다. 항해가 두 달이 넘어선 시점의 어느 초저녁 무렵에 하늘에서 커다란 불똥이 마치 번개처럼 4~5리그쯤 떨어진 바닷속으로 떨어졌다. "이 일은 사람들을 기분 나쁘게 했다. 그 까닭은 뱃사람들은 이 같은 일을 현재의 항로가 위험하다는 것을 경고하는 현상이라고 받아들이기 때문이다."

다음날부터 선원들은 콜럼버스에 대한 불만을 노골적으로 드러내기 시작했다. 왜 이 긴 여정에 나를 끌어들였는가, 해초가 많이 보이는 것은 주변에 암초가 있다는 게 아닌가, 차라리 지금이라도 에스파냐로 돌아가자고 했다. 심지어 콜럼버스를 바다에 빠뜨려 죽이려고까지 했다. 콜럼버스는 담대한 대처로 이 모든 위기를 벗어난다. 배 위로 날아온 부비새가 보이면 육지에서 20리그를 벗어나지 않는 습성을 가진 새라고 반가워했고, 소나기가 내리면 이것이야말로 육지가 가깝다는 증거라며 매일매일의 일기에서

'희망의 끈'을 붙잡았다.

마침내 그해 10월 12일 배는 산살바도르 섬(바하마 제도의 와틀링 섬)에 도착했다. 그가 당시의 상황을 언급한 항해일지를 살펴보면 이렇다.

> (전략) 우리는 마침내 어떤 섬에 도착했다. 그곳에는 벌거벗은 사람들이 있었다. 나는 무장한 선원들과 함께 보트를 타고 해안가로 갔다. (…) 잠시 후, 섬사람들이 우리 주위로 몰려들었다. 나는 강압보다는 사랑을 통해 그들을 우리의 성스러운 신앙으로 귀의시킬 수 있다고 믿었다. (…) 그들은 무기를 지니고 있지 않았다. 더욱 놀라운 것은 그것이 무엇인지도 모른다는 사실이다. (…) 그들은 영리하고 훌륭한 노예로 적격이었다. 내가 그들에게 한 말을 하나도 빼놓지 않고 즉각 되풀이하는 것을 보면 알 수 있다. 나는 그들이 아주 쉽게 그리스도교도가 되리라고 믿고 있다. 그들에게는 종교가 없는 것 같다. 일이 순조롭게 풀려서 내가 이곳을 떠나게 된다면, 그들 중 여섯 명을 두 분 폐하께 데려가 에스파냐어를 배우게 할 것이다.

그는 그후 쿠바, 에스파뇰라 섬(히스파니올라 섬) 등 주변 섬을 항해했는데, 그 와중에 산타마리아호가 좌초되었다. 그는 39명의 선원을 에스파뇰라 섬에 남겨둔 채 1493년 1월 4일 귀국길에 올라 3월 15일 팔로스 항에 무사히 입항했다. 잠시 휴식을 취한 콜럼버스는 아메리카 대륙에서 데려온 여섯 명의 인디오와 함께 바르셀로나에서 두 국왕을 만났다.

당시 그가 가져온 금제품이 유럽 전역에서 센세이션을 일으켰고, '콜럼버스의 달걀'의 일화도 생겨났다. 1차 항해의 성공에 힘입어 2차 항해 준비 작업은 아주 신속하게 진행되었다. 배 17척과 선원 1200명의 대규모 선단이 1493년 9월 25일 2차 항해에 나섰다. 콜럼버스의 선전을 듣고 금을 캐러 가는 사람이 대부분이었다. 이 시점 이후부터 독자들은 해양 어드벤처가 재난영화로 탈바꿈한다는 걸 알 수 있을 것이다. 2차 원정단이 도착했을 때 에스파뇰라 섬에 남겨두었던 선원들은 전멸해 있었는데, 콜럼버스는 식민지 행정관으로서 여기에 이사벨라 시를 건설한다. 그는 토지를 에스파냐인 경영자에게 분할해주고 인디오들에게는 공납과 부역(경작과 금 채굴)을 명했다. 그러나 금의 산출량이 보잘것없자 유럽인들은 인디언을 학대·살육하고 노예화했다. 이 항해에서 에스파냐로 보낸 산물은 주로 노예였다.

3차 항해(1498~1500)에서는 트리니다드와 오리노코 하구를 발견했으나, 에스파뇰라 섬에서 내부 반란이 일어나면서 콜럼버스의 행정적 무능이 문제시되어 본국으로 송환되었다. 이런 상황에서 4차 항해(1502~1504)가 이루어진 것은 바스쿠 다 가마의 인도항해 성공에 자극을 받았기 때문인 것으로 보이나, 그 사정은 명백하지 않다. 이 항해에서 그는 온두라스와 파나마 지협을 발견하고 가장 고생스러운 항해 끝에 귀국했다. 1504년 이사벨 여왕이 죽은 뒤 본국에서 콜럼버스의 지위는 더욱 하락했으며, 당초 약속받았던 직책의 세습도 인정받지 못했다.

콜럼버스는 1506년 세상의 무관심 속에서 에스파냐 바야돌리드에서 55세를 일기로 사망했다. 그는 죽을 때까지 자기가 발견한 땅을 인도라고 믿고 있었다. 그의 주변 사람들은 콜럼버스가 과장되고 오만한 성격을 가졌으며 잔인하고 무자비했다고 평가하기도 했다.

☸ '신대륙 발견'은 신의 뜻인가

콜럼버스는 최초의 '신대륙' 발견자로 알려져 있다. 하지만 사실 서양인에 의해 아메리카 대륙이 발견된 것은 1000년경 북유럽 노르만인에 의해서가 먼저다. 콜럼버스의 업적으로 평가되는 점은 서인도 항로의 발견이며 이로 인해 아메리카 대륙이 유럽인의 활동 무대가 되었다는 점이다. 이후 에스파냐인이 신대륙을 식민지로 삼아 착취를 시작했고, 아메리카 대륙에서는 엄청난 인명 살상과 전염병으로 인한 기존 문명 파괴가 일어났다.

콜럼버스의 아메리카 대륙 발견은 그가 원했든 원치 않았든, 평화롭던 인디오 세계에 피비린내 나는 역사가 시작되는 계기가 되었다. 콜럼버스 이후에는 에르난 코르테스, 바스코 누녜스 데 발보아, 프란시스코 피사로 등이 에스파냐의 정복자로서 악명을 떨치며 아메리카 대륙을 짓밟았다. 특히, 아스테카의 수도 테노치티틀란에 도착한 코르테스 일행은 아스테카 문명을 정복하고 말겠다는 의지에 불탄 나머지 몬테수마 황제를 인질로 삼아 이곳을 초토화시켰다. 이때 도시 인구의 반 이상이 천연두로 죽고 말았다. 에스파냐 정복자들의 지칠 줄 모르는 정복활동으로 아스테카 문명, 마야 문명, 잉카 문명 등 아메리카 대륙에 존재하고 있던 찬란한 문명들이 역사의 뒤안길로 사라졌고, 아메리카 대륙의 원주민들은 유럽인들의 노예로 전락했다. 그 정복자들이 잉카를 멸망시킨 지 50년 만에 아메리카 대륙의 인구는 10분의 1로 줄어들고 말았다. 주된 원인은 유럽인들의 무분별하게 일삼은 폭력과, 그들이 가져온 전염병이었다. 콜럼버스는 항해일지의 후기에서 "모든 것이 하느님의 뜻이다"라고 적었다. 과연 그런 걸까?

글쓴이 이종훈
서울대 사회학과를 졸업하고 2000년 이후부터 프리랜서로 책 만드는 일을 해왔다. 현재는 전문 번역가로 활동 중이다.

70년 동안의 평화를 위해 목숨을 바친 바다 사나이를 위한 진혼가

『레판토 해전』

시오노 나나미 | 최은석 옮김 | 한길사 | 2002

푸르렀던 바다가 핏빛으로 물들었다. 수백 척의 배가 기울고, 침몰하지 않은 배들 가운데 상당수는 불길을 올리고 있다. 그 배들 사이에서 살아남으려고 발버둥치는 자들의 신음과 비명이 끊이지 않는다. 쏟아지는 화살에 맞아 고슴도치가 된 시신이 즐비하고, 부상자들은 신음하며, 비록 불리는 이름은 다를지언정 동일한 신에게 구원을 바라는 기도를 올린다. 이것은 영화나 소설 속의 장면이 아니다. 레판토 앞바다에서 실제로 벌어졌던, 1571년 10월 7일의 일이다. 3년 넘게 끌어온 격전은 이 레판토 해전으로 마침내 종지부를 찍는다.

우리에게 익히 알려진 『로마인 이야기』의 저자 시오노 나나미는 『콘스탄티노플 함락』과 『로도스 섬 공방전』에 이어 전쟁 3부작의 대단원을 『레판토 해전』으로 마무리했다. 지중해의 패권을 둘러싸고 이슬람과 기독교 세력이 벌이는 이 전쟁 이야기는 재미있다. 그냥 재미있는 정도가 아니라 압권이다. 마치 전략 시뮬레이션 게임을 하듯 이런저런 상상을 하면서 느끼는 쾌감은 정말 크다.

하지만 역자 후기에서도 밝히고 있듯, 이런 전쟁사의 재미에 빠지다 보면 때로 쉽게 잊고 깨닫지 못하는 중요한 사실이 있다. 그것은 그 전쟁, 전투에 실제 참여했던 사람들이 들인 피와 노력 그리고 희생이다. 게임 시나리오가 아니라 실제로 일어났던 역사라는 사실을 잊어서는 안 된다. 아마도 저자 역시 그것을 우려했는지 아나톨 프랑스의 말을 인용하면서, 널리 알려지진 않았지만 실재했던 '사람'의 이야기를 쓰려 했는지도 모른다.

> 아나톨 프랑스는 역사란 결국 널리 알려진 사실의 나열이라 했다. 아무리 사실이라도 널리 알려지지 않으면 역사 속에 끼지 못할 위험성이 상존한다는 이야기다. _26쪽

레판토 해전의 주인공으로 알려진 인물은 당시 에스파냐 왕의 이복동생인 돈 후안이다. 그는 신성동맹으로 상징되는 기독교 함대의 총지휘관이었다. 그러나 이 책에서 돈 후안은 거의 중후반에 이르러서야 등장한다. 대신 저자가 선택한 주인공은 우리에게 그리 잘 알려지진 않았지만 당시에 동맹군 좌익을 지휘했던 참모장 아고스티노 바르바리고다. 이 생경한 인물을 주인공으로 삼은

이유는 그가 등장하는 첫 장에서부터 금세 파악된다.

베네치아의 명문 출신인 바르바리고는 베네치아 공화국의 최전방 기지인 키프로스 섬의 해군사령관으로 2년간 복무하다가 임기를 마치고 귀국한다. 늘 촉각을 곤두세울 수밖에 없는 튀르크의 정보를 궁금해하는 정치가들에게 시달려도 그는 조국에 대한 책임감을 잊지 않는 사나이다. 이 헌신적인 사내에게도 작은 보상이 이뤄진다. 순직한 부하의 부고를 알리러 갔다가 미망인과 사랑에 빠지고 만 것이다. 그에게는 의무감에 결혼한 아내가 있었는데, 어쨌든 운명은 그를 가만히 내버려두지 않았다.

1570년 7월, 튀르크가 300척의 배에 군사 10만 명을 태워 키프로스에 상륙한다. 키프로스는 단순히 베네치아령에 그치는 것이 아니라 동지중해의 지배를 상징하는 곳이었다. 육지가 세속적인 지배 영역이라면 바다는 정신적이고 문화적인 영역이다. 지정학적 요충지에 있는 섬은 또 다른 의미에서 국경인 셈이다. 마치 한일관계의 독도처럼. 튀르크의 키프로스 침공은 베네치아를 위시한 에스파냐, 교황 등 서유럽 기독교 국가들에 대한 선전포고였던 것이다.

그러나 튀르크 해군에 대항하는 기독교 국가들의 연합은 시작부터 삐걱거린다. 자국의 해군력만으로는 튀르크를 상대할 수 없었던 베네치아가 로마와 에스파냐에 도움을 요청하고, 교황 비오 5세는 튀르크를 격퇴해 기독교 세계를 보호하자고 신성동맹에 호소한다. 그러나 오랫동안 적대관계를 이어온 이탈리아의 도시국가들은 협조 요구에 미온적일 수밖에 없었다. 반면 에스파냐는 베네치아와의 껄끄러운 관계에도 불구하고 교황의 호소에 적극적으로 나섰다. 키프로스의 상실은 에스파냐 입장에서도 지중해 패권을 장악하는 데 커다란 손실이기에 우선 베네치아를 도와야 했던 것이다. 에스파냐의 참전 결정 이후에도 풀어야 할 과제는 많았다. 무엇보다 누가 동맹군을 지휘할 것인가라는 문제가 있었는데, 에스파냐와 베네치아는 각각 자국의 입장만 내세워 첨예하게 대립한다. 이때 등장한 인물이 바로 에스파냐 왕의 이복동생인 돈 후안이다. 1571년 5월, 신성동맹은 오스트리아의 돈 후안을 사령관으로 삼는 단일 함대를 편성했다. 그리고 아스고티노 바르바리고는 참모장으로 선임되어 좌익을 지휘했다. 그 사이 넉 달에 걸친 공격 끝에 키프로스를 함락한 튀르크 해군은 코린트 만의 레판토에 집결해 있었다.

키프로스 함락 소식을 들은 신성동맹 함대는 아드리아 해 입구의 코르푸에 기착, 레판토 해로 향한다.

1571년 10월 7일, 수백 척의 군함과 수만 명의 병사가 드디어 해상에서 맞붙는다. 그런데 레판토 해전 당시만 해도 싸우는 장소가 바다일 뿐, 일단 적선에 접근해서 올라탄 뒤에는 검이나 총, 창, 활이 난무하는 점은 육상 전투와 별반 다를 게 없었다. 해상 전투가 트라팔가르 해전처럼 배들끼리 멀리 떨어져 서로 포격전을 벌이는 양상으로 바뀌기까지는 아직 200년을 더 기다려야 했다. 흥미로운 것은 동시대 극동아시아에서 일어난 해전에서는 완전한 포격적의 양상을 띠진 않았더라도 이순신이 화포를 적극적으로 활용해 왜의 수군을 궤멸시켰다는 점이다.

해전 사상 갤리선끼리의 전투로는 최대 최후인 '레판토 해전'은

> 육전·해전을 불문하고 대회전이 항상 그러했듯 적을 보자마자 바로 치고 들어가는 식의 양상을 보이지 않았다.
> 약간의 차이는 있을지언정 양군 모두 각각 200척의 군선에 선원이 1만3000을 웃돌고 노잡이도 4만 명을 넘어서며 전투원은 3만 명에 달했다. 대포 수에서만은 양군의 격차가 커서 1800문을 장착한 기독교 함대에 비해 이슬람 쪽은 750문이었다.
> 어쨌든 양군을 합쳐서 500척의 갤리선과 17만 명의 인간이 정면으로 격돌하려는 것이다. 전열을 취하는 것부터가 쉽지 않은 일이었다.
> _186쪽

물론 다양한 기록을 참조하자면 레판토 해전에서 신성동맹이 승리할 수 있었던 이유로 돈 후안이 물량 공세를 펼친 화력에 큰 의의를 두는 견해가 많다. 의도적으로 그 점을 무시하고 서술한 경향도 없잖아 있지만, 실제로도 레판토 해전에서 사용된 전함이 갤리선임을 감안한다면 육상 전투와 크게 다르지 않은 양상으로 묘사한 저자의 시각에 큰 무리는 없을 것이다.

양 진영의 치열한 전투는 오후 4시쯤 거의 마무리되었다. 돈 후안이 지휘하는 신성동맹 본진의 공격으로 튀르크 해군의 총사령관 알리 파셔가 전사하면서 승기는 신성동맹 쪽으로 넘어갔다. 결과만 놓고 봐도 튀르크 해군의 대패였다. 총 53척이나 되는 튀르크 해군의 갤리선이 격침되고, 소형선을 포함해 137척의 배와 247문의 대포를 신성동맹에 넘겨주었다. 인명 피해를 보자면, 대략 2만 명에 이르는 병사가 목숨을 잃거나 부상을 입었다. 노잡이로 동원되었던 기독교도 노예 1만5000명은 해방되어 고국의 품에 안겼지만, 목숨을 잃은 이도 1만 명이나 되었다. 한편 신성동맹 측은 갤리선 13척이 격침되고 7500여 명이 목숨을 잃는 피해를 입었다. 사상자 명단에는 좌익을 지휘했던 바르바리고도 올라 있었다. 그는 전투 막바지에 적군의 총탄에 왼쪽 눈을 관통당하는 부상을 입고 끝내 숨을 거두었다.

신성동맹 함대는 그렇게 수많은 희생을 통해 레판토 해전에서 대승을 거두었으나 이것으로 끝이 아니었다. 퇴패하고 물러간 튀르크 해군의 설욕전이 기다리고 있었다.

튀르크는 6개월도 채 되지 않아서 기독교도의 노예 출신 해적 울루지 알리를 지휘관으로 삼아 레판토 해전에 참여했던 규모에 버금가는 함대를 재건했다. 이에 반해 신성동맹의 함대는 그 양상이 레판토 해전 때와는 사뭇 달랐다. 자중지란을 겪는 것도 모자라, 적장 울루지 알리의 교묘하고 민첩한 전술에 휘둘리고 악천후에 시달리면서 나날이 전의가 꺾여갔다. 결국 연합함대는 1572년 10월 2일 전격 해산한다. 동맹들이 떠나고 베네치아는 사실상 홀로 튀르크를 상대해야 했다. 그리고 그들이 빼든 카드는 튀르크와의 강화 조약이었다.

막대한 판공비를 들인 베네치아는 1573년 3월 7일, 마침내 강화 조약을 체결한다. 그러나 그 내용은 과연 전투의 승자가 얻을 만한 것인지 의심스러울 만큼 베네치아에겐 불리했다. 키프로스는 공식적으로 튀르크령이 되었다. 아울러 막대한 액수를 통행료라는 명목으로 3년간 튀르크에 지불해야 했다. 오호, 통재라 땅을 치고 억울해할 정도는 아니다. 베네치아가 얻은 것도 있다. 이때 시작된 평화는 1642년까지 72년 동안이나 이어졌다. 그것은 대단한 성과다. 레판토 해전에서 바르바리고를 위시한 수많은 사람이 흘린 피는 헛되지 않았다.

저자가 서문에서 지적했듯이 모든 전쟁의 양상이 그러한바 레판토 해전 또한 정치로 시작해서 전쟁으로, 다시 정치로 끝난 역사적 사건이었다. 안타까운 것은 전쟁이든 정쟁이든, 베네치아의 바다 사나이 바르바리고처럼 개인의 신념이나 혹은 어쩔 수 없는 동기로 희생되는 이들이 필연적으로 존재하고 그 악순환이 끊임없이 반복된다는 사실이다. 하지만 그럼에도 거기에는 그만한 가치가 있다는 것을 저자는 말하고 싶은 듯하다. 그래서인지 유독 마지막 문단이 잔향처럼 아련하게 맴돈다.

> 여자의 아들이 바다를 일터로 삼았다 하더라도 그가 살아 있는 동안에는 튀르크의 반월도에 떨지 않아도 되었을 것이다. 아고스티노 바르바리고가 사랑하는 여자의 아들에게 남겨둔 선물이었다.
>
> _275쪽

글쓴이 이상민

만화 스토리작가, 카피라이터, 뮤지컬, 시나리오 작가, 연애 칼럼니스트, 소설가 등 전방위 글쓰기를 해왔으며 현재 전업 작가 및 콘텐츠 기획자로 활동 중이다. 『사랑한다면 이들처럼』 등을 썼다.

세계를 호령한 영국,
그들은 세계를 구했는가

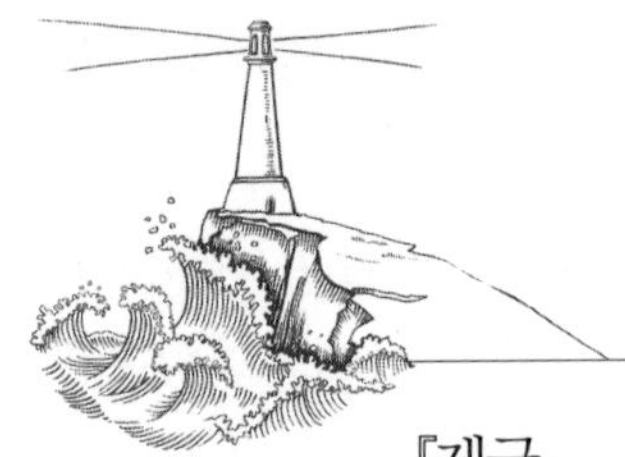

『제국』

니얼 퍼거슨 | 김종원 옮김 | 민음사 | 2006

> 바다를 지배하는 자가 무역을 지배하고, 세계의 무역을 지배하는 자가 세계의 부를 지배하고, 결국 세계 자체를 지배한다.
>
> _월터 롤리

근대 식민 제국들은 여러 면에서 고대 로마제국을 흉내 내려 했다. 하지만 한 가지 점에서 로마제국과는 분명히 달랐다. 근대의 제국들은 개선된 선박 건조술을 바탕으로 '땅으로 연결되지 않은 영토'를 정복했다. 영토의 비연속성이 근대 제국의 특징이라면, 바다에 대한 지배력은 제국의 성패를 좌우하는 요소였다.

☸ 바다의 큰 물을 차지하는 자가 세계를 지배한다

처녀virgin인 여왕 엘리자베스를 위해 북아메리카의 땅에 '버지니아'라는 이름을 붙였으며 황금도시를 찾으려는 열망을 품고 살았던 탐험가 월터 롤리는 17세기 초에 이미 바다의 중요성을 깨달았다. 롤리와 같은 시대를 살았으며 '영제국의 지적 시조'라고 불리는 리처드 해클루트도 「시편」 107장에서 "그들이 배를 타고 바다로 나가 큰 물을 차지하고, 여호와께서 하신 일과 그분의 기적을 깊은 바다에서 본다는 구절을 읽었다." 그리고 200년 후 팍스 브리태니카 시대가 열렸다.

니얼 퍼거슨의 『제국』은 '세계화'라는, 오늘날 우리에게 아주 낯익은 주제를 다룬다. 그러나 그 세계화의 주역은 오늘날과는 달리 영국이다. 영제국의 역사, 좀더 정확하게는 영국이 만든 근대 세계의 역사가 이 책의 주제다.

제국의 역사라고 하면 먼저 지루한 연대기를 떠올리기 쉽다. 그러나 『제국』은 여느 책과 달리 연도와 사건들 그리고 수많은 고유명사로 이어지는 지루하고 딱딱한 내용을 담지 않았다. 이것은 다양한 이유로 바다를 건너 세계로 나간 사람들의 이야기다. 식민지 통치자가 된 해적, 개심한 노예 상인, 사소한 절도죄로 '지옥선'이라 불리는 유형선에 실려 지구 반대편으로 보내진 사람들, 아프리카를 탐험한 선교사, 인도에서 큰돈을 번 관리, 여성적인 기호를 지닌 전쟁 영웅, 제국에 열정을 보인 백만장자……. 여기에 담배나 차 같은 기호식품과 스포츠 등의 소재를 더하여 엮어가는 제국 이야기는 정말 재미있고, 역사 뒤편의 이야기를 좋아하는 사람들의 흥미를 끌기에도 충분하다. 사소한 일화나 흥미로운 사건들을 가지고 이야기를 전개한다고 해서 역사의 줄기를 놓치는 것도 아니다. 이 책을 읽어 내려가다 보면 사소한 이야기를 역사 일반으로 연결시키는 저자의 재주와 방대한 지식에 탄복하게 될 것이다.

저자는 영제국이 "의식적인 모방 행위"에서 시작되었다고 말한다. 영국인들은 에스파냐와 포르투갈 사람들이 아메리카 대륙과 아시아에서 얻은 금은과 향신료를 부러워하여 먼 바다로 나아갔다. 하지만 17세기 중엽까지도 영국인들이 가장 잘했던 일은 뱃사람으로서 그들이 지니고 있던 기술을 이용한 해적질이었다. 영국 왕은 해적들을 사략선(적선을 나포하는 면허를 가진 무장선)의 선원으로 인가해줌으로써 그들의 활동을 합법화했다. 해적들 가운데 가장 성공한 인물이 카리브 해의 해적에서 자메이카 포트로열 연대의 지휘관이 된 헨리 모건이다. 이 책의 1장은 해적 이야기에서 시작해서, 영국이 재정과 해군력을 강화하여 무역과 정복 사업을 이어가는 과정을 다룬다.

'백색 역병'이라는 제목이 달린 2장은 대서양을 건너 미지의 땅으로 떠난 이주민들의 이야기다. 백인과 영제국을 받아들여야 했던 사람들 입장에서는 백인 이주민들이 백색 역병이나 마찬가지였다는 의미의 이 제목은 저자의 관점과는 어울리지 않지만 기발한 발상이다. 백색 역병은 값싼 토지에 대한 전망과 이윤 동기 그리고 종교적 근본주의의 결합으로 시작되었다. 이것이 바다 건너에 있는 불확실한 땅으로 사람들을 이끈 힘이었다. 1620년 필그림 파더스는 메이플라워호를 타고 대서양을 건넜다. 필그림들은 진정한 하나님의 사회를 만들기 위해 바다를 건넜지만, 메이플라워호를 타고 온 149명 중 약 33퍼센트만이 필그림이었다. 나머지 사람들은 뉴잉글랜드 해안의 풍부한 물고기 때문에 바다를 건넜다. 저자의 표현으로 하면, 그들이 대서양을 건넌 것은 "신God이 아니라 대구Cod 때문"이다.

모두가 자유인으로서 대서양을 건넌 것은 아니다. 1650년에서 1780년 사이에 북아메리카로 이주한 모든 유럽 사람 가운데 50~60퍼센트는 연기年期 계약을 맺고 이주했다. 그들은 항해 비용에 대한 대가로 보통 4~5년 동안 의무 노동을 제공하는, 기간이 정해진 노예들이었다. 자유를 상실한 하인으로서 매질을 당하기도 하고 매매되기도 했지만, 이들의 처지는 아프리카에서 노예무역선을 타고 대서양을 건너야 했던 사람들에 비하면 양호했다. 1662년부터 영국이 노예무역을 폐지한 1807년까지 250만 명에 달하는 아프리카 사람이 영국 국적의 선박을 타고 노예 신분으로 대서양을 건넜다. 18세기까지도 노예무역을 비도덕적인 것으로 여기는 사람은 드물었다. 노예무역은 돈이 되었고, "품위 있는 직업"이었다. 이번에도 저자는 흥미로운 사례로 독자를 사로잡는다. "나 같은 죄인 살리신 주 은혜 놀라워"라는 가사로 잘 알려진 "복음주의 최고의 찬송가" 「어메이징 그레이스」를 작곡한 존 뉴턴의 노예무역 이야기다. 이 노래에 담긴 것은 노예무역에 대한 반성이 아니다. 저자는 뉴턴이 종교적 각성 이후에 노예무역선의 선장이 되었다는 사실을 통해 노예와 자유에 대한 유럽 사람들의 시각을 훌륭하게 보여준다.

'백색 역병'의 마지막은 "불모의 땅이라는 이유에서, 도달하기 불가능할 정도로 먼 곳이라는 이유에서, 천연의 감옥이라는 이유에서" 관심을 끈 대륙, 오스트레일리아의 식민화 이야기다. 첫 번째 함대가 "남성 548명과 여성 188명의 죄수를 꾸역꾸역 밀어 넣고" 포츠머스를 출항한 것은 1787년 5월 13일이었다. 열한 척의 선박으로 구성된 이 함대는 8개월 이상을 바다에서 보낸 후, 1788년 1월 19일에 보터니 만에 도착했다. 이렇게 죄수들을 이송함으로써 영국은 지구 반대편의 땅을 소유하게 되었다.

1장에서 바다에 대한 영국의 지배가 어떻게 시작되었는지 설명하고 2장에서 바다를 건너간 사람들의 이야기를 보여준 저자는, 이후 영국의 지배 방식을 다룬다. 3장의 주제는 아프리카와 영국에서 이루어진 문화적 지배의 확대 과정이다. 데이비드 리빙스턴과 같은 선교사들의 아프리카 선교활동과 인도에서 벌어진 문화적 충돌이 생생하게 그려진다. 4장에서는 "신의 혈통"인 양 활동한 제국 관리들의 모습이, 5장에서는 무기와 자본이 어떻게 결합되었는지가 드러난다. 6장은 영제국의 몰락에 관한 이야기다. 그리고 저자는 "영제국의 가장 위대한 시인" 러디어드 키플링의 시로 책을 마친다. "백인의 부담을 취하라." 이제 영국을 대신해서 미국이 좀더 적극적으로 세계를 지배해야 한다는 말이다.

☸ 영제국은 과연 세계를 구했는가

이쯤에서 우리는 저자의 시각을 평가해보아야 한다. 영국이 만든 근대 세계사를 이만큼 재밌고 이해하기 쉽게 쓴 책은 드물다.

그렇지만 아무리 훌륭한 예증을 사용하고 아무리 문체가 유려하다고 해도, 제국 또는 제국주의에 관한 책은 무엇보다도 그 관점과 전망으로 평가받아야 한다. 세계사에서 영제국이 한 일을 가지고 대차대조표를 만들면 어찌 될까? 저자의 표현대로 하면, "영제국의 출현이 인류사에 유익한 것이었는지 아니면 해로운 것이었는지?" 저자는 분명 수확이 더 크다고 이야기한다. 그리고 그 근거로 꼽는 것은 "최적의 경제 조직 체계로서 자본주의의 승리, 북아메리카와 오스트랄라시아의 영국화, 영어의 국제화, 프로테스탄트 기독교 해석의 지속적인 영향력 그리고 특히 훨씬 더 사악한 제국들이 1940년대에 소멸시킬 태세를 갖추었던 의회 제도의 생존"이다.

언뜻 보면 그럴듯하다. 그렇지만 이것들을 수확으로 평가하려면 전제가 있어야 한다. 자유무역과 영국의 가치는 무조건 좋은 것이라는 전제, 앵글로색슨은 인종적으로 우수하다는 전제 말이다. 그러나 인종주의적 전제는 비판받아 마땅하고, 자유무역과 서구의 가치가 최선이라는 전제도 논의의 여지가 있는 일방의 주장일 뿐이다.

저자는 영제국이 없었다면 현재의 아름다운 도시들이 어떤 모습일까 상상해보라고 말한다. 윌리엄스버그, 포트로열, 시드니……. 모두 영제국의 업적이다. 그러나 이들 중 많은 부분은 노예노동이나 강압에 의해 이룩되었다. 그리고 영제국이 파괴하고 강탈한 다른 지역의 훌륭한 문화유산은 어찌할 것인가? 영제국은 다른 지역을 더 살기 좋게 만들었는가? 쉽게 답할 수 있는 문제는 아니지만, 영제국이 정복하기 이전에 인도와 중국은 지구상에서 가장 번창하는 지역들이었다는 사실을 기억해야 한다. 그리고 오늘날 제3세계 국가들의 정치적 혼란과 경제적 낙후가 제국의 지배와 무관하다고 말할 수 있을까? 저자는 영제국이 식민화된 나라들을 가난하게 만들었다는 주장에는 문제가 있다고 말한다. 투자하기에 좋은 환경을 만들었기 때문이다. 그러나 이는 대체로 은행가와 투자자들에게만 좋은 일이다.

저자는 영제국이 사악한 제국들로부터 세계를 구했으며, 영제국이 없었다면 세계는 더 나쁘게 되었을 것이라고 주장한다. 여기서 다른 사악한 제국들과 영제국의 차이는 도대체 무엇일까? 노골적인 강압과 교묘하지만 엄청난 경제적 착취의 차이일까? 식량을 수출하던 인도에서 농민들을 굶어 죽게 한 제국은 사악하지 않은가? 영제국의 관리들은 식민지를 위해 열심히 일했고 과도한 노동으로 죽기까지 했다고 저자는 쓰고 있다. 그리고 이 부패하지 않은 관리가 영제국이 식민지에 베푼 혜택이었다고 말한다. 영제국은 식민지 관리들의 부패를 막기 위한 특별한 장치를 가지고 있었다는 이야기다. 그런데 그 장치란 법이나 도덕이 아닌, 부의 보장이었다. 부유함이 보장되는 관리가 왜 부패하겠는가?

영제국은 자유를 주었고, 이 자유의 혜택을 입어 사람들은 민족주의운동을 전개할 수 있었다고 저자는 이야기한다. 저자도 어쨌든 자유와 독립이 식민 지배보다 좋다는 것을 인정한다. 자유와 독립이 좋은 것이라면 제국은 시작되지 말았어야 할 악이다. 그런데 저자는 제국이 "300년 내내 그래왔던 것만큼이나 오늘날에도 여전히 현실로 남아 있다"고 고백한다. 그것은 세계 곳곳에 군사 기지를 보유하고 "민주주의의 이득을 해외로 확산하는" 일을 하고 있는 미국이라는 비공식적 제국이다. 세계는 여전히 제국의 지배 하에 있다. 19세기와 비교하여 "유일한 차이는 오늘날의 함대는 날아다닌다는 사실이다."

글쓴이 김종원

경희대 후마니타스칼리지 객원교수. 서양 근대사를 전공했다. 제국주의와 근대 정치혁명이 주요 관심사로, 『제국』 등 다수의 책을 번역했다.

프라이데이와 방드르디, 보편문명이란 존재하는가

『방드르디, 태평양의 끝』

미셸 투르니에 | 김화영 옮김 | 민음사 | 1995

"덩치 큰 서양 수캐는 몽당연필만 한 토종 암캐의 엉덩이 위에서 장군처럼 쾌락을 좇았다. 암캐의 감정과 의사는 없었다. 나는 외쳤다. '황구여, 꼬리를 내려라! 제발!'"

천승세의 소설 「황구의 비명」(1975)은 조선 참외처럼 작달막한 누렁이(황구)를 미군 기지촌 용주골에서 몸을 파는 '은주'(양공주)로, 수캐는 '서양'(미 제국주의)으로 빗대며 서구 세계가 근대화를 빌미로 비非서양을 폭력적으로 자기동일시한 제국주의 속성을 까발린다. 주인공은 "황구는 황구끼리, 황구는 황구끼리" 그리하여 "서럽지 않은 황구와 황구"로 살자고 한다. 물론 '황구는 황구끼리, 황구는 황구끼리'를 자민족중심주의라고 해석할 수도 있겠지만.

그런데 황구와 수캐의 위치를 바꾸어보면 어떨까? 프랑스 아카데미 프랑세즈 소설대상을 탄 미셸 투르니에의 소설 『방드르디, 태평양의 끝』(1967)은 그런 상상력에서 출발한다. 대니얼 디포의 소설 『로빈슨 크루소』(1719)에서 로빈슨이 무인도에서 우연히 만난 야만인에게 '프라이데이'라는 이름을 붙여주었듯이, 투르니에의 소설 속 로빈슨은 무인도에서 우연히 만난 야만인에게 방드르디(금요일을 뜻하는 프랑스어)라는 이름을 붙여준다.

투르니에는 파리의 인간박물관에서 문화인류학자 클로드 레비스트로스에게 지도를 받을 때, 디포의 소설을 다시 읽었다. 그때 그는 '야만과 문명' '문화상대주의'라는 문화인류학적 개념을 떠올리고 '로빈슨 크루소'를 다시 써야 할 필요성을 절감한다. 그는 디포가 두 가지 큰 문제점을 갖고 있다고 지적했다.

첫째, 소설 작품 속 프라이데이는 온전한 인격체가 아니라 '물건(종)'일 뿐이다. 주체(백인-서양인-앵글로색슨-기독교)인 로빈슨 크루소만이 진리다. 프라이데이(흑인-비서양인-원주민-범신론)는 단지 주체가 정복해야 할 '타자'일 뿐이다. 둘째, 회고적 시각이다. 로빈슨 크루소는 "등 뒤에 두고 떠나온 과거의 세계, 즉 대영제국의 가치 체계에 근거한 하나의 세계를 무인도에 재현하려고 애쓴다." 오로지 '과거' 영국의 위대함에만 몰입해 섬 안에 "작은 영국 식민지"를 만들려 한다는 것이다. 투르니에는 로빈슨의 의도가 얼마나 서구 일방적이고 터무니없는지를 깨닫게 하기 위해 '노예' 프라이데이를 '자유인' 방드르디로 해방시켜 옛 주인의 헛된 몽상에 일침을 놓는다.

투르니에는 디포의 『로빈슨 크루소』를 뒤집는다. 디포의 소설세계와는 다르게 투르니에의 작품에서는 자연이 문화를 지배하고 방드르디가 오히려 로빈슨을 가르치며 원시성이 문명을 극복한다. 디포의 세계에서는 기독교 유일신 섭리가 보편적인 의지로서 모든 것을 지배하지만 『방드르디, 태평양의 끝』에서는 타로카드의 점괘가 로빈슨의 장래 운명을 예고한다. 이렇게 『방드르디, 태평양의 끝』은 당시 구조주의 인류학자 레비스트로스의 사상을 문학적으로 형상화하면서 '서구 중심 문화절대주의자' 로빈슨 크루소의 오만과 편견을 까발려 파리의 지가紙價를 올렸다.

☸ 방드르디의 섬, 문명을 뒤집다

흔히 디포의 『로빈슨 크루소』는 주체적 삶을 위해선 절대고독의 경험이 필요하다는 교훈을 준다고 하며, 루소가 에밀에게 권한 '최고의 소설'로 유명하다. 홀로 생존해야 하는 호모 에코노미쿠스(경제적 인간)로서 무한한 자연을 개발해 자신의 소유로 삼은 18세기 계몽주의 시대의 화신 로빈슨 크루소는 17세기 영국 정치철학자 존 로크가 『통치론』에서 주장한 '부르주아의 자연법적 소유권'을 실현한 인물이기도 하다. 모든 사회와 떨어져 있으면서도 절제·성실·믿음으로 청교도적 개인주의를 실현한, 막스 베버식 합리적 인간의 전형으로도 해석한다.

하지만 투르니에는 서구의 우월성을 알리는 '지구촌 근대화론'의 대표주자 로빈슨 크루소를 탈식민주의의 눈으로 해체한다. 첫째, 로빈슨은 돈을 위해 노예무역을 한 중세의 상인이다. 둘째, 무인도에서 농사짓는 것을 신의 섭리, 즉 기독교의 세계적 전파로 해석한다. 셋째, 영국인 반군들이 섬에 남게 되면서 섬은 영국 식민지가 된다. 무인도는 현실의 아메리카다. 식민지 개척신화의 욕망을 확대재생산한 소설이다. 넷째, 브라질에서 식민지 농장을 경영한 로빈슨 크루소는 원주민을 '문명화'하려 한 식민주의자다. 다섯째, 원주민에게 '프라이데이'라는 영어식 이름을 지어주고 영어와 기독교를 가르치면서, 프라이데이의 종교와 의식은 미신과 야만풍습으로 간주한다. 이는 서구 일방주의다.

물론 방드르디도 처음엔 로빈슨이 제물로 바쳐진 자신을 구해주자 "삼천 년 서구문명으로 가득 들어찬 머리를 쳐들고 서 있는 백인(로빈슨)의 발"을 목 위에 올려놓으면서 복종을 표시한다. 로빈슨과 방드르디, 두 사람은 모든 측면에서 서구의 오리엔탈리즘 공식에 따라 '백인/혼혈아, 경험 많은 장년/철부지 소년, 이성적/광란적, 과학적 정확성/미개의 무질서, 지식/무식, 주인의식/노예 도덕, 선/악, 책임/무책임, 문명/야만' 등의 대립항적 개념으로 나타난다. 여기까지 투르니에와 디포의 생각이 같다. 하지만 투르니에의 방드르디 이야기는 디포의 원작과는 판이하게 흘러간다. 방드르디는 로빈슨 크루소가 섬에 건설하고자 하는 '또 하나의 완벽한 유럽문명'에 감화받기는커녕 로빈슨(과 서구문명)에 대한 반항심으로 가득하다. 결국 그는 로빈슨이 공을 들여 재현한 문명의 이기들을 깡그리 없애버린다. 로빈슨 크루소가 아지트로 삼은 동굴이 폭발한 뒤 모든 것이 역전되는 것이다. 로빈슨과는 정반대로 순수 그 자체인 방드르디를 로빈슨은 자신의 노예로 삼지만 머지않아 그를 자신의 질서 속에 예속시킬 수 없다는 것을 깨닫는다. 방드르디의 출현은 로빈슨이 건설해놓은 모든 문화적 질서의 붕괴를 의미했다. 주인 몰래 담배를 피우다가 방드르디가 화약통에 불을 던져 일으키는 어마어마한 폭발은 전지전능하던 로빈슨의 질서를 뿌리부터 무너뜨린다.

그 후 놀랍게도 로빈슨은 방드르디의 야성적인 삶의 방식을 배우게 된다. 로빈슨은 방드르디가 가르쳐주는 대로 아무도 봐주는 사람 없는 옷을 벗어던지고, 거추장스러운 물건을 만들지 않고, 자연과 섬이 베풀어주는 야생의 양식들만을 먹으면서 자유를 즐기기 시작한다. 방드르디에게 '자연친화적 삶'을 배운 로빈슨은 결국 자연을 개발하는 호모 사피엔스가 아니라 자연 속에서 마음껏 뛰노는 호모 루덴스 즉 놀이하는 인간으로 변화해, 문명의 껍질을 벗고 자연과의 교감을 이루게 된다. 로빈슨은 영국으로 돌아가지 않고 스페란차 섬에 남는다. 이게 바로 디포와 투르니에의 결정적 차이다.

❁ 고통뿐인 파행적 근대를 거부하기

결국 투르니에는 서구의 타자였던 '비서구'는 서구와 다른 방식의 삶을 유지하는 것뿐이지 야만이 아니라는 것, 서구가 비서구보다 결코 우월한 보편문명이 아니라는 것, 도시문명이 자연보다 풍요로운 존재감을 느끼게 하는 삶의 방식은 아니라는 것 등을 말하고 있다.

순전히 철학적인 나의 화제는 (대니얼 디포와는) 전혀 다른 방향이었다. 내가 관심을 가진 것은 어떤 발전 단계에 있어서 두 가지 문명(로빈슨으로 대표되는 유럽의 기독교/방드르디로 대표되는 제3세계)의 만남이라기보다는 비인간적인 고독으로 인하여 한 인간의 존재와 삶이 마모되고 바탕에서부터 발가벗겨짐으로써 그가 지녔던 일체의 문명적 요소가 깎여나가는 과정과 그 근원적 싹쓸이 위에서 창조되는 전혀 새로운 세계를 그리는 것이었다.

마르크스는 프라이데이에게 '노예 도덕'을 던져버리고 계급혁명을 권한 반면, 투르니에는 방드르디에게 '근대적 인간중심주의까지 벗어나라'는 탈근대성을 권하며 로빈슨 크루소에게 일종의 생태철학을 가르친 셈이다. 로빈슨 크루소와 방드르디, 사제 관계만 바뀐 게 아니라 교육 이념이며 내용도 이렇게 완전히 다르다. 19세기 사회진화론과 인류학이 서구 제국주의를 위해 복무했다면, 20세기 문화인류학은 문화상대주의라는 방드르디의 시각을 지적 유산으로 남겨주었다. 하지만 현실 세계에서는 헌팅턴이 『문명의 충돌』에서 쓴 바대로, 여전히 '서구 보편문명 담론'이 우세하다는 것은 부인할 수 없다.

보편문명은 18세기 이후 전개되고 있는 광범위한 근대화 과정의 결과다. 가장 먼저 근대화에 도달한 문명으로서 서구는 근대화의 문화를 남보다 한발 앞서 터득했다. 다른 사회도 이와 유사한 교육, 노동, 부, 계급 구조의 패턴을 도입할 수밖에 없다면 근대 서구문화는 보편문명으로 받아들여져야 한다.

이러한 사고 패턴을 전복한 이가 바로 미셸 투르니에게 문화인류학을 수혈해준 레비스트로스다. 방드르디가 그의 창조주 투르니에의 분신이라는 측면에서 레비스트로스는 방드르디의 스승이라고도 할 수 있다. 레비스트로스는 아프리카를 여행하면서 아프리카의 과학은 서양의 과학과 종류가 다를 뿐 결코 서양 과학보다 뒤떨어지지 않는다는 사실을 발견했다고 주장했다. 또한 과학에서뿐 아니라 예술이나 관습, 제도에서도 비서구는 서구보다 뒤떨어지지 않았으며 모두 그 나름대로의 합리성이 있고, 수월성이 있다고 역설했다. 브라질 기행문 『슬픈 열대』(1955)에서 그는 문명과 미개의 이분법은 서구인의 욕망이 '발명한' 상상의 이론이라고 한다. 그는 서구가 왜곡한 이런 '슬픈 열대'의 현실에 분노하며 결국 '문화의 우열이나 보편문명은 없다'고 역설하면서도 '보편적 가치는 있다'라는 구조주의 인류학의 핵심 사상을 정립한다. 레비스트로스와 그의 '소설가 제자' 투르니에에게는 로빈슨의 문명보다 방드르디의 삶이 더 보편적 가치였던 셈이다. 방드르디는 서구문명이 곧 보편문명이라는 문화절대주의를 부순 레비스트로스의 소설적 현현이다.

대한민국 최초의 근대적 잡지 『소년』(1908)에 처음 번역, 연재된 이래 최고의 아동문학으로 자리 잡아온 『로빈슨 크루소』는 로빈슨의 이름으로 이 땅의 수많은 '프라이데이의 의식 구조'(서양 콤플렉스)를 형성해왔다. 주위를 둘러보면 여전히 황구의 비명은 날카롭고 슬프다. 하여, 방드르디의 입으로 "황구여, 꼬리를 내려라! 제발!" "황구는 황구끼리, 황구는 황구끼리" "서럽지 않은 황구와 황구"라고 외쳐보는 것도 유효한 삶의 전략일지 모른다. 강

제로 이식되는 문명은 좋은 것이든 나쁜 것이든, 프라이데이나, 방드르디나, 황구에게 고통을 주는 법일 터이니.

> 영국인들은 아무리 헐벗은 땅이라도 사나운 기세로 달려들어 식민지를 세우고 있소. 당신들의 선善과 우리 아라비아 사람들의 선은 다르다오. 억지로 강요된 것은 좋은 것이든 나쁜 것이든 백성들에게 커다란 고통을 주는 법, 강철이 자신을 담금질하는 불길에 대해 고맙게 생각할 것 같소? _T. E. 로렌스, 『지혜의 일곱 기둥』

글쓴이 노만수

성균관대에서 정치외교학을 공부했고 대학 시절 『경향신문』 신춘문예로 등단했다. 일간지 기자생활을 하다 현재는 번역가 및 서울디지털대 문예창작학부 초빙교수로 재직하고 있다.

바다의 유령과 마주하기

『악령이 출몰하던 조선의 바다』

박천홍 | 현실문화 | 2008

☸ 근대, 맹수가 되어 조선의 바다를 덮치다

저자 박천홍과는 근대 철도를 통해 처음 만났다. 근대 상품의 유통 구조를 살피기 위하여 철도에 대한 책들을 뒤지고 있던 터였다. 근대 철도에 관한 연구들은 통계적 분석이 많아서 딱딱하고 지루했다. 그때 저자의 『매혹의 질주, 근대의 횡단』이란 책을 우연히 도서관에서 찾아 읽게 되었다. 이 책은 무엇보다 근대의 철도를 상상할 수 있게 해줬다. 그의 글쓰기는 여느 역사학자와 달랐다. 사료를 엄격하게 분석하되 문학적 글쓰기를 함으로써 근대를 횡단하는 철도, 질주하는 기차를 생생히 체감하도록 했다.

『악령이 출몰하던 조선의 바다』는 근대의 철도를 넘어 바다로 진출한 그의 대표 저서다. 800쪽이 넘는 방대한 분량은 그가 사료의 바다를 무수히 항해한 결과이며, 생각의 심해를 탐사하여 얻은 고통의 산물이었다. 이 책 역시 도서관 서가에서 우연히 봤건만 처음에는 책의 엄청난 무게감에 눌려 읽을 엄두가 나지 않았다. 하지만 부산 바다 근처에서 일하며 해양문화를 상대하고 있는 나로서는 간과할 수 없는 책이었다. 이 책은 중세에서 근대로 넘어오는 조선의 바다를 입체경으로 바라보듯이 당시의 풍경을 재현했다. 개항기의 해양 역사를 고민하는 독자들은 꼭 읽어야 할 책이다.

육지를 내달렸던 그의 연구가 왜 바다를 항해하기 시작했을까. 사실 바다는 근대를 횡단하려는 연구자들이라면 반드시 올라야 할 무대다. 저자는 "우리의 근대는 바다를 건너 침투해왔다"고 말한다. 영겁의 역사가 바다에서 출발했듯이, 근대의 기원도 바다에서 찾을 수 있다는 것이다. 바다에서 걸음마를 뗀 근대는 그의 표현대로 출발부터 불구이고 기형적이었다. 근대의 태풍을 몰고 바다에 출현한 이양선들은 조선의 바다를 휩쓸고 지나갔다. 저자가 "근대는 발톱을 감춘 난폭한 맹수처럼 조선을 덮쳐왔다"고 지적했듯이.

저자는 16세기부터 19세기까지의 바다를 탐사하고 있다. 나는 이 책이 조명하는 시간대의 조선 바다를 훑어보며 내내 답답했다. 대포와 총으로 무장한 채 조선의 바다를 열라고 강요하는 서양인들 때문이 아니다. 소중화의식으로 무장한 채 바다의 빗장을 잠그고 있는 조선의 집권층 때문이었다. 그들에게 바다는 열려

선 안 되는 문이었으며, 통상과 선교를 요구하는 서양인들은 배척의 대상이었다. 한 예를 살펴보자. 1832년 영국 상선 로드 애머스트호가 황해도 장연 바다에 출현했다. 이 배에 탄 린세이 일행은 통상을 요청하는 편지를 국왕에게 전달하려 했다. 하지만 그들의 요구를 거부하는 오계순 경역관은 그 이유를 이렇게 설명했다. "우리나라는 지금까지 대청제국을 섬겨왔습니다. 대청제국은 우리의 상국上國입니다. 감히 속국이 어떻게 (외국과) 통상할 수 있겠습니까." 사대주의에 빠져 있던 조정의 심정을 직접적으로 드러낸 말이다. 우습게도 린세이 일행이 되레 광활했던 우리의 고대사를 들먹이며 조선은 속국이 아니라 독립국이라 설득했다.

성리학적 세계관에 따르면 제후의 나라는 사사로이 다른 나라와 교역할 수 없다. 천자와 제후, 왕과 사대부 등 위계의 사고틀에 꽉 막힌 지배층은 바다로의 통상을 언감생심으로 여겼다. 조선을 구시대적 방식으로 계속 지배해야 하는 위정자들에게 이양선이 출몰하는 바다는 두렵고 위험했다. 바다에는 위계나 경계가 없다. 역동적인 바다는 편협한 경계를 무너뜨리며 과감하게 출렁일 뿐이다. 이러한 지배층에 반해, 백성에게 바다는 일상의 삶터이자 무한한 가능성의 세계였다. 그들은 바다에서 출몰한 이양선을 호기심의 눈으로 바라봤다. 낯선 배에 탄 서양인이나 적재 물품들도 모두 흥미롭고 신기한 대상이었다. 백성은 이방인들에게 물과 음식을 내주며 호의를 베풀려 했지만 조선의 조정은 이런 친절을 엄벌로 다스렸다.

☸ 동서양의 만남, 양자의 시선으로 들여다보기

대항해시대에 서양과 동양이라는 이분법적 틀이 형성되었다. 바다를 통해 종래의 경계를 무너뜨리고 지구 전역으로 뻗어나간 서양인들은 조선인들과도 대면했다. 그들이 본 조선인의 첫인상은 야만의 상태라는 것이었다. 언어와 행동이 저급하고 관습과 문화도 문명화되지 못했다. 귀국한 뒤 이들은 자신의 눈으로 바라본 조선인의 문화에 관한 서적들을 출판했다. 인기를 얻기 위해 상상과 과장을 덧칠했음은 물론이다. 이처럼 자신들의 시선으로 바라본 동양의 이미지를 생산하면서 서양과 동양은 분리되었고, 주체와 타자의 간극은 더욱 벌어졌다.

『악령이 출몰하던 조선의 바다』는 이런 주체와 타자의 문제를 한걸음 더 들어가 미시의 눈으로 살펴보고 있다. 이 책은 1797년 부산 용당포에 나타난 영국 탐사선 프로비던스호부터 1854년 거문도에 도착한 러시아 군함 팔라다호까지 조선 바다에 출몰한 이양선의 사례를 상세히 다루고 있다. 초기에 이양선들은 바다에 좌초하거나 표류하다 조선의 해안가에 왔지만, 이후에는 통상과 선교, 군사 등 분명한 목적을 띠고 다가왔다. 책은 사례별로 이양선의 출현 배경, 탑승자의 동향, 조선 정부의 대응 등을 한눈에 볼 수 있도록 파노라마처럼 펼쳐내고 있다. 나아가 한쪽의 시각이 아니라 서로를 바라봤던 양자의 시선을 통해 당대를 기술한다. 저자는 "서양인의 진술과 조선 관리들의 보고서를 견줘봄으로써 마치 입체경을 들여다보는 것처럼 좀더 공정하게 사태의 진실에 다가갈 수 있는 것"이라 썼다. 저자의 의도대로 양측이 쓴 기록물을 대조해 읽어보면 이양선의 출몰 사건을 균형 있게 이해할 수 있다.

누구든 난생처음의 만남에서는 상대에 대한 이해와 배려보다 의심과 배타가 앞선다. 그런 만남이 있은 뒤에는 타자를 미개한 나라로 치부하기 일쑤다. 효종의 사위였던 정재륜의 『공사견문록』에 따르면 조선은 식인 풍속이 있는 나라로 서방에 알려졌다고 한다. 고려인은 인육을 먹는다는 이야기를 들었던 네덜란드인 벨테브레(조선인으로 귀화한 이름은 박연)가 제주도에 표류했을 때 조선인 병사들이 횃불을 준비하려 하자 이들이 자신을 구워먹으려는 것으로 알고 통곡을 했다고 한다. 이런 식으로 타자를 보았던 것은 조선인들도 마찬가지였다. 박식하기로 유명했던 이덕무는 「편서잡고編書雜稿」에서 아란타인(네덜란드인)이 "마치 개처럼 항상 한쪽 다리를 들고 오줌을 눈다"고 기술했다. 상대는 결코 미개인들이 아니었지만 그들을 바라보는 눈이 미개했던 것이다.

서로에 대한 이만한 악평에는 서양과 조선의 만남이 순탄하지 못했다는 정황이 작용했다. 제주도에 표류한 하멜은 처음에는 후한 대접을 받았지만 탈출을 감행한 이후 서울로 압송되었고, 감시도 심해졌다. 고국으로 돌아가게 해달라는 하멜의 간절한 청은 묵살되었다. 조선 사람들은 파란 눈과 노란 머리를 지닌 서양인들을 괴상하고 우스꽝스런 광대로 여겼다. 효종은 하멜 일행에게 네덜란드식 춤을 추게 하고, 노래를 부르게 했다. 하멜은 조선 사람들이 자신들을 사람이라기보다는 괴물로 보았다고 썼다. 하멜은 물속을 헤엄쳐다니는 새라는 소문이 떠돌았으며, 무엇을 마실 때는 코를 귀 뒤로 돌린다는 등 허황된 이야기도 있었다. 13년

이 넘게 조선에 억류되었다가 탈출에 성공한 하멜은 일본을 경유하여 암스테르담에 도착했다. 그리고 이후에 『하멜표류기』를 출간했다. 이 책은 조선을 방문하는 탐험가와 선교사들에게 필독서가 되어 조선에 대한 야만적 이미지를 더 굳게 만들었다. 조선은 외국인을 감금하고 노예처럼 부린 공포의 왕국으로 회자됐다. 독일인 의사 지볼트는 하멜의 책이 "조선에 대한 혐오와 공포를 심어주었다"고 지적했다.

고국으로 귀환한 하멜은 운이 좋은 편이었다. 벨테브레는 1627년 물과 양식을 구하기 위해 경주 해안가에 상륙했다가 주민들에게 붙잡힌 이후 조선에서 살다가 생을 마감했다. 처음에는 표류자로 여겨 일본으로 보내려 했지만 왜관에서 접수를 거부했다. 결국 훈련도감으로 편입된 그는 귀화인으로 구성된 부대에 배치되어 병자호란에 참전하는 등 군사작전에 활용되었다. 그런데 벨테브레가 조선에 온 지 27년이 지났을 때 뜻밖의 만남이 이뤄졌다. 제주도에 난파당한 하멜 일행을 조사하기 위해 벨테브레를 파견한 것이다. 30여년 만에 고국 사람을 만난 벨테브레는 옷깃이 다 젖을 때까지 눈물을 흘렸다고 한다.

☸ 타자는 악령이 아니다

조선의 바다는 서양인들에게 탐나는 대상이 아니었다. 동아시아까지 진출한 궁극적인 목적은 중국의 바다를 열기 위한 것이었다. 실제로 중국과 일본에 비해 조선에서 서양 배들의 출현은 뒤

늦게 이뤄졌다. 조선은 중국과 일본의 사례를 타산지석으로 삼아 충격을 완화하고 효과를 극대화하는 개항 정책을 준비할 수 있었다. 하지만 중화주의에 매몰된 조선 조정은 바다를 배타와 기피의 대상으로 여길 뿐이었다. 1860년 영국과 프랑스 연합군이 베이징을 함락하고, 청나라 황제가 열하로 피난 가는 최악의 사태가 발생했다. 그토록 떠받들었던 중국이 서양 열강들에 힘없이 무너진 것이다. 조선 조정은 공황 상태로 빠져들었지만 청의 몰락을 보면서도 바다를 열지 못했다. 결국 호미로 막을 것을 가래로 막았다. 자율적 개항에 실패한 조선은 저자가 가리킨 것처럼 타율적 개항과 억압적 식민지화의 길을 걸었다.

이 책은 악령이 바다에서 나타나는 것이 아니라 내 안의 무지와 공포의 틈새에 존재한다는 사실을 깨닫게 한다. 우리나라 해안가에는 헛배 설화가 전래된다. 어민들이 바다에서 조난당할 때 헛배(허깨비 배)가 마치 유령선처럼 다가왔다는 이야기들이다. 공포와 무기력은 환영을 불러낸다. 책에서는 이런 사건을 소개한다. 1847년경 프랑스 선박이 고군산도에 표류했을 때 자명종을 남기고 떠나갔다. 그런데 섬사람들은 상자 안에서 똑딱 소리가 일주일 동안 끊이지 않자 이를 도깨비로 여겨 굿을 했다. 얼마 뒤 똑딱 소리가 그치자 섬사람들은 굿의 영험을 자랑했다고 한다. 과연 굿이 악령을 쫓았는가.

서양세계를 알지 못했던 조선인들에게 거대한 이양선을 타고 나타난 기이한 모습의 서양인은 무서운 악령으로 보일 수 있다. 하지만 주술을 걸거나 눈과 귀를 막고 배척하는 것은 통상과 선교를 목적으로 나타난 이양선을 물리치는 방법이 결코 될 수 없었다. 독선과 폐쇄로 새로운 시대를 막을 수는 없다. 타자 출현의 배경을 진지하게 성찰하고 이들을 또 다른 주체로 받아들일 때 새로운 시대가 우리 곁에서 열릴 수 있는 법이다. 저자는 의미심장하게 말한다. "타자를 추방하는 것이 아니라 우리 안에 감춰진 또 다른 내면의 목소리로 받아들일 때, 타자는 제거해야 할 악이 아니라 우리를 구원할 수 있는 존재로 계속 남을 것이다."

이 책을 덮을 즈음에는 신무기와 지도, 여행기와 성경을 들고 바다에 출현한 서양인이 더 이상 유령이 아니었음을 알게 된다. 유령이란 외부가 아닌 오히려 내부에 있음을 유의해야 한다. 한 줌의 세력이 온 나라를 쥐락펴락하는 세도정치, 백성에 대한 학정과 수탈로 점철된 삼정문란, 오직 주자학의 눈과 귀로 세계를 재단했던 오만한 사대부의 의식이야말로 조선을 나락으로 떨어뜨린 흉측한 유령이다.

글쓴이 유승훈

부산박물관 학예사로 재직 중이다. 『문화유산 일번지』 『부산은 넓다』 『작지만 큰 한국사, 소금』 등을 썼다.

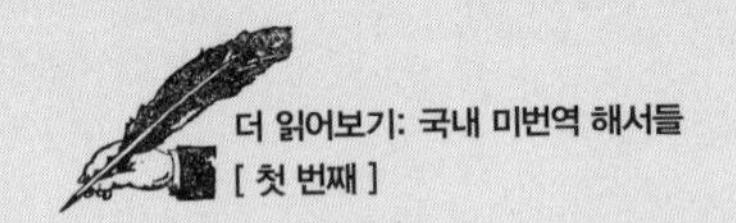

수중 고고학

클레오파트라 궁전에서 원구선, 타이태닉까지

水中考古學: クレオパトラ宮殿から元寇船、タイタニックまで

이노우에 다카히코 | 주오코론신샤 | 2015

수중고고학은 그 역사가 55년 남짓으로 짧긴 하지만 계속해서 성과를 내고 있다. 서양은 지진으로 가라앉은 알렉산드리아 앞바다의 클레오파트라 궁궐이나 파로스 섬의 등대, 타이태닉호를 발굴했다. 일본은 미국에서 들은 막연한 이야기를 바탕으로 7년에 걸쳐 에도 바쿠후 말기 치바 현 앞바다에 가라앉은 미국산 증기 외륜선과, 와카야마 앞바다에 가라앉은 터키 군함 에르투그룰호를 발굴 조사했다. 이 책은 저자가 실제로 참여한 연구 업적을 바탕으로 수중고고학의 현황 및 미래 전망을 에세이풍으로 쓴 수중 탐험 드라마다. 일반 독자를 대상으로 하기에 도판 해설도 흥미롭다. 저자의 삶 그 자체야말로 수중고고학의 역사라고 해도 과언이 아니다. 일본에는 수중고고학과가 없기 때문에, 저자는 수중고고학 최고 명문인 미국 텍사스 A&M대학에서 '수중고고학의 아버지' 조지 배스 박사의 수제자로 박사학위를 받았다. 동양인 최초였다.

그동안 터키의 울루부룬 난파선, 자메이카의 포트 로열 고대 해저도시, 13세기 원구선(원나라가 일본을 침략할 때 난파한 배) 등 세계적으로 유명한 수중 유적 발굴 조사에 참여했다. 지금으로부터 3300년 전에 침몰한 울루부룬 난파선에서 발견된 대량의 주석과 구리, 당시엔 무척이나 귀했던 유리, 흑단, 상아, 하마 이빨, 도장, 보석 장식품, 아몬드, 땅콩, 무화과, 올리브, 포도, 석류, 곡류 등 20톤이 넘는 물자에서 새 역사를 찾아냈다. 단지 안의 테레빈 수지에 섞여 있던 달팽이나 꽃가루의 종류를 해석해 채취 장소가 이스라엘 사해 서북 지역이며, 이 선박은 시리아와 팔레스타인에서 이집트로 가고 있을 때 침몰했다는 사실이 드러났다. 또한 청동기시대 지중해 교역을 에게 해 중심의 미케네 문명이 지배했다는 그동안의 정설을 뒤집고 근동에 거점을 둔 페니키아인이 그에 필적할 만한 세력을 형성하고 있음을 입증했다. 또 나가사키현 다카시마 앞바다 해저 원구선에서 나온 원나라의 청동인靑銅印과 목석정木石碇, 노, 활, 창, 도검, 혁대 등을 조사해 원나라 정벌군은 중국 강남군이 주력이었다는 사실을 확인했다.

저자에 따르면 수중고고학은 최근 첨단 기기(GPS, 수중 로봇, 음파 탐지기 등)를 통해 급속히 발달하고 있다. 1545년에 침몰한 영국 메리로즈호를 인양·보존할 때에는 염분이 든 찬물을 계속 부으면서 박테리아의 성장을 억제하고 폴리에틸렌글리콜PEG 용제를 부어 공기에 닿아도 목재가 무너지지 않게 고정했다. 1628년에 가라앉은 스웨덴 전함 바사호 보존에는 PEG법 외에도 진공동결법, 사카로오스법, 아세톤·송진법, 실리콘 오일법을 썼다. 쇠는 바닷물에 부식되어 내부가 빌 수도 있다. 이때 구멍을 뚫어 에폭시 수지를 붓고 형을 취해 레플리카(모조품)를 남긴다. 철의 형태가 남아 있으면 염분을 제거한 뒤 전해환원법電解還元法으로 녹을 제거한다.

일본의 수중 유적은 450여 개로 추정되나, 일본 수중고고학은 갓 착수되었을 따름이다. 물에서 꺼낸 유물은 바로 퇴화하므로 보존에 지혜와 돈이 든다. 발굴 자체도 막대한 자금을 필요로 한다. 아직 수중고고학은 학문이라고 인지되지 않아 후원자를 찾기도 힘들다. 이 책에서는 이렇듯 수중고고학의 빛과 그림자도 배울 수 있다. 수중고고학자들은 만약 바닷속에서 보물을 발견하면 일확천금하게 될까? 절대 아니다. 보물탐험가와는 다르게 이들은 유물을 어떻게 발굴·보존·복원하는가에 중점을 두며 '순수 학문적으로' 연구할 뿐이다.

바다의 이상야릇한 역사

The Unnatural History of the Sea

캘럼 M. 로버츠 | 아일랜드 출판사 | 2007

이 책은 바다 생물체의 역사를 일목요연하게 정리한 요약본의 성격을 띤다. 1741년 배고픔에 시달렸던 탐험가들은 베링 해협에서 스텔러 바다소라 불리는 바다소 무리를 발견했다. 그러나 그 뒤 30년도 채 되지 않아 이 사랑스러운 바다 동물은 멸종 위기에 처한다. 고전적인 이야기처럼 들리겠지만 사실 이 과정에서 우리가 알지 못하는, 생략된 중요한 사실들이 있다.

베링 섬은 사냥으로 학살되던 스텔러 바다소에게 있어서는 최후의 보루와도 같은 생존 공간이었다. 하지만 탐험가들이 항해를 본격적으로 시작하기도 전에 그 섬은 서식지로서의 알맞은 조건들을 점점 잃어가던 중이었다. 저자가 책에서 피력하는 것은 바다의 포용력 있는 환경이 하룻밤 사이에 사라진 게 아니라 서서히 진행된 필연적 결과였다는 점이다. 오늘날 어업은 효율성만을 강조한 나머지 해양 생물에게 인정사정없는 형태로 변해가고 있다. 바다 생물에 대한 이러한 횡포는 현대에 와서 시작된 일이 아니며, 산업혁명 훨씬 이전부터 지속적으로 자행되어왔다. 11세기경 중세 유럽에서부터 무분별한 포획이 계속되어왔던 것이다.

저자는 이 길고도 파란만장한 역사를 심도 있게 연구하고 분석했다. 어업의 상업화가 가속화된 전개 과정을 낱낱이 파헤쳐 전 세계 수많은 나라의 독자들이 수 세기에 걸쳐 이뤄진 바다의 변화를 이해할 수 있게 했다. 또한 인류 역사상 바다를 탐험한 초기 탐험자들을 비롯해 해적들의 증언도 담고 있으며, 상인과 어부들, 여행자들의 증언도 함께 제공한다. 특히 15세기에 활동하던 항해자들이 기술한 다양한 바다 생물에 대한 내용을 읽다 보면, 오늘날엔 상상조차 할 수 없는 다양한 생태 환경을 알 수 있다.

이 책은 한마디로 인간과 바다의 과거사를 재조명한다. 저자는 그렇게 풍부했던 바다 생물의 개체 수가 감소하게 된 원인을 생생한 증언과 함께 화려한 필치로 밝혀낸다. 오늘날은 예전과 같이 물고기의 대량 어획이 가능하지 않은 시대다. 과거처럼 바다에 사는 물고기 수가 많지 않기 때문이다. 규제 없는 무분별한 어업의 상업화가 야기한 최후가 무엇인지를 여실히 보여주며 저자는 우리가 찬란했던 과거로 회귀하기 위해 무엇을 할 수 있는가에 대한 메시지도 전해준다. 미국 플로리다 주 연안 지방부터 뉴질랜드 연안까지, 동물뿐 아니라 식물을 포함한 다양한 종류의 해양 수자원이 현존한다. 그중에는 지금까지 인간이 발견하지 못한 희귀종들도 있다. 이제 우리는 역사가 같은 실수를 되풀이하지 않도록 증명해야 한다.

살아 있는 대호수

내해의 중심부를 찾아서

The Living Great Lakes: Searching for the Heart of the Inland Seas

제리 데니스 | 세인트 마틴스 그리핀 | 2004

담수가 보물의 보고라면 대호수야말로 그 담수의 어머니와 같은 곳이다. 호수를 대체할 만한 다른 저장고가 없으니 말이다. 대호수 중에서도 슈피리어 호는 지구상에서 규모가 가장 큰 호수다. 담수를 공급하는 세계적인 호수 다섯 개를 합친 것을 넘어서는 크기다. 1만 마일에 이르는 호수의 둘레는 미국 대서양 연안과 태평양 연안의 길이를 합친 것보다도 더 길며 수면의 면적은 9만 5000제곱마일로 뉴욕, 뉴저지, 코네티컷, 매사추세츠, 버몬트, 뉴햄프셔와 로드아일랜드를 다 합친 면적보다도 더 크다. 이 호수를 직접 눈으로 본 적이 없는 사람은 그 크기를 가늠할 수조차 없을 정도다. 너무나 광활한 나머지 북아메리카의 지질학, 기후, 역사의 상당 부분에 관여할 정도로 슈피리어 호의 위력은 어마어마하다. 지금도 수천만 명의 사람의 생활에 직접적인 영향을 끼치고 있다.

『살아 있는 대호수』는 북아메리카 중심부에 자리 잡은 이 놀라운 호수의 역사와 자연환경, 과학적 발견에 대해 기술한 최고의 작품이다. 호수를 둘러싼 지질학적인 변화는 산업 지역에 끔찍한 재난을 가져오기도 했고, 인류 역사에 남을 위대한 자연환경을 조성하기도 했다. 더불어 이 호수를 둘러싸고 생물학자, 어민, 항해사 등 다양한 직업군의 사람들이 들려주는 생생한 증언은 이 책에 역사서 이상의 위상을 부여한다.

이 책은 또 개인적인 여행담이기도 하다. 16주 동안 저자는 여러 호수를 여행하면서 때로는 태풍과 안개를 맞닥뜨리기도 하며, 오대호를 모두 거쳐 이리 운하, 허드슨 강, 뉴욕에서 마인까지 이어지는 동쪽 해안을 따라가면서 북아메리카의 놀라운 풍경, 드넓은 크기만큼 포용력 있는 장관을 눈으로 직접 확인한다. 이로써 저자는 세계적 명소에 대한 깊이 있는 성찰로 독자들을 이끌며, 지구의 미래 수자원에 대한 고민과 토론에 참여케 한다.

태평양

실리콘 칩, 서핑 보드, 산호초 그리고 원자폭탄, 폭군, 사라진 제국, 세계 절대 권력의 다가올 쇠퇴

Pacific: Silicon Chips and Surfboards, Coral Reefs and Atom Bombs, Brutal Dictators, Fading Empires, and the Coming Collision of the World's Superpowers

사이먼 윈체스터 | 하퍼 | 2015

『대서양Atlantic』과 『여러 주를 통합시킨 남자들The Men Who United the States』로 『뉴욕타임스』 베스트셀러 작가에 오른 사이먼 윈체스터가 태평양을 주제 삼아 흥미로운 이야기들을 엮은 책이다. 저자는 태평양이 오늘날의 세계에서 어떤 역할을 하고 있는지 보여주며 자연의 위대한 힘 앞에서 인간이 이 자연과 어떤 관계를 맺어야 하는지에 대해 심층적으로 파고든다.

고대가 지중해에서 형성되었다면, 태평양은 어쩌면 인류의 미래를 정의할 대양일지도 모른다. 미국 서부 연안에 자리 잡은 도시들, 가령 시애틀, 샌프란시스코를 비롯해 실리콘밸리를 이루는 여러 도시는 중국과 함께 서서히 해수면의 높이가 올라가고 있다고 한다. 오늘날 태평양의 해양판은 조금씩 상승하고 있다. 태평양은 지질학적으로 오랜 세월에 걸쳐 많은 변화를 겪었고 대규모 지진과 화산 폭발, 쓰나미 등의 찬란한 역사를 가지고 있다. 사실 인류가 발견한 태평양의 역사는 태평양이 실제 겪어온 세월에 비하면 찰나에 불과하다. 인간의 짧은 역사와는 견줄 수 없는 유구하고 경이로운 자연현상들이 있었기에 태평양은 오늘날의 모습으로 완성되었다.

태평양에 대한 이야기를 시작하면서 사이먼 윈체스터는 독자들을 다양한 지역으로 안내한다. 가령 베링 해협에서 혼 곶, 양쯔강, 파나마 운하까지 전 세계 여러 대륙을 골고루 살피며 이 지역 사이에 펼쳐진 작은 섬과 군도들도 잊지 않고 소개한다. 뿐만 아니라 저자는 마닐라의 독재 정권이 몰락하게 된 과정, 퀸스랜드 북부 지방에 사는 토착 원주민들을 직접 만난 사연 등을 소개하고 세상의 끝에 자리 잡은 고립된 군도 티에라델푸에고도 방문했다.

작가의 긴 여행은 알래스카 간선도로까지 이어진다. 이곳은 핏케언 섬에 이르기 위해 지나가야 하는 도로다. 이어 저자는 한국을 방문하고 베일에 싸인 인접국인 북한도 짧게 관찰했다. 타의 추종을 불허하는 필력으로 풀어낸 작가의 환태평양 여행담은 버릴 것 없이 풍성하며, 각 지역 역사에 대한 이해력 또한 혀를 내두를 정도다. 인간의 삶을 여러모로 변화시킨 이 태평양은 아름다움, 신화, 상상력의 영원한 원천지임을 실감할 수 있다.

고래 전쟁

War of the Whales: A True Story

조슈아 호위츠 | 사이먼 앤드 슈스터 | 2015

6년간의 집필 끝에 탄생한 이 책은 한번 보기 시작하면 눈을 떼기 어려운 이야기로 가득하다. 고래 전문 법률가로 등극한 조슈아 호위츠는 미 해군의 일급 기밀을 밝혀내고자 고군분투했으며 군함의 해저 탐사 시스템 때문에 바다 밑에 고강도 주파수가 퍼지면서 고래들이 서식지에서 쫓겨나듯 해안가로 몰리게 된 사연을 밝혔다. 이 책에 등장하는 조엘 레이놀즈는 미국 해군 프로그램의 실체를 세상에 폭로하고 이에 정면 도전하기 위해 합법적인 캠페인 활동을 벌여온 인물이다. 또 해양 생물학자인 켄 밸컴은 바하마스에 위치한 연구소 주변에 고래들이 다량으로 죽은 채 발견되는 이유를 파헤치기도 했다. 대재앙이라 할 수 있는 고래의 떼죽음 사건을 조사하는 과정에서 켄 밸컴은 개인적으로 양심의 가책을 느꼈다고 한다. 하지만 그는 청년 시절 해군에 입대해 군사 기밀을 외부에 누설하지 않겠다고 선언한 적이 있기에 딜레마에 빠지지 않을 수 없었다.

이렇게 밸컴과 레이놀즈가 한 팀이 되어 고래 떼죽음의 진실을 파헤치는 동안 에픽 전쟁도 본격적으로 시작되었다. 고래를 살리려는 활동가들과 대치 상태에 있는 해군 장교들, 돌고래의 무기화에 반대하며 독자적으로 운영되는 잠수함들, 바다 환경보호와 맞선 국가 안보 등 여러 갈등이 서로 첨예하게 대립하고 있다. 비밀 특수부대의 군사연구소 및 고등법원과 전쟁을 치르면서 우여곡절 끝에 완성된 이 책은 실제 현실을 소재로 하는 만큼 한 편의 스릴러물을 다큐멘터리와 접목시킨 듯한 느낌을 준다. 더욱이 그 속에 얽힌 역사적 사건과 군사 기밀들이 어우러져 한 편의 법정 드라마를 보는 것 같기도 하다.

저자는 읽는 맛을 살려 영리하게 이야기를 전개시키는 가운데 미국이 해군의 군사 전력을 강화하기 위해 추진하는 비밀활동에 숨겨진 음모를 낱낱이 파헤쳤고, 독자들은 고래들이 떼죽음에 이르게 된 상황을 한 편의 영화처럼 읽을 수 있다. 강한 인상을 남기는 이 책에 대해 『워싱턴포스트』는 꼭 읽어야 할 작품이라 극찬했다.

바다조개의 비밀스런 내세

Spirals in Time: The Secret Life and Curious Afterlife of Seashells

헬런 스케일스 | 블룸스버리 | 2015

인류 역사상 바다조개는 아주 오래전부터 자연 속 신세계를 발견하도록 해주는 표본이었다. 그뿐만 아니라 인간에게 최첨단 과학의 중요한 단서를 제공한다. 그중에서 연체동물문에 속하는 바다조개는 지구상에 살아남은 가장 오래된 동물 중 하나로 손꼽힌다. 바다조개는 다른 동물들의 서식지 역할을 할 뿐만 아니라 여러 시대를 거쳐 인류의 유용한 도구 역할을 해왔다. 이 책은 바다조개와 관련된 과학 상식과 자연사를 매력적인 내러티브로 전한다. 저자는 바다조개가 수학의 기본 원리나 진화론에 어떤 공헌을 했는지 자세히 소개하며, 바다조개가 문화적으로 왜 중요한지를 밝히고 수천 년 동안 인간이 바다조개를 어떻게 이용해왔는지 다루고 있다.(바다조개는 한때 환각 상태를 유도하는 마약으로 쓰인 적도 있다.)

역사적으로 바다조개가 대량으로 남획되면서 몇몇 종은 멸종 위기를 간신히 견뎌냈다. 여러 연체동물과 바다조개들은 인위적으로 바뀐 자연환경에 직접적인 타격을 받기도 했다. 더욱이 갑작스러운 기후변화와 점점 침식되는 바다 밑 생태계 파괴까지 겹

치면서 위기는 점점 심화되고 있다. 저자는 이런 상황에서도 모두 끝났다는 상실감에 사로잡히기보다는 바다조개가 인간과 자연의 가교 역할을 한다는 것을 새삼 강조하며 인류와 자연세계 사이에 생겨난 이 괴리를 바다조개가 메워줄 수 있다는 희망을 버리지 않았다.

이 책은 염색 재료, 보석, 음식은 물론 신종 의약품으로 사용된 바다조개의 역사를 상세히 드러내면서 자연이 우리에게 왜 중요한지를 느끼게 한다. 생동하는 바다조개의 이야기는 독자의 손에 쥐여진 이 한 권의 책 속에 얼마나 놀라운 비밀이 숨겨져 있는지 보라며 당당히 손짓하고 있다.

제2부

우리를 둘러싼 바다

지구의 서사시, 과학과 시의 화학반응

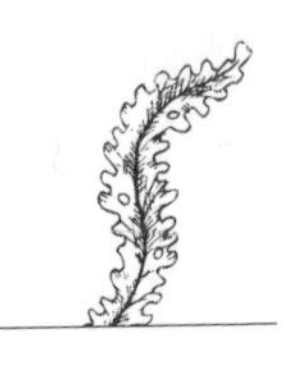

『우리를 둘러싼 바다』

레이철 카슨 | 이충호 옮김 | 양철북 | 2003

신화에는 구체적인 이름을 지닌 개성적인 신들이 나타난다. 가령 물과 연관된 신만 하더라도 바다, 강, 샘, 호수, 늪 등 장소에 따라 저마다의 고유한 캐릭터군이 있다. 캐릭터의 차이는 수많은 자연현상을 해석하는 흥미진진한 이야기를 낳는다. 이 다채로운 서사소들을 수소 두 개와 산소 하나, 즉 H_2O라는 기호 속에 가두는 것이 근대 과학 언어다. 화학 기호 속에서 물질은 추상화되고 익명화된다. 거기에서 생명의 경이와 비의는 자취를 잃고 만다.

레이철 카슨의 『우리를 둘러싼 바다』는 이야기와 과학 언어의 행복한 교감이 어떻게 가능한지를 보여준다. 생명의 신비를 잃지 않고 엄격한 과학적 태도를 흐트러트리지도 않으면서 경계를 부드럽게 넘나드는 유려한 문체는 "과학과 기술, 신화와 예술은 삶의 두 축"이라고 했던 화이트헤드의 말을 가장 모범적인 선에서 육화한 것으로 보인다. 창조라는 축에서 같은 축에 놓여 있으나 전혀 다른 양상으로 펼쳐지기 마련인 양극 사이를 오가는 성찰이 곧 인문학의 뿌리라는 점을 생각하면, 그 어느 쪽도 선택하거나 배제하지 않은 카슨이야말로 해양인문학의 토대를 쌓았다고 할 수 있다.

> 제 책에 바다에 대한 시가 들어 있다면 그것은 제가 의도적으로 그것을 끼워넣었기 때문이 아니라 시 없이는 진정으로 바다에 대해 쓸 수 없기 때문일 겁니다.

1952년 내셔널 북어워드의 비소설 부문 수상자 연설 소감은 카슨의 글쓰기 태도를 압축적으로 드러낸다. 시적 뉘앙스를 중시했던 그녀는 자신의 글을 어머니에게 큰 소리로 읽어달라고 하며 소리, 두운법, 리듬에까지 각별한 주의를 기울였다. 또한 해양학 전문가들마저 경탄을 금치 못한 엄청난 양의 자료를 그 속에 녹였다. 카슨을 통해 정확성과 미美는 모순되는 특징을 넘어 생명의 감수성을 자극하는 화학반응을 일으킨 것이다.

전체적으로 이 책은 성경의 「창세기」부터 호메로스, 매슈 아널드, 셸리 같은 시인들의 텍스트를 각 장의 소제목 아래 인용하며 시작한다. 요컨대, '어둠에 싸인 바다'는 「창세기」의 "땅은 아직 모양을 갖추지 않고/ 아무것도 생기지 않았는데,/ 어둠이 깊은 물위에 뒤덮여 있었고"와 같은 우주적 탄생 드라마를 지질학과 동물학에 출처를 둔 자료들을 해석하며 증명한다. 그리하여 어류, 양서류, 파충류 그리고 온혈동물인 조류와 포유류는 모두 핏속에 바닷물과 비슷한 비율의 나트륨과 칼슘이 들어 있다는 개념적 진술에 다감한 울림을 가능케 한다. 그녀의 말대로 우리는 모두 이렇게 어머니 바다로부터 왔다.

이 과정을 통해 카슨이 의도하는 건 바다에 대한 고정관념의 해체다. 가령, 대륙은 모든 것을 둘러싸고 있는 바다 수면 위로 잠시 솟아 있는 땅덩어리에 불과하다. 바다가 지구 표면적의 72퍼센트를 차지하고 있으니 지구는 땅으로 덮인 구형이 아니라 마땅히 바다로 둘러싸인 '해구海球'다. 상승과 하강을 반복하는 해수면의 지속적인 변화에 따라 지도의 경계선과 해발은 끝없이 새로 그어진다. 히말라야 산맥 해발 6000미터 지점에서 발견되는 화폐석 석회암은 남유럽과 북아프리카를 덮고 서남아시아까지 뻗어 있던 바다의 존재를 말해준다. 바다야말로 지도의 기획자인 셈이다. 또한 우주에 대한 탐사보다 심해에 대한 탐사가 더 늦었다는 사실, 해저 지형에 대한 정보가 달 앞면의 지형보다 더 늦게 알려졌다는 사실은 해양에 대한 관심이 거의 무의식의 발견과 같은 시기의 소산임을 호소한다.

☸ 어패류의 무늬를 더듬듯 읽어낸 바다의 서사시

동물학 전공자로서 해양연구소와 미국 어업국, 미국 어류야생동물국의 출판 편집자로 일했던 저자의 이력은 바다에 대한 유별

난 이끌림이 직업적인 것임을 부정하기 어렵게 한다. 그러나 『레이철 카슨 평전』을 쓴 린다 리어에 따르면 그것은 좀더 근원적인 연원에 뿌리를 두고 있는 것으로 보인다. 카슨의 어린 시절을 기억하는 고향 마을 사람들은 카슨의 가족 소유지에 우뚝 솟은 바위가 있었다고 전한다. 거기서 어패류 화석이 무더기로 출토되곤 했는데, 강도 바다도 없는 땅 한가운데서 어패류를 수집하며 놀던 아이에게 바다가 찾아온 것은 어쩌면 운명이었는지도 모른다. 어패류의 무늬를 매만지고, 귀에 대고 먼 해조음을 연상하면서 바위 주위를 서성이던 아이에게 껍질만 남기고 떠난 생명과 그 생명을 품어주던 바다에 대한 호기심이 생긴 건 실증을 넘어 매우 자연스러운 흐름이 아닐까.

카슨은 유년 시절 어패류의 무늬를 더듬던 섬세한 눈길로 지구의 서사시를 읽어나간다. "아주 깊숙한 곳까지 떨리는 지구의 시"라는 루엘린 포이스의 시구절과 함께 시작되는 '기나긴 눈'은 해저 퇴적물에 대한 상상력을 떨리는 현처럼 깊은 공명음으로 들려준다. 지구 역사상 가장 놀라운 '눈'이라고 표현한 퇴적물을 통해 우리는 빙하기와 간빙기의 기록을 읽고, 화산 분화와 지각 충돌의 흔적을 찾아 읽을 수 있다. 퇴적물 기록은 과거이면서 여전히 진행되는 현재이며 잠시도 멈추질 않고 써가는 미래의 실록이다. 어떤 의미에서 모든 생명체는 심해저를 향해 생멸을 넘어선 눈송이가 되어 지구의 역사를 쓰는 사관들이다.

이 가운데는 절멸의 역사도 있다. 많은 개체 사이에 평균적인 혈통이 보존되고 잡종 교배가 일어나는 육지 생물들과 달리 대양 위 섬의 생물들은 제한된 범위 내에서 독특한 방식으로 발달하게 된다. 다른 곳에서는 볼 수 없는, 거의 모든 섬에 있었던 고유한 종들이 인간의 상륙과 함께 멸종했다. 14킬로그램에 육박하는 거구를 뒤뚱거리며 다니던 모리셔스 섬의 새 도도가 식용으로 불과 200년 사이에 사라졌듯이, 다시는 볼 수 없는 고유종들이 재앙을 면치 못했다. 섬은 육지와는 다른 차이를 발생시키는 공간이다. 저마다의 차이를 존중하며 공생하는 곳이 바다이기에, 차이의 소멸이 어떤 비극을 초래하는지를 바다는 똑똑히 보여준다.

> 대양 섬의 비극은 오랜 세월에 걸쳐 천천히 진행된 과정을 통해 발달한 종들의 특이성과 대체 불가능성에서 비롯된다. 이성적인 세상이라면 사람들은 이 섬들을 아주 귀중한 재산으로 취급했을 것이다. 세상 어디에서도 똑같은 것을 발견할 수 없기 때문에 값을 매길 수 없을 만큼 소중하고 아름답고 신기한 창조적 작품으로 가득 차 있는 자연 박물관으로 말이다. 허드슨이 아르헨티나의 팜파스에서 살고 있던 새들에 대해 한 애도사는 섬에 살았던 새들에게 하는 것이 더 적절했을 것이다. "아름다운 것은 한번 사라지면 다시 돌아오지 않는다."

『우리를 둘러싼 바다』는 뜻밖에 이 땅의 굴곡진 역사와도 관계가 깊다. 첫 책 『바닷바람을 맞으며』의 상업적 실패가 제2차 세계대전의 발발과 관계가 있다고 판단한 카슨은 미국의 한국전 참전을 마냥 편안한 마음으로 지켜볼 수가 없었다고 한다. 1950년 내내 미국 내의 연료 부족, 물가 인상 등 경제적 혼란이 심각한 종이 부족 사태로 이어지며 출판에도 심각한 타격을 입혔다. 수생생물학자로서 연방정부에서 일하고 있던 작가의 지위도 불안하게 흔들렸다. 건강마저 악화되어 출간을 앞두고 유방암 수술을 받아야 했다. 그러나 카슨을 우울하게 만든 근본적인 원인은 핵무기의 망령으로 상징되는 20세기 과학기술의 맹목적 진보가 불러일으키는 공포감에 있었다. 중국의 참전으로 교착 상태에 빠진 한국전을 서둘러 종료하기 위해서 당시 미국 내에서는 원자폭탄을 서둘러 사용해야 한다는 주장이 꽤 설득력을 얻어가고 있었다. 인간이야말로 우리를 둘러싼 세계를 파괴할 수 있는 위험한 동물이라는 사실을 깨닫고 있던 카슨에게 한국전쟁은 관망만 하고 있을 수 없는 끔찍한 비극의 암시처럼 다가왔다. 방사능 물질이 바다로 유입되면 바다 생물에 축적되어 고스란히 인류에게로 돌아올 것이 틀림없다. 강연 여행이나 수상연설 중에 그녀는 전쟁 중 원자폭탄의 배제를 호소하는 일을 잊지 않은 것으로 전한다. 10년 뒤에 나온 개정판 서문에서 카슨은 이 문제를 서문에서 특별히 강조하고 있다.

"생명이 처음 태어난 바다가 그러한 생명 중 한 종에 의해 위협받고 있는 상황은 기묘하게 보이기도 한다. 그러나 바다는 비록 나쁜 방향으로 변한다 하더라도 계속 존재하겠지만, 정작 위험에 빠지는 쪽은 생명 자체다." 오래전 이미 카슨은 후쿠시마 원전 사태와 같은 재앙을 예언하고 있었던 것으로 보인다. 바다로부터 우주 탄생과 생명의 역사를 추적한 카슨의 작업은 이후 20세기 환경학의 고전으로 꼽히는 『침묵의 봄』의 토대가 되었다.

글쓴이 손택수

시인. 1998년 한국일보 신춘문예에 「언덕 위의 붉은 벽돌집」이 당선되면서 작품활동을 시작했다. 시집으로 『호랑이 발자국』『목련 전차』『나무의 수사학』 등이 있다.

'천상시인'의 바다, 더 낮은 곳을 향하여

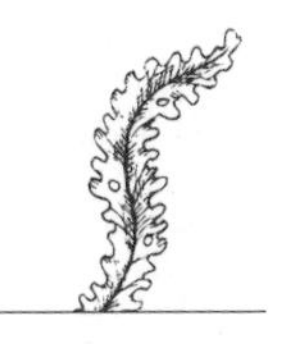

『말랑말랑한 힘』

함민복 | 문학세계사 | 2005

해마다 하얀 찔레꽃 필 무렵이면 북두칠성은 우리 마을의 동북쪽 밤하늘에 그 모습을 드러낸다. 북극성을 중심으로 돌고 돌겠지만, 내 기억 속의 북두칠성은 언제나 동북쪽 산마루에 뿌리를 내리고 있다. 아마도 내게는 모든 별자리 중에 북두칠성의 국자 모양이 가장 선명했기 때문이며, 찔레꽃이 피고 소쩍새가 우는 봄밤에 더 자주 하늘을 보았기 때문일 것이다. 옛날 같으면 이맘때가 보릿고개, 춘궁기의 시절이었으니 북두칠성이 국자로 보이는 것은 당연한 이치가 아니겠는가. 그리하여 나는 몇 년 전에 쓴 졸시 「북두칠성」에 "지구 한 귀퉁이/ 오늘도 굶어 죽는 아이들/ 밤하늘의 갈비뼈가 자꾸 삐져나온다/ … / 라면 국물이라도 한

사발 퍼주고픈/ 저 거대한 국자" 라고 표현한 적이 있다.

바로 이 북두칠성을 볼 때마다 강화도의 갑장시인 함민복이 떠오른다. 「눈물은 왜 짠가」로 마음 짠하게 널리 알려진 함민복 시인, 어머니와의 슬픈 전설 같은 그 가난의 진술이 오래 오래 잊히지 않는다. 그는 강화도 동막리에 살 때 앞마당의 텃밭에 북두칠성 모양으로 해바라기를 심은 적이 있다고 했다. 그에게도 춘궁기의 북두칠성은 예사롭지 않았던 것이다. 물론 그 동네의 한 어른이 약으로 쓸 일이 있다고 해서 몇 그루를 베어버렸다지만 말이다.

그런데 오랜 세월이 지난 요즘에 문득, 함민복 시인이 심은 해바라기들이 우리 집 뒤 지리산 형제봉 자락에 뿌리를 내렸을지 모른다는 생각이 들었다. 소쩍새가 밤새워 이 나무 저 나무를 옮겨 다니며 '밥 먹었소 소쩍, 죽 먹었소 소쩍, 솥 적다 소쩍' 울어도 혹시 그 동선을 이으면 북두칠성 모양이 아닐까 상상을 해보았다. 조금은 아프고 쓸쓸한 일이지만 이런 생각을 하고 있으면 온몸의 혈관마다 왠지 새 피가 도는 것 같은 느낌이 드는 것이다.

'천상천하의 시인'인 그가 지리산의 우리 집을 찾아온 적이 있다. 3년 전 초여름 새벽이었다. 광주에서의 강연 뒤풀이에서 이미 대취한 그가 새벽 3시에 전화를 했다. 혀가 꼬이는 어눌한 목소리로 이미 택시를 타고 지리산으로 출발했다고. 술김에 광주에서 지리산까지 택시를 대절한 것이다. 기가 찰 노릇이지만 두 시간쯤 뒤에 거짓말처럼 여명의 섬진강에 그가 도착했다. 검은 비닐봉지에 소주 몇 병을 담고, 라면 한 박스를 어깨에 메고 헐헐 웃으며 나타났다.

함민복 시인이 가져온 삼양라면 박스에는 '친구라면'이라는 푸른 글씨의 상표가 붙어있었다. 술에 취한 그가 구례를 지날 때 문 닫은 슈퍼 문을 마구 두드려 주인을 깨운 뒤 사왔다고 했다. 이미 가난에 이골이 난 바닷가의 그가 지리산의 살림살이를 꿰뚫어 본 것일까. 그 속 깊은 마음이 눈물겹도록 고마웠지만 자꾸 웃음이 터져 나왔다. 문득 어린 시절 즐겨 들으며 따라 불렀던 나훈아의 「바다가 육지라면」이란 노래가 떠올랐다. "바다가 육지라면 바다가 육지라면/ 배 떠난 부두에서 울고 있지 않을 것을." 어린 시절엔 너무나 익숙한 이 노랫말을 "바다가 소주라면 바다가 소주라면"이라고 바꿔 부르기도 했다. 그런데 이 노랫말과 '친구라면'이 또 절묘하게 잘 어울리는 것이었다.

이렇듯이 함민복을 생각하면 눈물이 핑 돌다가도 마치 무장해제라도 당한 듯이 허허 웃음이 터지고 만다. 그는 뻘 속에 깊이 박힌 말뚝처럼 참으로 오랫동안 강화도 바닷가에 서 있다. 나는 산에서 태어나 산에 살다 보니 산에 대해 조금은 알지만 바다에 대해선 잘 모른다. 그래서 그의 시를 통해 바다를 수시로 엿보는 것이다. 그가 이 세상에 『말랑말랑한 힘』이라는 시집을 내놓았을 때 "역시 함민복!" 하며 두 무릎을 쳤다. 특히 그의 표제시 「말랑말랑한 힘」은 전문을 되새기지 않을 수 없다.

천만 결 물살에도 배 그림자 지워지지 않네
딱딱하게 발기만 하는 문명에게
거대한 반죽 뻘은 큰 말씀이다
쉽게 만들 것은

아무것도 없다는
물컹물컹한 말씀이다
수천 수만 년 밤낮으로
조금 무쉬 한물 두물 사리 한객기 대객기
소금물 다시 잡으며
반죽을 개고 또 개는
무엇을 만드는 법을 보여주는 게 아니라
함부로 만들지 않는 법을 펼쳐 보여주는
물컹물컹 깊은 말씀이다

그 스스로 이 세상의 '뻘'이 되어보지 않고서는 쓸 수 없는 시가 아닌가. 그는 이미 태생적으로 생명평화주의자인 것이다. 지리산에 자주 오던 이문재 시인이 시인의 세 부류를 얘기한 적이 있다. 요약하자면 첫째는 시를 앞에 놓고 죽어라 좇아가는 불행한 시인, 둘째는 시와 더불어 손잡고 가는 행복한 시인, 셋째는 시를 뒤에 두고 몸이 먼저 가는 시인이다. 문단 풍경을 둘러보면 대개는 시를 앞에 두고 전전긍긍하는 표정들뿐이다. 이런 가운데 함민복 시인은 시와 삶이 더불어 손잡고 가는 가장 돋보이는 시인이 아닐 수 없다. 이 땅에 이런 행복한 시인이 과연 몇 명이나 될까. 잘 안 보인다. 나는 진작에 첫째와 둘째를 포기하고 셋째 부류의 시인을 꿈꾸지만, 이 또한 무책임하거나 게으른 자의 변명일지도 모른다. 그리하여 함민복 시인이 언제나 부러운 것이다.

그의 시는 굳이 해석하거나 설명할 필요가 없다. 명징하다. 그의 고향 충주 노은초등학교의 대선배 시인인 신경림 선생의 시처럼 그냥 읽어도 알 수 있지만, 곱씹어 읽을수록 감칠맛이 더 나는 시들이다. 자세히 읽어도 잘 알 수 없고, 되새김질해도 머리가 어지러워지는 시들과는 전혀 다르다. 그래도 혹시 그의 시 「말랑말랑한 힘」을 이해하기 힘들다면 「감촉여행」이라는 시를 읽어보자. 마치 마주보는 거울처럼 앞뒤가 더 잘 보이게 된다.

도시는 딱딱하다
점점 더 딱딱해진다
뜨거워진다

땅 아래서
딱딱한 것을 캐오고
뜨거운 것을 깨와
도시는 살아간다

딱딱한 것들을 부수고
더운 곳에 물을 대며
살아가던
농촌에도
딱딱한 건물들이 들어선다
뭐 좀 말랑말랑한 게 없을까

길이 길을 넘어가는 육교 바닥도
척척 접히는 계단 길 에스컬레이터도

아파트 난간도, 버스 손잡이도, 컴퓨터 자판도
빵을 찍는 포크처럼 딱딱하다

메주 띄울 못 하나 박을 수 없는
쇠기둥 콘크리트 벽안에서
딱딱하고 뜨거워지는 공기를
사람들이 가쁜 호흡으로 주무르고 있다.

두 시를 번갈아 읽으면 확연히 보인다. 명쾌하다. 그의 시에 굳이 사족을 붙일 필요가 없는 이유가 잘 드러난다. 세상 이치가 그러하듯이 잘 모르고 잘 안보이면 자꾸 횡설수설 어려워지고, 잘 보이고 잘 알면 단도직입적으로 쉬워진다. 그러나 시가 쉬워 보인다고 수사학적으로 얕보았다가는 큰코다친다. 실로 엄청난 직관과 은유들이 무기교인 듯 도사리고 있는 것이다.

하지만 우리가 사는 이 시대는 불행히도 함민복 시인의 경고를 무시하고 있다. 이 도저한 '말랑말랑한 힘'을 외면하며 세계 5대 연안습지의 하나인 새만금 갯벌을 매립해 '죽음의 바다'로 만들거나, 정치와 경제의 거짓 이름으로 국민들의 가슴에 함부로 쇠말뚝을 박고 있다. 한마디로 '겁대가리 상실한 것'이다. 그가 어느 신문에 나의 시 「겁나게와 잉 사이」에 대해 이렇게 쓴 적이 있다.

나는 인간이 느끼는 겁이란 감정을 존중한다. 만약 인간이 겁을 느끼지 않게 된다면 어떤 세상이 도래할까. 세상이라는 말도 가능하지 않을 것이다. 겁 때문에 인간은 자신보다 우월한 존재를 두기도 하고 믿기도 하는 것 아닐까. 겁 때문에 그나마 평화도 유지되고 있는 것 아닐까. 겁을 안 먹고, 신성한 겁을 저버릴 때 세상사에는 문제가 생긴다. 겁을 모르는, 막돼먹은 사람을 일러 겁대가리 상실한 놈이라 비하하는 욕도 있지 않은가.

그리하여 다시금 함민복의 시 「뻘에 말뚝 박는 법」을 우리 시대의 '국정교과서'로 삼아야 할 때가 아닌지 되묻고 싶다. "힘으로 내리박는 것이 아니라/ 흔들다 보면 뻘이 물러지고 물기에 젖어/ 뻘이 말뚝을 품어 제 몸을 빨아들일 때까지/ 좌우로 또는 앞뒤로 열심히 흔들어야 한다/ 뻘이 말뚝을 빨아들여 점점 빨리 깊이 빨아주어/ 정말 외설스럽다는 느낌이 올 때까지."(「뻘에 말뚝 박는 법」 중)

바다는 받아들인다, 가장 낮은 곳에 있어서 모든 것을 잘 받아들인다. 온 천지가 더 깊고 드넓어지는 것이다. 북두칠성을 이 땅에 심을 줄 아는 '천상시인' 함민복, 그 시의 거처가 바로 말랑말랑한 바닷가에 있다.

글쓴이 이원규

시인. 『실천문학』을 통해 등단했으며, 시집 『돌아보면 그가 있다』 『강물도 목이 마르다』 등이 있다.

과학 요정의 위대한 축복을 받은 섬

『갈라파고스』

패트릭 모리스·폴 D. 스튜어트·고드프리 멀렌·리처드 월로컴·앤드루 머레이·조 스티븐스 | 이성호 옮김
궁리 | 2009

과학의 착한 요정이 전 세계를 날아다니다가 그녀의 요술지팡이로 건드리고 싶은 가장 멋진 곳을 찾는다. 그리고 그곳을 과학의 낙원이자 지리학과 생물학의 에덴동산, 진화생물학자들의 이상향으로 바꿔놓았다. 그곳은 서경 91도 남위 1도로 에콰도르 해안에서 서쪽으로 1170킬로미터 동태평양에 위치한 다윈의 '적도공화국', 바로 갈라파고스다.

세계적인 진화생물학자 리처드 도킨스는 이 책의 추천 서문에서 갈라파고스에 대해 경탄의 말을 던진다. 실제로 그는 갈라파고스를 수차례 방문했다. 그의 대표작 『이기적 유전자』는 진화론의 새로운 패러다임을 제시한 책으로, 다윈의 적자생존과 자연선택이라는 개념을 유전자 단위로 바라보며 진화를 설명한다.

☸ 갈라파고스의 과거와 현재에 대한 기록

『갈라파고스』의 저자 중 한 명인 폴 D. 스튜어트는 1985년 갈라파고스를 처음 방문했으며, 이 책의 자매편인 TV 시리즈물 「갈라파고스」를 촬영하던 2005년부터 이듬해까지 갈라파고스에서 가족과 함께 생활했다. 그는 대표 저자로서 책의 골격을 만들었고, 세계적인 자연 다큐멘터리 감독 데이비드 애튼버러와 BBC 자연사 프로젝트팀이 제작을 맡았다.

이 책은 갈라파고스 제도의 생성에서부터 다윈의 삶, 갈라파고스를 찾은 비글호의 여행, 다윈이 갈라파고스를 찾기 이전 섬의 역사 그리고 오늘날 당면한 문제까지 살펴본다. 2년여의 제작 기간, 40여 명의 전문 사진작가가 찍은 생생한 사진, 그곳에서의 생활을 바탕으로 한 흥미로운 현장 기록이 고스란히 담겨 있다.

갈라파고스는 서북부 다윈 섬에서부터 동남부 에스파뇰라 섬까지의 제도다. 갈라파고스는 에스파냐식 말안장의 이름으로, 그곳 거북이의 크고 짙은 등딱지와 비슷해 붙여진 이름이다. 총면적은 약 8000제곱킬로미터인데, 이 중에서 가장 큰 이사벨라 섬이 전체 면적의 반 이상을 차지한다.

갈라파고스 제도는 지구에서 가장 활발한 화산지대에 속한다. 지난 200년간 각각 다른 8개의 갈라파고스 화산에서 약 60번의 폭발이 일어난 것으로 기록되었다. 갈라파고스 섬들은 이런 화산 폭발로 생겨났는데, 이 섬들의 어딘가에 갈라파고스 '열점hot spot(마그마가 분출되는 지점)'이 있다. 수백만 년 동안 열점은 용암을 주기적으로 분출하여 표류하는 대양판을 위로 들어올리고 구멍을 뚫었다. 열점은 그런 식으로 화산과 섬들을 만들어왔는데, 그 결과가 현재의 갈라파고스 제도다.

☸ 최초의 표착자와 위대한 진화론자의 방문

1535년 2월, 파나마 주교 프라이 토마스 데 벨랑가가 파나마에서 페루까지 항해하던 중 배가 남아메리카 앞바다에 침몰했다. 그와 선원들은 태평양으로 떠내려갔고 파나마 해류에 밀려 미지의 해역을 표류했다. 3월 10일, 그는 역사상 갈라파고스 섬에 상륙한 최초의 사람이 되었다. 토마스 주교의 이야기는 19세기에 시리즈로 인쇄된 문서들로 재발견되기까지 유럽에서 묻혀버렸다. 섬들이 발견된 이래 250년이 지나는 동안, 이주자 없이 소수의 방문객만이 섬을 찾았다.

미국의 포경선원들이 갈라파고스 해역을 떠나기 전, 섬에 또 한 사람의 저명한 방문객이 찾아왔다. 그 젊은 포경선원은 19세기 위대한 작가 중 한 명인 『모비딕(백경)』의 저자 허먼 멜빌이었다. 그는 섬에 대해 쓸 때마다 언제나 섬의 오래되고 낭만적인 경관을 중심으로 기술했다. 갈라파고스는 멜빌 자신의 큰 흰고래였다.

다윈이 갈라파고스를 방문했을 무렵, 이곳은 인간이 뻗친 손길로 말미암아 고통받고 있었다. 섬에는 포경선, 물개사냥꾼, 해적선이 수시로 드나들었고 지나가는 배들도 섬들의 귀중한 자원을 갖다 썼다.

> 모든 정상이 화산의 분화구로 이루어져 있고, 대부분의 경계가 여전히 뚜렷한 용암의 흐름으로 이루어진 모습을 보면서, 우리는 지질학적으로 최근 이곳에 완전한 바다가 펼쳐졌다는 사실을 믿게 되었다.

이것이 찰스 다윈이 이룬 갈라파고스에 대한 최초의 커다란 통찰이었다. 그곳은 바다 깊은 곳에서부터 생성된 뜨거운 불모지였고, 생명체들은 그 후에 나타났다. 1835년 갈라파고스 섬에 첫발을 내디딘 다윈의 이 놀라운 통찰은 그의 인생행로를 결정지었고, 향후 25년간 그로 하여금 위대한 사상인 '진화론'을 낳게 했다. 다윈이 수집한 표본들이 가진 특징을 두고 많은 보고가 이어졌다. 서로 다른 섬들은 다른 종을 가지며 그들의 모든 부분이 아메리카 대륙의 동물들과 상당한 유사성을 나타낸다는, 경탄할 만한 증거들이 나타나면서 다윈이 의심했던 사실들도 확인되었다.

『자연선택에 의한 종의 기원에 대하여』는 15실링의 가격으로 1859년 11월 24일 대중에게 발매되었다. 초판 1250부가 첫날에 다 팔렸다. 『종의 기원』은 갈라파고스에의 재방문 없이 그리고 현대 유전학의 도움 없이 그가 이루어낸 최대의 성과였다.

갈라파고스의 거의 모든 지역은 바다와 근접해 있다. 1350킬로미터에 걸친 13개의 큰 섬 그리고 100개 이상의 암초와 작은 섬들 전체가 이루는 해안선은 그곳의 생물들에게 무수한 생태적 지위를 제공한다.

갈라파고스가 위치한 해역은 모든 방향에서 밀려오는 큰 줄기의 해류들이 교차하는 곳이기에 '혼돈의 바다'로 불린다. 이들 해류는 그곳에 서식하는 생물들에게 많은 영향을 미친다. 이런 해류의 상호작용은 그칠 기미가 없는 비에서 수년간의 살인적인 가뭄까지 기후의 폭넓은 다양성을 유도한다.

바다는 갈라파고스 해안에서 볼 수 있는 독특한 동물상의 혼합을 만들어냈다. 바다사자, 물개, 펭귄, 바다거북과 같이 능숙하게 헤엄치는 동물들과 앨버트로스, 집게제비갈매기와 기타 열대새들처럼 비행에 능한 새들은 저마다 원래의 서식지에서 해류와 계절풍의 도움을 받아 스스로 이곳으로 올 수 있는 통로를 만들었다.

변덕스러운 폭풍에 휩쓸려왔든지 기습적인 홍수에서 초목을 뗏목 삼아 운반되어왔든지 간에, 오늘날 갈라파고스에 사는 모든 생물의 시조들은 탈수와 영양실조를 참아내며 외부와 차단된 이 섬에 도착했다. 이러한 사실에 비추어볼 때, 가장 성공적으로 갈라파고스에 건너와 자신들의 서식지를 만들어낸 동물은 파충류다. 비늘로 덮인 냉혈동물인 파충류는 포유류보다 에너지 면에서 훨씬 더 효율적이다. 극심한 온도 변화에 견딜 수 있으며, 염분에 대한 저항력을 지녔고 음식이나 물이 없어도 장기간 살아남을 수 있다. 파충류는 5과科, 22종이 살아남았으며 여기에는 바다거북, 이구아나, 갈라파고스코끼리거북, 도마뱀붙이 등이 포함된다.

날지 못하는 가마우지는 세계적으로도 매우 희귀한 종이다. 이들은 오직 이사벨라 섬과 페르난디나 섬의 서쪽 해안에서만 살 수 있도록 진화의 막다른 골목에서 발달했다. 이보다 더 명백한 진화의 예는 없을 것이다. 육상의 포식자가 없고 의존할 수 있는 먹이가 충분한 환경에서 비행에 대한 필요성은 감소한 반면, 고기를 잡는 데 필요한 민첩성과 역동성은 발달했다. 따라서 눈에 잘 띄지 않는 현재의 날개는 가장 효율적 형태로 남게 된 것이다.

❁ 일생에 한 번은 갈라파고스로

오늘날에는 화물선 4대가 섬을 드나들고, 일주일마다 비행기 33대가 승객들을 실어온다. 그 결과 외래 동식물이 도입되었고 이는 갈라파고스의 독특한 생태계를 위협하고 있다. 토지 사용과 해상교통의 개발은 바다와 토양의 오염을 불러와 취약한 동식물 개체와 환경을 교란시킨다.

그러나 어느 곳과도 필적할 수 없는 환경을 지닌 이곳은 반드시 보존되어야 할 생태 공간이다. 갈라파고스는 과학과 인간을 이해하기 위해 대단히 중요한 장소다. 세계문화에 있어 헤아릴 수 없는 가치를 지녔으며 인간의 지적 성취, 특히 자연과학에 있어 갈라파고스는 커다란 영향을 미쳤다. 오늘날 우리 중 대부분은 조상이 영장류이며 핀치와 같은 새들은 파충류로부터 진화했다는 사실 그리고 우리 모두가 아주 먼 옛날 복제된 분자로부터 발생했다는 사실을 당연한 일로 생각한다. 그러나 이 모든 지식은 약 200년 전 다윈이 갈라파고스를 방문하면서 시작된 것이다.

올해 여름 지인들과 탄자니아에 위치한 킬리만자로 등정에 다녀왔다. 사투 끝에 정상에도 올랐다. 시간과 비용 모두 만만치 않았지만 돌이켜보면 내 인생 최고의 여행이 되었다고 자부한다. 다음 여행지 후보로 갈라파고스가 나를 유혹한다. 리처드 도킨스는 추천 서문 말미에서 다음과 같은 말로 독자의 손을 잡고 갈라파고스로 이끈다.

> 출판사는 내가 이 책에 수록될 사진을 보기 전에 원고를 먼저 보내왔다. 단 하루 만에 원고를 다 읽은 나는 '저자가 이처럼 글로 사진들을 그려낼 수 있다면 도대체 어떤 독자에게 사진이 필요하겠는가'라는 생각이 들었다. 『갈라파고스』는 내가 다음에 이곳을 방문할 때 귀중한 동반자가 될 것이다. 만약 여러분이 갈라파고스를 개인적으로 방문할 수 없다면 이 책을 읽고 감상하기를 권한다.

글쓴이 강경태

한양대를 졸업하고 여러 기업에서 실무 경험을 쌓았다. 『한경닷컴』 『월간 CEO』 등에서 경영칼럼니스트로 활동하고 있으며, 경영도서 평론가이기도 하다. 현재 한국CEO연구소 대표를 맡고 있다.

사람의 한평생은 바다를 망치기에 충분하다

『바다나라』

이브 파칼레 | 이세진 옮김 | 해나무 | 2007

『걷는 행복』『꽃의 나라』『바다나라』『신은 아무것도 쓰지 않았다』로 국내에도 잘 알려진 프랑스의 자연학자이자 환경운동가 이브 파칼레는 해발 1300미터에 위치한 산골마을에서 태어나고 자란 까닭에 열 살이 되어서야 바다를 처음 보았다고 한다. 소년은 글, 그림, 사진으로만 접했던 바다를 마르세유에서 열린 여름 캠프에서 처음 보고는 벼락같은 사랑에 빠졌다. 그러니까 그가 맨 처음 만난 바다는 지중해, 고대 로마인들의 '우리 바다mare nonstrum'였다. 그의 책 『바다나라』는 이 첫사랑이자 일생의 사랑에 바치는 한 편의 세레나데라고 할 수 있다.

이브 파칼레의 책을 세 권 번역하는 동안, 나에게 이 저자는 시종일관 철저한 유물론자, 골수 무신론자로 다가왔다. 그는 진심으로 고래, 꽃, 심지어 미생물까지도 자신과 동등한 생명으로만 생각하는 듯 보인다. 저자는 대학 시절 보도블록을 들어내 내던질 정도로 과격하게 시위를 하는 와중에도 사람들이 플라타너스를 베는 모습을 보고 분개했다고 한다. 바닷속에서 오랜만에 문어나 바닷말을 마주하고 느끼는 감정과 옛 친구를 만날 때 느끼는 감정이 그에게는 조금도 다른 것 같지 않다. 이브 파칼레는 어떤 생명도 인간을 위해 존재한다거나 무언가를 하지는 않는다고, 인간이 현재 누리는 특권은 가당치 않다고 힘주어 말한다. 교훈을 주듯이, 가르침을 내리듯이 말하는 것이 아니라, 가장 평이한 문장에서나 가장 시정이 넘치는 문장에서나 그러한 가치관과 생활 태도를 자연스럽게 드러낸다.

인간은 돌고래를 사랑하든, 개를 사랑하든, 꽃을 사랑하든 대개 '인간 중심적으로' 사랑할 뿐이다. 그러나 이브 파칼레가 보기에 그러한 태도는 정당화될 근거가 없으며, 우스꽝스럽고 가소로워 보이기까지 한다. 그래서 자연에 한없이 다정한 저자의 말투가 동족들을 향할 때에는 때로 무척 까칠해진다. "인간은 우리가 모든 피조물의 왕이요, 진화의 정점이라고 생각하니까 약이 오를 법도 하다. 우리는 동물들이 우리를 두려워하고 피하는 데 익숙해 있다. 그런데 바다괴물들은 우리를 무시한다." 이브 파칼레는 인간도 수많은 종 가운데 하나에 불과하고 지금까지 셀 수 없이 많은 종이 지구상에서 사라졌듯이 인간도 그렇게 될 수 있다고, 그러나 인간의 멸종이 곧 지구의 종말을 뜻하지는 않는다고 말한다.(오죽하면 『인류는 멸망하리라, 시원하게 잘됐다!』라는 제목의 책까지 썼을까.)

☸ 생애 속에 바다를 녹여내다

사변적 추론에서만 비롯된 주장은 독자에게 힘있게 와닿지 않는다. 사실, 이브 파칼레가 이러한 가치관을 굳히기까지는 두 가지 중대한 계기가 있다. 그중 하나는 철학을 공부하던 청년 시절에 온몸으로 살아낸 68혁명이고, 다른 하나는 가장 왕성하게 일할 시기의 20여 년을 고스란히 바친 칼립소호 탐사여행이다. 그는 쿠스토 함장이 지휘하는 전설적인 해양탐사선 칼립소호를 타고 전 세계 바다를 누볐고, 수중마스크 한 겹만 덧쓰고 온갖 신기한 바다 생물을 직접 보았다. 사실 프랑스인들에게 '자크 이브 쿠스토'는 바다의 모험과 꿈을 즉각적으로 상기시키는 이름이다. 쿠스토 함장은 스쿠버 장비 개발자, 해양다큐멘터리 제작자, 국민영웅으로 추앙받았던 해양학자다. 또한 대중에게는 칸 영화제 황금종려상과 아카데미장편기록영화 부문 수상작 「침묵의 세계」를 비롯, 수많은 걸작 해양다큐멘터리의 감독으로 더 잘 알려져 있다. 이브 파칼레는 1992년 칼립소호의 임무에서 은퇴했다.(이 배는 불행히도 1996년에 사고로 침몰했다.) 그러나 그는 환갑이 넘어서도 손수 잠수 장비를 갖추고 곧잘 바다에 뛰어들어 바다 생물과의 만남을 즐긴다고 한다.

저자는 이처럼 바다와 밀착된 삶을 살면서 해양 환경오염의 문제를 피부로 느꼈다. 특히 자신이 맨 처음 사랑에 빠졌던 바다,

'우리 바다' 지중해가 관광객으로 몸살을 앓는 모습을 보면서 그는 동족 혐오를 금치 못한다. 하수처리장도 제대로 갖추지 않은 채 '바다의 자정능력'을 믿는 인간들에게 분노하며, 지중해의 이름난 해변에서 해수욕을 즐긴다는 것은 대장균 진창에서 뒹구는 거나 마찬가지라고 쏘아붙인다. 또한 그는 온 세상 바다를 돌아다니되 어디를 가든지 맨 먼저 그 바다에서 활동하는 어부들을 만나 고기가 많이 잡히는지 물어본다고 한다. 어부들은 항상 고기가 다른 곳으로 가버려서 예전처럼 잡히지 않는다고, 혹은 이웃 나라 어부들이 잔뜩 잡아가서 자신들이 잡을 고기는 없다고 말한다나. 그때마다 저자는 이렇게 말해줄 수밖에 없었다고 한다. "우리가 바로 그 다른 바다에서 왔는데요, 거기도 물고기는 없어요. 그쪽 어부들은 고기가 다 이쪽으로 왔을 거라고 하던걸요!" 우리나라도 지금의 중장년층이 어렸을 적 그토록 흔하게 먹었던, '국민 생선'으로 통했던 명태, 대구, 고등어를 바다에서 찾아보기 어렵다. 수온의 변화 때문이다, 중국 어선이 다 잡아가서 그렇다는 둥 말이 많지만 어쨌든 어디에도 물고기는 예전만큼 풍족하지 않다.

바다와 그곳에 사는 생물들은 아프고 병들었다. 저자에게 이 바다의 아픔은 연인의 상처만큼 마음 아프고 애처롭다. 그에게 바다를 아프게 하는 주범, 자신이 속한 인간이라는 족속은 가증스럽기만 하다. 그만큼 저자는 인간을 냉철하게 고발한다. 인간의 눈에는 하찮게 보이는 생물들도 나름대로 생존이라는 문제에서 최선의 답을 찾고 있다. 인간은 잘난 척하지만 최선의 답을 구하지 못했거나, 답을 알아도 실천하지 못하는 유일한 종이다. 가령 벤자리Parapristipoma trilineatum는 간단한 신경계밖에 갖추지 못했지만 마치 '거대한 벽과 같은 모습으로' 완벽하게 대열을 유지하면서 집단 이동함으로써 포식자들로부터 자신을 보호할 줄 안다. 그러한 전체는 개체들의 합보다 '영리하기' 때문에 개체로서의 이익과 종 전체의 이익을 모두 보장한다. "그것이 곧 자연의 섭리다. 가만히 생각해보면 오직 인간만이 이 섭리를 거스르지 못해 안달이다. 그렇게 안달을 내봤자 인간에게 좋으란 법이 없건만."

책 속에서 그는 곧잘 한 마리 돌고래가 되었다가, 스튜 깡통 속에 들어앉은 문어가 되기도 하고, 갈라파고스 해변에 상륙한 바다사자가 되기도 한다. 그렇게 저자는 수시로 다른 생명체의 눈으로 세상을 보고, 인간을 본다. 다른 생명의 눈으로 바라본 인간은 모순덩어리 그 자체다. 낮에는 진기한 바다 생물을 구경하면서 감탄하고 저녁에는 바닷가재 요리로 배불리기를 원한다. '개발'을 한다고 주장하지만 사실은 '훼손'을 일삼고 있다. 그렇기 때문에 인류의 미래는 결코 밝지 않다. 아니, 미래가 있을 거라는 장담조차 할 수 없다. 그러나 인간이 존재하기 전부터 바다에는 생명이 들끓었던 만큼, 현존하는 어떤 바다 생물들은 인간이 마련한 전쟁의 재앙, 생태계적 재앙에서도 살아남을지 모른다. 그래서 저자는 호모사피엔스의 멸망이 과거의 생물들에게는 두 번째 기회가 될 것이라 점쳐본다.

엄밀히 말해 저자는 인간을 미워하는 것도 아니고, 인간의 멸망을 바라 마지않는 것도 아니다. 제 꾀에 넘어가는 인간의 행태가 그저 안타까워 견딜 수 없을 뿐이다.

추분의 파도가 몰아치는 이때, 나는 감히 소망해본다. 우리 인간에게 아직도 파도와 하나가 될 능력이 있기를. 우리 자신을 생각하듯 타인도 생각할 수 있기를. 진화가 선보이는 아름다움의 물결 속에 우리도 녹아들 수 있기를. 우리 이웃을 미워하고 배척하기보다는 그들을 사랑하는 데 기력을 쓸 수 있기를. 그것이 이 가을 아침에 드넓은 바다가 주는 가르침이다.

열 살 소년은 이제 예순 넘은 노인이 되어 마르세유의 그 바다를 찾는다. 사람의 한평생이 아름다운 바다를 망치기에 충분한 시간이라는 것을 그는 자신의 한평생 경험으로 알았다. 마르세유 일대가 해양국립공원으로 지정되어 적극적인 환경보호가 이루어지기를 바라는 그의 마음은 어린 시절의 아름다운 첫사랑을 지키고 싶은 사내의 마음이다.

나는 이따금 바닷물도 나를 기억해줄 거라고 생각하면서 기분 좋아한다. 바다도 나에게 처음 입을 맞추었을 때 내 감정이 어떠했는지 기억해줄 거라고 생각한다.

글쓴이 이세진

서강대 철학과와 같은 대학원 불어불문학과를 졸업했다. 현재 전문번역가로 일하고 있으며 『꽃의 나라』『신은 아무것도 쓰지 않았다』『살아 있는 정리』『음악의 기쁨』 등 다수의 책을 옮겼다.

대구는 어떻게 역사가 되었는가

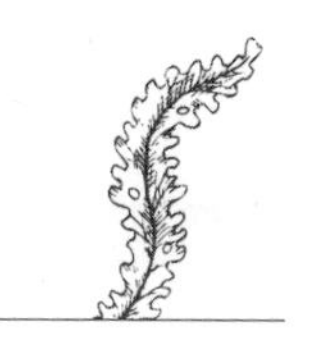

『대구』

마크 쿨란스키 | 박중서 옮김 | 알에이치코리아 | 2014

미식가였던 알렉상드르 뒤마는 『뒤마 요리사전』에서 이렇게 썼다. "모든 알이 성체로 자란다고 가정하면, 우리는 굳이 발을 적시지 않고도 대구의 등을 밟으며 대서양을 건널 수 있을 것이다."

과장이 섞여 있긴 하나 뒤마의 말대로 대구는 다산성 어류다. 1미터 크기의 암컷 한 마리당 약 300만 개의 알을 낳는데 크기가 커질수록 그 수는 불어난다. 10센티미터당 600만 개 이상을 낳을 수 있다. 인간이 소금쟁이가 되지 말란 법이 없겠다. 산술적 계산을 넘어 물고기를 징검돌 삼아 바다를 건너는 판타지가 마냥 우스개만으론 들리지 않을 만큼 바다가 대구로 득시글거리던 시절의 이야기다. 이제 흔하게 보이던 대구를 바다에서 찾아보기란 쉬운 일이 아니다. 대구잡이 어선들은 폐선이 되었고, 어부들은 실업자가 되었다. 대구로 흥청대던 어항들에 적막한 바람이 분다. 도대체 대구에게 무슨 일이 있었던가.

☸ 인간과 대구의 역사—'대구 건빵'부터 '대구 귀족'까지

콜럼버스가 아메리카 발견으로 떠들썩한 축배를 들기 훨씬 더 전에 이미 아메리카에 당도한 바이킹들이 있었다. 아이슬란드와 그린란드를 거쳐 캐나다에 이르는 바이킹의 항로는 정확히 대구의 이동 경로와 일치한다. 대구를 건조하는 방식을 알게 된 바이킹은 마치 건빵처럼 대구를 휴대하고 더 먼 항로로 나서게 되었다. 캐나다의 뉴펀들랜드 등지에서 바이킹의 유적이 발견되는 건 이런 사정과 결코 무관하지 않다.

바이킹의 뒤를 이은 이들은 바스크인이다. 프랑스와 에스파냐 사이에서 독립적인 언어와 문화를 지켜온 이 자긍심 강한 소수민족이 숱한 압력과 전쟁 속에서도 정체성을 잃지 않았던 것은 강력한 경제력 덕분이었다. 이 경제력의 튼실한 지지대가 바로 대구였다. 바스크인들은 고래에만 쓰던 소금절임법을 대구에 적용하면서 전 유럽 시장을 석권한다. 육지와 바다의 생산물을 뜨거움과 차가움으로 분별했던 가톨릭교회가 이를 부추겼다. 생선은 물에서 나온 것이기 때문에 차가운 식품으로 간주되었는데 사순절과 금식일엔 차가운 음식만을 허락했던 것이다. 대구는 이렇게 종교적인 상징으로 등극한다.

바스크인은 독점을 위해 그들이 개척한 북아메리카 어장을 철저하게 비밀에 부쳤다. 오죽하면 어떤 어부가 대구를 잡았는데 그 대구가 말을 했고, 그 말은 다른 민족이 전혀 알아들을 수 없는 바스크어였다는 이야기까지 만들어졌을까. 민담은 대구에 대한 그들의 애착뿐만 아니라 내면화된 비밀 유지의 전통이 강력한 결속력으로 작용한 역사를 들려준다. 그러나 세상에 없는 두 가지가 있으니 바로 비밀과 공짜다. 비밀이 탄로난 건 대구에 의해서도 바스크인에 의해서도 아니었다. 대구 어장을 찾아 나선 서구 제국주의 열강의 항로 개척은 결국 신대륙으로 이어진다. 저자 마크 쿨란스키는 여기서 이후의 서구 제국주의 열강처럼 신대륙을 자신들의 소유물로 천명할 수도 있었을 텐데 겨우 대구라는 자원에 만족했던 바스크의 소탐대실에 대해 다소 비아냥거리는 듯한 태도를 취한다. 대구의 평화는 거기까지였다. 무려 500년 넘게 지켜진 바스크인의 비밀이 깨지는 순간 인류사로 편입된 대구의 비통한 역사가 본격적으로 시작되었던 것이다.

16세기 이후 골드러시 못지않은 대구 열광이 유럽 국가들을 아메리카로 이끄는 돛이 되었다. 유럽에서 소비되는 생선의 60퍼센트가 대구였기에 대구를 아예 '생선'이라 부르기까지 했다. 전략 물품으로서 대구를 사이에 둔 해전이 곳곳에서 일어났다. 영국과 포르투갈이 동맹을 맺는가 하면, 에스파냐의 조업선단을 영국 선박들이 공격하면서 급기야 영국을 침공한 에스파냐의 해군 함대가 전멸하는 재난을 맞기도 한다.

한편 아메리카의 이주민들은 대구 덕분에 국제적인 자유무역 자본가 계층으로 성장한다. 그들은 질 좋은 대구를 유럽에서 팔고 와인과 철을 들여왔다. 또한 서인도제도에서 싸구려 대구를 판매한 돈으로 설탕과 담배와 면화를 구입했다. 이 삼각무역에서 빠질 수 없는 것이 노예다. 대구를 팔아 노예무역으로 사업을 확장하면서 그들은 막대한 부를 축적한다. 역사는 그들을 '대구 귀족'이라 일컫는다. 미국의 초기 주화에 등장하는 아이콘 중 상당수가 대구였던 것은 '대구 귀족'의 영향력 때문이다. 18세기 매사추세츠의 입법부가 이전할 때는 어김없이 대구 조각상까지 함께 옮겨졌다고 하니 무시할 수 없는 입법 기획자로서 대구의 면모를 보여준다. 이들의 이해를 대변한 존 애덤스가 미국 건국의 주역이 된 건 어쩌면 당연한 일인지도 모른다. 애덤스에 따르면 어업은 해군력의 원천이었다. 어업 종사자들이야말로 독립을 위해 절대 불가결하게 필요한 이들이었다. 대구가 무시무시한 전쟁 자원으로 등장하는 대목이다. 흥미로운 것은 영국과의 협상에서 대구와 무관한 남부인들은 어업권에 대해 무리수를 두지 않았다는 점이다. 남부인들은 오히려 어업권을 놓지 않으려는 애덤스의 태도에 격분했다. 미국에서 남과 북의 분열이 시작된 최초의 장면이다.

☸ 사라진 대구가 인간에게 남긴 것

어업 기술의 진보를 이끈 것도 대구다. 어업의 현대화를 위해 프랑스는 19세기 초에 이미 보조금을 지원하는 정책을 입안하면서 자국 선단에 주낙을 설치한다. 그전까지는 낚싯줄에 낚싯바늘이 하나뿐인 손낚시였다면, 주낙은 바늘을 여러 개 매달아 남획을 가능케 했다. 이에 질세라 영국이 증기 동력을 배에 부착하면서 노와 돛을 밀어냈다. 트롤망을 장착한 증기선의 어획고는 돛배의 여섯 배 이상이었다. 해저까지 싹쓸이하는 저인망 어선이 일반화되자 뒤미처 선도 유지에 있어 획기적 전환점이 된 냉동 기술이 개발된다. 여기에 전신까지 합세하여 시장의 생선 가격 정보를 알게 된 어민들은 가격 폭락을 막기 위해 이미 잡은 물고기를 버릴 수도 있게 되었다. 기술의 진보는 끝을 모른 채 더 많은 어획량을 위해 내달렸다. 이제는 적의 잠수함을 찾아내기 위해 개발된 수중음파탐지기와 정찰용 비행기가 동원된다. 대구를 찾기 위한 기술의 진보는 실로 경이롭다. 그러나 대구가 보이지 않는다. 물고기 없는 물고기 잡이 기술이라니!

기술의 진보는 자연에 대한 감각마저 둔화시켰다. "별이 빛나는 창공을 보고, 갈 수가 있고 또 가야만 하는 길의 지도를 읽을 수 있던 시대는 얼마나 행복했던가."• 마치 서사시의 시대처럼 해저 지형의 저마다 다른 빛깔과 하늘의 기운을 관찰하며 대구를 쫓던 시절은 얼마나 행복했던가. 그때는 바닷새들의 기민한 움직임과 표층수 권역에서 사는 청어 및 열빙어 무리가 수면으로 뛰어오르는 걸 보고 해저 어류의 흐름을 이해할 수 있었다. 기술 지식은 남고, 경험은 사라졌다. 그 자리에 남은 건 텅 빈 바다였다.

1949년 어업 과잉을 규제하고자 국제북서대서양 어업위원회가 결성되었으나 남획은 마치 '유령그물'과 같았다. 닻에서 떨어져나온 그물은 저 홀로 떠돌아다니며 물고기를 잡는다. 그물에 걸린

• 게오르크 루카치, 『소설의 이론』, 김경식 옮김, 문예출판사, 2007

물고기를 포식하는 동물들이 몰려들면 그물은 다시 가벼워져서 해류를 따라 물고기 잡이를 반복한다. 이 '유령그물'과 같은 포식자 앞에 바다의 징검다리라는 판타지를 가능케 했던 대구의 다산성은 무력했다. 제2차 세계대전 기간에 대구 어족의 감소가 잠시 주춤했던 것은 원양 트롤어선들이 전쟁을 위해 징발되었기 때문이다. 전쟁이 의도치 않게 바다에 DMZ와 같은 휴식기를 주었던 것이다.

전쟁 이후의 괄목한 만한 변화는 영해선 개념이었다. 영해선을 주도한 나라는 신생독립국 아이슬란드다. 온 경제가 대구 어업에 의존하고 있던 아이슬란드는 해군력에 있어 비교 자체가 가당찮은 열세를 면치 못했지만 영국과의 3차에 걸친 해양 분쟁을 통해 200마일(약 320킬로미터)까지 영해선을 확장한다. 주권을 바다까지 확장한다는 아이디어는 약소국들에게 충분히 매력적인 것이었다. 결국, 이 200마일 영해선이 전 세계의 승인을 받으면서 이제 어업은 허락된 범위 내에서의 어업으로 바뀐다. 그러나 풍부한 어장을 가지고 있던 아이슬란드에서도 대구 어족은 점점 줄어들고 있었다. 200마일 영해선 개념이 생태 위기를 위해 도입된 것이 아니라 자국의 어업에 대한 보호주의 수단에 불과했기 때문이다. 대구 자원의 절멸과는 무관하게 영해선을 두고 캐나다와 미국이 분쟁했고, 유럽에서는 영국과 프랑스가 에스파냐를 자신들의 어장으로부터 추방했다. 이런 가운데 상업적 멸종 위기에 직면한 캐나다는 해저 어업의 무기한 금지 조치를 취한다. 이 책의 뒷장에 부록으로 실린 '대구로 보는 세계사 연대표'는 이 당시 3만 명의 어부가 실업자가 되었다는 기록을 세계사의 한 장면으로 밝혀놓고 있다.

좋은 평전이 그 인물의 구체적인 생애사뿐만 아니라 당대의 역사를 생생하게 그리면서 통시적인 삶의 얼개를 짜서 보여주듯이 마크 쿨란스키의 『대구』는 가장 미시적인 차원에서 보편성을 확보하고 있는 것으로 보인다. 이 책이 돋보이는 것은 역사를 중뿔나게 내세우지 않고도 역사의 중심부로 진입하고 있다는 점이다. '변죽을 울려야 복판이 운다'는 말이 새삼스럽다. 더욱 놀라운 것은 환경에 대한 강파른 목소리 없이도 생명에 대한 감수성의 회복과 서구 중심의 해양사에 대한 반성을 견인하고 있다는 점이다.

대구大口처럼 입이 큰 이 책은 문학과 인류학, 식품학 그리고 해양의 역사에 이르기까지 놀라운 정보들을 잡식성 특유의 소화력으로 육화시켰다. 버릴 게 하나 없는 대구다.

글쓴이 손택수

시인. 1998년 한국일보 신춘문예에 「언덕 위의 붉은 벽돌집」이 당선되면서 작품활동을 시작했다. 시집으로 『호랑이 발자국』 『목련 전차』 『나무의 수사학』 등이 있다.

기묘한 방탕의 세기에 생산되는 네 가지 물고기

『포 피시』

폴 그린버그 | 박산호 옮김 | 시공사 | 2011

지구 역사상 가장 기묘한 방탕의 세기다. 우리가 발 딛고 사는 곳이 훼손되는데도, 욕망의 폭주기관차는 멈추지 않고 있다. 인광석을 채굴하다가 자신의 거주지까지 잠식한 남태평양의 소인국 나우루처럼 우주선 지구호의 운명은 휘황찬란하되 자멸로 향한다는 경고가 잇따른다.

2000년 네덜란드의 과학자 파울 크뤼천은 지금의 시대를 '인류세Anthropocene'로 규정해야 한다고 주장했다. 인류세는 인간이 지구의 독재자로서 전면에 나선 지질시대다. 기후변화를 몰고 왔고 오존층에 구멍을 냈으며 인위적으로 만든 방사선으로 체르노빌과 후쿠시마를 소생 불가능하게 만들었다. 인류세 이전에 생명의 주관자는 신이었다. 산업혁명 전후로 신은 과학의 철퇴를 맞았고, 돈과 자본주의, 편리, 효율성이 새로운 우상이 되었다. 이제 인간은 신을 대리해 생명을 조정하고 대량생산하고 학살한다. 최고로 귀여운 강아지를 기르고 싶은 인간들을 위해 주먹만 한 '티컵 강아지'가 교배되어 생산되고, 소와 돼지는 지구 역사상 가장 많은 개체 수를 기록하고 있으며, 동물실험실에서는 암세포를 배양한 쥐가 탄생했다가 폐기된다. 이 모든 생명정치는 인간의 욕망과 편리 한편으로는 절박한 생존과 복지에 연관된다. 한국 역사상 가장 많은 닭이 탄생했다가 죽고 있는 게 지금인데, 이는 한국 경제의 하위 변수로 수많은 치킨집 사장님이 배출되면서 나온 현상이다.

허먼 멜빌이 위대한 소설 『모비딕』을 쓸 때만 해도 동물들은 가끔씩이나마 인간의 오금을 저리게 했다. 그의 소설이 드러낸바, 근대 포경산업의 과열로 고래가 절멸되어가던 즈음 그러니까 인류세의 아침에는 인간의 포악한 욕망과 집착, 동물의 복수, 이에 대한 인간의 공포가 분열증적으로 뭉쳐 있었다. 『모비딕』은 이러한 통찰력 있는 소설적 내러티브뿐만 아니라 착실한 취재 조사로 해양문학의 사실주의적 전통을 세웠다.(『모비딕』은 뛰어난 소설인 동시에 고래 백과사전이기도 하다.) 그 뒤에도 해양문학은 조사와 연구에 기반한 사실주의적 전통을 놓지 않았다. 1999년 인류세의 중천에서 해양문학은 마크 쿨란스키의 사실주의 르포 『대구』를 배출하면서 다시금 주목을 받았다. 『대구』가 영미권 독자들 사이에서 공전의 히트를 기록한 뒤 2010년대의 포문을 열며 이 계보를 이은 작품이 바로 폴 그린버그의 『포 피시』다. 시대는 바뀌었다. 이제 인간은 동물을 무서워하지 않으며 절대적으로 지배하고 있고, 육지에서 바다로 생명정치의 영역을 넓히고 있다.

❁ 연어, 농어, 대구, 참치

프랜시스 골턴은 빅토리아 시대에 이런 말을 남겼다. "모든 야생동물은 길들여질 가능성이 있다." 이어 "문명화가 확장되면서 이들(길들여지지 않은 동물들)은 재배된 생산물을 먹어치우는 쓸모없는 소비자로 전락해 지구상에서 서서히 사라질 운명"에 처할 것이라는 게 이 악명 높은 우생학자의 예견이었다.

물론 인간의 동물 지배가 근대에 비로소 시작된 건 아니다. '포 애니멀즈(소, 돼지, 양, 염소)'도 언젠가는 야생동물이었을 것이다. 맨 처음 식용으로 가축이 된 건 양이었다. 그 뒤 약 1000년이 흐른 기원전 8000년께 염소가 인간의 손에 길들여졌고 그다음은 소, 마지막이 돼지였다. 이제 우리는 감히 돼지가 호랑이처럼 자유롭고, 소가 아프리카의 누우 떼처럼 긴 여행을 할 거라고 상상하지 않는다. 유전자가 바뀌었고 새로운 종이 탄생했기 때문이다.

그러나 '모든 동물'에 대한 '전일적인 지배'는 매우 근대적인 현상이다. 연어, 농어, 대구, 참치도 야생의 바다를 자유롭게 헤엄치는 물고기였다. 불과 몇십 년 전까지 그랬다. 저자가 주목한 이 '포 피시four fish'는 지금 소, 돼지, 양, 염소가 통과한 유전자의 문턱을 넘고 있다. 인간은 포 피시를 사육하고 유전자를 건드리고 토막 내 투명 랩에 싸 내보내기 시작했으며, 포 피시는 육상의 동료들이 겪은 수천 년 동안의 변화를 불과 몇십 년 만에 통과하고 있다.

작가는 미국 알래스카와 뉴잉글랜드, 베트남의 메콩 강 등 '어부가 목동이 된 시대'의 상징적 지역을 여행한다. 그가 본 것은 풍요와 빈곤이 교차하는 인류세의 바다다. 슈퍼마켓에 가보라. 하얀 플라스틱 접시에 투명 랩으로 싸인 연홍색 칠레산 연어 토막과 각종 값싼 양식산 생선들이 당신을 기다리고 있다. 애초 남반구에는 살지도 않았던 연어는 칠레 앞바다에서 대량 양식되어 지구 반 바퀴를 돌아 도착했다. 연어는 적도의 따뜻한 바닷물 장벽 때문에 남반구에 가본 적이 없었다. 연어를 지구 종단 여행에 보낸 건 인간이었다. 노르웨이가 연어 양식 기술을 개발한 뒤, 칠레도 연어를 들여와 연안에 대규모 양식장을 세웠다.

다른 한편에서는 야생 연어가 사라진다. 대서양 연어는 사실상 자취를 감췄으며, 태곳적 연어 서식지인 동부 러시아와 알래스카 정도에서만 태평양 연어가 명맥을 유지하고 있다. 알래스카는 태평양 연어들이 알을 낳으러 오는 곳인데, 이제 이것들도 남획으로 개체 수가 부쩍 줄어들었다. 알래스카 주 정부는 규제를 하기 시작했다. 무조건 못 잡게 할 수는 없다. 연어 사냥으로 살아온 원주민들을 무시할 수 없기 때문이다. 대신 어획 기간과 어획 종을 규제했다. 원주민들은 백인들이 쳐들어와 초토화시킨 개울가에서 어업회사를 차렸다. 그들은 칠레에서 생산되어 전 세계로 뿌려지는 정체 모를 양식산 연어보다 자신들이 잡는 연어가 좀더 자연의 섭리에 가깝고 건강에 좋다고 생각한다. 알래스카의 유픽에스키모뿐만 아니라 대다수의 한국인도 그렇게 생각지 않는가? 사람들은 양식보다 자연산을 선호한다. 하지만 인간의 욕망을 충족시킬 수 없는 불균형이 여기에도 존재한다. 작가가 지적하듯 "알래스카 연어가 알래스카 주민보다 1500 대 1 정도로 많은 반면, 전 세계 인구는 전 세계 자연산 연어보다 7 대 1 정도로 많다." 즉 원주민이 잡아 파는 연어는 이런 가치에 비해 제값을 받지 못하고, 그렇다고 연어가 전 세계 사람들이 원하는 만큼 충분한 양이 존재하는 것도 아니다. 연어뿐 아니라 모든 물고기와 원주민과 대자본 생산자 그리고 소비자 사이에는 이런 욕망과 경제의 불균형이 존재한다.

불균형은 양식용 물고기가 선택되는 과정에서도 발생한다. 일찍이 골턴이 정리했듯이 사육하기 좋은 동물은 튼튼하고, 인간을 좋아하고, 인위적 환경에 잘 적응하고, 번식력이 왕성하고, 품이 많이 들지 않아야 한다. 어떻게 보면, 인간에게 가장 경제적이면서도 동물의 고통은 적어야 한다는 것이 사육 동물 선택의 기준이다. 그러나 이 기준이 잘 지켜졌다면 유럽산 바다농어는 절대로 사육되지 않았어야 했다. 수천수만 킬로미터를 항해하는 참치도 결코 작은 가두리에 갇혀 평생을 살아가기 힘들다는 점에서 양식 적합 어종이 아니지만, 치어를 잡아 성장시키는 방식 등 다양한 양식이 시도되고 있다.

포 피시가 아니라면

반면 결혼식 뷔페의 '가짜 도미' 초밥으로 비난받는 민물고기

틸라피아는 가장 친환경적인 양식 어종이다. 틸라피아는 인간의 배설물과 조류, 미세한 플랑크톤을 먹고 사는 여과섭식자로서 큰 비용을 들이지 않고 양식할 수 있어서 주로 개발도상국에서 생산되고 있다. 또한 암물고기는 일단 수정된 알을 입속에 넣어 보호하는 전략을 택하는 번식능력이 우수한 물고기다.(자손을 대량 생산한 뒤 살아남는 극소수의 개체로 대를 잇는 게 물고기의 생존 전략이다. 그만큼 바다에서 인간의 대량 남획으로 파괴되기 쉽고, 양식장에서 치어를 성장시키는 기술 개발도 어렵다.) 그러나 우리는 틸라피아를 무시한다. 자연산을 선호하고 민물고기를 무시하는 식문화 때문이다. 그러니 틸라피아는 원산지가 표시되지 않기 일쑤이고, 관리의 사각지대에 존재하면서 대장균 범벅으로 뷔페 상에 오르내린다. 이렇듯 포 피시가 인류세 바다의 상징적 동물로 떠오른 이유는 비용 대비 산출 효과라는 경제 법칙 외에도 인간의 변덕스러운 미각, 불균등하게 진화해온 문화 등 여러 요인이 작용한 것이다.

전 세계 바다에서 잡는 물고기는 8500만 톤이다. 중국 인구를 저울에 올려놓은 것과 같은 무게이며, 반세기 전 바다에서 잡힌 물고기보다 여섯 배나 많다. 양식 기술의 개발과 함께 '지속 가능한 어업'은 20세기 말 들어서 선진국 수산정책의 대세가 되었다. 각국 정부는 자국 영해에서 자원량을 산출하고 어획량을 규제한다. 고래에 이어 참치 보호는 바다에서 환경운동의 전선이 되었다. 국제자연보전연맹UCN은 2014년 멸종 위기종 관리의 세계적 준거가 되는 적색목록red list에 태평양 참다랑어를 등재했다.

우리는 왜 '보전'을 하는가? 저자는 "보전이란 미래에 이용하기 위해 필요할 뿐"이라며, 보전 이데올로기에 똬리를 튼 경제 논리를 지적한다. "한때는 경제적 목적에서 노예제를 반대했던 것처럼" 미래에 쓸 '자원'을 남겨두기 위해 물고기를 보호해야 한다고 주장하는 것 아닌가? 사실 1980년대의 상업 포경 모라토리엄도 고래 자원이 경제적 절멸 수준에 이르자 발동된 긴급 조처였다. 우리는 틸라피아를 맛있게 먹을 수 있을까? 바다의 문제는 결국 우리의 변덕스러운 미각의 문제다.

글쓴이 남종영

한겨레신문에서 환경 기사를 쓰고 있다. 캐나다에서 북극곰을 보고 지구 온난화에 관심을 갖게 되었고, 야생 동물과 툰드라에 매료되어 매년 북극권을 여행한다. 『북극곰은 걷고 싶다』 『고래의 노래』 『지구가 뿔났다』 등의 책을 썼다.

허황된 모험주의가 만연하다

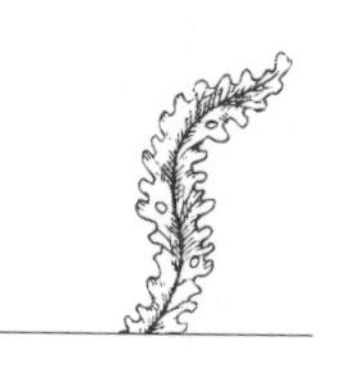

『텅 빈 바다』

찰스 클로버 | 이민아 옮김 | 펜타그램 | 2013

어떤 사냥꾼 무리가 거대한 사륜구동형 차량 두 대에 길이 1마일짜리 그물을 치고 아프리카 평원을 달린다면 사람들이 뭐라고 하겠는가? 이 어이없는 무리는 영화 「매드맥스」의 한 장면처럼 그 사이에 있는 모든 것을 휩쓸어버릴 것이다. 사자와 치타 같은 포식동물에서, 코뿔소와 코끼리 같은 멸종 위기에 처한 덩치 큰 초식동물에, 임팔라와 누 떼까지. 새끼 밴 암컷들도 휩쓸려 끌려다닐 것이고 아주 어린 것들만 그물코 사이로 기어나올 수 있을 것이다……. 이들이 포획한 짐승의 3분의 1은 맛이 없거나, 너무 작거나, 그도 아니면 너무 뭉개져 내다 팔 곳이 없을 것이다. 이 시체 더미는 초원에 던져져 썩은 고기를 먹는 동물들의 먹이가 될 것이다.

☸ 바다를 황폐화시킨 트롤어선

이 책은 운석 충돌로 공룡이 멸종한 사건 이상으로 변화를 가져다줄 모험주의가 왜 바다에서 만연했는지를 보여주면서 시작한다. 바다는 푸른 수면과 백파로 은폐되어 있지만, 육지에서는 말도 안 될 사냥 풍경으로 피폐해지고 있다. 바다 밑바닥에 그물을 끌고 다니는 '트롤어법'은 전 세계 바다에서 이뤄지고 있으며, 목표 어종이 아닌 생물종까지 긁어 죽이고 그물에 걸린 것은 내버리면서 바다 생태계를 황폐화시키고 있다.

대형 어선에 의한 트롤어법이 시작된 건 오래되지 않았다. 바다가 국가 간의 '100미터 트랙 경주장'이 된 것도 20세기 들어서다. 아이슬란드는 자국 영해의 어류를 지키기 위해 영국과 세 차례에 걸친 '대구 전쟁'을 벌였다. 지금은 세계 주요 어장에서 인공위성과 헬리콥터, 집어 장치, 가공시설을 갖춘 대형 선박 등 첨단기술이 바다에 집중 투입되고 있다.

원래 고기잡이란 지역 문화에 밀착되고 지속 가능한 소규모 산업이었다. 대서양참다랑어는 이 시대 '위기의 바다'의 상징적 존재로서 멸종의 나락으로 추락하고 있지만, 『돈키호테』의 작가 세르반테스가 참다랑어 잡는 건달에 대해 애정 어린 글을 쓸 때만 해도 이 물고기는 고추와 토마토와 곁들여 먹는 풍미 깊은 지역 음식이었다. 에스파냐에서는 지금도 '알마드라바 참치잡이'의 전통이 이어져내려온다. 참다랑어는 봄이 되면 산란을 하러 대서양에서 따뜻한 지중해로 떼를 지어 이동한다. 그 좁은 문인 지브롤터 해협의 입구에서 어부들은 목재선 여러 척을 뭉쳐 그 사이에 삼베로 엮은 그물을 설치함으로써 일종의 '물고기 함정'을 만든다. 바다 가까운 곳을 지나가는 참다랑어들이 걸려들어 몸부림치고, 어부들은 이들 중 일부를 선별해 가져간다.

이런 식의 어업이 지금까지 대세로서 살아남았더라면, 인간과 참다랑어의 공존은 무너지지 않았을 것이다. 방탕한 모험주의가 국가의 이익과 자본의 욕망의 물결을 타고 바다의 주인공으로 나선 이래 참다랑어를 비롯한 지구의 물고기는 사라졌고, 바다는 '텅 빈 바다'가 되었다. 동해의 명태만 사라진 게 아니다. 서·남해의 뱀장어만 줄어든 게 아니다. 어획량 감소는 지금 세계적 현상이다. 대규모 수산회사와 어부들은 아직까지 기후변화 탓을 하지만, 유엔식량농업기구FAO가 1990년대 들어 결국 인정했듯 세계적 어획량의 감소는 1980년대 후반부터 명징하게 나타나기 시작했다.

그러나 우리가 물고기의 감소 현상을 세밀화로 그리는 것은 쉽지 않다. 바다는 우주 못지않은 또 다른 '외계'이며 해저를 탐험하거나 더욱이 물고기 개체 수를 세기란 힘들기 때문이다. 따라서 결과가 다른 수박 겉핥기식 보고서가 산출되었고, 전 세계 어획량이 감소하고 있다는 합의가 1990년대 지나서야 이뤄진 것도 무리가 아니다.

이 책 『텅 빈 바다』에서 저자가 전하는 대략의 내용은 이렇다. 첫째, 큰 물고기부터 사라졌다. 대구, 연어, 참치, 농어 등 환경 저널리스트 폴 그린버그가 '포 피시'로 불렀던 물고기 종의 대부분과 황새치, 청새치, 큰넙치, 홍어, 도다리 등이 부쩍 줄었다. 먹이그물의 맨 위쪽을 차지하는 물고기들, 그러니까 대형 육식성 어류와 대형 저서어에 인간의 어획이 집중되면서 바다에는 피포식자들만 남게 되었다. 그러면 앞으로 어떻게 될까? 우리의 식단은 더 작은 어종으로 바뀔 것이다. 맛있는 대형 생선은 외국에서 수입해올 것이다. 이런 대체 과정은 사람들에게 생선 공급량이 풍족하다는 인상을 주지만, 결과적으로는 '먹이그물을 붕괴시키는 어업'일 뿐이다. 지금 지구상에서 남획의 피해를 입지 않은 곳은 서태평양과 동인도양 해역뿐이다.

둘째, 이 또한 믿지 못할 통계라는 점이다. 1990년대 초반까지 세계의 어획 생산량이 늘어났다고 FAO가 보고한 이유는 생산량이 줄어든다는 통계를 내면 승진하지 못하는 관료들이 사는 중국의 생산량이 부풀려졌기 때문이다. 그리고 이보다 큰 이유는 바다에서 건져졌다가 다시 버려지는 혼획by-catch 어종의 양이 통계에서 무시된다는 점이다. 환경운동가들의 거센 반대로 현재 서구사회에서 대부분의 참치 캔은 '돌고래 친화' 마크를 달고 나오지만, 돌고래를 보호하기 위해 어획 방식을 바꾼 뒤에도 여전히 바다거북, 가오리 등의 혼획량은 파악되지 않고 있다.

셋째, 공유지의 비극이 텅 빈 바다를 초래했다. 주인 없는 초지에 경쟁적으로 소를 방목해 초원이 황폐화되듯이, 국경 없는 바다에 국가의 지원과 자본의 탐욕으로 인해 떠밀린 어부들이 경쟁적으로 그물을 던짐으로써 재생산이 불가능한 바다가 되어버렸다. 오호츠크 해와 동해 등 국경을 넘나드는 명태가 사라진 것도

'지금 안 잡고 가만히 있으면 손해'라 여긴 주변 국가들의 남획 때문이라는 시각도 있다. 최근 들어선 물고기를 효율적으로 잡을 만한 기술이나 제도 자체가 부재한 가난한 나라들이 자신들의 어업권을 부자 나라에 판다. 서아프리카와 태평양의 조그마한 섬나라들이다. 사회적 동요로 협상할 여력조차 없는 나라의 바다에서는 아무나 들어와 물고기를 잡는다. 선진국의 정부는 이런 원양어업에 보조금을 지급해왔다.

☸ 공유지 비극을 예방하는 방법

2002년 FAO에 제출된 문건은 텅 빈 바다의 주인들을 불러오기 위해 몇 가지 방향을 제시하고 있다. 소유권 개념을 강화한 울타리를 쳐야 하고, 부적절한 정부의 어업 보조금을 규제하고, 어부들에게는 어장 이용비를 받아야 하며, 현재 시행되고 있는 다랑어뿐만 아니라 주요 어종에 대한 허용 어획량을 정해놓고 조업해야 한다는 것이다.

저자는 "FAO식 분석의 최상급"이라고 하는 이 원칙들을 중심으로 국제사회와 국가들이 대응한 몇 가지 사례를 살펴본다. 아이슬란드는 이 기준에 비쳐 어느 정도 성공한 "세계에서 가장 모범적인 어업국"이다. 아이슬란드는 영국과 벌인 세 차례의 대구전쟁에서 얻은 교훈을 착실히 받아 적고 실행에 옮겼다. 이 나라는 영국과 맞서 승리해 200해리 영해를 확보했고, 대구에 대한 국가적 소유권을 확고히 한 상태에서 바다의 미래를 보기 시작했다. “아이슬란드 사람들은 어장을 잘못 다루면 끝이라는 것을 안다”는 어느 언론인의 평가처럼, ‘소유권을 기반으로 한 어획량 할당’이라는 혁명적 제도는 아이슬란드 사회에 안착했다. 모든 상업 어획이 잡을 수 있는 양을 제한하는 쿼터제로 관리되자, 어부들은 어획량보다는 잡히는 물고기의 질을 생각하게 되었다. 끌그물로 끌어 뭉텅이로 잡혀나온 어마어마한 수의 생선보다 낚시로 하나둘 잡은 생선이 훨씬 더 깨끗하고 보기 좋은 것이 당연하듯, 어획량을 할당하자 ‘어획 경주’가 사라지고 질 높은 물고기를 가장 높은 가격에 파는 것이 주요 관심사가 되었다. 어부들은 다른 어부들이 규정을 위반하는지 서로 감시한다. 다른 어부가 반칙하면 자신에게 할당되는 물고기의 가치가 떨어지기 때문이다. 이는 공유지의 사용량과 사용 방식을 엄격하게 정함으로써, 공유지의 황폐화를 막는 하나의 방법이었다. 그러나 이 또한 어업으로 먹고 사는 아이슬란드처럼 이에 대한 집중적인 감시가 이뤄질 수 있는 환경에서 통하는 얘기다. 선견지명이 생기기 힘든 가난한 나라에서는 공유지의 미래를 보지 못하는 단견이 바다를 지배하게 될 가능성이 크다.

아이슬란드는 아주 드문 사례다. 대서양 동부와 지중해의 참다랑어는 멸종 직전으로 갔고, 미국 뉴잉글랜드의 대구 어장은 붕괴했으며, 북해의 대구 어장은 상업적 멸종 단계에 다다랐다. 허황된 모험주의가 지배하는 바다에서 “위기의식을 가지고 행동에 나서야 할 시점인데, 이러한 문제에 가장 빠르게 대응하는 민주주의 사회조차 그런 모습을 보이지 못하는 실정”이라고 저자는 지적한다. 생선의 진짜 가격은 메뉴판에 쓰여 있지 않다. 근본적인 변화를 이끌 세력은 소비자다. 저자는 '이 다랑어는 어떤 품종입니까?' '어디에서 어떤 어획 방법으로 잡았습니까'라는 질문을 던지고, 답을 듣지 못하면 큰 소리로 거절해야 한다고 말한다. 유럽에서는 참다랑어를 판매하지 않는 레스토랑, 낚시로 잡은 참다랑어만 판매하는 레스토랑 등 물고기잡이의 윤리성을 고려하는 곳이 늘어나기 시작했다. 소비자가 까다로운 선택을 해야 레스토랑 주인들이, 어부들이, 정부가, 국제정치가 변한다.

이 책은 최근에 물고기 남획을 경고하며 유행처럼 나오는 해양르포 가운데서도 방대한 문헌 조사와 현장 취재가 돋보이는 작품이다. 마크 쿨란스키의 『대구』와 폴 그린버그의 『포 피시』가 소수의 종에 천착했다면, 이 책은 여러 종의 물고기와 환경단체, 정부, 국제정치의 현장을 종횡무진 오가며 얽히고설킨 이해관계의 그물망을 분석하는 미덕을 보여준다.

글쓴이 남종영

한겨레신문에서 환경 기사를 쓰고 있다. 캐나다에서 북극곰을 보고 지구온난화에 관심을 갖게 되었고, 야생 동물과 툰드라에 매료되어 매년 북극권을 여행한다. 『북극곰은 걷고 싶다』 『고래의 노래』 『지구가 뿔났다』 등의 책을 썼다.

물고기의 블랙박스를 해독한 단편들

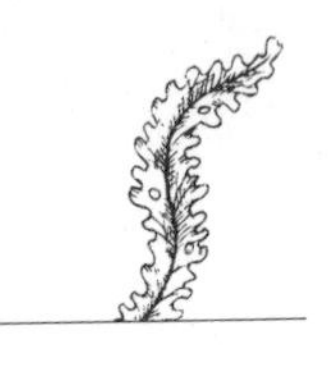

『멸치 머리엔 블랙박스가 있다』

황선도 | 부키 | 2013

밥상에 올라온 생선을 보면서 그 생명체가 살던 바다를 상상해본 적이 있는가. 고등어, 명태, 갈치, 멸치, 꽁치, 넙치 등 한때 바다의 주인이었던 수많은 물고기가 인간의 밥상에 올라 윤회를 기다리고 있다. 시인 정종목은 「생선」이라는 시에서 "시커멓게 알몸을 그슬려" 밥상 위에 오른 "백태 낀 눈알들"을 바라보며 애도한다. "한때 넉넉한 바다를 익명으로 떠돌 적에 아직 그것은 등이 푸른 자유였다."

그들의 탄생과 양육, 계절에 따라 바뀌는 여행길, 암수의 만남에서 죽음에 이르기까지 검게 그을린 생선의 과거를 상상한다. 밥상 위 그들을 삶의 형태(생태)를 가진 생명체로 바라보는 것은 일종의 '사유의 전환'이다. 그러나 당신의 이러한 시도는 어느 여름날 해수욕장 바다 밑으로 머리를 집어넣을 때의 흐릿한 풍경, 입속에 번진 비릿한 짠내 등 감각기관의 기억을 재생시켜놓은 지 몇 초도 안 돼 중단되고 말 것이다. 왜냐하면 우리는 우리가 먹는 생선에 대해 아는 바가 거의 없기 때문이다.

이 책은 계절별로 우리 밥상에 자주 오르는 생선 16종의 생태 기록이다. 200년 전 실학자 정약전이 『자산어보』를 썼지만, 한국인의 밥상 제단에 오른 생선들의 삶을 근대 과학이 아는 한에서 이렇게 일목요연하게 기록한 책도 드물다. 그런 점에서 우리나라 생선을 공부하는 이들에게, 젓가락질에 앞서 사유하려는 밥상 철학자들에게 본격적인 공부를 시작하기 전의 입문서로서 이 책을 추천한다.

책의 저자 황선도 박사는 30년 이상 정부 연구기관에서 우리 바다에 사는 어류를 연구해온 '물고기 박사'다. 술 안주상으로 올라온 횟감과 생선구이를 보며 친구들에게 '야부리'를 떠는 게 유일한 낙이었던 저자는 "밥상에 올라오는 열두 가지 물고기의 이야기"를 언젠가는 펼쳐 보이겠노라고 술친구들에게 약속했다고 한다. 저자의 말대로 "과학적 근거에 입각한 구라"를 일목요연하게 정리한 것이 바로 이 책이다. '여름 숭어는 개도 안 먹는다' '만만한 게 홍어X' 등 전해 내려오는 우스갯소리도 많고 밥상에서 항상 보아왔지만, 실상 바닷속 삶에 대해 알려진 바는 별로 없는 평범한 생선들이 이 책의 주인공이다.

☸ 암흑에 던진 지식의 투망

이를테면 물고기도 소리를 낸다는 주장은 보통 사람이라면 믿지 못할 얘기다. 전남 영광 칠산 앞바다 인근에 사는 사람들은 조기 떼 우는 소리 때문에 밤잠을 설친다. 저층에 살고 있는 물고기들이 갑자기 수면 위로 끌어올려질 때 수압 차이로 부레에서 나는 소리다. 예로부터 흑산도 어부들은 밤하늘 아래 홍어 우는 소리를 들었다고 한다. 정약전이 『자산어보』에서 홍어에 대해 기록한 바는 다음과 같다. "양 날개에는 가느다란 가시가 있는데, 교미할 때 암컷의 몸을 고정시키는 역할을 한다. 암컷이 낚싯바늘을 물면 수컷이 몰려들어 교미를 하다 다 같이 낚싯줄에 끌려 올라오는 예가 있다."

밤하늘 아래 흘러나오는 소음은 혹시 암수 홍어가 찰싹 붙어 신음하는 소리 아닐까. 뱃사람들은 교접한 채 낚싯줄에 끌려나오는 암수 한 쌍의 홍어를 본다. 수놈의 생식기는 좌우로 두 개가 뻗어 있다. 정약전의 말대로 그 아래로 가시가 달려 있다. 어부들은 손을 다칠 염려가 있으니 배 위에서 이 가시를 칼로 쳐 잘라버린다. '만만한 게 홍어X'이라는 얘기가 여기서 나왔다. 죽음에 이른 둘의 교접은 그렇게 해체되고, 민중의 언어는 과학적 근거를 얻는다.

원래 바다는 비가시적 세계다. 인간은 바다를 우주만큼도 알지 못했다. 밤이 되면 별은 빛나지만 바다는 암흑에 빠져버리지 않는가? 고대의 학자들은 일찍이 천체의 일주운동을 해명했지만, 고래가 '바다의 괴물'이 아닌 것으로 밝혀진 건 근대 이후다. 바다에 던지는 그물은 비가시적 세계에 던진 생존을 위한 작은 투망일 뿐이었다. 물고기들이 어디에서 나서 어디로 가는지, 어떤 짝을 만나 어떻게 가족을 이루는지, 이제 과학자들은 비가시적 바다에 지식의 투망을 던진다.

바닷속 세계의 단편을 긁어모으는 몇 가지 과학적 방법이 있다. 이를테면 멸치부터 대구까지 단단한 뼈를 가진 경골어류는 귓속에 '이석'이라는 작은 돌멩이가 있다. 생선을 먹다가 돌을 씹게 되는 경우가 있는데, 그게 바로 이석이다. 석회질 덩어리인 이석을 채취해 잘라보면 특유의 무늬가 나타난다. 나이테를 보고 나무의 나이를 알 수 있듯이, 이석을 보고 물고기의 나이, 물고기가 살던 바다를 추정할 수 있다. 이것이 바로 멸치 머리에도 있는 '블랙박스'다.

과학자들은 또 '표지 및 재포집 조사'라는 기법을 이용한다. 바닷속의 물고기를 건져 지느러미 등에 띠 같은 것을 붙여 다시 돌려보낸다. 그러고는 일정 시간이 지난 뒤 다시 그물을 건져 올리면 띠 달린 물고기가 간혹 눈에 띌 것이다. 이때 얼마나 많은 수의 띠 달린 물고기가 낚이는지 그 수를 세어 통계적 기법으로 해당 종의 개체 수를 산정하는 것이다. 심해의 물고기를 급히 끌어올리면 압력 차이 때문에 얼마 지나지 않아 배가 부풀어 죽기도 한다. 이런 경우에는 띠를 묶어 바다에 돌려보내봤자 죽어버리고 말기 때문에 조사의 정확성이 훼손된다. 저자가 조피볼락을 연구할 때도 그러했는데, 저자는 주삿바늘을 가져와 축구공에서 바람을 빼듯이 바람을 뽑아 내보냈다. 조피볼락은 부활의 기회를 얻었고 과학자는 조사를 완수할 수 있었다.

그렇다. 이런 방법들은 암흑의 바다에 던지는 지식의 하찮은 투망일 뿐이다. 어떤 이는 '장님 코끼리 만지기'라고 주장할 것이다. 우리는 바다 밑으로 내려가 자유롭게 볼 수 없다. 아프리카 초원의 야생동물을 조사하듯이 항공기를 띄워 사진을 찍을 수도 없고, GPS를 달아 실시간으로 추적하는 것도 물속에서는 기술적 난점이 따른다. 잠수함을 타고 명태 떼를 추적하면 되지 않느냐고? 아쉽게도 바닷속의 최신 잠수함도 고래의 감각기관을 모방해 음파로 볼 수 있을 뿐이다. 명태인지 조기인지 알 수 없다. 그러니 이석 분석이나 표지 및 재포 조사는 인간이 할 수 있는 한에서 최선이다. 그렇게 거칠게나마 추정하고 계산해서 결정한다. 아는 한 우리는 최선을 다해야 한다. 바다를 불가지론의 성역으로 남겨둘 수는 없다.

☸ 보전인가 이용인가

'국민 생선' 명태 또한 지금 우리의 과학이 관심을 기울이고 있는 대상이다. 명태는 단일 어종으로 세계에서 어획량이 가장 많은 물고기다. 한국에서는 수십만 톤이 잡히다가 2008년 공식 어획량이 '0'으로 보고되면서 멸종 위기에 처했다. 명태가 사라진 이유가 기후변화로 인한 바다 수온의 상승 때문인지, 맥줏집 안주용으로 노가리까지 잡아 해치운 남획 때문인지 정확히 알 수는 없다.

명태는 동해에서 베링 해 이남의 러시아 수역을 회유하는 것으로 알려져 있다.(이 또한 과학이 완전하게 파악하지 못했다.) 옛날에 먹던 명태의 대부분은 강원 고성의 어부들이 바다에 나가 잡은 '고성태'였지만, 지금 우리가 먹는 명태는 북태평양 러시아 해역에서 입어료를 주고 국적선이 잡은 '원양태'들이다. 정부는 명태 양식 사업에 도전하고 있다. 현상수배를 통해 간간이 그물에 걸리는 명태를 고성의 어부들에게 마리당 수십만 원에 사서 양식장에서 키우고 있는 것이다. 명태는 전 세계에서 아직 단 한 번도 양식에 성공한 적이 없다. 언제 성공할지는 알 수 없다. 물고기가 무얼 먹고 사는지, 생애 주기마다 편안해하는 수온은 어느 정도인지 등등 알아야 할 게 한두 가지가 아니기 때문이다. 과학은 불철주야 정진할 것이며, 수많은 실패와 수많은 죽음 속에서 살아남는 명태가 있을 것이다. 연어도 넙치도 그렇게 수많은 생명의 실패를 딛고 지금 상업용으로 생산되는 것이다.

우리는 왜 물고기에 대한 과학정신을 함양해야만 하는가? 저자는 우리가 바다를 자연이라는 연구 대상으로서보다는 수산물을 생산하는 경제 수단으로 보는 데 치우쳤다고 지적한다. 과학의 목적은 '보전'인가 '이용'인가? 20세기 환경운동의 발흥과 함께 육상생물에 대해서는 보전과학이 주류로 부상했지만, 수상생물은 아직 자원으로 보는 관점이 대다수를 차지한다. 최근에는 과학자와 환경론자들이 '지속 가능한 이용'에서 공통분모를 찾고 있는 것처럼 보이지만, 일부 환경론자들은 지속 가능성이라는 이데올로기의 모호성에 의구심을 품는다. 물론 우리나라는 지속 가능성을 말하기에도 논의가 일천한 수준이다. 동해에 대대로 풍성하던 명태는 씨가 말랐고 자연산 실뱀장어를 잡아 키우는 뱀장어

산업은 붕괴 위험에 처했다. 저자는 앎의 확대가 지속 가능한 이용에도 도움을 줄 거라고 말한다. “장기적 경제성을 극대화하기 위해서라도 이제는 수산물에서 수산생물로 관점을 확대해 폭넓고 깊은 연구 대상으로 삼아야 할 것이다. 대상 그 자체를 이해해야 그 활용 방안도 만들 수 있는 것 아닌가.”

글쓴이 남종영

한겨레신문에서 환경 기사를 쓰고 있다. 캐나다에서 북극곰을 보고 지구 온난화에 관심을 갖게 되었고, 야생 동물과 툰드라에 매료되어 매년 북극권을 여행한다. 『북극곰은 걷고 싶다』 『고래의 노래』 『지구가 뿔났다』 등의 책을 썼다.

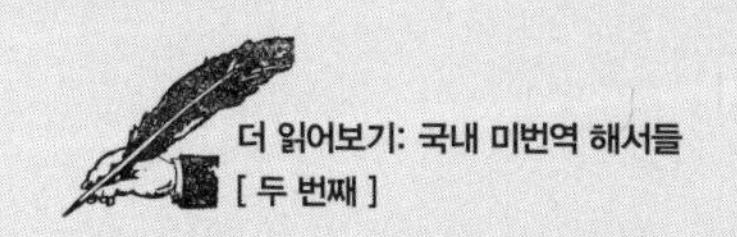

굴의 역사

The Big Oyster: History on the Half Shell

마크 쿨란스키 | 랜덤하우스 | 2007

과거에 대서양굴(또는 버지니아굴로도 불림)은 사람들이 즐겨 찾는 해산물이었지만 지금은 개체 수가 현저히 줄어 흔하게 얻을 수 없다. 이 분야의 빼어난 저자 마크 쿨란스키는 이 책에서 한낱 해산물에 불과한 굴을 통해 뉴욕 시의 역사를 기록해나간다. 저자는 탐험가 헨리 허드슨이 최초로 델라웨어 해변에서 굴을 발견한 때로 거슬러 올라간다. 미국인들이 유럽인만큼이나 과거에 굴을 좋아했다는 증거 자료들을 제시하는데, 신대륙 발견 초기의 인디언 원주민들도 이미 해산물 가운데 굴을 즐겨 먹었을 정도다.

나중에 독일에서 건너온 이민자들이 허드슨 강어귀에 정착하면서 상황은 달라지기 시작했다. 이 강 밑바닥에는 350제곱마일의 드넓은 굴 서식지가 있다. 전 세계에서 소비되는 굴의 절반이 이곳에 있다는 풍문이 돌 정도로 당시 어마어마한 양이 채취되었다. 크기도 꽤 컸는데 그 당시에 이윤을 챙긴 상인들에게 굴은 부를 가져다주는 주요 해산물이었다. 그리고 뉴암스테르담 지역에서 나오는 자연산 굴의 명성은 그 주변 지역에까지 퍼져나갈 정도로 인기였다. 이는 이후 영국에도 전파되었고 특히 피클과 함께 먹는 굴 요리는 영국령 서인도제도의 노예 농장 상품과 함께 영국인들의 주요 무역 상품 중 하나가 되었다. 값싼 굴은 부자든 가난한 사람이든 모든 사회 계층에서 사랑을 받았다. 작가는 당시 유명했던 굴 상점부터 역사적으로 길이 남을 굴 레시피까지 소개한다.

한때 뉴욕 시의 항구 강바닥에는 자연산 굴이 엄청나게 많이 서식했다. 그러나 갈수록 고갈되기 시작했고 하수 오염이 심각해지면서 1920년대에 현지 굴 소비에 적신호가 울린다. 저자는 세계의 특정 지역과 그곳 주민이 먹는 음식 사이의 밀접한 상관관계를 특유의 입담으로 풀어나간다. 더불어 인간의 식습관이 생태계에 어떤 영향을 미치는지 그 밀접한 연결고리를 구체적으로 보여준다. 특히 굴은 자연 생태계에 별 영향을 미칠 것 같지 않아 보이지만, 사실상 정화능력을 지니고 있다고 알려졌다. 용수철 같은 매력의 저자 쿨란스키는 이 책에서 역시 여러 주제를 자유롭게 넘나들며 굴과 세계 역사를 한눈에 훑어볼 수 있는 기회를 제공한다.

해삼을 걷다

현장에서 궁리한 생물 다양성과 문화 다양성

ナマコを歩く: 現場から考える生物多様性と文化多様性

아카미네 준 | 신센샤 | 2010

문화인류학, 역사학, 생물학, 민속학, 수산학 등의 경계를 종횡으로 넘나들고 신화의 정취도 풍기는 '해삼 연구의 선구자' 쓰루미 요시유키의 걸작 르포르타주 『해삼의 눈』이 나온 뒤 20년 동안 해삼을 둘러싼 생태정치는 크게 변했다. 해삼이라는 수산 자원의 감소로 이용 규제가 글로벌하게 논의되고 있는 가운데, 저자는 쓰루미 요시유키에게 13년간 해삼에 대해 배운 지역생태문화 연구자답게 바다를 생계 터전으로 삼고 살아가는 서민의 삶을 '해삼의 눈'을 통해 궁리한다. 쓰루미 요시유키의 민중생활 답사 정신을 계승한 것이다.

이 책에서 저자는 환경보호라는 명목에 생물자원을 이용해 생존해가는 사람들의 관점이 결여되어 있지는 않은가, 라는 문제의식에서 출발해 해삼의 글로벌 생산·유통·소비 현장을 걸으며 자원 이용자가 키워온 고유의 문화를 어떻게 지키고 지역 주체의 자원 관리가 어떻게 가능한가를 가늠해본다. 해삼을 둘러싼 생태정치학, 해삼어업의 구도, 갈라파고스의 해삼 전쟁(자원 관리의 당사자성), 필리핀·홋카이도·오키나와 해삼잡이, 말린 해삼 식문화의 역사, 중국 해삼 시장의 발전사, 서울의 해삼 사정, 미국의 해삼과 세계화, 쓰루미 요시유키의 아시아학과 해삼학 등등으로 내용이 구성되어 있다. 해삼은 어떻게 잡혀 어떤 경로로 유통되며 어떤 기호품으로 소비되고 있는가, 생물자원은 누구의 것인가, 생물 다양성의 보전과 문화 다양성 보호는 어떻게 가능한가 등의 과제들이 어떤 복잡한 관련성과 유래에서 전개되는지를 풍부한 시점과 사례로 풀어내는 것이다. 풍부한 지역 연구 유연한 관점, 사상의 본질을 꿰뚫는 통찰력, 명확한 문제의식을 고루 갖춘 양질의 학술서이면서 매우 읽기 쉬운 대중서이기도 하다.

원래 해삼은 정착성 동물이지만, 해삼 음식문화는 글로벌하게 유동했다. 마른 해삼은 육지의 백성과 바다의 백성을 잇는 주요 교역 상품이었다. 실제로 에도 시대 300년에 걸쳐서 바쿠후는 나가사키를 창구로 중국산 견직물, 생사生糸, 한약, 서적 등을 수입하며 그 대금으로 부족하기 쉬운 은·동을 대신해 마른 해삼, 상어 지느러미 같은 표물俵物로 계산했다. 청나라에서는 냉동 보존 기술이 없던 시대에 건해삼을 식재료로 이용하는 식생활 문화를 발달시켜왔다. 건해삼은 중국 본토에서 생산되진 않지만 중국을 둘러싼 서태평양, 즉 호주 북부에서부터 동남아시아와 일본을 포함한 극동의 섬들, 일명 '해삼 바닷길'에서 생산되고 있다. 요즈음 다롄에서는 해삼 보충제나 영양 드링크까지 개발되어 해삼 붐이 일고 있는데, 이는 일본산 염장 해삼이 있기에 가능한 일이다.

세계 주요 도시에는 예외 없이 차이나타운이 자리 잡고 있으며 중국 요리는 글로벌한 인기를 누리고 있다. 1980년대 이후 급속한 중국 경제의 발전을 계기로 건해삼에 대한 수요도 증가해

동남아의 가난한 어민들 사이에서 시작된 다이너마이트를 폭파해 해삼을 채취하는 어업이 산호초를 황폐화시켰다. '환경보호의 메카' 갈라파고스 섬에서도 해삼잡이가 지나쳐 1994년 갈라파고스 지역 어부와 에콰도르 정부 사이에 해삼 전쟁이 벌어지기도 했다.

지금은 지구 전체 생물자원의 지속적인 이용을 위해서는 생물자원에 의존해 살아가는 지역 주민들의 생활이 제약을 받아도 어쩔 수 없다는 논리가 당연시되고 있다. 유엔환경계획UNEP 설립과 거의 동시에 체결된 워싱턴 조약, 즉 '야생동식물 멸종 위기종 거래에 관한 조약'으로 해삼 어업도 제약을 받고 있다. 생물자원의 절약과 지속적 이용을 전제로 하는 보전 그리고 인간의 개입을 배제한 채 자연을 유지하는 보존이 맞서고 있는 상황에서, 해삼 어업으로 생계를 잇고 있는 어민의 입장은 어떻게 바라봐야 하는가를 진지하게 탐구한 책이다.

아메리칸 캐치

현지 해산물 요리를 위한 투쟁

American Catch: The Fight for Our Local Seafood

폴 그린버그 | 펭귄북스 | 2015

2014년 탐방 기사 및 도서 부문에서 수상한 이 책은 폴 그린버그가 이전에 출간한 『포 피시』와 마찬가지로 해양 자원을 둘러싼 어업회사들의 문제점, 인체에 해로운 물질이 해산물에 침투하는 경로를 밝혀내면서 인간의 식탁에 자주 오르는 해산물들의 안전도에 적신호를 울린 바다 생태계의 실태를 있는 그대로 파헤쳤다. 그린버그는 『뉴욕타임스』 북 리뷰와 오피니언 페이지에 정기적으로 글을 올리면서 지구에 존재하는 자연식품인 어류의 현주소를 독자들에게 생생하게 전달하는 일을 맡고 있다. 그런 의미에서 이 책은 미국인들이 미 대륙 연안에서 잡은 해산물을 기피할 수밖에 없는 이유에 대해 충격적인 진실을 밝혀준다.

2005년에 미국은 50억 파운드의 해산물을 수입했다. 이 수치는 20년 전에 비해 두 배에 달한다. 이상하게도 같은 시기에 미국이 수출한 해산물을 조사한 결과, 그 양이 수입량보다 네 배나 많은 것으로 드러났다. 이 결과는 과연 무엇을 의미하는 것일까? 이 책은 뉴욕에서 생산된 굴과 걸프 만 새우, 알래스카산 연어 등 여러 해산물의 실태를 비교하면서 미국인의 해산물 소비량을 알아보고 전체의 91퍼센트가 해외산인 이유를 전격 분석했다.

1920년대에 뉴욕 사람들은 평균적으로 1년에 600개의 현지산 굴을 소비했다. 그러나 지금은 사정이 달라졌다. 뉴욕 부근에서 생산되는 식용 굴이 현저히 줄어들었기 때문이다. 수질 오염이 심각해지면서 연안에서 캐낸 굴이 식용으로 부적합하다는 판정을 받자 뉴욕산 굴은 더 이상 사람들의 식탁에 오를 수 없게 된 것이다. 뉴욕 아래쪽 바다도 상황은 다르지 않았다. 멕시코 만 주변을 직접 방문한 저자는 그곳의 수질이 매우 열악해졌음을 두 눈으로 확인했다. 2010년에 루이지애나 남부 해상에서 작업하는 시추선 '딥워터 호라이즌'이 폭발하는 사고가 일어나면서 막대한 양의 원유가 바다로 유출되었던 것이다. 그 바람에 주변 해양 생태계가 심각하게 파괴되었다. 당연히 그곳에서 자라는 새우를 인간이 먹는다는 것은 불가능했고 그리하여 중동에서 저렴한 가격에 수입된 새우가 미국인들이 자주 먹는 튀김 요리와 소스 재료로 사용되었다. 오늘날 미국 해산물 시장에서는 새우가 상당히 높은 비율을 차지하고 있다.

이 책의 후반부에서 작가는 브리스틀 만의 해양 생태계를 자세히 소개한다. 세계 최대의 홍연어 서식지인 이 지역이 위기에 빠졌기 때문이다. 홍연어 멸종 위기에 처한 이곳의 어류산업이 퇴화할 수밖에 없게 된 이유와 앞으로의 전망에 대한 이야기가 책의 마지막을 장식한다.

돌고래 잡이는 잔혹한가

イルカ漁は残酷か

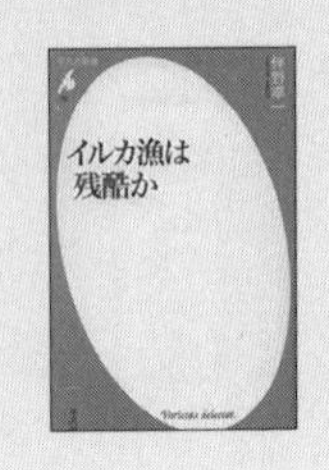

도모노 준이치 | 헤이본샤 | 2015

일본 와카야마 현 다이지초에서는 해마다 9월부터 이듬해 4월까지 진풍경이 펼쳐진다. 어민들이 여러 척의 배에 나눠 타고 돌고래가 싫어하는 금속음을 내는 철봉을 두드리며 돌고래를 해안가 구석으로 몰아간 뒤 돌고래를 잡는 의식을 거행하는 것이다. 이 악명 높은 '돌고래 몰아잡기'는 동물 학대 논란을 일으켰으나 일본은 무시해왔다. 이는 일본의 전통이기에 문화상대주의 관점에서 용인해야 하는가, 아니면 반反포경단체가 비난하는 대로 야만적이고 철없는 행위인가? 양측의 주장은 여전히 평행선을 달리고 있다.

관록 있는 논픽션 작가인 도모노 준이치는 포경에 관한 상세한 역사적 고찰과 어부·보호활동가·일본의 수족관·세계동물원수족관협회WAZA 등 관련자와의 심도 있는 인터뷰를 바탕으로 이 문제에 얽힌 놀라운 진실을 파헤친다. 최후의 돌고래잡이, 다이지초 국립고래박물관 이야기, 돌고래 몰아잡기 어업의 성립 비화, 포경 가치관의 충돌, 남획과 생체 비즈니스의 시작, 돌고래와 수족관, 고래박물관 소송 사건, 돌고래와 인간의 현재 등등을 살펴보면서 왜 돌고래잡이가 끈질기게 공격의 대상이 되는지를 편견에 치우치지 않고 알기 쉽게 쓴 입문서다. 자칫 감정 논란에 빠지기 쉬운 포경 문제를 두고 저자는 우선 돌고래와 인간의 역사적 관계를 제대로 알 것을 요청한다.

일본의 돌고래 어법은 그 역사가 유구하며 근세부터 돌고래를 좁은 만 내에 몰아 잡기는 했지만 오늘날의 것은 이즈 반도에서 시행된 기술이 1960년대에 전파되고 개량을 거듭한 결과다. 작살로 찔러서 포획하는 근해 어업과 달리 다이지초 돌고래 몰아잡기는 육지에서도 현장을 관찰할 수 있기 때문에 동물애호가, 반포경활동가에게는 비난받기 십상이다. 물론 현지 어민들은 잡힌 돌고래의 대부분이 식용이 아닌 수족관용이라고 항변한다. 그럼 문제가 없을까? 포획 방법, 행정적인 시각, 국제 여론, 수산자원의 고갈, 수족관과 동물원의 차이 등등 사안은 중층적이다. 현재는 '돌고래 몰아잡기 관광'이 얼어붙었지만 포경은 수족관을 위한 생체 사업, 포경 관광 자원화로 현지인에게는 문화적으로나 경제적으로도 중요한 활동이다. 그러나 돌고래를 지나치게 잔인하게 대한다는 비판에는 반론의 여지가 없다. 그럼 돌고래를 위해서라면 중상도 거짓말도 불사하는 보호활동가에게는 아무 문제가 없는가? 돌고래잡이 현장을 카메라에 담고 포획을 옹호하는 다큐멘터리 「비하인드 더 코브Behind 'THE COVE'」로 2010년 아카데미상 최우수 장편 다큐멘터리상을 수상했던 야기 게이코 감독은, 잔혹하고 악명 높은 야생돌고래 포획을 비판한 루이 시호요스 감독의 다큐멘터리 「더 코브」(2009)에는 거짓 연출이 있고 또한 마을을 공격하는 활동가의 언설에는 중요한 부분에서 사실 오인이 있었으며 그로 인해서 동정을 샀다고 비판했다. 이 책은 동물보호활동가의 분별없는 방식을 파헤치기도 한다.

세계적으로 동물복지 가치관이 거세다. 수족관에서의 돌고래 사육조차 비판받는다. 돌고래 몰아잡기가 비난에서 벗어나기 힘든 것도 당연하다. 그렇다면 인간과 동물이 공존할 수 있는 동물복지 가치관의 정체는 무엇일까? 이 책을 읽고 나면 이 질문이 뇌리를 떠나지 않을 것이다.

시월드에서의 죽음

Death at Sea World

데이비드 커비 | 세인트 마틴스 그리핀 | 2013

명실상부한 『뉴욕타임스』의 베스트셀러 작가 데이비드 커비는 이 책에서 미국의 해양 테마파크인 시월드Sea World의 숨겨진 면을 파헤친다. 수백만 달러가 투자된 이 거대한 테마마크는 예전부터 숱한 구설수에 올랐다. 저자는 그간 소문만 무성하던 테마파크의 진실을 적나라하게 드러내며, 스릴러라고 할 수 있을 정도로 과학도서로서는 혁신적인 전개 방식을 보여준다.

데이비드 커비는 해양 생물학자이자 미국 동물애호협회에서 동물 변호인으로 일하고 있는 나오미 로즈가 직접 목격한 시월드의 불미스런 사건을 전하며 그 심각성을 드러내고, 2010년 고래 조련사가 사고로 목숨을 잃게 되면서 시월드를 상대로 20년에 걸쳐 투쟁해온 내막을 밝힌다. 저자는 시월드를 비롯해 인간과 야생동물이 함께하는 해양 테마파크에서 자행되는 여러 위험한 상황을 사람들에게 알림으로써 경각심을 일깨운다. 책에는 이 문제와 관련된 실존 인물들, 전 동물보호활동가들부터 시월드 고래팀에서 일했던 직원들이 전하는 생생한 증언들이 담겨 있다.

겉보기엔 화려한 시월드의 이미지에 정면 대응하는 사람들의 목격담과 시월드를 향한 각종 언론 매체의 반발 기사를 집중 조명하고, 미국 연방 직업안전보건국OSHA이 제기한 획기적인 사례를 인상적으로 다루어 테마파크 시월드의 문제적 현실을 집중적으로 드러낸 책이다.

바다 표면 아래

범고래, 바다세계, 지느러미고래를 넘어선 진실

Beneath the Surface: Killer Whales, SeaWorld, and the Truth Beyond Blackfish

존 하그로브 | 세인트 마틴스 프레스 | 2015

존 하그로브는 지난 20년 동안 유럽과 아메리카 대륙을 돌아다니며 고래들과 삶을 같이했다. 조련사 출신인 그는 미국의 시월드 테마파크에서 20여 마리의 고래와 함께 일한 경력의 소유자다. 범고래 전문 교육자 자격증을 취득하면서 드디어 자신의 어린 시절 꿈을 이룬 것이다. 이렇듯 고래와 친밀한 관계를 이루었음에도 불구하고 어장에 갇힌 신세가 되어버린 고래가 과연 진정으로 필요로 하는 것은 무엇인가에 대한 근본적인 질문은 그의 머릿속을 떠난 적이 없었다. 즉 '고래의 비극'을 그의 예민한 감성이 주시하고 있었던 것이다. 어느 날 그의 동료 두 명이 범고래의 공격으로 목숨을 잃는 사고가 발생하고, 이에 하그로브는 시월드의 인기 프로그램이 과도하게 설정되었음을 자인했다. 고래들에게도 해가 될 뿐만 아니라 고래 조련사들의 안전을 보장할 수 없는 위험천만한 환경이기 때문이다.

결국 시월드를 사직한 그는 다큐멘터리 「블랙피시Blackfish」로 일약 스타덤에 올랐다. 한편 시월드의 범고래 사육 방식이 세상에 알려지면서 국민의 격렬한 비난이 쏟아졌다. 이 작품은 범고래가 처한 현실을 낱낱이 폭로해 공포와 놀라움을 안겨줌으로써 다큐멘터리 작품상을 받았고, 하그로브는 미국 연방주가 범고래 보호 정책을 법률화하도록 캠페인을 펼쳤다.

이 책에서 저자는 매우 영리한 동물이면서 사회성까지 갖춘 고래들의 매혹적인 모습을 한 폭의 그림 그리듯 묘사하고 있다. 또한 그는 야생 범고래의 생활과 대조적인 시월드 안 고래들의 일상을 기술해 바다에서의 자유를 박탈당한 채 인간의 손에 길들여진 고래의 삶을 사실적으로 묘사했다. 기존 고래 보호 관련 책들에 비해 인간과 동물세계의 관계 자체를 분명히 재조명하도록 이끈 명저로, 『뉴욕타임스』 선정 베스트셀러에도 올랐다.

범고래와 인간

범고래는 우리에게 무엇을 가르쳐줄 수 있는가

Of Orcas and Men: What Killer Whales Can Teach Us

데이비드 네이워트 | 오버룩 프레스 | 2015

기자 데이비드 네이워트가 동물의 왕국에서 가장 흥미로운 종인 범고래를 사실적으로 관찰 조사한 책으로, 범고래에게 바치는 성공적인 헌사라고 평가된다. 킬러 고래로 유명한 범고래는 지구상에서 가장 똑똑한 동물로 손꼽힌다. 매우 예민한 이 동물에게는 같은 종끼리 공유하는 언어와 문화가 있다. 이들은 장기적인 기억력도 뛰어나며 반향위치측정 능력도 보유하고 있다. 이러한 감각은 인간의 여섯 가지 감각에 전혀 뒤지지 않는다.

불법 포경으로 퓨젓사운드 만에 서식하는 범고래가 멸종 위기에 처했다는 소식은 순수하고 친근한 범고래에 대해 연민을 불러일으킨다. 범고래 문화의 역사적인 변천사와 주변 환경에 대한 조사 자료, 과학적 연구 결과를 토대로 저자는 범고래의 놀라운 특성들을 망라하고 또한 인간 때문에 범고래가 어떤 피해를 입고 있는지 분석했다. 이 책 도입부에서 저자는 범고래와 관련된 신화를 소개하고 동시대인들의 범고래 사랑 문화에 대해 언급한다. 엄청난 힘 때문에 위험한 고래로 알려진 범고래는 인간의 상상력을 자극한다. 그러다 보니 이 종은 그 매력적 특성 때문에 목숨에 위협을 받기도 한다. 주변 환경이 열악해지면서 범고래의 생존에 결국 적신호가 울린 것이다. "범고래의 사회성에는 인간이 배울 점이 있다. 그리고 범고래의 사회를 보다 확실하게 이해할 필요가 있다. 동물 행동과 인간 행동에 관심이 있는 사람이라면 꼭 읽어볼 만한 훌륭한 책이다."

리바이어던

미국 포경사

Leviathan: The History of Whaling in America

에릭 제이 돌린 | 노턴 앤드 컴퍼니 | 2008

이 책은 2007년 『로스앤젤레스타임스』와 『보스턴글로브』가 뽑은 베스트 논픽션 부문 수상작이자 아마존닷컴 편집자들이 뽑은 2007년 올해 최고의 책 10권에 선정되었으며 같은 해 북아메리카 해양역사연구협회가 주는 존 라이먼 어워드도 수상했다. 나무로 만든 배 위에서 고래를 잡기 위해 바다로 뛰어든 강인한 사람들의 이야기가 대서사시 형식으로 펼쳐지는 이 책은 제목 그대로 성서 속 바다괴물을 이르는 리바이어던, 즉 오늘날 바다의 무법자인 고래를 다루고 있다. 『모비딕』의 작가 허먼 멜빌은 생전에 '엄청난 책을 쓰려면 엄청난 대상을 주제로 골라야 한다'는 말을 한 적이 있다. 이 책은 강력한 흡인력으로 독자들이 책에서 시선을 뗄 수 없게 만든다. 난바다에서 펼쳐지는 고래잡이 이야기, 위험하고 때로는 절망적인 사고에 이르렀던 인류의 포경사라는 드라마틱한 소재는 모험소설 『모비딕』에 이어 전문 과학 서적 『리바이어던: 미국 포경사』로 탄생했다.

저자는 1614년에 신세계를 향해 고래잡이를 떠난 선장 존 스미스의 이야기를 통해 포경의 초기 역사를 증언하며, 그 뒤 혁명기와 황금기를 거쳐 1800년대 중반에 이르면서 고래산업이 서서히 부흥하는 과정을 연대기별로 정리했다. 미국은 역사적으로 700척 이상의 배가 바다로 나가 고래를 잡았으며 사냥 후 획득한 고래 기름을 전 세계에 수출했다. 하지만 20세기에 이르러 고래 사냥이 불법화되면서 고래산업은 암흑기를 맞이한다. 미국 역사상 고래산업이 경제에 미친 영향을 알아보는 것은 유용한 지식인 동시에 흥미로운 주제임에 틀림없다. 400년 동안 미국의 고래산업은 눈부시게 성장했고 19세기 중반에 최절정을 이루었다. 이는 미국 뉴잉글랜드 지역의 경제 성장에 이바지했으며 고래산업의 생산품은 국제 시장에서도 큰 인기 상품이었다.

시대가 바뀌어 이제 고래잡이는 인류의 야만적인 사냥이라는 부정적 인식으로 물들었다. 멸종 위기에 처한 지능을 가진 포유류, 고래의 생존에 적신호가 울린 이상 인류는 고래 사냥을 멈춰야만 한다. 그러나 여전히 세계 여러 곳에서는 불법 포경 행위가 벌어지고 있다. 일본의 경우 고래잡이를 제약하는 조약 체결을 거부해 세계인들의 질타를 받기도 했다. 이제는 추억으로만 간직해야 할 고래잡이 이야기를 위험한 상황에 맞서 멋지게 사냥에 성공하는 뱃사람들의 신나는 모험담처럼 친근하게 들려주는 이 책은 한때 부흥했던 고래산업의 찬란했던 역사를 흥미롭게 감상할 수 있게 한다.

물고기는 고통을 느낄까?

Do Fish Feel Pain?

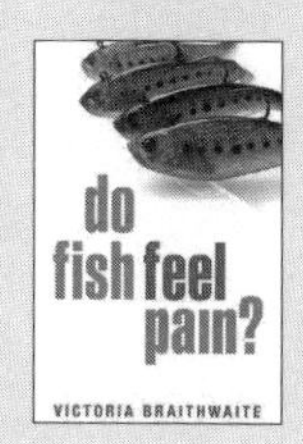

빅토리아 브레이스웨이트 | 옥스퍼드대출판부 | 2010

해마다 셀 수 없이 많은 물고기가 낚싯바늘에 걸려 죽거나 어선 갑판에 버려진 채 질식사하고 있다. 최근 몇 년 사이 포유류의 복지에 대한 관심이 커지고 있지만, 어류에 대해서만큼은 포유류와 인식이 다르다. 둘은 확실히 구별되는 종인 데다 냉혈동물인 물고기는 멍청하고 기능도 지나치게 단순해서 포유류처럼 관심을 쏟을 필요가 없다고 여겨지기 때문이다.

이런 상황에서 저명한 생물학자인 저자는 물고기의 고통에 대해 집중적으로 연구했다. 이 책에서 저자는 물고기의 행동에 대한 최신의 과학 지식과 더불어 어류를 다룰 때 윤리적으로 어떻게 접근해야 하는가를 검토하고 있다. 과거에 사람들은 느리고 몸이 차가운 물고기를 로봇과 같은 대상으로 취급했다. 또 물고기는 매우 단순한 뇌를 가지고 있어서 틀에 갇힌 행동밖에 못 한다고 폄하했다. 저자는 이런 관점에 진지하게 맞서는 새로운 과학적 증거를 제시한다.

몇몇 특정 어류 종은 놀라울 정도로 현명하다. 저자의 연구에 따르면, 물고기들은 장기간 세밀한 부분까지 머릿속에 입력해놓을 만큼 기억력이 뛰어나다. 가령 수년이 걸리는 연어의 이동이 일례가 될 수 있다. 또한 저자에 따르면 어류는 사람이 생각하는 것보다 척추동물과 훨씬 더 많은 공통점을 지닌다. 예컨대 전반적인 생리 기능이 그러한데, 특히 물고기의 스트레스 반응은 놀라울 정도로 인간과 흡사하다. 인간의 몸은 갑자기 스트레스를 받으면 스트레스에 반응하는 물질인 코르티솔을 혈액 속에 방출한다. 같은 현상이 물고기에게도 똑같이 일어난다.

저자 브레이스웨이트는 물고기의 고통에 대한 연구뿐 아니라 어류 산업과 낚시에도 적극적으로 관여하고 있다. 그녀 자신이 어획을 반대하는 입장에 서진 않지만, 물고기에 대한 이해를 도울 만한 사실들을 제시함으로써 현재의 조류와 다른 포유동물들에 시행하는 보호활동을 어류에도 적용시켜야 한다고 말한다.

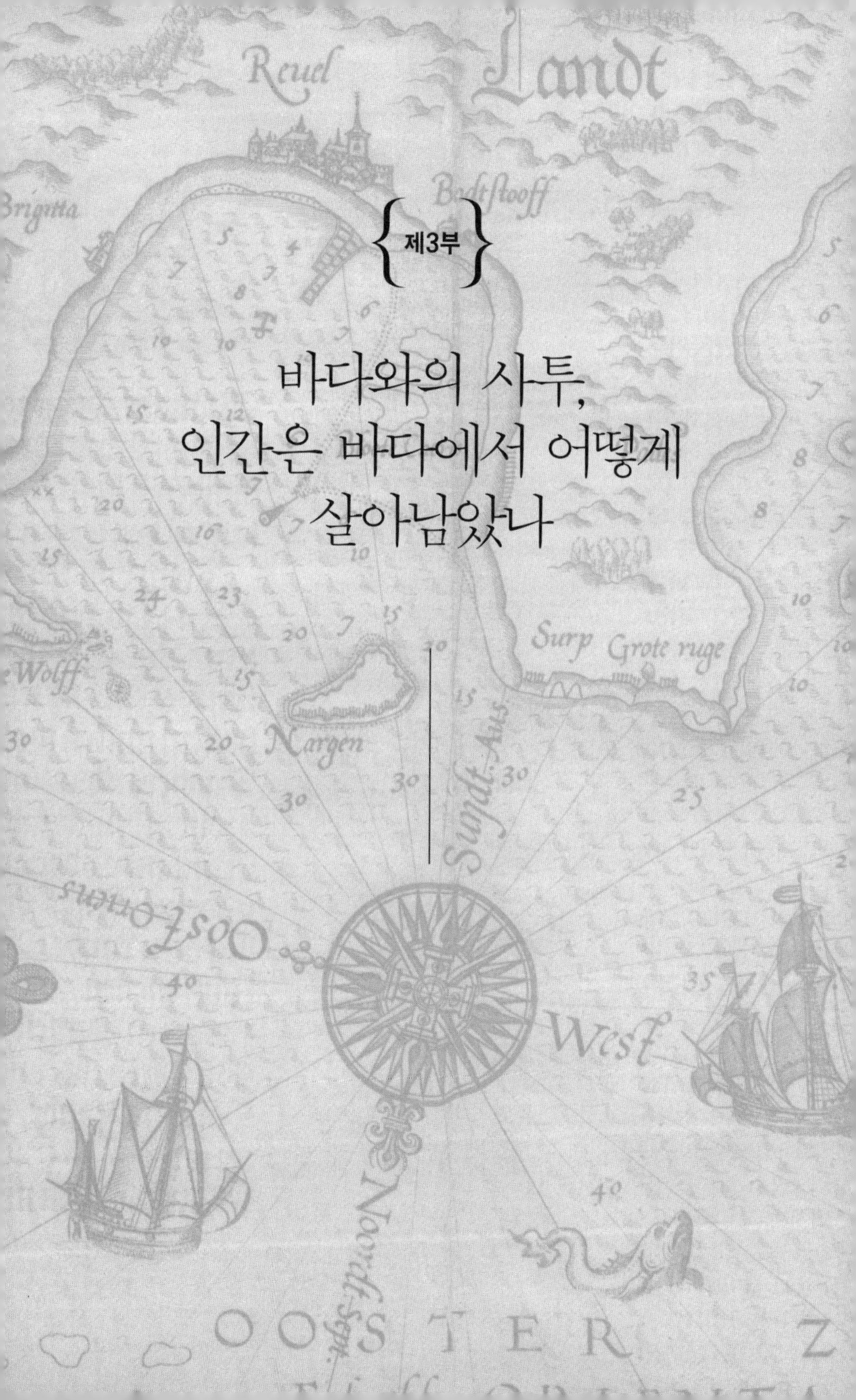

제3부

바다와의 사투, 인간은 바다에서 어떻게 살아남았나

포세이돈에 맞선 영웅의 탁월한 모험담

『오디세이아』

호메로스 | 천병희 옮김 | 도서출판 숲 | 2015

호메로스의 『오디세이아』는 트로이 전쟁이 끝나고 오디세우스가 고향으로 돌아오면서 바다에서 겪은 10년 동안의 모험을 다룬 책이다. 그래서 오디세우스의 모험에는 해양민족으로서 그리스인들이 위험하고 예측할 수 없는 자연과의 싸움에서 겪어야만 했던 파란만장한 삶이 아로새겨져 있다. 그리스인들은 기원전 9세기 말에야 비로소 페니키아인들과 해상무역을 놓고 경쟁하기 시작했으며 기원전 8세기에는 그들로부터 문자와 선진 조선술을 배웠다. 이 시기는 또한 무한 경쟁으로 식민지를 개척하던 때였다. 헤시오도스의 『노동과 나날』이라는 작품도 바로 이런 역사적 상황에서 당시 그리스인들이 직면하게 된 폭풍우와 난파 등 새로운 위험들을 주제로 하고 있다. 특히 해적활동, 유괴, 노예무역 등은 당시 그리스인들의 주요 수입원이기도 했다.

☸ 거친 바다를 거쳐온 영웅의 이야기

『오디세이아』에서 주인공 오디세우스가 고향에 도착하기 전 바다를 방랑하면서 겪는 모험의 대부분은 서술자가 아닌 오디세우스의 입을 통해 직접 진술된다. 그는 파이아케스인들의 궁정에서 트로이의 몰락부터 그들 나라인 스케리아 해안에 도착할 때까지 자신에게 일어난 모든 것을 이야기한다. 6권에서 12권에 걸쳐서 전개되는 오디세우스의 이야기에는 몇 가지 기능이 있다. 그것은 우선 오디세우스가 칼립소와 작별을 하고 실질적으로 고향을 향해 떠나기 전에 자신의 모험을 조망할 수 있도록 해준다. 동시에 독자에게는 서술을 지연시킴으로써 긴장감을 더하는 역할을 한다. 그의 다양한 모험 이야기는 알키노오스 왕을 비롯한 파이아케스인들뿐 아니라 독자에게도 짜릿한 즐거움을 안겨준다.

오디세우스의 이야기는 특히 오디세우스 자신에게 아주 중요한 기능을 한다. 심신이 지칠 대로 지친 오디세우스는 자신의 여정을 이야기하면서 자신감을 회복하고 치유된다. 오디세우스는 포세이돈이 보낸 폭풍우로 뗏목이 전복된 후 파이아케스인들의 나라인 스케리아 해안에 간신히 헤엄쳐 올라간다. 벌거벗은 초주검 상태로 목숨만 겨우 건진 그에게 남아 있는 것은 아무것도 없었다. 그는 부하들을 모두 잃었고 손에 쥔 것도 하나 없었다. 그에게는 그의 가치를 알아보고 도움을 줄 선한 사람이 필요했고, 바로 이 순간 나우시카아 공주를 만나 파이아케스인들의 궁전에 손님으로 받아들여진다.

하지만 오디세우스가 이런 선한 사람들을 통해서만 자신의 가치를 인정받는 것은 아니다. 그는 바로 자신이 풀어내는 이야기를 통해 진가를 인정받는다. 오디세우스는 그 누구도 따라올 수 없는 탁월한 이야기꾼으로서 이야기를 통해 남을 기쁘게 하고 스스로의 존재를 확인한다. 이야기는 파이아케스인들로 하여금 오디세우스를 신뢰하게 하고, 아울러 오디세우스에게는 자의식을 갖게 한다. 그는 지금까지 한 수많은 모험을 재현해내고 성찰함으로써 자기에 대한 이해의 폭을 넓힌다. 그의 이야기에는 트로이가 몰락한 뒤 그가 겪은 모든 모험이 들어 있다.

☸ 모험의 끝, 관계의 회복

오디세우스는 험난한 바다 위에서 갖은 고생을 하면서 10년이나 모험을 계속한다. 모든 유혹과 위험에도 불구하고 그를 나아가게 한 것은 이타케로 돌아가려는 오디세우스의 고향에 대한 동경이다. 여기서 고향은 지리적인 개념이나 재산 그리고 사회적인 지위만을 의미하는 것이 아니다. 그것은 무엇보다도 인간들 사이의 유대이자 소속감, 즉 인간관계를 의미한다. 그래서 호메로스는 『오디세이아』에서 귀향한 오디세우스가 잃어버린 인간관계를 회복하는 과정을 감동적으로 그려내고 있는데, 그중 백미는 역시

아내 페넬로페에게 남편으로 인정받는 장면이다.

맨 먼저 오디세우스는 자신이 키우던 개에게 주인으로 인정받는다. 오디세우스가 늙은 거지로 변장하여 궁전 대문을 들어서자 가축의 오물이 쌓인 곳에 아무렇게나 방치되어 죽음만을 기다리고 있던 늙은 개 아르고스는 본능적으로 20년 만에 돌아온 주인을 알아보고 혼신의 힘을 다해 꼬리를 흔든다. 오디세우스는 자신의 정체가 탄로날까봐 눈물을 감추며 개의 시선을 애써 외면하지만 개는 그 순간 그에게 다가오려다가 기쁨에 겨워 그리고 고령으로 죽음을 맞이한다.

오디세우스는 아들 텔레마코스와 충실한 하인들에게는 자신이 오디세우스임을 고백하여 간단하게 각각 아버지와 주인으로 인정을 받는다. 어렸을 적 오디세우스를 키웠던 그의 유모 에우리클레이아는 페넬로페의 지시로 그의 발을 씻겨주다가 허벅지의 흉터를 발견하고는 그를 알아본다. 그녀는 감격한 나머지 기쁜 소식을 페넬로페에게 알리려 하지만 오디세우스의 만류로 그만둔다. 그는 아내의 구혼자들에게 복수하기 전에 자신의 정체가 탄로날까봐 걱정되었던 것이다.

오디세우스는 아내를 찾아온 구혼자들을 몰살한 뒤에 인근 농장으로 아버지 라에르테스를 찾아가 아들임을 고백하지만 아버지는 그것을 의심한다. 그러자 그는 아버지에게 허벅지의 흉터를 내보이며 그것이 옛날 외삼촌들과 사냥을 하다가 멧돼지의 어금니에 받혀 생긴 상처가 아물어 생겼다고 말한다. 그래도 아버지가 미심쩍어하자 그는 어렸을 적 아버지로부터 선물 받았던 과일나무들의 이름을 그루 수와 함께 정확하게 말한다. 그제야 노인은 감격에 겨워 한참 동안 무릎과 심장을 떨다가 마침내 아들을 와락 껴안는다.

오디세우스에게 육체적으로뿐 아니라 정신적으로도 완벽하게 정절을 지켰던 아내 페넬로페에게 정체를 밝히는 장면은 더욱 극적이다. 그녀는 자기 앞에 있는 사람이 구혼자들을 모두 죽였다면 남편 오디세우스임에 틀림없다고 생각하면서도 특유의 신중함으로 그를 시험한다. 그래서 페넬로페는 오디세우스가 변장한 구혼자들 중 하나일지 모른다며 계속 냉대를 한다. 기분이 상한 오디세우스는 20년 만에 돌아온 남편에게 이럴 수 있느냐며 아무데서나 잘 테니 침상이나 깔아달라고 말한다. 그러자 그녀는 유모 에우리클레이아에게 그를 위해 방 안에 있는 침상을 밖에다 깔아주라고 명령한다. 이 말을 듣고 오디세우스가 깜짝 놀라며 대꾸한다. 자기가 살아 있는 올리브나무로 침상 다리를 만들어 그 주위에 침실을 만들고 집을 지었는데 어떻게 침상을 밖으로 옮길 수 있느냐는 것이다. 그 말을 듣고 페넬로페도 시아버지처럼 무릎과 심장을 떨다가 오디세우스에게 달려가 울면서 목을 껴안고 얼굴에 키스 세례를 퍼붓는다.

☸ 바다의 신 포세이돈에 맞선 거인

고향이나 가족에 대한 동경이 오디세우스가 온갖 모험을 하는 동안에 가야 할 방향을 지시해주는 일종의 나침반이었다면, 계책과 지혜와 인내는 이런 목적을 달성하기 위한 오디세우스의 정신적인 무기였다. 오디세우스는 호메로스의 영웅들이 지녔던 신체적인 강인함을 많이 보여주진 못했지만 계책에 있어서는 아주 뛰어났다. 특히 외눈박이 거인 폴리페모스의 동굴이나 세이레네스의 섬을 지나갈 때와 같은 아주 급박한 상황에서도 해결책을 찾아내는 그의 재능은 따를 자가 없었다. 다른 장수들은 트로이를 몰락시키기 위해 10년 동안 막대한 군사력을 쏟아 부으면서도 이루지 못했던 일을 목마를 만들어 단숨에 해치운 이도 오디세우스였다.

오디세우스의 지혜로운 면은 그가 거인이나 괴물과 싸우는 모습을 통해 드러난다. 특히 광활한 바다와 그것이 품고 있는 수많은 위험은 오디세우스가 지혜로 맞서 싸워야 할 거친 자연에 대한 알레고리다. 오디세우스를 계속해서 궁지로 몰아넣는 바다의 신 포세이돈과 오디세우스의 수호자 역할을 하는 지혜의 여신 아테나는 원시적인 자연의 힘뿐 아니라 정신적인 힘과의 대결을 암시하는 신화적 표현이다. 헤르메스가 오디세우스에게 키르케의 마법에 걸리지 않도록 '몰리'라는 약을 주는 것도 마찬가지로 해석할 수 있다. 헤르메스는 세상의 모든 길을 아는 지혜롭고 영리한 신이다.

인간이 자연의 폭력에 힘없이 굴복해야 했던 고대에는 인간이 자연과 벌이는 대결이 더욱 매력 있는 테마였을 것이다. 오디세우스는 운명과도 같이 닥쳐오는 자연의 힘을 어떤 때는 계책과 지혜를 발휘해서, 또 어떤 때는 순교자와도 같은 인내를 통해서 극복한다. 그의 부하들은 배고픔을 참지 못하고 헬리오스의 암소에 손을 대지 말라는 테이레시아스의 경고를 어기지만 오디세우스는 이를 참아낸다. 오디세우스의 인내는 괴조 세이레네스를 만났을 때도 진면목을 드러낸다.

세이레네스는 인간 여자의 머리를 가졌지만 몸통은 새인 바다의 괴물로, 그들의 섬 근처를 지나는 배가 있으면 뱃전으로 다가가 절묘한 노래를 불렀다. 그러면 선원들은 감미로운 노랫소리에 홀려 광기에 빠진 채 자신도 모르게 바다로 뛰어들었다가 목숨을 잃는다. 절체절명의 위기에 처한 오디세우스에게 마녀 키르케가 조언을 해준다. 키르케는 오디세우스가 방랑 중에 만나 1년을 부부처럼 살았던 여인이다. 그녀는 오디세우스에게 세이레네스가 사는 곳을 지날 때 귀를 밀랍으로 막으라고 말해준다. 하지만 오디세우스는 세이레네스의 노랫소리가 무척 듣고 싶었다. 키르케는 오디세우스의 마음을 금세 눈치 채고 그에게 세이레네스의 노랫소리가 듣고 싶거든 부하들을 시켜 미리 돛대를 세우는 기둥에 그를 단단히 묶게 하라고 지시한다. 그가 풀어달라고 몸부림치면 칠수록 더 단단히 묶도록 부하들에게 당부하라는 말도 잊지 않는다. 오디세우스는 결국 키르케가 시킨 대로 부하들의 귀는 밀랍으로 막았지만, 자신은 세이레네스의 노랫소리를 듣고 광기에 빠져 단말마의 비명을 지르면서도 섬을 무사히 통과한다.

오디세우스가 최고조의 인내를 보여주는 것은 고향으로 돌아와 가족을 만났을 때다. 그는 20년 만에 가족을 만났지만 모든 위험이 사라질 때까지 자신의 정체를 밝히지 않는다. 심지어 자신이 키우던 개가 주인을 알아보고 꼬리를 흔들다 쓰러져 죽어가도 모르는 체한다. 그래서 인내를 최고의 덕목으로 생각한 그리스의 스토아학파는 오디세우스를 현자의 상징으로 보았다. 스토아학파의 이념을 이어받은 로마의 키케로, 호라티우스, 세네카도 오디세우스를 그렇게 평가했다. 오디세우스는 스토아학파가 현자의 특징이라 여긴 '항심constantia'과 '평정ataraxia'을 절대로 잃지 않은 인물이기 때문이다.

글쓴이 김원익

신화 연구가, 세계신화연구소장. 대학에서 신화 관련 강의를 하며, SBS 라디오 「책하고 놀자」에서 '김원익의 그리스 신화 읽기' 코너를 담당하고 있다. 『일리아스』 『오디세이아』 등을 평역했으며 신화에 관한 여러 책을 썼다.

북극 항로를 향한 이방인의 고독한 싸움

『빙하와 어둠의 공포』

크리스토프 란스마이어 | 진일상 옮김 | 문학동네 | 2011

삼면이 바다로 둘러싸여 있는 우리에게 북극해와 남극해는 그다지 관심의 대상이 아니었다. 반면, 유럽인들은 이미 16세기부터 북극해 탐험에 나섰고, 유럽 대륙과 미 대륙을 잇는 최단 항로를 찾기 위해 많은 시도를 했다. 이러한 탐험의 노력은 바렌츠 해나 베링 해 등 지명으로 그 흔적을 남기고 있다.

오스트리아의 작가 크리스토프 란스마이어는 제국주의가 극에 치달았던 19세기 말, 북극 항로를 찾기 위해 출범했던 오스트리아-헝가리 제국의 테게트호프호 이야기를 소재로 대원들이 펼치는 "빙하와 어둠의 공포"와의 끝없는 사투를 생생하게 그려낸다. 아울러 이들의 이야기에 매료되어 탐험대의 여정을 직접 체험하고자 북극해로 향한 마치니를 통해 21세기의 북극해가 눈앞에 펼쳐진다. 르포 작가로 출발한 크리스토프 란스마이어는 자신의 특기를 십분 살려 당시 탐험대가 남긴 삽화, 편지, 일기, 기록, 증언을 토대로 테게트호프호의 탐험을 재구성했다. 작가는 탐험대의 세계와 마치니의 세계, 19세기와 21세기를 오가면서 팽팽한 흐름을 유지시키며, 그런 그의 손끝에서 서사의 완급이 조절되고 리듬이 만들어진다. 픽션과 논픽션, 과거와 현재를 오가는 절묘한 구성은 문학이 단순히 그럴듯한 이야기에 그치는 것이 아니라 궁극적으로는 현실이 투영된 세계임을 재인식하게 한다.

이 소설에서 무엇보다 독자를 놀라게 하는 것은 탐험대를 이끌었던 지휘관 카를 바이프레히트의 섬세한 관찰력과 시적인 표현력이다.

> 무엇보다 그 근방에서 이 이방인을 놀라게 한 것은 오로라다. 그것은 자연이 불꽃같은 글씨로 별 박힌 북극 하늘에 써놓은 풀리지 않은 수수께끼다.
>
> 무더운 여름밤에 먼 번갯불이 성난 폭풍우가 되는 것처럼, 우리 주위에 보이는 오로라의 약한 여명은 북극에서 펼쳐지는 자연의 즉흥극이 된다. 모든 섬광들이 곧 불길에 휩싸인다. 사방에서 수천 개의 번개 불빛이 천공의 한 지점을 향해 촘촘하게 쏘아댄다. 제멋대로이던 나침반은 그 지점을 향한다. 그 주위로 색깔 있는 테두리를 한 하얀빛의 불꽃들이 어지럽게 번뜩이고 펄럭이고 흔들리고 널름거린다. 바람에 채찍질을 당한 듯 불꽃같은 빛의 물결은 동쪽에서 서쪽으로, 서쪽에서 동쪽으로 서로 엇

> 갈리면서 엎치락뒤치락한다. 쉬지 않고 붉은색은 흰색 자리에, 녹색은 붉은색 자리에 들어선다. 수천 개의 광선이 쉼 없이 다발로 타오르고, 멋진 추격전을 펼치면서 그들 모두가 갈구하는 하나의 정점, 천정에 도달하고자 한다. 마치 옛날 연대기에서 읽은 오래된 전설이 사실이 된 것처럼, 하늘의 군대가 전쟁을 일으켜, 지상의 인간들이 보는 앞에서 번갯불로 싸우는 듯하다. 깊고 조용한 침묵 속에서 모든 것이 지나가고 모든 소리가 잦아들고 자연도 자신의 작품에 대한 놀라움으로 숨을 죽인 듯하다. _101쪽

누구든 죽기 전에 한번은 보고 싶어하는 오로라는 당시 북극 탐험대에게도 경이의 대상이었을 것이다. 탐험대를 맞아준 아름답고도 경이로운 북극은 곧 숨겨져 있던 본연의 모습을 드러낸다. 그리고 독자는 작가가 조국의 명예라는 대의를 위해 미지의 영역으로 향한 탐험대의 증언과 기록에 의존하는 이유를 곧 알게 된다. 사방에서 탐험대와 선원들을 압박해오는 빙해의 압력과 무시무시한 굉음, 영하 40도까지 내려가는 햇빛 한 점 없는 암흑세계는 인간의 상상력으로 그려낼 수 있는 대상이 아니다. 멈춰버린 것 같은 시간, 얼음에서 벗어나기 위해 반복되는 무의미한 도끼질과 톱질은 시시포스의 신화를 무색하게 한다. 가공할 만한 자연의 위력 앞에서 인간은 단지 연약한 존재일 뿐이다. 동상은 물론이고 괴혈병과 환각까지. 그보다 더 힘든 것은 끝없이 펼쳐진 얼음이나 암흑이 아니라, 언제 빙하의 장벽에서 해방될 수 있을지 알 수 없다는 절망적인 현실이다.

☸ 미친 모험가들만의 영역 북극해

북극해에서의 탐험은 이러한 절망 앞에 선 이들의 목소리를 통해 현재화된다. 바다와 육지를 책임지는 지휘관, 바이프레히트와 파이어, 기관사 크리슈, 사냥꾼 할러가 남긴 기록은 북극해에 대한 우리의 상상력을 자극하고 그 한계를 확장시킨다. 그리고 그 이야기는 때로는 상상의 영역을 넘어선다. 이것은 탐험에서 살아 돌아온 이들을 환영해주었던 열광이 차츰 사그라진 뒤, 생존자의 이야기가 모두 꾸며댄 것이라고 의심하는 대중의 반응에서도 알 수 있다. 어느 누구도 탐험대의 여정을 똑같이 되풀이할 수 없을 것이고, 그들이 항해 중 오스트리아 황제에게 헌정한 프란츠 요제프 제도를 직접 확인할 수도 없을 테니까 말이다. 북극해는 이렇듯 탐험가들의 영역일 뿐, 일반인들에게는 여전히 알 수 없는 먼 곳으로 남아 있다.

작가 란스마이어는 과거 북극해를 정복하기 위해 나섰던 여러 탐험가의 목소리도 잊지 않는다.

> 우리가 지구 자전축에서 북쪽 끝을 형성하는 수학적인 지점을 찾으려고 항해를 한 것은 아니다. 왜냐하면 이 지점에 도달하는 것은 그 자체로는 별 의미가 없기 때문이다. (…) 그러나 북극에는 도달해야 한다. 그래서 이 미친 짓을 끝내야 한다.
>
> _190쪽. 프리드쇼프 난센, 19세기에서 20세기로의 전환기

탐험 여행은 때로는 굶어 죽는 것을 피하기 위해 시간과 벌이는

사투 외에는 아무것도 아니다. 그에게 모험은 사실을 '시험'하는 과정에서 드러나는 계산상의 실수 또는 모든 미래의 가능성을 고려할 수 없다는 불행한 증거일 뿐이다.

_191쪽. 로알 아문센, 20세기

빙하에서의 생활? 나는 다른 사람들이 우리처럼 그렇게 외롭고 버려진 것 같은 기분을 느껴본 적이 있을지 의심스럽다. 내게는 우리의 공허함을 기술할 능력이 없다.

_192쪽. 프레더릭 앨버트 쿡, 20세기

그렇다. 미지의 영역을 개척하려는 인간의 지칠 줄 모르는 노력은 이들의 증언에서도 알 수 있듯이, 낭만적이거나 위대한 것과는 거리가 멀다. 파이어와 바이프레히트가 이끄는 테게트호프호도 이와 다르지 않다. 탐험대가 발족될 때의 원대한 포부와 희망은 곧 희미해진다. 조국의 명예를 위해 또는 학문적인 목적으로, 아니면 단순히 포상금 때문에 시작한 모험의 끝에는 오로지 살아남기 위한 몸부림이 있을 뿐이다.

이러한 미친 또는 무모한 노력들이 쌓여 이제 '지도상의 하얀 얼룩', 미지의 영역은 더 이상 남아 있지 않다. 기술의 비약적 발전으로 북극해에 쇄빙선이 다니고, 관광객들은 편안하게 제트비행기로 그린란드를 방문하여 관광용 개썰매를 타며 즐거운 추억을 만든다. 북극 땅은 사양 산업이 되어버린 탄광에서 세금 없이 단기간에 높은 보수를 받기 위해 일하는 광부들이나 연구 목적으로 체류하는 이들 외에는 아무도 머물지 않는 여전히 버림받은 곳이다. 어느새 북극해를 지나는 항로는 모두 열렸고, 우리에게도 유럽 대륙과의 거리를 조금 더 줄여주었다. 그러나 테게트호프호가 당시 이례적으로 따뜻했던 기후 덕에 운 좋게 탐험을 마칠 수 있었던 것처럼 북극해가 항상 인간의 접근을 허락하지는 않는다.

북동 항로와 북서 항로. 이것은 테게트호프호와 이후 탐험가들의 모험으로 이루어낸 노고의 흔적이다. 그 이면에는 과감한 도전, 예기치 못한 상황과 어떠한 위기에도 포기하지 않은 인간의 노력과 의지가 존재한다. 현대화된 교통수단을 이용해 선조의 모험을 재현하려던 주인공 마치니는 아이러니하게도 개썰매와 함께 북극 한가운데서 사라져버렸다. 그렇게 마치니는 북극해에서 실종되는 수많은 사람 중 한 명이 된다. 19세기 테게트호프호의 여정을 뒤쫓는 마치니의 모험을 따라가던 작가는 말한다. "교통수단의 급속한 발달로 세상은 점점 더 작아지고 있으며, 적도나 극지여행도 이젠 경비와 비행기 편만 해결되면 문제없다는 환상"은 "착각일 뿐이다!"(9쪽) 결국 "우리는 곁으로 걷거나 달리는 사람에 불과하니까."(10쪽)

글쓴이 진일상

서울대 인문학연구원 연구교수를 지냈고, 현재 홍익대 초빙교수로 강의와 번역을 병행하고 있다. 클라이스트의 단편집 『버려진 아이 외』로 2006년 한독문학번역상을 수상했다.

기호 너머의 기호

『모비딕』

허먼 멜빌 | 김석희 옮김 | 작가정신 | 2011

어린 시절의 독서 경험은 기억에서 사라질지 몰라도 특별한 잠재력을 품고 있을 뿐만 아니라, 우리에게 그 씨앗을 남겨둔다.

이탈로 칼비노의 말이다. 초등학교 시절 소년문고본으로 읽은 축약본 『모비딕』은 내게 당시 한참 빠져 있던 『로빈슨 크루소』류의 해양 모험소설에 지나지 않았다. 새로운 세계를 발견한다는 서구 기준의 시각과 대항해시대의 열기 속에 탄생한 이 소설들이 프로테스탄트 자본주의 정신을 타자의 영토 안에 입력하는 장대한 기획의 소산임을 어린 소년이 어찌 알았으랴. 나는 『로빈슨 크루소』를 읽으며 무인도라는 극한 상황 속에서도 근면 성실을 잊지 않고 시계 초침 소리에 맞춰 모든 행위를 통제하는 근대인의 합리적 이성을 참으로 본받을 만하다고 생각하며 감탄했을 것이다. 또한 로빈슨에 의해 조금씩 계몽되어가는 원주민 프라이데이의 충성심은 특별한 것이 아니라 문명을 선물 받은 자의 당연한 행위라 여기고 크게 의미 부여를 하지 않았을 것이다.

그런데 『모비딕』은 무언가 달랐다. 축약본이라는 한계가 분명했으나 이 소설은 단순한 해양소설이나 모험소설로 분류하기 힘든 정체불명의 기묘한 기운을 뿜어내고 있었다. 그 실체가 무엇이었는지는 알 수 없으나, 다만 이 소설에 나오는 유색 인종들이 '명화극장'에서 숱하게 보아온 서부 활극 속의 인디언을 다루는 방식으로 그려지지 않고 있었다는 점은 기억난다. 백인에게 유색 인종은 그저 사냥감이나 머리 가죽을 벗겨낼 사물에 지나지 않아야 했다. 그때 나는 화면 속 백인 총잡이에 동화되어 얼마나 많은 인디언을 도륙했는지 모른다. 그러나 그들이 이 소설에선 사물화되어 있지 않은 것처럼 보였다. 가령, 내 무의식 속엔 자신의 죽음을 예견하고 관 속에 누워 의연하게 죽음을 맞을 준비를 하는 식인종의 이야기가 하나의 잠재태로 남아 있다.

잠재태는 칼비노의 말대로 하나의 씨앗처럼 잠들어 있다가 미래의 미결정성을 보장하는 근거로서 재영토화에 맞서는 탈영토화의 토대가 된다. 공포에 떨기는커녕 그 어느 때보다 위엄 있고 차분하게 인간으로서의 존엄을 발산하는 이 소설 속 식인종의 이미지는 "미국적 프로메테우스"(해럴드 블룸)라 할 만한 에이허브 선장의 고독에 못지않은 위의威儀로 가득 차 있다. 서른 해를 넘어 다시 읽는 『모비딕』이 그 자체로 하나의 잠재태인 까닭이다.

☸ 서구가 수용할 수 없었던 이질적 가치들의 온상

『모비딕』은 출간 이후 반세기 이상 독서시장과 비평가들로부터 철저하게 외면받았다. 거의 한 세기가 지난 1950년대에 이르러서야 겨우 고전의 반열에 낄 수 있었다고 하니 하마터면 망각의 위력을 이겨내지 못하고 사라질 뻔한 셈이다. 사람들은 이에 대한 책임을 회피하듯 난삽한 서술 방식과 쓸데없이 방대한 고래학 관련 백과사전적 정보에 애꿎은 혐의를 두곤 한다. 하긴, 소설 형식치곤 낯선 극적 장치와 숱한 신화 및 구약의 인용들 그리고 서사시적 영탄들과 시적인 언어에 이르기까지 도무지 근대의 형식이라고는 할 수 없는 양식들이 혼돈스럽게 엮여 있는 것이 사실이다. 플롯의 뼈대인 '백경'의 추적 서사와는 무관한, 퀘퀘한 먼지 냄새 나는 고래학은 그 방대함과 무질서 때문에 우선 기가 질리게 한다. 영민한 출판업자들이 소설의 3분의 1에 해당되는 고래학 정보를 삭제한 채 출간했던 사정을 영 이해 못 할 바도 아니다.

그러나 이는 이만한 고전을 몰라본 데 대한 변명치곤 궁색하다. 서술 방식과 고래학 지식은 보기에 따라서는 다성적 목소리들을 수용하기 위한 방법적 각성으로 볼 수 있다. 시각을 바꾸면 낯선 형식이 오히려 새로운 독서 체험을 가능케 한다. 독자 입장에서는 기존의 익숙한 감상 방식을 해체하는 고통을 쾌감으로 전환하면서 전혀 다른 몰입의 즐거움을 만끽할 수 있다. 이 소설에는 그러한 매혹이 있다. 그렇다면 왜 이 소설은 그토록 오랫동안 외면을 받았을까? 당겨 말하자면, 『모비딕』이 19세기 중반의 미국사회와 서구의 지배 문화가 수용할 수 없는 불온하기 짝이 없는 이질적 가치들로 범벅이 되어 있는 작품이었기 때문이 아닌가 한다.

우선 나의 유년에 각인된 식인종 퀴퀘그는 그 어떤 문명인보다 더 고귀한 야만인이다. 그의 몸에 새겨진 끔찍한 문신들은 우주의 비의와 생명의 지도로 격상되어 해독을 기다리는 하나의 열린 텍스트로서 존재한다. 동양의 이교도인 페들러는 선원들에게 악령으로 취급받지만 그 누구보다 정확히 미래를 예견하고 통찰할 줄 안다. 검둥이 소년 핍은 비록 광인이지만 에이허브 선장과 유일하게 인간적 교감을 할 줄 아는 인물이다. 어쩌면 유색인들을 그리는 방식이 동양에 대한 고정관념, 즉 오리엔탈리즘의 소산으로 비칠 수도 있겠으나 작가의 의도는 철저하게 서구 문명에 대한 대안적 사유를 바탕에 깔고 있다.

가령, 멜빌의 서구 과학기술과 철학, 신학에 대한 신랄한 풍자는 가파른 해일을 연상케 한다. 상어에게 기독교 교리를 설교하는 포복절도할 장면이나 선체의 균형을 잡기 위해 매단 향유고래와 참고래의 머리를 로크와 칸트의 철학에 빗대는 장면 그리고 당대 과학기술의 총화인 천체관측기구를 향해 '과학! 저주받으라. 너 무익한 장난감이여' 하고 내던지는 장면은 서구 중심적 세계질서에 대한 작가의 뿌리 깊은 절망을 가감 없이 전경화한다. 서부개척민처럼 자연의 횡포를 거부하는 에이허브의 비극적 운명은 작가의 미국적 영웅상에 대한 비판적 시선과 무관하지 않다.

☸ "나는 고래를 모른다"

여기서 우리는 언뜻 소설의 전개를 방해하고 있는 것처럼 보이는 고래학이 왜 필요한지를 알게 된다. 서구 문명체계의 허구성을 드러내기 위해서는 역설적으로 고래의 실체와는 전혀 관계없는 도서관 창고의 자료들이 불려나와야 했던 것이다. 고래의 해부학적 구조로부터 시작하여 문헌학적 지식을 망라한 산더미 같은 자료들이 끝없이 나열되고 있는데 '백경'은 과연 어디에 있는가. 지식의 전시를 통해 지식을 부정하는 방법론은 "도道를 도라 하면 도가 아니다"라는 동양의 사유와 친연관계에 있다.

> 고래는 이따금 꼬리로 인간의 손짓과도 비슷한 몸짓을 하지만, 그 의미는 설명할 수가 없다. 이 신비로운 몸짓은 큰 무리에서 특히 두드러질 때가 있는데, 나는 고래잡이들이 그것을 프리메이슨의 신호나 암호와 비슷하다고 단언하는 것을 들은 적이 있다. 사실 고래는 그런 방법으로 세상과 지적인 대화를 나눈다는 말도 들었다. 꼬리만이 아니라 몸 전체를 이용한 다른 몸짓 중에도 가장 경험 많은 고래잡이조차 설명할 수 없는 기묘한 몸짓이 없지 않다. 내가 아무리 고래를 해석해보아도 피상적인 것밖에는 알 수 없다. 나는 고래를 모른다. 앞으로도 영원히 모를 것이다.

지식의 허구성을 통해 도달한 방법적 무無의 각성은 관념이 사라진 자리에서 자연에 대한 겸허한 감수성을 선물한다. 모름의 상태를 직관할 때 세계는 관념의 허물을 벗고 그 실상을 드러낸다. 비록 설명할 수 없고 해석할 수 없으나 교감할 수는 있다. 뜻은 모르되 사랑할 수는 있다. 기묘한 몸짓을 몸짓대로 바라볼 수 있다. 모든 판단을 정지시킨 채 눈앞의 실체와 소통할 수 있다면 무지無知야말로 거대한 우주적 지知다. 허먼 멜빌에게 '백경'은 이렇게 인간적 해석의 그물망과 작살로는 포획할 수 없는 우주적 知의 상징이 된다. 그에게 흰색은 동양화의 여백과 같은 것이었다.

> 거짓 세계에서 진리는 숲속의 신성한 흰사슴처럼 날아가버리기 쉽다. 진리는 조롱하듯이 섬광처럼 이따금 생각나듯이 잠깐만 모습을 드러낼 뿐이다.

너새니얼 호손에게 보낸 멜빌의 편지 구절에도 나오는 '흰색'은 여백의 존재성을 강력하게 환기한다. 허구적 세계를 찰나의 현현으로 증명하면서 사라지는 이 흰색에 다다르는 여정이 곧 이 소설의 긴 항로인 셈이다. 달을 그리지 않고 주위를 어둡게 채색하여 달을 돋보이게 하는 방식으로 달을 그리는 '홍운탁월烘雲托月'이 멜빌의 소설 작법이었다고나 할까.

'백경'은 이렇게 여백으로 존재한다. 여백은 실제 어떤 이미지도 담고 있지 않기 때문에 이미지 너머의 이미지이며, 기호 너머의 기호가 된다. 그것은 인생이나 자연, 혹은 무의식 같은 것으로 의미화되지 않는다. 말하자면, 그 어떤 것도 지시하지 않음으로써 오히려 모든 것을 지시하는 여백의 우주에 근접한다. 이탈로 칼비노의 말이 옳다.

고전이란 그것을 둘러싼 비평 담론이라는 구름을 끊임없이 만들어내는 작품이다. 그리고 그러한 비평의 구름들은 언제나 스스로 소멸한다.

글쓴이 손택수

시인. 1998년 한국일보 신춘문예에 「언덕 위의 붉은 벽돌집」이 당선되면서 작품활동을 시작했다. 시집으로 『호랑이 발자국』 『목련 전차』 『나무의 수사학』 등이 있다.

『모비딕』을 낳은 해양 다큐멘터리

『바다 한가운데서』

너새니얼 필브릭 | 한영탁 옮김 | 다른 | 2015

현대 미국의 대표적인 논픽션 작가이자 해양사학자 너새니얼 필브릭이 쓴 이 책은 19세기 초에 일어난 미국 포경선 에식스호의 비극과 그 시대 해양 개척사의 단면을 보여주는 다큐멘터리다. 최근 영화화된 이 책의 원제는 *In the Heart of the Sea*이고 '포경선 에식스호의 비극'이라는 부제가 달려 있다.

이 책의 주제가 된 고래잡이배 에식스호의 조난은 20세기의 신화적 비극이 된 타이태닉호 침몰에 버금가는 19세기 최대의 해양 참사라고 할 수 있다. 미국의 대표적 고전 작가 허먼 멜빌은 에식스호가 무게 80톤에 가까운 성난 고래에 떠받쳐져 침몰한 사건에서 영감을 얻어, 미국 문학사상 최대의 걸작으로 평가받는

『모비딕』을 쓴 것으로 알려져 있다. 『모비딕』은 성난 거대한 고래에 의한 포경선 피쿼드호의 침몰과 야성적인 집념의 화신 에이허브 선장의 죽음이 클라이맥스를 이루면서 끝난다.

한편 『바다 한가운데서』는 1821년 포경선 에식스호가 침몰한 뒤에 표류하기 시작한 고래잡이 선원들의 죽음과 삶의 고난 및 고투를 주제로 삼고 있다. 모선이 바닷속에 가라앉은 뒤, 그 선원 스무 명은 세 척의 작은 보트에 나눠 타고 처절한 갈증과 굶주림 속에서 거친 풍랑과 폭풍우 그리고 절망과 고독과 싸우면서 94일 동안 장장 7200킬로미터를 표류했다. 그들은 당시 세상에 거의 알려지지 않았던 태평양의 망망대해를 떠다니며 아사 직전의 극한 상황에 내몰린다. 처음에 이들은 질병이나 영양실조로 숨진 동료의 시신을 나름의 격식을 갖춰 수장水葬해주었다. 그러나 먹을 물과 식량이 동나자 죽은 동료의 시체를 나눠 먹기 시작하고, 종국에는 제비를 뽑아 동료를 죽인 뒤 그 인육을 먹기에 이른다. 처절하게 연명한 끝에 살아남은 여덟 명은 남미 페루 서해안에서 구조된다.

☸ 200여 년 전의 해양 참사, 죽음에 이르는 길

『모비딕』이 인간 내면에서 상극을 이루는 영혼과 혈기, 문명과 야만성, 선과 악, 현실과 영원성, 사랑과 증오를 상징적으로 형상화한 대서사시라면, 『바다 한가운데서』는 인간 생존의 냉엄한 진실을 추적한 극사실적인 다큐멘터리라고 할 수 있다. 이 책은 표류자들이 비정한 자연과 인간의 한계에 맞서 절망과 공포와 굶주림과 싸우면서 서서히 무너져가는 과정을 무서우리만큼 냉혹하게 재현해 보여준다. 저자는 이를 통해서 독자들에게 인간 생명의 가치가 그 무엇과도 바꿀 수 없는 소중한 것임을 역설적으로 엄숙하게 일깨우고 있다.

이 책은 또한 19세기 초 미국 포경산업의 본거지인 대서양 연안의 섬사람들이 겨우 200톤급의 목재 범선을 타고 남아메리카 남단을 돌아 태평양까지 나가서 고래잡이를 하며 바다를 일군 모험으로 가득 찬 해양 개척사 그 자체라고도 할 수 있다. 당시는 오랜 기간에 걸친 조업으로 대서양 어장에서 고래의 개체 수가 급격히 줄어들자 미국의 포경선들이 고래를 찾기 위해 태평양 동부 해역의 어장을 개척하기 시작한 직후였다. 저자는 180년 전의 해양 참사를 재구성하기 위해 그 당시의 조선술, 항해술, 관측술, 고래의 생태학까지 섭렵하는 성실한 자세로 이 감동적인 다큐멘터리의 완성도를 높였다. 기록문학이 어떤 것인지 그 본령을 가르쳐주는 모범적 자세라고 할 수 있겠다. 탐사 저널리즘의 진수로 꼽을 만하다.

저자는 극심한 갈증과 기황에 처한 인간의 생리적 변화 과정과 심리적 갈등이 얼마나 무서운지를 보여주기 위해 나치의 아우슈비츠수용소 생존자들을 대상으로 한 연구 결과들을 그 비교 대상으로 삼거나, 제2차 세계대전 당시 미네소타대학교 생리위생연구소가 행한 기아 연구를 인용하기도 한다. 또한 이 책에는 바운티호의 선상 반란 사건과 전설적인 섀클턴 경의 남극 탐험에 얽힌 리더십에 관한 흥미로운 일화도 각주 등을 통해 잘 정리되어 있다.

19세기 포경산업의 세계적 중심지였던 낸터킷 섬의 고래잡이 선원들은, 선장으로는 야심적이고 단호한 권위주의적 인물이 제격이고 그를 보좌할 일등항해사는 친화적, 사교적인 사람이어야 한다는 통념을 가지고 있었다. 그런데 에식스호의 폴라드 선장과 그를 보좌하는 일등항해사 체이스는 바로 상반된 유형의 리더십을 가지고 있었다. 그리하여 조난 직후 선장은 항해사의 주장에 밀려, 태평양의 섬들로 향하자는 본인의 의견을 접고 남아메리카 대륙을 향해 가는 죽음의 길을 따라가게 되었다. 영화에서도 재난 에식스호 선장과 일등항해사의 이런 리더십 문제의 갈등이 비중 있게 다뤄지고 있다. 에식스호의 비극과 관련하여 허먼 멜빌이 남긴 다음 글은 주목할 만하다.

> 만약 에식스호 선원들이 조난 직후 바로 난파선을 떠나 타히티로 항해했다면, 이 비참한 사람들이 겪은 고통은 피할 수 있었을 것이다. 그곳까지라면 거리도 크게 멀지 않았고, 또 알맞은 무역풍도 불고 있었다. 그러나 그들은 태평양 원주민들의 식인풍습을 두려워하고 있었다. 항해자들이 타히티에 도착하면 완전히 안전하다는 것을 그들이 몰랐다고 하는 것은 참 이상하다. 그들은 오히려 맞바람을 거슬러가는 길을 선택, 남아메리카 해안의 안전한 항구를 찾아가는 수천 킬로미터에 걸친 험난한 항해에 나섰던 것이다.

아이러니하게도 원주민들의 식인풍습을 두려워하며 남아메리카 행을 택한 에식스호 선원들은 결국 그들 자신이 동료를 서로 잡아먹는 식인 행위를 저지르게 된다.

☸ 에식스호의 비극, 그 뒤에 남은 것

비극의 고래잡이배 에식스호가 1819년 출항한 모항 낸터킷은 메사추세츠 주 남단의 케이프코드에서 50킬로미터 떨어진 대서양 연안의 작은 섬이다. 당시 한창 번창하던 미국 포경산업의 본거지였는데, 항구 앞쪽에 거대한 모래톱이 있어서 포경선의 규모가 점점 대형화함에 따라 입항에 어려움이 생겼다. 1846년 큰 화재가 일어나 이를 계기로 포경산업의 중심은 보스턴 남쪽으로 90킬로미터 떨어진 대안의 뉴베드퍼드로 옮겨가게 되었다. 그 뒤 대륙횡단 철도가 생기고 태평양과 북극해가 고래잡이 어장이 됨에 따라 포경산업의 중심지도 뉴베드퍼드에서 다시 샌프란시스코로 옮겨갔다.

미국의 포경산업은 19세기 중반까지 미국 경제의 다섯 번째 가는 큰 산업으로서 당시 화폐 가치로 미국 GDP 중 1000만 달러를 차지할 만큼 대단한 호황을 누렸다. 19세기 중반까지 뉴베드퍼드와 낸터킷, 세일럼 등 뉴잉글랜드 지역 고래잡이 기지들이 거느린 포경선은 700여 척에 이르렀다. 이 포경선단의 규모는 당시 전 세계의 포경선 척수의 3배 이상이나 되는 것이었다. 그리하여 1816~1859년에 이 지역은 미국에서 개인 소득이 최고로 높아 미국에서 가장 부유한 곳으로 번영을 구가했다.

당시 포경산업이 이렇게 성황을 이룬 이유는 1860년대 석유가 산업 에너지로 등장하기 전에 고래에서 얻은 기름이 기계유, 윤활유 및 등유로서 수요가 날로 높아졌기 때문이다. 거기다가 향유고래의 뇌에서 얻는 기름은 고급 향수와 화장품, 비누 그리고 그을음이 나지 않는 양질의 양초를 만드는 데 사용되었다. 또한 고래의 수염과 뼈, 심줄은 여자들 속치마의 코르셋스테이(버팀살대), 우산 빗살과 공예품 등을 만드는 데 쓰였다. 그러나 미국의 포경산업은 19세기 말에 이르러 석유산업 발달로 인한 고래 기름 수요의 감소 그리고 오랜 기간에 걸친 남획에 의한 문제 등으로 사양길을 걷게 되었다. 그리고 1985년 국제포경위원회는 멸종위기에 처한 고래를 보호하기 위해 마침내 산업적 포경을 전면 금지하기에 이르렀다.

한편 허먼 멜빌은 그가 21세였던 1940년 포경선 선원이 되어 3년 8개월간 일했다. 20년 전에 일어난 에식스호의 조난 사건을 잘 알고 있던 그는 1941년 리마에서 에식스호의 일등항해사 오웬 체이스의 아들로 역시 포경선원으로 일하는 헨리 체이스를 알게 되어, 그 아버지의 수기를 한 부 얻게 되었다. 그의 걸작 『모비딕』을 세상에 내놓은 것은 그로부터 10년 뒤의 일이다.

글쓴이 한영탁

조선일보, 합동통신 외신부 기자, 『리더스 다이제스트』 편집장, 세계일보 국제부장, 편집부국장, 논설위원을 역임했다. 지금은 수필가로 활동하고 있으며 『바다 한가운데서』 외 다수의 책을 옮겼다.

삶은 신이 주는
유일한 축복

『파이 이야기』

얀 마텔 | 공경희 옮김 | 작가정신 | 2004

얼마 전 나는 한 사람을 잃었다. 그의 생은 결국 죽음을 이기지 못했다. 그가 죽음과 사투를 벌이는 사이 나는 이 책 『파이 이야기』를 읽었다. 내가 겪었던 물의 공포를 떠올리며. 그를 위해 할 수 있는 일은 아무것도 없었다. 겨우 힘없이 바닥으로 툭 떨어지는 손을 잡아줄 뿐이었다. 운명을 거스르거나 순응하는 것은 온전히 자신의 몫이다. 그도 그것을 알았을 터이다.

죽음이 창가에 웅크리고 앉아 자신을 쳐다보고 있는 순간에도 그는 생을 놓칠까 봐 안달했다. 텅 빈 시선이었지만 나는 그의 눈빛에서 공포를 읽었다. 죽음을 앞에 둔 사람이라면 누구라도 그럴 테지만. 나는 주술처럼 이 말을 되뇌었다.

도끼로 쪼개는 것처럼 가슴이 아프다. _18쪽

『파이 이야기』는 폭풍우에 침몰한 화물선에 타고 가다가 기적적으로 살아난 인도 출신의 한 소년 피신 몰리토 파텔(이하 파이)에 관한 이야기다. 오줌싸개라는 별명이 싫어서 스스로 원주율을 의미하는 파이π로 불리길 원했던 주인공은 구명보트를 타고 227일 동안 바다를 떠다녔다. 그리고 침춤호의 유일한 생존자가 되었다. 포기하고 싶었지만 그가 도달하려고 했던 곳은 반드시 가야 할 저 육지의 삶이 아니었다. 지금 현재 그 자신이 딛고 있는 구명보트 위의 삶이었다. 죽음의 공포와 맞서는 동안 그는 신을 잊지 않았다.

☸ 공포란 반복적으로 불행을 상상하는 것

내가 처음 물의 공포를 경험한 것은 다섯 살 어느 여름이었다. 숙부는 수영을 가르쳐주기 위해 모래사장에서부터 나를 안아 올렸다. 공포를 없애는 게 먼저야. 그러기 위해서는 빠지는 연습을 많이 해야 해. 그것만이 유일한 방법이거든.

숙부가 물속을 걷는 동안 나는 거의 공포에 질려 있었다. 절망이 심장을 꽉 움켜쥐었지만 신의 가호는 없었다. 모래사장을 한참 벗어나고도 숙부는 걸음을 멈추지 않았다. 물은 숙부의 가슴 부위에서 찰랑댔다. 내 몸의 반 이상이 물속에 잠겼다. 속까지 훤히 보이던 물의 투명함은 이내 짙어졌다. 심호흡을 한 번 하고 난 뒤 숙부는 아무런 자비심 없이 나를 집어던졌다. 마마지가 파이를 수영장에 던지던 장면에서 나도 모르게 소리를 질렀던 것도 깊이 각인된 기억 탓이었을 것이다. 한동안 나는 물속에서 떠오르지 않았다. 정신을 잃었다고 생각했지만 금세 눈을 떴다. 내 몸은 바닷속에 가라앉아 있었다. 부연 물속으로 맑게 햇살이 비쳐 들었다. 눈앞을 지나던 물고기 떼와 바닥에 깔린 흰 모래들. 믿을 수 없겠지만 나는 물고기처럼 숨을 쉬고 있었다. 나는 공포를 잊고 죽음을 받아들였다. 그것이 나약함이라고 생각하지 않았다. 자연스럽고 편안했다.

나를 건져 올린 사람이 숙부였는지는 알 수 없다. 모래사장에 한참 누워 많은 물을 토하고 나서야 정신을 차릴 수 있었다. 나는 공포로 일그러졌다. 죽음에서 기어 나왔다는 사실에 안도하기보다는 그것에서 영영 나오지 못했을 장면만을 상상했다. 지금까지 물에 대한 공포가 지속되는 것은 그날의 일을 잊을 수 없기 때문이다. 공포는 그렇게 오는 것이다. 반복적으로 불행을 상상하는 것. 그것에서 놓여나는 것은 신과 만나는 일일 것이다. 나는 그러지 못했다.

파이가 탄 구명보트에는 벵골호랑이와 하이에나, 오랑우탄과 다리가 부러진 얼룩말이 있었다. 동물은 태어나는 순간부터 갇혀 살았더라도 환경에 적응하지 못하는 경우가 많다. 긴장하지 않는 동물도 흥분해서 탈출을 기도한다. 그 이유가 무엇이든 '다른 곳으로'가 아니라 바로 '뭔가로부터' 달아난다. 바다 한가운데 떠 있는 구명보트 안의 동물들은 멀미와 극심한 스트레스를 겪는다. 또한 그 가운데 본능적으로 자신의 위치를 안다. 어떤 것이 자신에게 위협적인지 아닌지. 하이에나는 먼저 얼룩말을 공격했고 오랑우탄을 죽였다. 벵골호랑이인 리처드 파커는 하이에나를 죽이고 파이를 공격하려고 하지만 공간이 주는 공포를 견디지 못했다. 파이 또한 리처드 파커에게 잡아먹힐지도 모른다는 공포와 굶주림에서 한시도 놓여나지 못한다. 죽음의 공포만이 지속적으로 감정을 흥분시킨다는 것을, 파이는 구명보트 위에서 깨닫는다.

파이는 그 시간의 삶이 바로 광활함으로 나가는 유일한 출구임을 알게 된다. 삶은 파이가 떠 있는 그 망망대해 위의 것이다. 그곳에서 자신의 고독과 싸우며 성장했다. 마치 한 세계와 다른 세계의 틈바구니 안에 멈춰 서 있는 듯했다. 하지만 시간이 멈추지 않았기 때문에 그는 누구보다도 오래 산 사람처럼 마음이 늙어버렸다.

> 공포심만이 생명을 패배시킬 수 있다. 그것은 명민하고 배반 잘하는 적이다. 관대함도 없고, 법이나 관습을 존중하지도 않으며, 자비심을 보이지도 않는다. 그것은 우리 마음에서 시작된다. 언제나, 우리는 잠시 차분하고 안정되고 행복을 느낀다. _203쪽

☸ 전지전능한 신은 때로 야멸차다

더 나은 이야기가 있다면 그것은 조금 더 고통스러운 이야기가 될 것 같다. 깊은 태평양을 건너는 파이의 이야기는 여전히 계속되고 있으니까. 신과 함께하려 했지만 신은 그들로부터 너무 먼

곳에 있다. 구명보트에 의지해 바다를 건너는 동안 자신이 떠올릴 수 있는 한 가장 많은 신을 떠올렸을지도 모른다.

물에 빠졌던 날 이후 나는 신을 믿기 시작했다. 신이 있다면, 내가 그를 믿는다면, 죽음으로부터 나를 영원히 구원해줄 것이라고 생각했다. 이런 생각은 나를 안심시켰다. 지리멸렬하게 나를 괴롭히던 공포도 잦아들었다. 하지만 곧 그것이 틀린 얘기임을 알게 되었다. 나는 작은 파편에 불과했다. 신은 죽을힘을 다해 노력했을 때에 겨우 살고자 하는 용기와 몇 푼의 희망을 줄 뿐이었다. 모든 것이 신의 의지였기 때문에 신은 죽음으로부터 나를, 우리를 구해주지 않는다. 그는 전지전능하지만 때로 야멸찼다. 혼란스러웠지만 설사 죽더라도 그것이 끝은 아니라고, 죽음 이후 또 다른 기회가 주어질 거라고 애써 나를 위안했다.

『파이 이야기』는 삶의 이야기다. 한 사람의 생은 대개 파란만장하다. 그렇지 않은 삶은 없다. 시대를 관통하는 역사가 들어 있고 주어진 장소에서 시간과 공간에 생을 아로새긴다. 씨줄과 날줄을 촘촘하게 엮어 만드는 멋진 러그처럼, 한 생애의 그림은 날틀 위에서 천천히 시간을 잣는다. 그래서 이것은 대단한 이야기가 아니다. 난파한 배에서 가까스로 살아남아 구명보트에서 벵골호랑이와 227일을 함께 살았다는 내용이 특별하게 느껴지는 것은 그가 그 시간과 공간을 견뎠기 때문이다. 이것은 단지 삶의 이야기다. 누구나 저마다의 환희와 고통의 무게가 얼마나 되는지를 재면서 살아간다. 조금 더 무겁거나 조금 더 가벼운 것을 측정할 기준은 어디에도 없다.

> 어떤 이들은 한숨지으며 생명을 포기한다. 또 어떤 이들은 약간 싸우다가 희망을 놓아버린다. 그래도 어떤 이들은 포기하지 않는다. 우리는 싸우고 또 싸우고 또 싸운다. 어떤 대가를 치르든 싸우고, 빼앗기며, 성공의 불확실성을 받아들인다. 우리는 끝까지 싸운다.
> _189쪽

죽음과 끝까지 싸우지 않는다면 생은 지속될 수 없다. 생은 살아남은 자의 이야기이며 승리의 기록이다. 힘없이 눈꺼풀을 깜박이던 그의 시간이 못내 고통스럽지만 언젠가 우리도 다른 세계로 나아가야 한다. 아마도 이 이야기는 살아 있는 자에게, 살아남은 자에게 주는 용기의 메시지가 될 것 같다. 고통과 고통 사이 고난이 저며드는 통증이 있더라도 살아라, 그것이 생이 주는 유일한 축복이라고.

글쓴이 우은주

서울예대 문예창작과를 졸업했다. 출판, 영화, 사보, 잡지, 광고 등 여러 분야의 글을 쓰고 있다. 다양한 일을 통해 언어 안에서 언어를 발견하는 사람으로 살아가길 꿈꾼다.

바다에 홀로 맞선
요트 세계일주기

『바다와의 사투 272일』

나오미 제임스 | 한영탁 옮김 | 한국방송사업단 | 1983

1978년 6월 8일, 뉴질랜드 태생의 29세 영국 여성 나오미 제임스가 길이 17미터의 요트 익스프레스 크루세이더호를 타고 여자로서는 최초로 세계일주 단독 항해에 성공한 뒤 영국 다트머스항에 입항했다. 그녀는 그 전해 9월 9일 다트머스에서 출항하여 아프리카의 희망봉, 오스트레일리아의 루윈 곶, 남아메리카의 혼곶 등 세 대륙의 큰 곶岬 남쪽 바다를 지나가는 험난하고 전통적인 세계일주 요트 항로를 거쳐 272일 만에 모항으로 귀환하는 위업을 성취했던 것이다.

이로써 나오미 제임스는 10년 전 이름난 모험가이자 항해인인 50대 남성 프랜시스 치체스터가 인류 최초로 단독 세계일주 요트 항해에 성공한 274일보다 2일 앞선 신기록을 세우게 되었다. 그녀의 항해는 수천 년 동안 대양을 남성의 독무대라고만 생각해 온 인류의 고정관념을 무너뜨린 쾌거였다.

치체스터는 자신의 항해로 엘리자베스 여왕으로부터 기사 작위를 받고 치제스터 경Sir으로 불리는 영예를 누리게 되었다. 나오미 제임스도 항해 이듬해에 같은 급의 여성에게 부여되는 대영제국의 귀족 신분인 데임Dame 작위를 받았다. 데임 나오미 제임스는 1990년 모국인 뉴질랜드의 스포츠 명예의 전당에도 올랐다.

☸ 이십대의 미용사가 요트 경주에 나서기까지

이 책은 나오미 제임스가 1979년에 쓴 수기를 KBS 한국방송사업단이 1983년에 번역 출판한, 그녀의 단독 세계일주 요트 항해기다. 어떻게 한 여성이 자연의 힘에 도전하여 공포를 이겨내고 이런 일을 이뤄낼 수 있었는지, 그 전율에 찬 모험담을 전하는 생생한 대양 항해 기록이다.

나오미는 1949년 3월 2일 뉴질랜드 내륙의 한 양치기 농가에서 태어났다. 텔레비전도 없는 오지였다. 그녀는 학교생활보다는 말을 타고 넓은 들판과 관목 숲과 강가를 쏘다니기를 좋아했다. 내성적이라서 친구를 사귀기보다는 독서를 좋아한 그녀는 홀로 책을 읽으며 미지의 세계를 동경하고 위대한 모험에 대한 꿈을 키워갔다.

미용사로 일하던 나오미는 20세가 된 1969년, 더 넓은 세상을 체험하기 위해 여객선을 타고 영국으로 건너갔다. 그리고 6년간 독일어를 배우고 미용사, 영어 강사, 스키리조트의 웨이트리스로 일하면서, 전동자전거를 타고 오스트리아, 프랑스, 독일, 스위스, 그리스를 누비며 여행을 즐겼다. 그러다가 1975년 프랑스의 생마로 항에서 장래 남편이 되는 로버트 제임스를 만나게 되었다. 영국의 이름난 항해가 차이 블라이스가 운영하는 순항요트 용선傭船회사의 선장으로 일하는 젊은이였다. 나오미는 로버트가 모는 요트 브리티시 스틸호의 갑판원 겸 요리사가 되어 함께 항해하면서 그로부터 요트의 돛과 밧줄 등 색구索具를 다루는 법과 항해술을 배웠다. 그녀는 처음엔 뱃멀미로 고생했지만 곧 항해와 바다생활과 로버트와의 사랑에 홀딱 빠져들게 된다.

하지만 나오미는 6개월간 로버트와 떨어져 있어야만 했다. 그가 대서양 삼각요트경주에 참가했기 때문이다. 나오미는 그 기간에 부모를 만나기 위해 뉴질랜드로 돌아갔다. 거기서 우연히 집어든 잡지에서 세계일주 요트 항해를 구상하고 있던 한 프랑스 여인에 관한 이야기를 읽게 된다. 곧 나오미는 홀로 요트 세계일주 항해를 하겠다고 마음먹었다. 이후 그녀는 치체스터 경, 차이 블라이스, 로빈 녹스-존슨 등 대항해가들의 요트 항해기를 찾아 읽으면서 단독 항해의 꿈을 굳혀갔다. 1976년 다시 영국으로 날아간 그녀는 두 달 후 로버트와 결혼했다.

그녀가 뉴질랜드에 간 사이에 차이 블라이스 선주는 1968년 레슬리 윌리엄스가 타고 대서양 횡단 단독 항해를 한 유명한 요트 스피릿 오브 커티사크Spirit of Cutty Sark호를 사들였다. 나오미는 로버트와 이 배로 프랑스를 왕복하게 되었는데 어느 날 밤 남편에게 홀로 세계일주 항해를 하겠다는 결심을 털어놓았다. 로버트는 처음에는 회의적이었다. 그러나 아내가 마음을 단단히 굳혔음을 확인하자 이내 적극적으로 지지하고 나섰다. 당시 세계항해기록협회가 인정하는 세계일주 요트 항해는 두 항로로 나뉘어 있었다. 하나는 파나마운하를 통과하여 태평양과 대서양을 건너 세계를 일주하는 비교적 용이한 코스다. 다른 하나는 영국 해협에서 출항하여 남아프리카를 돌아 오스트레일리아 남단 '롤링 포티스'로 불리는 남위 40도와 50도 사이의 남극해를 지나 '악마의 바다' 혼 곶 남단을 경유, 다시 대서양을 북진하여 영국으로 돌아오는 정통 코스였다. 두 항로 모두 적도를 두 번 지나야 한다는 조건이 붙어 있었다. 나오미는 치체스터 경이 택한 후자의 어려운 항로에 도전하려고 했다.

이제 문제는 요트를 구하고 자동조타장치, 무선전화, 색구와 부속품, 식량 등 보급품, 그리고 요트의 보험금 등을 마련하는 데 필요한 6만 파운드 정도를 제공해줄 후원자를 물색하는 일이었다. 요트를 탄 지 겨우 1년밖에 안 된 데다 혼자 요트를 몬 경험이 한 번도 없는 풋내기 여자에게 그런 거액을 대줄 스폰서가 선뜻 나설 리 만무했다.

거의 6개월이 지나도록 후원자를 구하지 못해 실의에 빠져 있을 무렵 돌파구가 열렸다. 나오미의 결의와 열성을 지켜보아온, 대형 순항요트 선주인 퀜틴 월로프가 1만 파운드를 내놓겠다며 나섰다. 그러자 차이 선주가 자신의 스피릿 오브 커티사크호를 빌려주겠다고 호응했다. 마지막으로 런던의 신문사 『데일리 익스프레스』가 스폰서로 참여하면서 스피릿 오브 커티사크호의 이름을 익스프레스 크루세이더호로 바꿨다. 크루세이더(십자군)는 『데일리 익스프레스』 지의 로고로 그려진, 신문사의 상징이었다. 이 신문사는 나오미와 해상에서 세 차례 만나 항해 사진과 항해기를 제공받는 조건으로 거액의 후원금을 부담하기로 했다.

☸ 271일 19시간 만에 주파하다

나오미는 1977년 9월 9일 마침내 보리스라는 이름의 검은 고양이 한 마리만을 친구삼아 항해에 나섰다. 항해는 처음부터 고난의 연속이었다. 자동 조타기며 무전기가 고장 나고, 배 안에 물이 스며들었다. 그녀는 항해술 미숙으로 놀라운 실수를 연발했고 몸을 가누기 어려운 격랑에 흔들리면서 하루에 열 번 넘게 돛대에 기어 올라가 돛과 밧줄을 수리해야 했다.

그러나 돛들이 순풍을 담뿍 안고 요트가 햇빛 반짝이는 바다위로 힘차게 미끄러져 나갈 때는 하늘을 오를 듯 충만한 희열의 순간을 맛보기도 했다. 그녀는 준비해간 200여 권의 책을 골라 읽고 좋아하는 음악을 듣고 해조海鳥와 고래들을 보고 노래를 부르고 명상을 했다. 주로 읽은 책은 소설, 위인전, 항해기, 등반기 그리고 특히 좋아하는 골동품을 다룬 것들이었다. 체스 말을 조각하기도 했다. 하지만 차디찬 파도의 홍수에 흠뻑 젖었을 때, 격심한 피로에 젖어 녹초가 되어 쓰러졌을 때, 사랑하는 남편이 미칠 듯이 그리워졌을 때, 산더미 같은 삼각파도가 선체를 때려 속수무책으로 몰아붙일 때, 그녀는 다시 절망적으로 참담한 상태에 빠져들었다.

항해 28일째인 10월 6일엔 설상가상으로 무전기가 고장 났다. 외부세계와 소통이 단절되고 고립되었다. 거기다 열대 무풍지대를 만나 바람이 죽자, 요트는 속도가 한없이 느려져 제자리걸음을 했다. 고독감과 우울증이 밀려와 미칠 듯한 상태에 처했다. 38일째 되는 날인 10월 16일 마침내 적도를 통과했다. 언니 줄리엣이 적도를 지날 때 열어보라며 준 꾸러미를 끌렀다. '첫 적도 통과를 축하해!'라는 메시지와 D. H. 로런스의 단편집 한 권, 막대사탕 하나가 나왔다. 10월 20일엔 유일한 동행인 고양이 보리스가 파도에 휩쓸려 바다에 떠내려갔다. 항해 71일째인 11월 18일 자동조타기가 고장 났다. 부득이 무기항 항해를 포기하고 이튿날 케이프타운에 입항하여 배를 수리해야 했다.

항해 169일째인 1978년 2월 23일 작은 돛대 하나가 쓰러졌다. 2월 27일 새벽 동틀 무렵 마치 급행열차가 질주하는 듯한 굉음과 함께 높이 15미터의 파도가 배 옆구리로 들이쳤다. 배가 전복되었다. 선실로 뛰어든 나오미의 몸통 위로 온갖 잡동사니가 쏟아져 덮쳤다. 그녀는 자신이 선실 천장에 자빠져 누워 있는 걸 발견했다. 이제 죽음의 순간이 닥쳐왔다고 생각했는데, 요트가 비틀거리면서 다시 선체를 바로잡더니 앞으로 나아갔다. 앞서 강풍으로 기우뚱해진 것을 밧줄로 간신히 고정해두었던 메인 마스트(주돛대)도 기적적으로 부러져 있지 않았다. 하지만 그런 불완전한 상태로는 격랑의 혼 곶을 헤쳐나갈 수 있을지 의문이었다.

그녀는 뉴질랜드로 되돌아가는 방법을 고민했다. 그때 크루세이더호의 위치는 뉴질랜드에서 2800해리, 혼 곶에서 2200해리 떨어진, 대략 중간쯤 되는 곳이었다. 되돌아가려면 자동조타기와 돛대들이 시원찮은 배로 바람을 안고 먼 항로를 가야 하고, 3월을 넘기면 혼 곶을 지나는 항로는 최악의 기상 조건에 부딪힐 것이었다. 나오미는 혼 곶으로 가는 항해를 강행하기로 결정했다. 간난신고 끝에 항해 195일째인 3월 21일 남아메리카 남단의 혼 곶을 지나고 사흘 만인 24일 포클랜드에 상륙했다. 요트를 정비하고 28일 다시 출항한 크루세이더호는 항해 235일째인 4월 30일 두 번째 적도를 지나 북반구로 들어섰다. 그리고 6월 8일 나오미는 정확히 271일 19시간 만에 4만3452킬로미터의 세계일주를 마치고 개선했다. 우리의 통상 거리로는 무려 10만 리가 넘는 항로였다.

나오미의 남편 로버트 제임스는 1983년 항해 중 자신이 선장으로 있는 요트를 수리하다가 실족하여 익사했다. 그 열흘 후 나오미는 딸을 낳았다.

나오미 제임스의 세계일주 단독 항해 기록은 2005년 2월 12일 75일 만에 무기착 세계일주에 성공한 여인 엘런 맥아더의 기록으로 경신되었다. 하지만 그녀는 육분의六分儀에 의한 천측 항해가 아니라 GPS의 지원을 받는 길이 25미터짜리 최신형 요트로 항해했다.

글쓴이 한영탁

조선일보, 합동통신 외신부 기자, 『리더스 다이제스트』 편집장, 세계일보 국제부장, 편집부국장, 논설위원을 역임했다. 지금은 수필가로 활동하고 있으며 『바다 한가운데서』 외 다수의 책을 옮겼다.

소영웅의 몰락인가,
위대한 자아의 완성인가

『로드 짐』(전2권)

조지프 콘래드 지음 | 이상욱 옮김 | 민음사 | 2005

『로드 짐』은 콘래드의 소설 가운데 가장 널리 알려진 그의 대표작이다. 이 소설은 영문학사에서 중요한 위치를 차지하는 고전으로 회자되지만 복잡한 서술 방식과 특이한 문체 때문에 읽기 까다로운 작품으로도 유명하다. 또 암암리에 깔린 서구 제국주의의 시선과 인종적 편견 때문에 일각에서 비판을 받고 있기도 하다. 그럼에도 오늘날 이 작품이 각광받는 이유는 그 안에 담긴 인간에 대한 성찰과 철학적 질문이 여전히 유효하기 때문일 것이다. 고전의 반열에 오른 빼어난 문학작품은 그것이 태어난 특정 시공간의 제약을 넘어 보편적으로 공명하는 주제의식을 담아내기 마련이다. 이 소설의 주인공 짐의 삶에 투영된 실존의 딜레마는 명예로운 삶과 인간다움의 본질에 대해 쉽지 않은 질문을 던진다.

짐은 용기와 자신감으로 가득 찬 멋진 바다 사나이의 이상에 매료되어 뱃사람이 되기로 결심한 건실한 청년이다. 성직자의 아들로 태어나 헌신과 봉사의 가치를 배운 짐에게 뱃사람이 된다는 것은 책임과 명예를 중시하는 고귀하고 영웅적인 삶을 의미하는 것이었다. 그런데 낡은 증기선 파트나호의 선원이 되어 800명의 승객을 태우고 항해하던 중 짐의 신념과 도덕성은 예기치 못한 시험대에 오르게 된다. 어느 어둡고 고요한 밤 파트나호는 알 수 없는 장애물과 충돌해 당장이라도 가라앉을 위기에 처한다. 다급해진 선장과 다른 선원들은 잠든 승객들을 버려둔 채 탈출하고자 하지만 그 모습에 혐오감을 느낀 짐은 구명보트를 내리려 애쓰는 그들의 행동에 동참하지 않는다. 그러나 막상 구명보트가 모선에서 멀어지려는 순간 짐은 자신도 모르게 얼떨결에 뛰어내려 보트에 탑승하고 만다.

그 찰나의 순간 짐의 마음속에서 무슨 일이 일어난 걸까? 짐은 '도망친' 것이 아니라 '뛰어내렸을 뿐'이라고 주장하며 자신은 고의로 탈출하려 한 여느 선원들과 다르다고 강변하지만 스스로 경멸해 마지않던 이들과 한패가 되고 말았다는 사실에 괴로워한다. 이후 선장과 선원들이 파트나호가 난파되었다며 거짓 보고를 올릴 때조차 짐은 무력하게 침묵을 지킨다. 그러나 그들의 생각과 달리 파트나호는 침몰하지 않았고 승객들은 모두 무사히 생환한다. 결국 승무원들의 무책임한 행동이 만천하에 밝혀지자 선장과 다른 선원들은 잠적해버리고 짐만이 홀로 재판정에 서게 된다. '예'와 '아니오'의 대답만이 허용되는 재판정에서 짐은 자신의 복잡한 심경을 충분히 소명하지 못한 채 선원 자격을 박탈당하고 이후 가는 곳마다 그의 뒤를 쫓는 풍문을 피해 세상을 떠돈다.

『로드 짐』의 전반부를 이루는 에피소드는 공교롭게도 우리 사회가 결코 잊지 못할 가까운 과거의 비참한 사건을 떠올리게 한다. 그러나 모든 승객이 살아 돌아온 『로드 짐』의 이야기는 해양 참사나 재난 구조에 관한 교훈극과는 거리가 멀다. 이것은 불가피한 운명에 휩쓸린 나약한 개인이 잃어버린 존엄을 되찾고자 분투하는 외로운 투쟁기의 시발점이다. 명예로운 죽음과 치욕스런 삶이라는 양자택일이 강제된 현실에서 고뇌하는 짐은 작가 콘래드가 그리고자 했던바 "우리 가운데 한 사람"의 모습을 보편적으로 형상화한다.

☸ 이념을 배반한 행동의 무게

스스로 고매하고 영예로운 삶을 추구한다고 믿었던 짐의 자기 인식은 절체절명의 순간 생존을 택하면서 나락으로 떨어진다. 하지만 과연 짐은 그 순간 진심으로 생존을 '선택'했던 것일까? 오히려 배에서 뛰어내리기 전 그의 선택은 생존이 아닌 죽음을 향해 있었다. 파트나호가 곧 가라앉을 것처럼 보였을 때 짐은 일곱 정에 불과한 구명보트로 800명의 승객을 구할 수 없다고 판단한다. 그는 잠든 승객들을 깨워봐야 극도의 혼란만 일어날 뿐 사태 해결에 도움이 되지 않으리라 생각한다. 그가 피하고자 했던 것은 죽음 자체라기보다는 공포와 울부짖음으로 가득한 아비규환의 풍경이었다. 그처럼 짐은 선원의 명예를 지키며 의연하고 품위 있는 죽음을 맞고자 했으며, 이는 평소 그가 스스로 투사해온 자아상에 부합하는 선택이었다.

그 판단의 옳고 그름을 떠나 그 같은 선택은 낭만적이고 이상주의적인 짐의 품성을 보여준다. 하지만 결정적인 순간 그의 행동은 선택과 의지를 배반한다. 만약 짐이 충분한 숙고를 거쳐 생존을 선택했더라면 그가 느꼈을 수치심의 무게가 조금이라도 가벼워졌을까? 짐은 의지와 행동의 불일치라는, 스스로도 납득하지 못하는 모순에 혼란을 느낀다. 그는 선원으로서의 책임과 윤리를 저버렸다는 사실에 부끄러움을 떨치지 못하면서도 여전히 자신이 동료 선원들과 같은 부류로 여겨지기를 거부한다. 짐은 그의 비겁한 행동을 부인할 수 없었지만 자신이 야비한 인간으로 취급당하는 것만큼은 인정할 수 없었던 것이다.

그렇게 볼 때 짐의 내면을 곤경에 빠뜨린 것은 선원으로서의 행위 규범을 위반했다는 윤리적 죄책감보다는 평소 그 자신이 열망하던 영웅적인 자아상이 붕괴된 데서 오는 자괴감인 듯하다. 그는 파트나호 사건을 통해 그동안 믿어왔던 자아의 정체성을 상실하는 실존의 위기를 경험한 것이다. 독자 역시 짐이 처한 곤경에 이입함으로써 똑같은 시험대에 오른다. 우리는 흔히 '인간다움'이라고 부르는 가치가 비열한 이기심이나 맹목적인 충동과 다른 모종의 숭고함과 명예로움을 지닌 것이며 그것이야말로 인간을 인간답게 만드는 본질이라고 믿는다. 그러나 어느 예기치 못한 순간 우리가 희구하는 인간다운 삶의 이념에 균열이 발생한다. 고결한 이상을 흔들림 없이 추구하기에는 자신이 한없이 유약하고 무력한 존재임을 알게 되는 것이다. 모험과 낭만, 용기와 명예의 이야기로 채워져야 할 삶의 서사는 비루하고 너절한 소인배의 변명으로 전락한다. 그제야 우리는 고매한 이상과 남루한 현실 사이의 괴리를 자각하며 그 간극에서 끊임없이 부유할 수밖에 없는 불완전한 인간의 숙명을 깨닫는다.

☸ 자기존엄의 회복을 위한 고독한 싸움

짐에게 가해진 법적인 처벌은 선원 자격을 박탈하는 데 그쳤지만 그에게 남겨진 고통은 그렇게 가볍지 않았다. 그가 잃은 것은 사회적 평판이기에 앞서 그 자신의 양심과 자긍심이었기 때문이다. 전반부와 달리 다소 생뚱맞은 무용담처럼 들리는 『로드 짐』의 후반 에피소드는 짐이 새로운 인생을 통해 잃어버린 명예를 회복하고자 분전하는 과정을 담고 있다. 세간의 비난을 피해 이곳저곳 떠돌던 짐은 외부세계로부터 멀리 떨어진 동남아의 오지 파투산에 정착한다. 짐은 특유의 인품과 재능을 발휘해 원주민 사회의 신망을 얻고 마침내 그들의 지도자로 추앙된다. 과거와 철저히 단절된 장소에서 짐은 만인의 존경을 받으며 지난날의 오명을 씻은 듯했지만 또 다른 시련이 그에게 엄습해온다.

어느 날 파투산 마을을 습격한 백인 해적 일당과 원주민 사이에 전투가 벌어진다. 전세는 내륙에 고립된 해적들에게 불리하게 전개됐지만 유혈 사태가 커지는 걸 원치 않았던 짐은 해적의 두목인 브라운과 중재 협상을 벌인다. 그러나 교활한 브라운은 평화롭게 퇴각하겠다는 약속을 저버린 채 원주민들을 살해하고 도주한다. 이때 원주민 족장 도라민의 아들이자 짐의 친구인 다인 와리스가 목숨을 잃고 만다. 원주민들은 분노에 휩싸이고 마을의 안전을 약속했던 짐은 자신의 실패에 대한 책임을 지고자 죽음의 길을 택한다.

『로드 짐』의 전반부와 후반부는 얼핏 별개의 이야기처럼 보이기도 하지만 명예의 상실과 복원이라는 일관된 주제로 연결된다. 소설의 두 축을 이루는 파트나호 사건과 파투산 마을의 참극은 선명한 대조를 이룬다. 앞선 사건에서 짐이 취한 행동은 윤리적 지탄을 피할 수 없는 것이었지만, 결과적으로 보자면 파트나호의 승객은 모두 무사했고 짐은 누구에게도 상해를 입히지 않았다. 반면 후자의 사건에서는 짐의 선택이 도의상 올바른 것이었음에도 불구하고 상대방의 악행으로 인해 희생자가 발생하고 만다. 짐은 마을을 지키지 못했지만 이는 그의 도덕적 결함 탓이 아니었다. 그럼에도 그는 죽음을 택함으로써 해적과 교섭 시 파투산 주민들의 안전에 목숨을 걸겠다던 자신의 맹세를 지킨다. 결국 그의 영웅적인 자의식에 남겨진 마지막 선택지는 죽음뿐이었고, 이를 통해 마침내 짐은 파트나호 사건으로 실추되었던 명예를 되찾게 된 셈이다. 그렇게 의연하고 담담하게 죽음을 받아들임으로써 비로소 짐은 수치심으로 얼룩진 자신의 과거와 화해한다.

하지만 이미 파투산 사람들의 신망을 잃어버린 그에게 죽음은 과연 얼마나 명예로운 것이 될 수 있을까. 해난청문회의 법정에서와 마찬가지로 파투산의 비극 앞에서 짐은 그 자신의 복잡다단한 심정을 어느 누구에게도 이해시킬 수 없는 처지였다. 그는 약속대로 죽음을 택함으로써 비겁한 선택을 되풀이하지 않았으나 그 죽음의 진실성은 다른 이들에게 전해질 수 없었다. 결국 짐은 그가 떠나온 세계에서는 비겁한 도망자로, 그가 개척한 세계에서는 실패한 지도자로 기억될 것이다. 짐은 그 자신의 내면에서 실추된 명예를 회복했지만 안타깝게도 그것은 세상 어디서도 인정받을 수 없는 자기충족적인 관념적 복권에 불과할지도 모른다.

그런 면에서 이 왜소한 소영웅의 일대기는 성공인 동시에 실패한 삶에 관한 이야기다. 관점에 따라 짐은 범상함을 넘어서는 용기를 지닌 사람으로 보이는가 하면, 개인의 의지와 열망에 무관심하며 심지어 적대적이기까지 한 운명 앞에 무력한 존재로 보이기도 한다. 독자는 그처럼 비정한 운명과 대면한 인간 존재의 실상에 공감하며 비애감에 젖을 수도 있고, 반대로 불가항력적인 고독과 주변의 몰이해 속에서도 끝내 자기를 완성해가는 위대한 자아의 여정에서 작은 희망을 엿볼 수도 있다. 짐은 성공함으로써 실패했거나 혹은 실패함으로써 성공했다. 짙은 여운을 남기는 그 같은 아이러니가 이 작품에 대한 풍부한 해석을 가능케 하는 원천일 것이다. 인간의 삶은 얼마나 절망적이면서도 희망적인가.

글쓴이 이선열

철학을 전공했다. 조선시대 송시열과 우암학단에 관한 연구로 박사학위를 받았으며, 『17세기 조선, 마음의 철학』 『동방사상과 인문정신』(공저) 등을 썼다.

조금은 낡아버린 성장소설 속의 바다

『라몬의 바다』

스콧 오델 | 김옥수 옮김 | 우리교육 | 1999

『오디세이아』『해저 2만리』 그리고 『보물섬』. 누구나 한번쯤은 들어봤을 법한 이 이야기들이 가진 공통점은 무엇일까? 책에 친숙한 사람들에게는 조금 싱거울 수 있는 이런 질문을 던진 이유는 바다라는 공간이 모험서사라는 형식과 상당한 친연성을 가진다는 점을 다시 한번 확인하려는 데 있다.

모험은 지루하고 반복적인 일상을 벗어나 익숙하지 않은 공간을 탐험함으로써 새로운 자신을 형성하는 것을 목적으로 한다. 당연히 모험의 장소가 되는 배경은 아직 미지의 공간이어야 하며 해독되어 있지 않아야 한다. 이런 의미에서 바다는 모험이 벌어지는 데 있어 최적의 공간이다. 바다는 견고하게 움직이지 않는 땅과는 그 성질부터 반대다. 고정된 대지와 달리 끊임없이 움직이며 수시로 공간을 변형함으로써 인간에게 자신이 품고 있는 비밀을 결코 다 드러내지 않는다. 바다는 이미 다양한 모험을 통해 여러 차례 해독되었지만 곧 다시 자신만의 비밀스런 공간을 형성한다. 그동안 바다를 소재로 한 모험서사가 수없이 나왔음에도 불구하고 계속해서 등장하는 이유다.

그리고 여기 누군가가 다시 바다로 간다. 『라몬의 바다』에 등장하는 '라몬'이라는 진주 조개잡이 소년이 바로 그 주인공이다. 『라몬의 바다』는 어린이와 청소년을 주된 독자로 하는 이야기인 만큼, 복잡한 구성을 띠려 하지 않는다. 그보다는 조지프 캠벨이 말한 성장 모험서사가 갖는 통과제의의 양식, 다시 말해 '떠남departure' '입문initiation' '귀환return'이라는 서사 패턴을 충실하게 따른다. 소설의 큰 줄기가 바다로 모험을 떠난 주인공이 현자에게 새로운 비법을 얻어 자신에게 주어진 시련을 극복하고 귀환한 후, 획득한 성과를 공동체의 이익을 위해 헌정한다는 점에서 『라몬의 바다』는 그야말로 전형적이다. 그렇다고 해서 이 책이 클리셰들만으로 가득 찬 소설은 아니다. 세부적으로 들여다보면 이 작품만의 고유한 문제의식에 따라 사건이 조금씩 변주되어 진행되고 있기 때문이다.

☸ 바다로 나가 진주를 캔 라몬의 함정

『라몬의 바다』 속의 표면적인 갈등은 크게 세 가지 형태로 나타난다. 권위의 상징으로서 모두에게 존경받으며 마을에서 진주를 파는 아버지와 그에게 자신의 성장을 인정받고 싶어하는 라몬 사이의 갈등이 그 하나이고, 아버지와 마찬가지로 라몬을 인정하지 않으며 사사건건 라몬의 성장을 방해하는 '적대자'로서 강인한 정신과 체격의 소유자인 '세빌라노'와의 대립이 다른 하나다. 아버지와 라이벌에게서 자신의 존재를 승인받지 못한 것에 실망한 라몬은 전설로 전해지는 '천상의 진주'를 얻어 그들에게 자신의 힘과 용기를 인정받기를 원한다. 하지만 그곳에는 커다란 위험이 자리하고 있다. 천상의 진주는 폭풍을 부르고 배를 뒤집어버린다는 전설로 내려오는 '쥐가오리신'의 것이기 때문이다. 이로써 소설 속에 등장하는 모든 갈등은 라몬이 '천상의 진주'를 찾아 떠나는 여정으로 수렴된다.

라몬은 자신에게 질 좋은 진주를 팔러 찾아온 원주민 노인에게 조개 캐기를 가르쳐달라고 한다. 노인을 따라가 조개 캐기를 배우던 라몬은 쥐가오리신의 영역에 있는 진주를 캐기로 마음먹는다. 하지만 노인은 라몬에게 협력하기를 거부한다. 천상의 진주를 지키고 있는(또는 그런 것이라고 믿어지는) 쥐가오리신은 원주민들의 세계에서 신앙의 대상이기 때문이다. 원주민들은 쥐가오리신의 것을 탐하지 않는다. 또한 그의 영역을 침범하지 않음으로써 쥐가오리신과 공존하고 있다. 원주민 노인은 그러한 공존이 모두를 평화롭게 만든다고 믿는다. 소설의 표면에 드러나지 않은 또 하나의 갈등이 이 지점에서 본격화된다. 여기서 쥐가오리신은 활유화된 자연으로서 인간의 탐욕을 경계하고 징계하는 존재다. 자연은 인간이 욕심만 부리지 않는다면 그들에게 충분히 많은 것을 주고 있다. 그러나 라몬은 '천상의 진주'에 대한 욕심으로 인해 자연이 안배한 한도를 위반한다. 라몬의 생각은 인간이 자연을 충분히 통제할 수 있으며 지배할 수 있다는 근대적 사유의 산물이다. 이로써 소설은 근대에 이르러 형성된 기계론적 자연론과, 원시로부터 전해진 유기체적 자연론이라는 오래된 논쟁의 대리전장이 된다.

목숨을 건 모험을 통해 쥐가오리신 몰래 '천상의 진주'를 획득한 라몬은 화려하게 귀환한 후 아버지에게 자신의 성장을 승인받는다. 여태껏 벌어졌던 다른 싸움들과 마찬가지로 근대를 지배한 이성이 다시 한번 자연에 대해 승리한 것이다. 하지만 진정한 승부는 그다음부터다. 라몬의 아버지는 '천상의 진주'를 성모 마리아에게 봉헌했음에도 불구하고 폭풍우를 만나 선단을 잃고 익사하고 만다. 유일하게 살아남은 이는 라몬의 라이벌인 세빌라노였다. 이러한 결말은 인간의 탐욕을 징벌하는 자연의 승리임과 동시에 제국주의를 통해 강제로 유입된 성모 마리아라는 외래의 신과 지역 토착 신의 대결에서 토착신앙의 승리를 선언하는 것으로 보인다. 그리고 소설은 이제껏 자신의 언어를 갖지 못하여 말해질 수 없었던 소수자의 시선으로 사안을 바라보는 정치적 올바름을 획득한다.

☸ 바다라는 미지 앞에 선 인간

자신에게 닥친 생각지도 못한 불행과 함께 원주민 노인의 질책을 들은 라몬은 자신의 욕심을 돌아본다. 자연을 거역하고 지배하려는 무모한 탐욕이 라몬과 그의 가족을 불행으로 이끌었다는 사실을 말이다. 자신의 잘못을 되돌리기 위해 라몬은 성모 마리아에게 봉헌한 천상의 진주를 회수하여 쥐가오리신에게 돌려주기 위해 그의 영역으로 향한다. 하지만 라몬의 뒤에는 그보다 더욱 강하게 인간의 이성과 욕망을 상징하는 세빌라노가 있다. 세빌라노는 애초에 성모 마리아의 은총 따위는 믿지도 않을뿐더러, 그에 대응되는 원주민의 신 쥐가오리신 또한 언제든 죽일 수 있다며 자신에 차 있다. 자연의 힘이 강하고 끈질긴 만큼 그에 대항하는 인간의 욕망 또한 그에 못지않게 강하고 끈질긴 것이다.

세빌라노는 라몬을 협박하여 진주를 빼앗고 그것을 팔기 위해 보트를 돌린다. 그 뒤에는 아직도 반성하지 못하고 자신의 영역을 침범하는 인간들에 대한 쥐가오리신의 분노가 따르고 있었다. 마침내 보트가 더 이상 쥐가오리신을 떼어내지 못하는 순간, 쥐가오리신과 세빌라노는 서로를 마주하며 최후의 대결을 펼친다. 인간과 자연의 강한 두 의지가 정면으로 충돌하는 순간이다. 그리고 소설 속에서 치열하게 묘사된 둘의 싸움은 결국 누구의 승리로도 이어지지 않는다.

참혹한 결과를 목격한 라몬은 천상의 진주를 들고 돌아와 이번에는 '찬미의 선물'이라며 다시 성모 마리아에게 헌사한다. 이를 통해 라몬은 인간과 자연이 갖는 근원적인 한계를 인정하며 이 모든 것을 주재하는 유일한 신적인 존재에 귀의함으로써 자신이 어른이 된 것을 느낀다. 그리고 이 지점에서 소설은 기계론적 자연관과 유기체적 자연관의 대립에서 조금은 뜬금없이 가톨릭적 세계관으로 귀일한다.

이전까지 긴장감을 잃지 않고 전개됐던 『라몬의 바다』가 소설적 핍진성을 잃고 독자들에게 실망을 주는 지점도 이 부분이다. 소설을 구성하는 다양한 갈등이 주인공 라몬의 주체적 행동을 통해서가 아니라 세빌라노와 쥐가오리신 사이의 갈등으로 인해 해소되는 것도 불만스럽지만, 지금까지 소설을 이끌어오던 인간과 자연, 외부인과 토착민의 대결이라는 비교적 흥미롭고 정직한 문제의식이 라몬의 선택으로 인해 산산이 무너져버리기 때문이다. 이런 결말은 애초에 모험소설로서의 완성도보다는 작가 자신의 종교적 신념을 강조하기 위한 것이 아닌가라는 의구심을 남긴다.

하지만 이런 한계에도 불구하고 『라몬의 바다』는 분명히 읽을 만한 가치가 있는 청소년 성장소설이다. 인간의 한계를 인지하고 자연과의 조화로운 삶을 말하는 것도 이유 중 하나이겠지만, 그보다는 바다라는 영원히 해독 불가능한 미지의 공간에서 벌어지는 서사적 상상력과 모험의 긴장이 상당히 매력적이기 때문이다.

글쓴이 신지영

푸른문학상 새로운 작가상과 새로운 평론가상을 수상했고, 『너구리 판사 퐁퐁이』로 창비 좋은 어린이책 기획 부문을 수상했다. 동시, 동화, 청소년소설 등 다양한 장르의 책으로 어린이, 청소년과 만나고 있다.

대항해시대를 온몸으로 겪은 한 남자의 믿을 수 없는 회고담

『핀투 여행기』(전2권)

페르낭 멘데스 핀투 | 이명 옮김 | 노마드북스 | 2005

『동방견문록』을 쓴 마르코 폴로는 평생 거짓말쟁이라며 손가락질을 받아왔다. 그래서 그가 눈을 감을 때 신부는 넌지시 이제 그만 진실을 털어놓지 않겠느냐고 말했다. 그러자 죽어가던 마르코 폴로는 눈을 번쩍 뜨고는 이렇게 대답했다.

"내가 보고 느꼈던 것 중에 절반의 절반도 얘기하지 못했습니다."

마르코 폴로가 거짓말쟁이라 비난받았듯이 페르낭 멘데스 핀투 역시 자신의 경험담을 책으로 내고 나서 비슷한 비판을 받았다. 단 핀투의 책은 그의 사후에 출간됐기 때문에 직접 비난의 말을 듣지는 않았다. 1510년 무렵 포르투갈에서 태어나서 1583년 사망한 것으로 알려진 그는 생전에 인도와 동남아, 류큐, 중국, 일본 등지를 탐험했다고 주장했다. 그리고 자신의 모험담을 담은 책인 『편력기』를 출간했다. 그가 쓴 회고담은 출간 즉시 엄청난 인기를 끌었고, 동시에 진위 논란을 불러일으켰다. 당시 사람들은 핀투의 모험담을 사실로 믿지 않았다. 허풍이 심한 사람을 보면 핀투의 이름을 빗대서 핀투레스크라고 부를 정도였다. 그의 책을 읽은 셰익스피어 역시 그를 세상에서 가장 위대한 거짓말쟁이라 불렀다. 시대와 문명을 불문하고 자신의 경험을 과장하거나 과대 포장하는 사람은 있게 마련이다. 마르코 폴로의 이야기도, 핀투의 모험담도, 당대 사람들이 믿기에는 너무도 신기한 이야기였다.

☸ 인도, 홍해, 고아, 중국, 일본…… 다시 포르투갈로

간단하게만 살펴봐도 그의 모험담은 사실이라고 믿기 어려울 정도로 엄청나다. 포르투갈에서 태어나고 자란 핀투는 20대 후반의 나이에 성공을 꿈꾸며 새로운 땅 인도로 향한다. 당시 포르투갈은 인도의 서부 해안 곳곳에 무역 거점과 식민지를 구축해두었었다. 핀투의 목적지는 구자라트 주에 있던 디우였다. 이곳에 도착한 그는 다시 홍해 지역으로 모험을 떠났다가 터키 해적들에게 생포되면서 노예로 팔려가고, 천신만고 끝에 또 다른 포르투갈의 식민지였던 고아에 도착한다. 그리고 말라카 지역을 통치하는 페로 드 화리아의 부하가 된다. 말라카 지역에서 활동하던 그는 우연찮은 기회에 해적이 된다. 사실 이 시기에 동양에 진출한 유럽인의 상당수가 해적으로 활동했다는 점을 감안하면 이상할 것도 없다.

동남아를 무대 삼아 이교도들을 상대로 신나게 약탈하던 핀투는 태풍을 만나고, 겨우 목숨만 건진 채 중국에 상륙한다. 그리고 구걸을 하면서 정처 없이 떠돌다가 관리에게 체포되면서 죄인 신분으로 전락한다. 거듭된 탄원 끝에 만리장성에서의 1년 징역형만 선고받은 핀투는 그곳으로 향한다. 그리고 징역형을 거의 채울 무렵, 타타르 군대가 쳐들어온다. 엄청난 학살극 끝에 도시는 쑥대밭이 되고, 그들은 다시 타타르인의 포로가 되어버린다. 하지만 재빨리 그들의 환심을 사는 데 성공한 핀투는 공성법을 알려주는 대가로 자유를 얻는다. 그리고 중국을 가로질러 남쪽으로 내려간다. 그곳에서 인도로 가는 배를 타기 위해서였다. 하지만 우여곡절 끝에 탄 배는 인도행이 아니라 중국 해적들의 정크선이었다. 그리고 다시 태풍을 만나 일본에 표류하게 된다.

뜻하지 않게 일본에 도착한 핀투는 스스로를 일본에 도착한 최초의 서양인으로 생각했다. 그리고 일본인들에게 화승총인 머스킷을 전수해준다. 훗날 임진왜란 때 쳐들어온 일본군의 손에는 이 머스킷을 자체 제작한 철포, 우리가 조총이라고 부르는 무기가 쥐여져 있었다. 이후에도 류큐와 미얀마, 라오스 지역을 전전하는 모험을 하다가 간신히 인도의 고아로 돌아온다.

이만한 고생을 하고도 핀투는 다시 바다로 나아간다. 중국으로 향한 그는 일본 해적들에게 배를 잃고 난파하게 된다. 그리고 다시 노예가 되었다가 시암, 지금의 태국에서 벌어진 내전에 참여한다. 이후 일본으로 두 번째 탐험을 떠난 그는 포르투갈 출신의 예수회 선교사 프란시스코 사비에르를 도와 천주교 신앙이 뿌리 내리게 하는 데 영향을 미친다. 모험을 마치고 40대 후반의 나이로 고향 포르투갈에 돌아온 핀투는 왕실에서 직위를 얻고자 했지만 실패하고, 몇 년 후 쓸쓸히 세상을 떠난다.

☸ 『편력기』를 둘러싼 열광과 의심들

그의 모험담은 핀투 사후 30년이 지난 후에야 『편력기』라는 제목으로 출간되었다. 새로운 이야기에 굶주려 있던 사람들은 낯선 동양의 모험담이 담긴 그의 책에 열광하는 한편, 책 내용의 진위 여부를 둘러싸고 논쟁을 벌였다. 핀투는 스스로 열세 번이나 포로가 되었고 스물한 번이나 노예로 팔렸다고 적었다. 그렇게 수없이 난파당하고 전투에 참여하고 포로와 노예생활을 하면서 매번 무사히 살아날 수 있다는 것에 많은 사람이 의심을 품은 건 지극히 당연한 일이다. 그의 모험담 중 일부가 이미 출간된 다른 책의 내용과 유사했고, 난파한 핀투 일행이 중국을 떠돌았다는 부분도 의심을 샀다. 핀투의 이야기를 좋아했던 사람조차 이것이 전부 사실이라고는 믿지 않았다. 물론 어느 정도의 과장이나 거짓말이 섞여 있다고 해서 16세기 서양인의 눈에 비친 동양의 모습이 상세하게 남겨진 책의 역사적 의의까지 무시할 수는 없다. 동양을 보는 그의 시선에는 야만스러움과 잔인한 전쟁에 빠져든 미개한 지역이라는 선입견이 보인다. 하지만 중국에서 체포되었을 당시 공정한 재판을 받았다는 점이나 지역 토호들이 포르투갈인들을 믿을 수 없다고 비난하는 장면 등 나름 공정한 눈으로 보려는 노력도 게을리하지 않았다.

특히 그가 주장한 대로 머스킷을 일본에 소개한 것이나 예수회의 선교활동을 도왔다는 부분은 역사에 큰 영향을 미친 사건이다. 특별할 것 없던 개인의 선택이 역사에 어떤 파장을 일으켰는지 지켜보는 것도 핀투의 모험담을 읽는 또 하나의 즐거움이다. 아울러 그가 배를 타고 대서양과 인도양, 남중국해를 항해하는 모습 역시 흥미롭다. 동력기관이 없던 시절 오직 바람의 힘만으로 그 먼 거리를 오가는 모습은 대단히 경이롭다. 고국으로 돌아온 핀투는 자신의 모험담을 오직 후손들을 위해서만 남겨놓겠다고 적었다. 하지만 그가 남긴 이야기는 수백 년간 훨씬 더 다양한 독자의 사랑을 받아왔다. 위험을 무릅쓰고 바다를 건너간 한 남자의 이야기는 비록 허구와 과장이 섞여 있다고 해도 충분히 매혹적이었기 때문이다. 그래서 세르반테스와 셰익스피어 등 문학가들의 눈길을 끌었으며, 여러 나라에서 번역 출간되었다. 진위 여부에 대한 논쟁이 오히려 핀투의 모험담에 대한 궁금증을 일으켰던 것이다.

모험담의 진위 여부만큼이나 중요한 것은 포르투갈의 시골 청년이었던 그를 지구 반대편으로 떠나게 만든 시대적 배경이다. 대항해시대에 접어들면서 콜럼버스와 마젤란 등의 모험가들은 작은 배에 몸을 싣고 지구 반대편으로 향했다. 그곳에서 나는 값비싼 향료를 얻기 위해서였다. 핀투 역시 보잘것없는 집안에서 태어나 부와 명예를 얻기 위해 새로운 세계로 나아갔다. 목숨을 걸어야 하는 위험을 무릅쓰고라도 성공하고 싶다는 인간의 욕망이 조각배나 다름없는 작은 배를 타고 끝없이 먼 바다를 건너서 낯선 땅으로 나아가게 만든 것이다. 핀투가 그런 결심을 하게 된 사회적 분위기가 아마 서양과 동양의 운명을 갈라놓은 결정적인 요인 중 하나라는 점은 오늘날 우리가 잊지 말아야 할 교훈이기도 하다. 그 바다를 오가면서 수많은 사람이 목숨을 잃고 고통을 당했다. 핀투 역시 마찬가지다. 태풍과 해적의 습격으로 수십 번이나 죽을 고비를 넘기면서도 목표를 위해 바다로 나아가는 그의 모습에는 단순히 허풍이 섞인 한 사람의 일생이 아니라 대항해시대로 불린 16세기를 관통하는 역사적 메시지가 담겨 있다.

글쓴이 정명섭

평범한 직장인이었다가 커피 향에 매료되어 바리스타가 되었다. 이후 글쓰기에 빠져들어 다시 작가의 길을 걷는다. 역사소설을 비롯해 다양한 글을 통해 독자들과 만나고 있다.

바다 위에서 삶과 죽음을 연주하는 장엄한 교향곡

『노인과 바다』

어니스트 헤밍웨이 | 이인규 옮김 | 문학동네 | 2012

쿠바의 아바나! 혁명과 음악의 도시 아바나에서는 자유와 날것의 삶이 물결치는 듯하다. 아르헨티나의 탱고와 뉴욕의 재즈가 흘러다니고, 체 게바라의 얼굴이 골목마다 그려져 있는 도시. 맘보와 살사를 비롯해 인간의 격정적인 모든 춤이 태어난 바닷가.

아바나의 이미지는 여기서 그치지 않는다. 멕시코 만에 위치한 아바나 해변은 남미의 지중해라 할 만큼 진한 푸른빛의 바다를 펼쳐놓는다. 미 대륙과 마주보며 플로리다 해협을 끼고 있는 아바나는 배 하나에 몸을 의지한 채 거친 바다로 나가길 거부하지 않았던 강인한 어부들의 도시이기도 하다. 격정적이고 거친 마초 성향의 작가 헤밍웨이는 이곳에서 『노인과 바다』를 썼다. 아바나에서 아바나의 삶을 무대로 탄생시킨 이 작품으로 아바나는 또다시 우리의 마음에 각인된다.

아바나에 집필실을 마련하고 오랫동안 작업했던 헤밍웨이는 이곳의 자연과 도시, 사람들의 기질을 누구보다 훤히 꿰뚫고 있었다. 낚시광이었던 그가 월척을 꿈꾸며 낚시 장비를 챙기곤 했던 고히마르 마을의 포구는 『노인과 바다』의 주인공 산티아고 노인이 배를 띄운 직접적인 배경이다. 지금도 어부를 꿈꾸는 소년들이 흰 바지에 검은 가슴을 햇볕에 드러낸 채 자연의 일부로 살아가고 있다.

하나의 '해서海書'로 『노인과 바다』를 바라볼 때 우리는 이 작품이 한 어부가 거대한 새치와 운명적으로 맞선 이야기라는 점을 직시하게 된다. 그런 점에서 허먼 멜빌의 『모비딕』과도 떼어놓을 수 없는 작품이다. 1851년에 출간된 『모비딕』은 고래와 사투를 벌이는 뱃사람들의 거침없는 삶을 그린 리얼리즘 소설인데, 이 걸작의 탄생 100주년을 기념하기라도 하듯 헤밍웨이는 1952년에 『노인과 바다』를 내놓았다. 문체가 다소 무덤덤한 데다 규모도 크지 않은 작품이지만 망망대해로 나가 5.5미터의 거대 어류와 싸우고, 상어 떼의 습격을 혈혈단신으로 막아내는 어부의 삶은 결코 가볍지 않다.

☸ 84일 동안 물고기를 잡지 못한 어부

상어 공장에서 나는 냄새가 항구를 가로질러 풍겨오는 테라스에 늙은 어부는 앉아 있다. 노인은 비쩍 마르고 야위었으며 목덜미에 주름살이 깊게 패어 있다. 두 뺨에는 열대 바다가 반사하는 햇빛으로 생긴 양성 피부암 때문에 갈색 반점이 번져 있다. 두 손에는 낚싯줄에 걸린 무거운 고기를 다루다가 생긴 상처 자국들이 주름처럼 선명하다. 이중 최근에 생긴 흉터는 하나도 없었다. 노인은 84일 동안 물고기를 잡지 못했다. 동네의 놀림거리가 된 어부 산티아고는 어황 좋은 어부들이 청새치를 토막 내어 두 개의 널빤지에 올려 수산물 창고로 옮겨가는 풍경을 바라다보았다. 노인의 곁을 지켜주는, 유난히 노인을 따르는 소년이 있다.

"할아버지가 절 처음 배에 태우고 나가셨을 때 제가 몇 살이었죠?"

"다섯 살이었단다. 그때 넌 하마터면 죽을 뻔했지. 내가 고기를 잡아 끌어올렸는데 그놈이 너무 팔팔해서 배를 거의 산산조각 낼 뻔했거든. 기억나니?"

산티아고는 늙고 지쳤지만 수많은 고기를 잡아본 어부였다. 다음날도 노인은 다시 바다로 나갔다. 이번엔 좀 더 오래 좀 더 멀리 가볼 참이다. 어두운 바다 위로 아침이 밝아오면서 날치가 몸을 부르르 떨며 수면 위로 치솟는 소리와 어둠 속 저 멀리 솟구쳐 날며 빳빳이 세운 날개로 공기를 쉬쉬쉭 가르는 소리가 들려왔다. 수심이 갑자기 700길 이상 깊어져 어부들이 '큰 우물'이라 부르는 곳을 일주일 동안 돌아다녔지만 아무 소득도 없었다.

노인은 더 먼 바다로 나아갔다. 그때 낚싯줄 끝에 다랑어가 올라왔다.

"당길수록 팽팽하게 떨리는 줄의 느낌은 점점 강해졌다. 물속에서 다랑어의 푸른 등과 금빛 옆구리가 보였고, 다음 순간 노인은 줄을 힘껏 잡아올려 다랑어를 뱃전 이편으로 끌어당겼다."

4~5킬로그램은 족히 나갈 날개다랑어였지만 산티아고가 잡고자 한 '놈'은 아니었다. 이 다랑어는 그저 훌륭한 미끼가 되어줄 것 같았다. 시간은 또 흐르고 어느 순간 노인은 "뭔가 거세고 믿을 수 없을 만큼 무거운 힘"을 느꼈다. 노인은 곧 거대한 청새치의 존재를 알아챘다. 그가 보기에 "그 녀석은 지금 미끼를 주둥이 가장자리에 물고서 그 상태로 달아나고" 있었다. 장장 이틀간 펼쳐질 싸움의 시작이었다. 미끼를 문 지 4시간이 지났다. 그리고 밤이 찾아왔다. 노인은 아직 청새치의 모습도 보지 못했다. 밤사이에 돌고래 두 마리가 배 가까이로 다가왔다. 노인은 돌고래 수놈이 뿜어내는 물소리와 암놈이 한숨 쉬듯 뿜어내는 소리를 분간할 수 있었다.

> 노인은 언젠가 청새치 한 쌍 가운데 한 놈을 잡은 일이 생각났다. 청새치 수놈은 언제나 암놈이 먼저 먹이를 먹도록 양보한다. 그래서 낚싯바늘에 걸린 암놈은 공포에 질린 채 필사적으로 격렬하게 저항했고, 그 바람에 금세 기진맥진해버렸다. 그동안 수놈은 암놈 곁을 떠나지 않았다. 노인이 암놈을 갈고리로 찍고 몽둥이로 후려쳤을 때, 양날 검처럼 길고 뾰족하고 가장자리가 사포처럼 깔깔한 주둥이를 움켜잡고는 대가리 윗부분을 몽둥이로 후려쳐서 몸통이 거의 거울 뒷면 같은 색깔로 변하도록 만들었을 때도 수놈은 배 주위를 떠나지 않고 서성거렸다. 그러다가 노인이 낚싯줄을 정리하고 작살을 준비하고 있을 때, 수놈은 배

> 옆에서 공중으로 높이 뛰어올라 암놈이 있는 자리를 한 번 바라보고는, 연보라색 가슴지느러미를 날개처럼 활짝 펼친 채 연보라색 넓은 줄무늬를 모두 내보이며 바다로 떨어져 깊은 물속으로 사라졌다.
> _51쪽

노인이 청새치를 잡으면서 본 가장 슬픈 장면이었다. 다시 그 청새치가 걸려들었고 하루가 지났다. 이번엔 물고기가 한 번 크게 요동쳐 줄에 홱 끌려가 노인이 고꾸라졌다. 눈 밑에 상처가 났고 뺨을 타고 피가 흘러내렸다. 그야말로 혈투다. 노인은 다정하게 말한다. "물고기야. 난 죽을 때까지 네놈과 함께 가겠다." 노인은 내심 작전을 짠다. '놈을 물 위로 한번 뛰어오르게 하자. 그러면 등뼈를 따라 자리 잡고 있는 놈의 부레에 공기가 찰 테고, 그럼 놈은 깊은 곳으로 내려가 죽거나 하진 못할 테니까.'

☸ 하드보일드 문체로 더욱 강렬한 긴장감 조성

헤밍웨이는 마치 노인의 옆에 탄 조수처럼 노인과 청새치의 길고 긴 싸움을 일거수일투족 묘사하고 있다. 헤밍웨이는 군더더기 없이 명료하고 지극히 사실주의적인 문장을 구사하는 것으로 유명하다. 그의 소설은 대개 인물의 감정이나 심리 묘사가 최대한 억제된 채 객관적 사실만을 정확히 전달하는, 단문 위주의 간결한 문장들이 이야기를 명쾌하게 끌고 간다. 흔히 '하드보일드'라는 말로 일컬어지는 헤밍웨이 특유의 문체는 신문 기사의 문투와 비슷한 것으로 절제와 객관성과 단순명료함을 그 특징으로 한다. 『노인과 바다』 역시 이런 특징적 문체가 훌륭하게 구사된 작품이다. 주인공 산티아고의 행동과 생각은 감정적 과잉이나 군더더기가 전혀 없이 간결한 단문들을 통해 담담하고 객관적인 어조로 정확하게 독자에게 전달된다. 가령 노인의 궁핍한 처지와 바다에서의 극한상황은 작품 속에서 짤막한 대화나 독백을 통해, 또는 동작과 사물에 대한 사실적 서술을 통해서 객관적이고 건조한 문체로 독자에게 제시되고 있다. 이러한 압축과 절제는 역설적이게도 감정이 담긴 묘사보다 오히려 더 생생하게 노인이 처한 상황을 독자의 눈앞에 떠오르게 하는 효과를 낳는다.

"놈은 이제 느려졌다." 청새치의 기운이 좀 빠진 모양이다. 그러나 노인에게도 위기가 찾아왔다. 손에 쥐가 났다. 손아귀에 힘이 들어가지 않는다. 노인은 고기를 한 점 씹으며 쥐가 나서 사후강직 상태나 거의 다름없는 뻣뻣해진 손에게 물었다. "야, 손, 좀 어떠냐? 네놈을 위해 좀더 먹어주마."

수면이 배 앞쪽에서 부풀어 오르는가 싶더니 마침내 물고기가 나타났다. 물고기는 조금씩 끝없이 솟아오르는 듯하더니, 양 옆구리로 물이 쏟아져 내렸다. 물고기는 햇빛을 받아 눈부시게 빛났다. 머리와 등은 짙은 자주색이었고, 양 옆구리의 넓은 줄무늬는 연보라색으로 빛났다. 노인이 찬탄하며 중얼거렸다. "이 배보다 육십 센티미터는 더 긴 놈이야." 고통스러웠다. 하지만 꼭 잡고 싶었다. 그는 고통을 인정하지 않으려고 했다. 주기도문을 외웠다. 기분은 나아졌지만 고통은 더 심해진 것 같았다. "가는 낚싯줄에 미끼를 다시 달아 고물 쪽에 드리워놓는 게 좋겠어." 노인은 말했다. "놈이 하룻밤 더 버티기로 작정한다면 나도 뭔가를 또 먹어야 할 테니까."

다시 밤이 찾아오려 하고 있었다. "물고기야, 아직도 지치지 않았다면, 너도 아주 이상한 놈임에 틀림없다." "저 물고기 녀석도 내 친구지. 저놈은 내 평생 듣도 보도 못한 굉장한 물고기야. 하지만 난 놈을 죽여야 해. 별들을 죽이려고 애써야 하는 게 아니니 참 다행이야." 다시 잡아서 손질해둔 날치 고깃덩어리를 입에 넣고 뼈를 조심조심 씹어가면서 꼬리까지 다 먹은 노인은, 드디어 싸움의 끝에 도달했다. 있는 힘껏, 아니 없는 힘까지 모두 짜내어, 노인의 가슴 높이만큼이나 물 밖으로 높이 솟아 있는 거대한 가슴지느러미 바로 뒤 옆구리에다 작살을 쑤셔 박았다.

> 그러자 물고기는 죽음을 몸에 담은 채 마지막 활기를 짜내어 자신의 엄청난 길이와 넓이, 그리고 굉장한 힘과 아름다움, 그 모든 것을 한껏 드러내면서 수면 위로 높이 솟구쳐올랐다. 물고기는 한순간 배에 탄 노인의 머리 위 허공에 매달려 있는 것처럼 보였다.
>
> _98쪽

『노인과 바다』는 우의와 상징으로 가득한 실존주의의 명작으로 평가받아왔다. 가령 돛대를 메고 해안기슭을 힘들게 올라가는 산티아고의 지친 모습과 양 손바닥을 펼친 채 쓰러져 자는 모습은 간결한 사실주의적 언어로 묘사되고 있지만 여기에 십자가의 고난에 처한 예수의 이미지가 중첩됨으로써 주인공 산티아고는 강한 상징성을 띠게 된다. 마찬가지로, 작품에서 간명하면서도 구체적으로 묘사되는 '거대한 물고기'인 청새치와 상어들 그리고 그들을 상대로 벌이는 노인의 힘겨운 싸움은 바다라는 현실에 존재하는 생물과 거기서 벌어지는 어업 행위를 넘어서는, 인간 삶과 자연의 어떤 본질적 존재와 행위를 대변하는 상징 내지는 우화적 이미지로 그 의미가 확장되고 있다.

『노인과 바다』는 전체의 절반 이상이 이 드라마틱한 낚시에 대한 묘사로 이뤄져 있다. 거대 청새치를 잡는 한 늙은 어부의 이박 삼일간의 사투를 담은 이 위대한 해양문학의 논픽션적 드라마틱함도 놓쳐서는 곤란할 것이다. 헤밍웨이가 그 순간순간을 놓치지 않기 위해 얼마나 공들여 반추하고 한 생명이 한 생명을 취하는 고통스러우면서도 신묘한 장면을 만들어냈는지도 충분히 음미해야 하리라.

☸ 늙고 지친 어부가 영웅적인 이유

『노인과 바다』는 헤밍웨이의 남자다움의 규범과 이상을 구현한 작품이다. 84일이나 고기잡이에 허탕 친 주인공 산티아고는 불운의 극치에 이르렀음에도 불구하고 절망하거나 포기하지 않고 다음날 새벽에 다시금 고기잡이를 하러 나간다. 어부로서 낚싯줄을 정확히 드리우는 일을 우선으로 여기는 그는 자신의 경험과 기술에 대한 자부심과 믿음을 결코 잃지 않는다. 그는 자신의 처지에 대해 감상적 연민에 빠지는 일이 결코 없으며, 거대한 물고기를 잡았다는 승리감에 도취되지도 않는다. 상어의 공격을 받아 거대한 물고기를 잃는 상황에 닥쳐서도 그는 굴복하거나 절망하지 않는다. 그저 맞닥뜨린 현실과 그 역시 맞닥뜨릴 뿐이다. 고난 앞에서 불굴의 용기로 마지막까지 분투하는 산티아고는 비록 결말에서 늙고 지친 모습으로 집에 돌아와 침상에 쓰러지지만, 독자의 뇌리에는 영원한 승리자의 모습으로 남는다.

하지만 산티아고 노인은 영웅이 아니다. 그는 청새치를 죽이지만 청새치를 친구라고 생각하는 바다 사내의 운명을 보여주는 인물이다. 그는 그가 겪은 범위 안에서 성찰적 태도를 지닌 인간의 근원적 모습을 일구어낸다. 바다와 물새와 물고기와 대화하면서 사냥의 본분을 다하는, 그리고 그 결과물을 고스란히 바다로 되돌려준 연후에도 자연에 대한 겸손한 공감의 자세를 유지하는 노인을 바라보며 우리는 잊지 못할 감동과 경이로움에 휩싸인다.

글쓴이 이인규

국민대 영어영문학과 교수로 재직 중이다. 『위대한 유산』 『채털리 부인의 연인』 『노인과 바다』 등을 옮겼다.

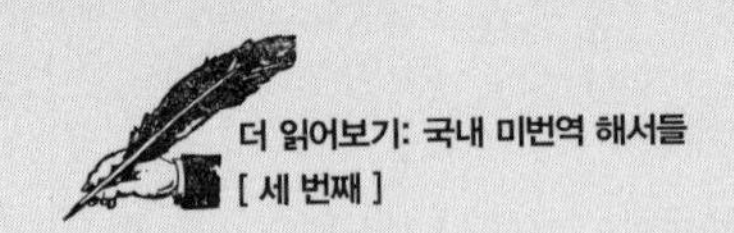

얼음 왕국

In the Kingdom of Ice

햄프턴 사이드 | 앵커 | 2015

『뉴욕타임스』의 베스트셀러 작가인 햄프턴 사이드가 미국 함선 자네트호의 참혹한 극지방 탐사여행에 관한 방대한 기록물을 정리해 내놓았다. 이 책에서 작가는 소름 끼칠 정도로 무서운 극지방과, 미국이 남북전쟁 이후 맞이했던 대호황기에 극지방 탐사에서 무사히 살아남은 사람들의 이야기를 들려준다.

19세기 후반 사람들은 지구상에서 인간의 발길이 가장 뜸한 지역에 관심을 갖게 되었으니, 바로 북극이다. 그전까지만 해도 북해 너머 얼음요새를 연상시키는 북극 지방에 무엇이 존재하는지 아는 사람은 거의 없었다. 이론은 무성했지만 실질적인 증거들은 부족하던 시절이었다. 지도 제작자였던 독일 출신의 아우구스트 페테르만은 지구의 최극단 지점에 난류가 흐르기 때문에 분명 식물군이 서식하는 섬이 존재할 것이라고 주장한 최초의 인물이었다. 세계 각국에서 그곳에 가장 먼저 도착해 국기를 꽂는 영예를 차지하기 위해 나섰다. 페테르만은 대서사시보다 더 감동적인 결과를 얻어내고자 노력했고 미국 함선이 북극에 잘 도착할 수 있도록 재정적인 지원도 마다하지 않았다. 또한 함군 장교로 조지 워싱턴 드 롱을 선발하기도 했는데, 그는 그린란드 연안에 기지를 건설하는 데 성공함으로써 유명세를 떨치게 되었다. 조지 워싱턴 드 롱은 32명을 팀원으로 인솔하여 당시 지도에도 잘 나와 있지 않았던 북극해를 여행했다. 세계 강대국이 되고자 하는 신생 국가의 열망 못지않게 이들 역시 탐험 성공에 대한 강한 포부를 드러냈다. 1879년 7월 8일, 미국 함선 자네트는 드디어 북극을 정복하기에 이르렀다. 오랫동안 사람들을 사로잡았던 '북극 열병Arctic Fever'을 해소한 것이다.

이 미국 함선은 미지의 바다인 북극해를 항해했지만 얼마가지 않아 빙하들 사이에 갇히고 만다. 2년에 걸쳐 거친 물살을 가로지르며 항해를 이어가다 보니 나무로 된 갑판이 파손되어 결국 선원들은 배를 포기해야 하는 지경에까지 이르렀다. 갑판이 부서지고 한 시간도 채 되지 않아 좌초된 배에서 간신히 탈출에 성공한 사람들은 먹을 것 하나 없는 극한의 상황 속에서 1000마일이나 되는 시베리아를 걸었다. 눈 위를 오래 걸으면 과한 자외선으로 각막에 문제가 생기는 암염이라는 질병에 걸려 고생하는 선원들도 있었다. 거친 폭풍을 만나기도 하고 서리에 덮인 북극의 미로와 같은 길을 헤쳐나가야 했으며, 북극곰을 만나 고비를 맞기도 했다. 『얼음 왕국』은 예상 밖의 상황 전개와 실감나는 사건으로 가득하다. 한 편의 영웅주의를 그린 매우 매력적인 작품인 동시에 자연의 냉혹한 힘을 적나라하게 보여준다.

바다에서 438일 동안 살아남은 이야기

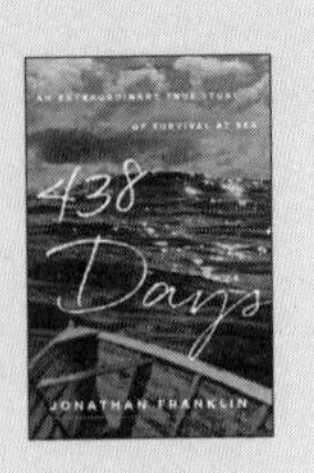

438 Days: An Extraordinary True Story of Survival at Sea

조너선 프랭클린 | 아트리아북스 | 2015

『아웃사이드 매거진』이 '지난 10년 동안 나온 최고의 생존담' 이라고 평가한 이 책은 육지에서 7000마일이나 떨어진 태평양에 표류한 뱃사람 중 한 명이 14개월 동안 바다와 싸워 살아남은 실화를 바탕으로 한다.

2012년 11월 17일, 뱃사람 몇 명이 주말 동안 넓은 태평양으로 나가 물고기를 잡기 위해 멕시코 연안을 출발했다. 배가 연안에서 80마일 정도 떨어진 곳에 이르렀을 무렵 갑자기 하늘이 캄캄해지며 거친 폭풍우가 몰아쳤다. 이들은 순식간에 바다에서 표류하는 신세가 되었고 강풍 속에서 10피트는 족히 넘을 높은 파도가 작은 어선을 집어삼킬듯 달려들었다. 지붕도 없는 사방이 뚫린 배에 갇혀버린 사람들은 꼼짝달싹할 수 없었다. 선장 살바도르 알바렝가와 선원들은 정처 없이 바다 위를 표류하며 안전한 항구에 도달하기만을 간절히 바랄 뿐이었다. 2014년 1월 30일, 표류 14개월여 만에 선장은 목숨을 건지게 된다. 태평양 난바다의 무인도나 다름없는 섬에 간신히 상륙한 그는 처음 발견됐을 적에 말도 제대로 할 수 없었고 제대로 걷지도 못했다. 그는 멕시코에서 7000마일 떨어진 곳에 도착한 것으로 밝혀졌다.

오늘날 전해지는 가장 놀라운 생존담으로 꼽히는 이 책에는 선장 살바도르 알바렝가와 육지에 있는 그의 동료들, 해양 구조 전문 장교들과 선장을 최초로 발견한 외딴섬 사람들을 대상으로 한 수 시간 동안의 인터뷰가 생생하게 담겨 있다. 1년 넘게 바다에 버려졌던 한 남자가 극한 상황에서 살아남은 이 승리의 기록은 빠른 회복력, 의지, 기발한 재주와 결단력의 중요성을 실감 나게 보여주며 다양한 메시지를 던져주는 흥미로운 논픽션이다.

파도

괴짜 바다거인이 하는 일

The Wave: In Pursuit of the Rogues

수전 케세이 | 앵커 | 2011

이 책은 배를 집어삼킨 어마어마한 파도와 그 파도에 용기 있게 맞서는 서퍼와 과학자들의 이야기를 담고 있으며 『뉴욕타임스』 선정 '반드시 주목해야 할 도서', 『샌프란시스코 크로니클』 선정 '올해 최고의 상'을 수여한 작품이다. 서퍼 세계에서 전설로 불리는 레어드 해밀턴은 100피트가 넘는 높은 파도에서도 서핑에 성공했다. 저자 수전 케세이는 레어드 해밀턴이 주장으로 있는 팀과 함께 전 세계의 드넓은 바다를 탐험했고 '바다의 괴물'로 불리는 이 무서운 파도를 잡기 위해 고군분투했는데, 그 과정에서 생사의 갈림길을 경험하기도 했다. 그녀는 이를 지금까지 겪지 못했던 영광스러운 순간으로 묘사하며, 이후 매머드와 같은 이 엄청난 파도의 미스터리 연구에 저절로 빠져들었다.

파도를 연구하는 전문 과학자들은 이처럼 센 파도가 지구의 수자원과 관련된 불안한 징조를 예고하고 있다고 여긴다. 저자는 수많은 나라를 여행하며 세계적으로 가장 큰 규모를 자랑하는 파도들을 직접 관찰하고 분석했다. 위험한 파도로 유명한 몇몇 지역을 예로 들어보면, 남아프리카의 거친 파도와 하와이 섬 근처에서 발생한 폭풍우로 인한 거대 파도가 있다. 또 파도 높이에서 세계 신기록을 수립한 것은 1958년에 알래스카 연안에 밀어닥친 파도로, 그 높이는 1740피트(약 540미터)나 된다. 저자는 큰 파도만 골라서 서핑하는 사람들을 만나 인터뷰를 시도했다. H_2O로 이루어진 괴물들을 일부러 찾아다니면서 거의 자살 시도에 가까운 위험한 도전을 하는 그들의 의도가 궁금해서였다. 그리고 점점 더 거대해지는 파도의 발생 원인으로 지구온난화를 꼽는 과학자들의 주장도 자세히 기록했다.

저자는 바다가 가장 위험한 상태일 때 인간에게 선사하는 아름다움과 위협을 설득력 있게 묘사하고 있다. 실제로 그녀는 목숨을 담보로 모험을 즐기는 서퍼들을 관찰하면서 자기 자신도 제트 스키를 시도하며 바닷속으로 직접 몸을 던졌다. 파도와 얽힌 인류 역사를 저자 자신의 경험과 엮어 생동감 있게 그려낸 이 책은 인간의 터전을 에워싸고 있는 바다라는 공간에 관심 있는 독자라면 꼭 한번 읽어볼 만하다. 문학비평계 또한 "한번 읽으면 멈출 수 없는 놀라운 파도에 대한 생생한 묘사"라고 저자의 글솜씨에 한목소리로 찬사를 보냈다.

암초: 열정의 역사

쿡 선장부터 기후변화까지

The Reef: A Passionate History The Great Barrier Reef from Captain Cook to Climate Change

이언 매컬먼 | 사이언티픽 아메리칸 | 2015

1400마일 길이로 쭉 뻗어 있는 호주 연안에 가면 그레이트배리어리프가 보인다. 3000여 개의 암초와 900개가 넘는 산호섬이 있으며 수천 종의 해양생물이 이곳에 서식하고 있다. 이곳은 한 번 들어가면 빠져나오기 힘든 미로와도 같으며, 경제적으로 이윤을 얻을 만한 소재도 널려 있다. 또 과학적 발견의 주요 무대이기도 했는데, 현재는 이 세계문화유산도 위기에 처해 있다. 역사학자이자 탐험가인 이언 매컬먼은 자연이 만든 이 놀라운 바다 생태계의 변천 과정을 통해 "산호초의 영광스런 세계를 재조명하겠다"는 각오를 다지고 독자들을 안내한다.

이 책은 제임스 쿡 선장의 이야기에서 첫발을 뗀다. 당시 미지의 영역으로 남아 있던 서남쪽의 거대한 산호초를 탐험한 쿡의 여정을 언급하면서 저자는 쿡이 보았던 바닷속 진귀한 세상에 대해 들려준다. 선원들의 생명을 책임지기 위해 분투한 쿡 선장의 경험담과 함께 거친 바다에서 그들이 살아남기까지의 이야기를 접할 수 있다. 뿐만 아니라 매력적인 바다 생물을 만났던 이야기나 이방인을 경계하는 현지 섬사람들과의 에피소드도 흥미롭다. 숱한 시련을 겪는 용감무쌍한 탐험가들의 모험담 속에는 배가 난파되면서 표류하게 된 위험천만한 이야기는 물론, 탐구심이 넘쳐나는 자연학자들과 산호초에 푹 빠진 예술가들, 열정적인 환경주의자들과 그레이트배리어리프에 대해 나눈 이야기들도 빠지지 않고 담겨 있다. 저자는 지구의 이 위대하고 경이로운 자연이 바다에 사는 부지런한 생물들에 의해 만들어진 것만큼 또한 인간의 상상력에 의해 어떻게 재창조되는지를 보여준다.

낭만과 역사가 어우러진 이 책에는 현재 위기에 직면한 해양 생태계에 대해 애정 어린 탐구를 지속해온 한 사람의 삶이 담겨 있다 해도 과언이 아니다. 그리고 그 삶의 여정에서 산호초는 인류와 자연계를 엮어주는 섬세한 연결고리 역할을 확실히 해내고 있다.

제4부

바다에서 꾸린 삶

광기가 아니라면
저 바다를 누가

『만선』

천승세 | 1965

어촌이란 물류와 여객을 실어가고 실어오는 항구와 다르고 따끈한 모래톱과 파랗게 부서지는 파도가 넘실대는 해변과도 다르다. 칠산 바다를 낀 어촌은 하루 종일 배에서 부린 생선들을 종류별로 나누고 배를 따 창자를 발라내고 염장하느라 비린내가 가실 줄 모르는 곳이다.

곡우가 지나면 조기가 운단다. 아직 살아 있는 늙은 어부들은 스산한 이른 봄, 뒷산에 살구꽃이 피면 새벽같이 집을 나선다. 먼저 나와 기다리면 행여 먼저 응답을 받을까 해서 구멍이 뚫린 대나무를 선뜩선뜩한 바닷물에 집어넣고 귀를 기울인다. 귀가 밝은 늙은 어부들은 저기 저 멀리서 우웅, 우웅, 하며 조기 떼 우는 소리를 듣는단다. 그들은 아직 곤한 아들의, 손자의 새벽잠을 깨워 바다로 내보낸다.

동중국해 양쯔 강 하구의 따뜻한 모래밭에서 겨울을 났던 조기 떼는 겨울이 끝날 무렵 칠산 바다에 몰려와 파시를 이룬다. 조기 떼는 사방 100여 리, 수심 5미터를 넘지 않는 모래와 개펄이 섞인 따뜻한 칠산 바다에 알을 낳는단다. 진달래가 필 때면 조기 떼가 바글거리고 어선들은 어등의 심지를 돋운다.

「만선」은 생생한 목포 사투리가 찰지게 펼쳐져 불과 반세기 전 어촌 사람들의 바다를 향한 욕망과 애환을 절절하게 그려내고 있다.

곰치와 구포댁과 성삼이 수십 년 배를 띄운 칠산 앞바다에 수백만 마리의 조기가 펄떡인다. 징 소리, 꽹과리 소리가 마을 구석구석으로 다급하게 울려 퍼진다. 어부들의 함성도 고샅을 가득 메운다. 지금 칠산 바다에는 '부서 떼'가 몰려들어 온 마을 사람들을 먹이고도 남아 집집마다 빚을 갚게 할 만큼 빼곡하게 들어박혔다. 이 부서 떼는 곰치가 불러들인 것이다. 어부들이 곰치의 집에 몰려들어 한마디씩 한다.

"허어, 칠산 바다에 부서 떼가 밀리다니! 기가 맥혀—" "너무 좋아서 죽진 말게들!" 곰치가 부르짖는다. "저 징 소리를 들어봐! 저 징 소리는 죄다 이 곰치를 위해서 울리는 것이여! 죄다 이 곰치 것이란 말이여!" "사나흘은 배가 터지는 만선이다! 만선!" "곰치, 곰치가 젤이여— 기어코 곰치는 살었네."

어쩌다가 곰치는 칠산 바다를 부서 떼로 메울 수 있었을까. 곰치는 선조로부터 부서 떼를 잡아두는 기술을 익혔다. "부서 맷돌질이란 말이 바로 그 말인 것이여. 부서 떼 허리를 자루고 나서는 한사코 배를 돌려사 쓴단 말여. 그라믄 한 떼가 두 떼로, 그다음 밀어닥치는 떼가 또 세 떼, 네 떼로 한사코 갈리그등? 우선 그렇게 해서 길을 막아놓고 중선배를 자꼬자꼬 돌려댄단 마시. 그라믄 부서란 놈들은 중선배가 즈그들 묵을 것이나 된 줄 알고 중선배만 따리 용쓰고 담박굴 치다가는, 길은 완전히 잊어뿔고는 꼼짝없이 백힌단 마시." 어촌 사람들에게 큰돈을 쥐여주는 공을 세운 곰치는 의기양양하여 큰소리 떵떵 치며 고기로 배를 가득 채울 꿈을 꾼다.

눈앞에서 펄떡이는 고기 떼가 불러일으키는 욕망은 즉각적이다. 시일을 두고 예측하고 시일을 두고 계산할 수 없다. 1년 동안 해와 비를 맞히며 곡괭이질을 해서 키운 농산물이 아니다. 고기가 몰려들었을 때 모든 물자와 인원을 동원하여 배를 띄워야 한다.

곰치에게는 함께 배를 타는 아들 도삼과 엉덩이가 실하게 여문 딸 슬슬이, 슬슬이를 좋아하는 연철이, 아내 구포댁과 아직 어린 애기가 있다. 그러나 배를 빌려주는 선주에게 큰 빚이 있고 과년한 딸 슬슬이를 첩으로 삼으려고 호시탐탐 넘보는 늙은 이웃 호색한이 있다. 가난한 어부들의 등골을 빼먹는 선주 임제순은 이 기회에 아주 곰치의 목줄을 조이려 한다. 그는 마을 사람 모두 배가 터지도록 고기를 잡아오는 걸 보면서도 곰치의 애간장을 다 태우고서야 곰치가 가진 모든 것을 걸고 배를 내준다.

어렵게 배를 띄우려는데 바람이 심상치 않다. 마을 어부들은 앞바람이 불어오면 괜히 짐이 된다며 돛을 두고 갔건만 곰치만은 쌍돛을 실어간다. 앞바람 끝에는 반드시 비바람을 뿌린다는 경험도 소용이 없다. 선조가 가르쳐준 기술은 바로 이 순간을 위해 쓰여야 한다. 곰치의 고집은 구포댁도 꺾을 수 없고 아들 도삼도 꺾을 수 없다. 곰치는 뱃놈의 신화에 살고 뱃놈의 신념에 죽는 인물이다.

한 치 앞의 날씨도 예측하지 못해서 불안하게 배를 띄우는 게 불만인 아들 도삼은 레이더를 이용해서 고기를 잡도록 기계를 들이자고 한다. "기계도 놓고 비행기도 싣고 하는 것이제며, 날씨도 제대로 몰라서는 무작정 나갔다가 엉뚱한 놈의 바람을 만나서는 죄다 빠져 죽고……." 그러나 선대의 경험을 물려받아 고기를 잡는 곰치는 새로운 세대를 이해할 수가 없다. "뱃놈이 그런 소리 하먼 못써! 고기를 많이 잡고 적게 잡는 것도 다 운이여! 지랄났다고 비행기가 뜨고 말고 해? 그놈의 비행기는 뭣에다 쓰는 것이여?" "날씨를 판단하는 것이지라우!" "뭇이라고? 아니 하늘이 하는 짓을 비행기가 으찌께 알어. 뱃놈이 물을 무서워해서는 못쓰는 것이여!" "레이다로 물속에 있는 고기를 다 봐요." "그것들이 뱃놈들이여? 돈 많은 놈들 놀음이제? 아니, 물속에서 노는 고기를 으찌께 봐? 즈그들은 그렇게 해서 고기 잡고 나는 중선배 몰고 해서 누가 더 많이 잡는가 시합을 하자고 해봐라! 뻔한 일이제! 곰치를 당해? 흥!"

새로운 기술을 받아들이는 것을 칠없는 짓으로 여기는 늙은 가부장들이 아직은 힘을 쓰는 곳. 배가 터지게 물고기를 실어올 수도, 잘못된 한순간의 판단으로 배를 뒤집어 물고기 밥이 될 수도 있는 바다. 물고기를 내 밥으로 삼느냐, 내가 물고기 밥이 되느냐 하는 것이 한순간에 갈리고 마는 잔인한 공간 칠산 바다. 기후가 가장 변덕스럽고 생물체들이 끊임없이 움직이며 기상 예측이 가장 먹혀들지 않는 바다. 그럼에도 선조의 습속이 가장 질기게 이어지는 곳, 잔잔한 물결과 거친 파도가 순식간에 몸을 바꾸는, 그래서 그 어떤 터전보다 역설이 거칠게 몸을 뒤채는 곳, 바다. 거기에 자식을 셋이나 갖다 바친 사내라면 제가 죽기 전에는 결코 등을 돌리지 못하는 것일까.

곰치는 기세등등하게 쌍돛을 단 채 도삼을 끌고 바다로 나간다. 그러나 조기 떼가 와글거리는 바다는 쌍돛을 달고 달려드는 곰치 따위 손바닥 뒤집듯이 팔랑, 뒤집고 만다. 집채만 한 고기를 잡았다는 선조들의 전설적인 업적이 고래를 한 번도 본 적 없는 사람들 사이에서 대를 물리며 이어지고, 배를 띄우면 잡아먹고 띄우면 잡아먹는 전설적인 물골 또한 있어서 지구상에서 가장 늦게 개발되는 영역이 바다 아닌가. 바다는 낌새를 챌 만한 바람을 불어 보냈는데도 쌍돛을 달고 달려드는 사람에게 기어코 제 할 일을 할 뿐이다.

"아, 그란디 이 곰치놈 좀 보게! 글씨 쌍돛을 달고는 부서 떼를 쫓아 한정없이 깊이만 백혀든단마시!" 이웃 사내들이 곰치에게 돛을 내리라고 소리를 질러댔지만 곰치는 돛을 내리지 않았고 쌍돛을 단 배는 바람을 타고 떠밀려가고 만 것이다. 바다에 빠진 곰치를 건져 떠메고 온 이웃 사내들의 전언이다. 구포댁은 아들 도삼이를 찾아 울부짖지만 눈을 뜬 곰치는 부서 떼만 찾는다. "내, 내, 내 부서 으디 갔어? 아니, 배가 터지는 만선이었는디 내 부서! 내 부서는 으디 갔어!"

곰치는 겨우 정신을 차리자 자식을 잃고 미쳐가는 구포댁을 다그친다. "여봐, 으째 이려 응? 정신을 채려! 자네까지 이라고 나

서면 곰치는 참말로 죽어나자빠진 줄 안단 말이여! 다른 놈들이 나를 그렇게 봐도 괜찮단 말이여?” 곰치는 남은 애기마저 열 살만 되면 그물을 치게 할 작정이다.

광폭한 바다는 광기를 불러들이지 않으면 성이 안 차는 것일까. 희곡을 읽는 동안 내가 그 배에 타고 있으며 내가 광기에 휘말리고 내가 부서 떼를 놓친 것만 같아진다. 실패할수록 점점 미쳐가는 아버지를 아무리 말리려고 해도 그가 오두막을, 과년한 딸을, 젊은 아들을, 통곡하는 아내를 바다에 쓸어 넣어버리는 것을 말릴 수 없다. 애비 에미의 욕망에 자식들이 희생되는 일은 지금, 여기에서도 계속되고 있지 않은가.

만선은 핑계일 것이다. 곰치는 실패하면 할수록 날뛰는 인간형이다. 마치 산 아래를 가리키며 나를 이기면 저 모든 것을 너에게 주마, 그러나 나를 이기지 못하면 네가 가진 모든 것을 내게 바쳐야 할 것이다, 하는 악마에게 사로잡힌 듯 희번덕이는 조기 떼에 눈이 뒤집혀서 나를 거꾸러뜨리는 저것을 이겨보고 싶은 욕망밖에는 없는 것이다. 만선의 기쁨을 누리기 위해 자식마저 자신의 일부로, 또 가용 자원으로 여기고 바다에 집착하고 바다를 증오하는 가부장의 전형인 곰치. 그는 오직 저것, 오로지 저 바다를 이기겠다는 광기로 파멸해가는 인간이다.

글쓴이 방현희

『동서문학』 신인문학상을 수상했고 『달항아리 속 금동물고기』로 제1회 문학/판 장편소설상을 받았다. 외롭고 불안한 현대인들의 관계에 관심을 기울이며 그것을 소설로 표현하는 작업을 하고 있다.

바다, 사무치게 그립고 미운 임

『갯마을』
오영수 | 1953

『흑산도』
전광용 | 1955

오영수의 화제작 단편 「갯마을」(1953)을 통독하고 나서 전광용의 데뷔작 「흑산도」(1955)를 찬찬히 뜯어읽다 보면(두 작품 다 어색한 사투리 대화가 차마 듣기 거북하고, 뱃사람들의 일상어가 도무지 아리송해서 가독성이 떨어진다. 사투리 활용에 대한 작가적 자의식이 부실했던 듯하다) 그 유사성에 적잖이 놀라게 된다. 이야기의 기둥 줄거리만 따진다면 「흑산도」가 「갯마을」을 원형으로 삼은 모작模作 같다는 의심의 눈길을 늦출 수 없어서 그렇다. 이를테면 바닷속의 온갖 해산물을 물질하며 살아가는 「갯마을」의 주인공 해순이는 난바다로 고기잡이를 나갔다가 여태 돌아오지 않는 서방 성구를 한사코 그리는 청상이다. 한편으로 「흑산도」의 북술이도 한겨울 새벽에 돛단배를 타고 서해안 홍도 너머로 사라졌다가 영영 돌아오지 않는 용바우를 하냥 기다리며 살아가는 젊은 과부다. 당연하게도 두 여주인공의 애달픈 일상과 그 멈칫거리는 걸음마다에 그림자처럼 따라붙는 사내가 하나씩 딸린 것도 똑같다. 한 명은 공교롭게도 이태 전에 상처喪妻했다는 이웃 마을의 농사꾼으로 잠시 갯마을의 이모집에서 뒹굴고 있는 상수이고, 다른 한 명은 제 서방의 것보다는 더 큰 배인 건착선을 부리는 곱슬머리다. (성구/상수와 용바우/곱슬머리는 한자 이름을 한글 이름으로 바꿔치기한 의도적 '변용'일 공산이 크다.) 다른 게 있다면 상수는 여덟 사람의 뱃사람과 함께 고등어잡이를 나갔지만 소식이 없고, 조기를 잡으러 갔을 듯한 용바우는 제 동료가 털보 영감과 두칠이뿐이었다. 하기야 바다로 나가기 전에 성구는 의롱衣籠을 한 짝 마련해주겠다고 다짐하며, 용바우는 "북술이 신발을 사고(원문은 '싸고'다), 나도 작업복이나 한 벌 갈아입어야제"라는 맹세를 내놓지만 이런 애잔한 약속 나누기조차 다르다면 다르고, 비틀었다면 비틀어놓은 것이다.

두 작품의 중심인물에게 딸린 식구도 어금지금하다. 해순이에게는 밤마다 "문을 꼭 닫아걸고 자거라"라고 당부하는 잠귀 밝은 시어머니가 있다. (장성해서 '배를 타는' 시동생이 하나 있다는데 그의 동선이 얼씬하지 않는 것은, 꼭 쓸 것만 쓴다는 소설 작법상의 대원칙을 감안한다 하더라도 당시의 어촌 가옥 구조상 난해하기 짝이 없다.) 한편으로 북술이에게는 당신 아들까지 바다에 바친 할아버지 박 영감이 있는데, 그이는 "꿀대('울대'의 사투리인 듯하다)를 파고 솟구치는 가래침 소리가 목덜미를" 잡아대는가 하면 해소가 끊이지 않는데도 담배를 즐겨 피우는 노인네다. 시어머니는 서방 잃은 며느리가 차마 애처로워서 당신 아들의 제사만 지내고는 상수에게 재가해 가라고 권하며, 박 영감은 바다에서 행방불명이 되어버린 자기 아들보다 이제는 손주사위 용바우가 더 그리워 "뼈만 남은 양어깨가 부서지도록 노를" 저어 바다로 나간다.

해순이와 북술이의 설레는 마음자리를 좀촘히 들여다보면서 '흘러간 과거'를 들려주는 아낙네들의 역할도 거의 똑같다. 「갯마을」에서는 숙이 엄마를 비롯한 떼과부가 해순이의 일거일동을 염탐하는 데 지치는 법이 없고, 「흑산도」에서는 인실이 어머니와 '작년 봄에 과부가 된' 새댁이 살가운 육친처럼 시도 때도 없이 다가온다. 더욱이나 이상하게도 「갯마을」에서는 숙이 엄마가 해순이의 허벅지를 베개 삼아 눕는 장면이 나오고, 「흑산도」에도 "인실이 어머니는 북술이 다리를 베고 누워 북술이에게 머릿니를" 잡힌다. 비록 임시 베개가 '허벅지'에서 '다리'로 바뀌어 있긴 하나, 이런 정분 나누기가 당시의 흔한 시골 풍경이었다 하더라도 '패러디'로 해석할 여지가 있을까.

☸ 우리 어촌문학의 어금지금한 감각과 개성

소설의 이런 '내용'만을 단순 비교하면 「갯마을」과 「흑산도」는 말 그대로 대동소이하다고 해도 무리가 없다. 따라서 주요 인물의 이름과 지명만을 바꿔치기해놓았다고 단정, 성급하게 '표절' 운운하며 호들갑스럽게 화제를 불러일으켜도 나무랄 수 없을 지경이다. 실제로 주요 인물의 이름 바꿔치기에서도 드러났듯이 두 작품의 지명은 현격히 다르다. 「갯마을」은 첫 문장에서 'H라는 조그만 갯마을'이라고 반익명화하고 있긴 해도 거기에는 기껏 '동해, 울릉도, 사리섬, 대마도' 같은 지명만 간신히 비칠까, 파도 소리만 지겹도록 찰싹대는 모래톱이 가없이 펼쳐져 있을 뿐이다. 아마도 현재의 해운대 지경이거나 그 위쪽의 어느 한적한 갯가를 상정하고 쓴 작품이라고 유추할 수 있겠지만, 이처럼 무주공산 같은 '공간 감각'은 발표 당시의 우리 현대 소설들이 대개 다 그 정도의 미비/부실을 드러내고 있어서 양해 사항이긴 하다. 그러나 「흑산도」는 다르다. 「갯마을」보다 2년 뒤에 만들어진 만큼 '공간 감각'이 그새 진일보한 흔적이 두드러져 있다. 이를테면 '흑산도'라는 제명이 시사하듯이 '칠산 바다, 연평延坪 앞개, 홍도, 석끼미, 옥섬, 비금도, 가파도, 팔금도, 하태도, 다물도, 목포, 용호동, 강화, 영산, 대마도 따위가 그것이다. 이 숱한 지명들이 과연 얼마나 제 구실을 똘똘하게 다하고 있는지를 논외로 돌린다면 앞바다에 섬이 없는 동해안의 「갯마을」이나 서해안 섬마을 「흑산도」의 풍정과 생활세계는 거의 동일하며, 두 쪽 다 허구한 날 시름에 찌들어 있다고 해도 빈말은 아니다.

갯마을과 섬마을 속에 '흐르는 시간'도 거의 전설 수준의 그것에 그치고 있어서 '소설 읽는 재미'를 반감시키고 있다고 해야 옳을지 모른다. 우선 「갯마을」 속에는 "고등어철이 왔다"는 화자의 한가로운 단언이 세 번 이상이나 나오는 것으로 볼 때, 아마도 작품의 '시간대'를 3년쯤으로 잡아야 하지 않을까 싶지만 오리무중이다. 더욱이나 두 번째 서방이 '징용'을 갔다니까, '징용'이라는 행정 용어가 인구에 회자되던 시절을 떠올려보면 이 작품의 시대적 배경을 일제강점기로, 그것도 말기인 1940년대 초중반쯤으로 한정해야 옳을지 어떨지 종잡을 수 없다. 이런 모호성을 '초시간적 세계'라고 호도하면 그 속의 여러 정황에 대한 나름의 사실감 일체는 사실상 빛 좋은 개살구가 되고 만다. 그야말로 추수주의자의 실없는 말장난에 지나지 않는 것이다. (이런 부족한 '시공간 감각'을 통해 당대의 소설 작법상의 미흡한 기율과 우리 작단의 허술한 장인정신까지 넘겨짚을 수 있으며, 나아가서 작가 개인의 형상력 및 언어 구사력의 상대적 미달을 분별할 수 있기도 하다. 물론 초기작은 어느 작가의 것이라도 여러 점에서 엉성한 '구도'를 곧이곧대로 드러내게 마련이다.) 실은 '고등어철'도 동해안과 남해안 일대에서는 늦가을부터 한겨울 내내 이어진다니까 연거푸 쓸수록 막연해지기 십상인 '계절 감각'일 수 있다. 「흑산도」도 예외는 아니다. 강강술래, 둥당기타령, 뜻 없는 후렴인 '어여디어' 같은 뱃노래가 작품의 첫머리와 꼬리에서 크게 들려오는 만큼 소설의 시작과 끝을 매겨서 '의미 있는 갈등의 진행 경과'를 조감해야 하는 예의 그 '시간대'가 시종 가물거릴 뿐이다. 그렇긴 해도 섬이라서 그런지 「흑산도」가 「갯마을」보다는 한결 구체적인 시간을 그리고 있다. 가령 "열흘 만에야 하태도에 불려갔던" "벌써 두 달이 꼬박 흘러갔다" "곱슬머리가 사흘째 찾아왔다"와 같은 대목이 그것이다. 하기야 보는 바대로 이런 시간관도 범상하기 짝이 없어서 소설 속의 '특정한 예외적 시간'과는 한참이나 겉돌고 있음이 사실이다. 다음과 같은 대목은 그 적절한 본보기로 손색이 없을 듯하다.

"정이월부터 삼사월까지는 자반과 우무를 뜯고, 오뉴월이면 잠질해서 생복이나 성게를 땄다. 칠팔월에는 미역이 한창이었고, 구시월 접어들어 동지섣달까지는 김海苔을 주웠다. 갯밭을 파는 조개잡이는 사철 가리지 않아 이렇게 까막개 아낙들은 여름은 여름대로 겨울은 겨울대로 바다와 더불어 손끝이 닳아갔다."

바닷가 주민들에게 사시장철 피붙이처럼 밀착되어 있는 이런 '시간 정보'가 과연 소설의 진행에 얼마나 요긴하게 기능할까. 그것은 틀림없이 주인공의 변덕스러운 심상을, 하루의 권태로운 동선을, 철따라 무작정 쌓여가는 체념 따위를 꽁꽁 묶어놓을 테지만, 그런 일상은 "해마다 그 꼴로 되풀이되는 섬 살림이 이젠 진절머리가 났다"와 "까막개 큰애기들에게는 뭍이 향수鄕愁처럼 그리워지는" 데 그친다. 그러니 이런 바닷가의 동정 일체는 '흐르지 않는 시간'이라서 '시간대'와는 무관하고, 그 구실도 보잘 것이 없다. 그러고 보면 「흑산도」에도 예의 그 시대적 배경이 소루하기 이를 데 없다. 「흑산도」의 작가에게 흔히 따라붙는 관형사격 세평, 곧 '철저한 자료 수집, 정확한 문장, 구성의 치밀성' 같은 실없는 정보가 무색해지는 대목인데, '맥아더 라인'이 들먹여지고, '의사가 있는 육지에 가 살아야지'라는 문맥만으로 유추해낼 수 있는 경계는 아무래도 구비문학의 그 초시간적/탈공간적 성취와 멀리 떨어져 있지 않아 보이는 것이다.

☸ 진저리 나는 바닷가 삶을 뛰어나게 재현하다

넓게는 해양문학, 좁게는 어촌문학이 소박하게 펼쳐 보이는 우리의 산문적 풍토, 특히나 현대 소설로서의 그 내적 규모, 기율, 성취는 다분히 무시간적, 운명론적, 서정적인 어떤 질서의 완강한 구축에 이르러 있는 것으로 다가온다. "큰 너울이 올 적마다 물컥 갯냄새가 코를 찌르는" 바다가 늘 모래톱 너머에 펼쳐져 있을 뿐이며, 무슨 설화처럼 고등어배는 여전히 돌아오지 않는다. "출어한 많은 어선들이 행방불명이 됐다"는 신문 기사가 간헐적으로 들려올 뿐이다. "바다라면 정말 싫증이 나고" 그래서 "바다가 미워지며", 아예 "바다를 떠나야만 살 것" 같은 착잡한 정서가 일상을 온통 뒤덮고 있듯이 어떤 문맥에서도 생생한 '사실'보다는 흐릿한 신기루가 넘쳐난다. 그러면서도 "원수인 바다에 끝없는 저주를 보내면서 바다에 대한 지성은 그들의 신앙이" 되어 있다는 단조로운 메아리에는 맥살이 풀리는 느꺼움을 뿌리칠 수 없다.

가없이 펼쳐진 질푸른 망망대해에 대한 애증이 이처럼 들끓는 심상에는 말할 나위도 없이 그 구릿빛 살갗에 밴 짠물처럼 진한 원초적 에로티시즘이 암류한다. "부푼 가슴이 풀 먹은 인조견 저고리 앞자락을 슬며시 들고 일어서는" 갯마을/섬마을의 청상들은 출어한 어선과 뱃사람을 "그리다가 목이 마르고, 기다리다가 지쳐서 쓰러지면서도 바다와 더불어 살아갈 수밖에" 없다. 그 기다림의 대상은 굳이 성구나 용바우가 아니어도 상관없다. 해순이는 그 바다를 잊지 못해 갯마을의 모래톱으로 달려온다. 북술이는 뭍으로 내빼 살림을 차리자는 곱슬머리를 마다하고 "풀물만 마시고 누워 있는 할아버지에게" 쌀미음 한 그릇이라도 따끈히 끓여드리려고 돌아선다.

「갯마을」과 「흑산도」에 자욱이 서려 있는 지배적 정조는 대체로 세 가지로 요약할 수 있다. 첫째는 바닷속 용왕님이 무시로 건장한 남정네들을 불러감으로써 생이별을 감수하며 살아가는 청상들의 수심 가득한 모색이다. 둘째는 그들의 일상을 먹구름처럼 뒤덮고 있는 남루다. 귀해서 아껴 써야 하는 식수, 군복 잠바를 걸치고 사는 할아버지, 빨랫비누, 담뱃갑, 고무신 한 켤레, 쌀자루 같은 세목이 그 가난을 대변하고 있다. 셋째는 아낙네들의 시름과 한숨을 달래주는 용왕당이나 당집이 반드시 등대처럼 언덕배기에서 굽어보는 초자연적인 풍경이 그것이다. 그래서 바닷가 사람들은 바다를 징그럽다고 손사래 치면서도 당집이나 등대처럼 그 자리에 탈속한 자태로 눌어붙어 있을 수밖에 없다.

이상에서 조감해본 대로 소설이 당대의 실상을 재현하는 데 있어서 어느 장르보다 그 기능이 뛰어남은 의심할 수 없다. 짤막한 단편인 만큼 「갯마을」과 「흑산도」가 다소 미흡한 채로나마 그 실적을 보여주고 있다. 그러나 그런 '사실 판단'을 믿도록 이끌어내는 '가치 판단'에 쓸 재료들, 예컨대 허술한 시공간 감각, 따분한 일상의 되풀이, 공허한 설명/묘사/표현으로 말미암은 '시대정신'의 결핍 등등이 차곡차곡 쌓여 있을 때, 그 형상력 일체는 근사近似한 사실화를 그리려다가 특정한 풍경 일체가 왜곡되거나 위증의 혐의를 벗을 수 없는 지경에 이를 수도 있음을 반면교사로 보여준다.

물론 세상이 변하듯이, 언어도 끊임없이 유동적이듯이, 소설의 '형식' 전반도 바뀌고 진화를 거듭한다. 마찬가지로 오늘날 우리 바닷가 공동체에는 대체로 '친환경'을 팔아대는 관광지답게 끌밋한 볼거리와 조촐한 둘레길들이, 외지 손님들을 '비싸게' 재우고 먹이는 서비스업체들이 즐비하다. 바닷가 인심과 풍속도 「갯마을」과 「흑산도」가 태어난 1960년경 저쪽과는 판이해진 것이다. 무료와 허무와 간난은커녕 기름진 풍족과 바쁜 일상과 느긋한 배금주의가 바닷가 안팎을 훈훈하게 감싸고 있다. 게다가 시간마다 출어 통제를 알려주는 경보장치 덕분에 한 마을에 떼과부가 숱했다는 한때의 일화를 '전설 따라 삼천리' 같은 방송극으로 따돌려놓고 있기도 하다.

이제는 테트라포드가 촘촘히 박힌 항만 시설을 뒤로 물리며 고깃배는 아스라이 떠나가고, 영화 장면처럼 때맞춰 돌아온다. "가는 사람이나 보내는 사람이나 그들의 얼굴에는 희망과 기대가 깃들어 있을망정 조그마한 불안의 그림자도" 없다. "바다를 사랑하고, 바다를 믿고, 바다에 기대어 살아온 그들에게" 아무리 큰 너울도, 하누바람北風, 샛마西南風, 갈바람南風 같은 바닷바람도 살갑기만 하다. 그래서 바다는 태고 이래로 인간사/세상사의 모든 행불행을 어머니처럼 천연히 보듬어주고, 다음날의 뜨거운 햇덩이를 그 푹하고 넉넉한 가슴에 품은 채로 환한 세상을 기다리고 있는 것이다.

글쓴이 김원우

소설가. 소설집 『무기질 청년』 등과 장편소설 『짐승의 시간』 『모노가미의 새 얼굴』 『부부의 초상』 등을 썼다. 그 외 『일본 탐독』 『작가를 위하여』와 같은 비소설 장르의 책들도 펴냈다.

바다를 닮은
새로운 서정의 탄생

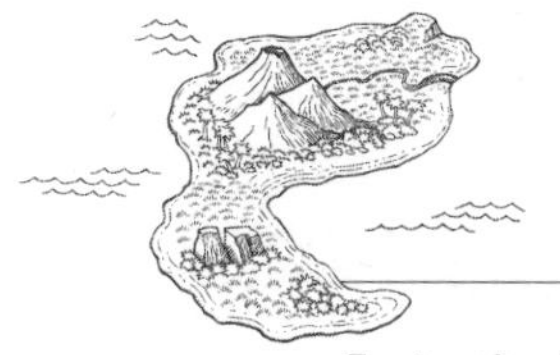

『그늘의 깊이』

김선태 | 문학동네 | 2014

『살구꽃이 돌아왔다』

김선태 | 창비 | 2009

정약전이 귀양 가 있던 흑산도 사리마을 사촌서당 마루에 걸터앉아 시인은 "그가 들었을 저 징그러운 파도소리에 몸서리친다/ 그 극단의 고독과 불행에 또 한번 몸서리친다"(「자산어보」)고 한다. 그럴 수밖에 없는 것이 그 시대의 바다란 시대의 지성도 꼼짝없이 부정될 수밖에 없는 삶의 변방이었기 때문이다. 그래서 극단의 고독과 불행이 상기되지만 정약전은 그곳에서 당시 지식인들의 지적 패러다임과 삶의 양식으로는 상상도 할 수 없었던 책 『자산어보』(1814)를 쓴다. 어제의 자기를 넘어선 것이다. 이렇게 바다는 육지의 패러다임을 부정하며 새로운 가능성을 여는 곳이다. 그 부정의 힘이 바로 "저 징그러운 파도소리"다. 따라서 바다에서 산다는 것은 그 파도소리를 내면화하고 삶의 긍정적 리듬으로 만드는 일이다. 한마디로 바다를 닮은 삶이 되어야 하는 것이다. 김선태 시집 『그늘의 깊이』와 『살구꽃이 돌아왔다』가 위치한 지점이 바로 여기다.

❁ 바다에는 바다를 닮은 삶이 산다

온전히 바다를 닮은 삶과 서정은 어떻게 특성화될까? 우선 시인은 "저 징그러운 파도소리"를 내면화하여 생을 살리는 리듬으로 체화한다. "언덕에서 가만히 내려다보고 있으면/ 바다는 무슨 말을 가르치는 교실 같다/ 거기엔 철썩철썩 매를 때리는 선생님이 있고/ 촐랑촐랑 말을 따라하는 아이들이 있다/ 바람이 잔잔할 땐 낮고 부드러운 소리로 발음하다/ 바람이 거세지면 앙칼지게 입에 흰 거품을 문다/ 바다는 저토록 속내를 알 수 없다// 언덕에 앉아 들여다보는 바다는/ 한 권의 책이다 글자들이 푸르게 살아 꿈틀대는/ 오늘도 자강불식의 파도는 열심히 책을 읽고 있다/ 오늘이 어제의 등을 떠밀며 책장을 넘기고 있다/ 반복이 아닌 전복의 책장을 받아넘기고 있다/ 일몰의 시간엔 낡은 서책을 불태우기도 한다/ 바다는 저토록 변화를 꿈꾼다"(「언덕에서 海察하다」 중) 바다의 움직임은 그 속을 알 수 없다. 고정된 규칙 같은 것이 하나도 없다. 같은 파도처럼 보여도 파도는 동일성이 아니라 차이를 반복하고, 그 반복이 어느 순간엔 공명하여 거대한 전복을 만들어내며, 저녁때는 "낡은 서책을 불태우기"까지 한다. 그러니 '너는 이러이러해야 한다'는 것과 같은 육지적인 알량한 사회의 명령들이 소용없고 오히려 해가 된다. 바다의 가르침은 '알 수 없는 속내'를 '알 수 없음 자체'로 사랑하라는 것이다. 알 수 없는 것에 대해 자꾸 아는 척하며 규칙이나 규범을 만들지 말고 '알 수 없음'을 통째로 살아버리라는 것이다. 그리 될 때 '저토록 변화를 꿈꾸는', 삶을 살리는 긍정의 리듬을 가진 인간이 탄생한다.

두 번째는, 바다를 긍정의 생 리듬으로 가짐으로써 '알 수 없음 자체'를 통째로 사랑하는 인간의 운명애적 삶이 열린다는 점이다. 실제로 바닷가 삶의 주인공들은 바다의 리듬에서 빚어진다.

> 가난한 선원들이 모여 사는 목포 온금동에는 조금새끼라는 말이 있지요. 조금 물때에 밴 새끼라는 뜻이지요. 조금은 바닷물이 조금밖에 나지 않아 선원들이 출어를 포기하는 때이지요. 모처럼 집에 돌아와 쉬면서 할 일이 무엇이겠는지요? 그래서 조금은 집집마다 애를 갖는 물때이기도 하지요. 그렇게 해서 뱃속에 들어선 녀석들이 열 달 후 밖으로 나오니 다들 조금새끼가 아니고 무엇입니까? 이 한꺼번에 태어난 녀석들은 훗날 아비의 업을 이어 풍랑과 싸우다 다시 한꺼번에 바다에 묻힙니다. 태어나서 죽을 때까지 함께인 셈이지요. 하여, 지금도 이 언덕배기 달동네에는 생일도 함께 쇠고 제사도 함께 지내는 집이 많습니다. (중략) 이 한마디 속에 온금동 사람들의 운명이 죄다 들어있기 때문 아니겠는지요.
>
> _「조금새끼」 중에서

이렇게 빚어진 아이들이기에 어떤 규칙도 없는 바다를 통째로 사랑해버리는 삶이 "운명"적으로 가능한 것이다. 이때의 '운명'을 바다의 시간에 의해 빚어졌다는 점만 부각하여 숙명적인 것으로 생각하면 안 된다. 왜냐하면 그들은 그런 바다와 '싸우는' 삶을 자기로부터 내보내고 그것을 삶으로 사랑하는 자들이기 때문이다. 생각해보자. "오늘도 외딴섬 벼랑 끝에 핀/ 꽃 한 송이"(「마음의 풍경」 중)처럼 살아야 한다면 숙명이라 체념하고 살아야 할까 아니면 지금 이 순간을 가득 가득 살아야 할까? 바다를 통째로 사랑하는 삶은 니체의 아모르파티amor-fati(운명애)에 가까운 삶이다. 따라서 삶의 문화도 다를 수밖에 없다.

세 번째는, 운명애적 삶이기에 그들은 춤추고 노래하며 살아간다는 것이다. "바다는 이십사 시간 성업중인 뮤직댄스홀 같다/ 거기 노래하고 춤추는 뮤즈가 살고 있다/ 뱃속에서부터 저절로 해조음 태교를 받고 태어난/ 바닷가 아이들은 가무의 운명을 피할 수 없다/ 모두가 뮤즈의 자식들이기 때문이다/ 바다는 저토록 신명이 넘친다"(「언덕에서 海察하다」 중)고 했던 그들 문화가 시집 『그늘의 깊이』에서 「섬의 리비도」 연작으로 완성된다. "서남해 섬마을에는 산다이가 지천이지요. 산다이란 술 마시고 노래하고 춤을 추며 노는 놀이판이지요. 추석이나 설에 마당이나 놀이방에서 벌이는 명절 산다이나 누군가 죽어 초상집이나 무덤가에서 벌이는 장례 산다이도 산다이지만 고기를 잡거나 밭일을 하거나 나무를 벨 때 하는 노동 산다이처럼 하여튼 흥이 동하면 때와 장소를 가리지 않고 벌어지는 산다이도 쌔고 쌨지요. 산다이가 벌어지면 섬 전체가 들썩대지요. 사람이며 바다며 산이며 들판이 온통 질펀한 놀이판으로 바뀌지요. 이때만큼은 무슨 도덕 따위

일랑 훌훌 벗어버리고 오로지 본성을 따라가지요. 슬픔도 기쁨도 사랑도 미움도 죄다 한데 녹아들지요. (중략) 산다이야말로 우리가 돌아가야 할 놀이의 본향 아닐는지요."(「섬의 리비도1 – 산다이」 중) 장례 산다이도 있는 것으로 보아 육지 중심 문화와는 분명히 다르다. 이 산다이는 인간과 인간 사이에, 인간과 사회 사이에, 인간과 자연 사이에 말뚝처럼 박혀 있는 사회적 도덕명령을 뽑아내고 바다의 본성으로 돌아가 하나로 출렁이는 축제다. 개체 인간으로서의 아픔과 고통을 전체와 통일시켜 완전하고 온전한 하나임을 느끼게 하여 새롭게 재생시키는 바다의 특성을 닮은 놀이다. 개별과 개별 사이의 간극을 노래와 춤으로 보드랍게 하여 '일중다, 다중일一中多 多中一'의 상태를 만드는 것이다. 이런 상태로 재생될 때 삶은 가벼워지고 다시 "풍랑과 싸우다 다시 한꺼번에 바다에 묻"히는 운명을 부르고 의욕할 수 있는 존재들이 된다. 그래서 이들의 자연적 미의식은 삶을 살 만한 가치가 있는 것으로만 해석합니다.

여기서 만들어지는 네 번째 특징이, 삶의 모든 것을 살 만한 가치의 것들로 지혜화한다는 것이다. 정약전이 궁핍의 시절에 『자산어보』를 썼다면, 김선태는 그 어보에 담긴 각각의 것을 생의 지혜서로 읽고 쓰려 한다. 물론 그 시도는 아직 시작 단계이지만 그를 통해 생을 유혹하는 생명적 힘의 지혜를 강화하려는 방향성을 보입니다. 그래서 김지하 시인도 "「주꾸미 쌀밥」에서 동학의 최고율인 '모심'을, 「숭어회꽃」에서 '바다생명의 기막힌 아름다움'을, '갯고등·홍어·우럭'들로부터는 '심오한 생명의 지혜'를 터득한다"(『살구꽃이 돌아왔다』)고 했을 것이다. 「조개야담」 연작은 원초적

성 에너지로 생의 피를 돌게 한다. 이들 모두가 생을 비난하거나 금하는 것이 아니라 한걸음 더 나아가게 하는 서정이다. 그래서 선악이 있는 것이 아니라 "꽃 속의 저승"(「말미잘 내 청춘」)일 뿐이고, "외도外道를 외도外島로"(「외도」) 되게 하고, "뭐라뭐라 하염없이 키들거리며 개불을 씹는다니, 하여튼 하느님의 섭리"(「개불」)에 들게 한다. 생명적 힘에 의한 순리로 나아가게 하는 것이다. 따라서 그 길로 들어선 인간은 사회적 선악의 명령이 아니라 자신에게서 나오는 생명적 자연함에 따라 살 수밖에 없다. 시인은 그런 인간형의 단초를 '육감'이 잘 발달된 인간으로 상정한다.

> 어떻게 그렇게 잘 아느냐 물으면 그냥 육감이란다 포구생활 오십년이면 저절로 느낌이 붙는다는 것 바닷속이며 물때며 물길까지를 환히 꿰찬다는 것 물고기도 바다가 넓다고 아무렇게나 헤엄쳐다니지 않고 항용 다니는 길이 따로 있어 무리지어 오가며 먹이활동을 한다고 했다 그 이야기를 듣고 사람에게만 길이 있는 것이 아니라 물고기며 물 생명들에게도 저마다 길이 있고 육지만이 아니라 바다나 하늘 심지어 마음속까지도 내통하는 길이 있음을 알았다 안 보이는 것을 볼 줄 아는 육감 _「육감」 중에서

바다라는 매끄러운 평면을 자기화하여 살아가야 하니 모든 생명적 관계를 터득하여 그때그때의 삶을 잘 만들어가는 인간일 수밖에 없는 것이다.

이상이 "적막하고 척박하기 그지없는 한반도 서남부 변방 목포"(시인의 말)에 뿌리를 내린 김선태 시인의 바다와 관련된 서정

의 특징이다. 바다와 관련한 다른 분들의 시를 많이 읽어보지 못한 터라 시인의 작품을 그간의 문학적 성과와 비교할 수는 없지만, 바다를 닮은 서정의 향방은 위에서 말한 네 가지 특징의 확장과 내밀화일 것이라 여겨진다. 시인의 각오처럼 "내 시도 여기에 끝까지 닻을 내릴 것"이라면 내륙 중심의 서정과는 다른 위의 네 방향의 생의 지혜가 우리 시문학에 새로움으로 더해질 것이다.

글쓴이 오철수

시인. 문학평론가. 시집으로 『독수리처럼』 『사랑은 메아리 같아서』 등이 있으며, 시 쓰기 길라잡이 여덟 권과 『시로 읽는 니체』 등을 펴냈다.

욕망의 바다,
바다의 욕망

「목선」『멍텅구리배』『항항포포』

한승원

전라남도의 한 어촌에서 태어난 한승원에게 바다는 생명의 원향原鄕으로서 그의 문학적 상상력의 원천 그 자체다. 그의 소설에서 바다는 소재 이상의 역할을 해내고 있다. 바다는 그에게 악다구니치며 살아가는 사람들의 숱한 욕망과 이해관계가 뒤엉킨 생생한 삶의 현장이다.

☸ 「목선」, 바다를 살아가는 사람들

한승원의 등단작 단편 「목선」(1968)은 이러한 그의 소설세계의 토대를 구축하고 있는 대표작이다. 「목선」은 두 인물에 초점을 맞춘다. 석주는 겨울 동안 양산댁네 김 채취 일에 머슴과 다를 바 없는 처지로 고용되었으나 일을 끝낸 후 양산댁의 채취선을 빌려 어업으로 한밑천을 잡으려는 꿈에 부풀어 있다. 그런데 태수의 뜻하지 않은 개입으로 이 계획이 자칫 수포로 돌아가게 생긴 것이다. 양산댁이 석주에게 빌려주기로 약속한 채취선을 태수에게 빌려줄 낌새다. 석주는 그동안 자신의 실패한 삶을 만회하기 위해 벼르고 벼른 이 계획을 달성하고자 양산댁네와 태수에게 거친 항의를 한다.

이렇듯 「목선」의 중심 이야기는 그리 복잡하지 않다. 하지만 간과해선 안 되는 것이 석주와 양산댁 사이의 약속과 얽힌 삶의 어떤 진실이다. 석주와 양산댁은 각기 서로 다른 모진 상처를 지니고 있다. 석주는 나이 어린 전처의 배신으로 삶이 풍비박산 난 채 정처 없는 유랑생활을 하고 있으며, 양산댁은 젊은 시절 남편을 잃고 아들 하나와 함께 김 채취선 한 척에 의지하여 외롭고 힘든 삶을 유지하고 있다.

이러한 그들에게 채취선은 어업 수단 이상의 의미를 지닌다. 석주에게 채취선은 자신의 실패한 삶을 다시 일으킬 희망이고, 양산댁에게는 어촌 과부의 박복한 인생을 견딜 수 있도록 자신을 지탱해준 귀중한 보호막이다. 이처럼 중요한 채취선을 두고 석주와 양산댁 사이에 묘한 갈등 전선이 형성된 것이다. 마침내 석주는 태수 때문에 양산댁이 자신과의 약속을 파기하는 것으로 알고 태수와 심한 몸싸움을 벌이고 양산댁에게 화를 낸다. 바로 이 대목에서 「목선」을 관통하는 작가의 인간에 대한 통찰이 번뜩인다. 석주에게 채취선을 빌려주지 않겠다던 양산댁이 별안간 태도를 바꾼 것인데, 이 부분을 어떻게 이해해야 할까. 이것의 이해를 통해 「목선」의 밑자리에 가라앉은 작가의 인간에 대한 웅숭깊은 통찰에 이를 수 있다.

사실, 양산댁은 겨울 동안 석주가 자신을 도와 묵묵히 머슴처럼 김을 채취하는 모습을 보면서 겉으로 내색은 하지 않았으나 그에게 연정을 품었다 해도 과언이 아니다. 오랫동안 어촌에서 힘겹게 살아온 양산댁은 외로운 생활에 종지부를 찍고 다른 여인들처럼 남편과 함께 행복하게 살고픈 욕망을 품었을 터이다. 그런 양산댁이 석주를 보면서 그와 함께 남은 인생을 보내고 싶다는 생각을 하게 된 것은 자연스러운 일이다. 그런데 양산댁은 그 사람이 기왕이면 험한 고기잡이 일을 하면서 어촌의 삶을 모질게 견딜 수 있는 남자이기를 원하는바, 석주에게 이러한 강단과 결기의 모습을 발견하고는 마침내 자신의 마음을 드러낸다. 양산댁의 마음을 알게 된 석주는 지난날 그를 배신한 여인으로부터 받은 상처를 떠올린다. 어쩌면 그러한 상처를 또다시 받을지 모르기 때문이다. 과연 그들은 함께 새로운 삶을 시작할까, 아니면 지금까지 그랬듯이 각자의 외로운 삶을 이어갈까. 「목선」의 마지막 장면은 우리에게 인간의 관계와 그 진실에 대해 묻는다.

☸ 『멍텅구리배』, 삶의 굴곡 속 야만의 바다

한승원의 바다 관련 소설은 상처받은 인간을 둘러싼 비정한 욕망들 사이에서 솟구치는 삶의 순정과 진실에 눈을 뜨게 함으로써 인간에 대한 성숙한 이해의 길로 독자들을 안내한다. 이런 면에서 그의 장편소설 『멍텅구리배』(2001)는 소설을 시종일관 휘감는 인간의 악마성과 그 사이사이에서 사금파리처럼 내비치는 삶의 순정이 가히 치명적으로 펼쳐지는 매력적인 작품이다.

'멍텅구리배'라는 제명이 단적으로 드러내듯, 작가는 '멍텅구리배' 안에서 벌어지는 일을 촘촘히 추적한다. "멍텅구리배는 20톤쯤의 크기인데, 여느 배처럼 유선형이 아니"고, "거대한 직사각형의 상자 모양으로 지은 뭉툭한 배"로서 "전후좌우 어느 쪽으로든지 자기 혼자 힘으로는 한 발짝도 나아가지를 못하고 한자리에서만 닻을 내리고 있는 배"이며 "항진하기 위해 저을 노는 물론, 바람을 이용할 돛과 방향을 잡아줄 키도 없"기에 "태풍이 불어와도 꼼짝하지 않은 채 견디고 있어야 하는" 운명을 타고났다. 흔히 이 멍텅구리배를 '새우잡이배'라고 부른 데서 알 수 있듯, 멍텅구리배 선원의 주요 임무는 새우를 잡는 것이다. 바다 한가운데 떠 있으면서 닻을 갯벌 깊숙이 내린 채 파도에 배의 운명을 맡기고 새우잡이에 열중하는 배가 바로 멍텅구리배다. 바다의 일들이 힘들지 않은 게 없지만, 그중 멍텅구리배에서 하는 일이야말로 어쩌면 가장 고될 것이다. 더군다나 소설 속 멍텅구리배에 모여든 선원들은 저마다 서로 다른 악마성을 지닌 채 언제 그 악마성이 비집고 나와 서로의 존재를 앗아가 수장시켜버릴지 알 수 없는 공포의 도가니에 갇혀 있다.

기실 소설 속 선원들은 각기 나름의 곡절 많은 사연을 간직한 채 멍텅구리배로 모여든다. 멍텅구리배 위의 삶은 갖은 일을 겪어온 사내들이 풍찬노숙 끝에 다다른 막장의 삶이다. 이 배의 선원들에게서 삶의 기쁨과 희망은 찾아보기 힘들다.

멍텅구리배라는 제한된 공간과 삶의 한계 상황에 놓인 선원들 사이에서 작가는 인간사회에 어지럽게 뒤엉켜 있는 먹이사슬, 그 음험한 권력관계가 재현되고 있음을 날카롭게 파헤친다. "멍텅구리배 안의 야만적인 권력 구조"에 포위된 선원들의 민낯을 통해 독자는 인간의 부끄러운 자화상을 대면하게 된다. 가령, 멍텅구리배 안에서는 선장이 절대 권력을 행사한다. 나머지 선원들은 선장의 공공연한 묵인 아래 힘에 따라 서열이 만들어진다. 이 서열관계에 균열을 내기 위해서는 혹독한 희생을 치러야 하고 모험을 감당해야 한다. 한마디로 말해 멍텅구리배 안은 정글과 다를 바 없다.

이 정글과 같은 바다에서 작가는 인간의 악마성과 연관된 근원적 진실과 마주한다. 각자의 삶에서 저마다의 내상을 입은 채 배로 모여든 멍텅구리배 선원들은 각자의 삶이라는 전장에서 체득한 내공을 가지고 지옥도와 같은 하루하루의 사투를 기꺼이 감내한다. 작은 불편에도 서로 거칠게 으르렁대는 위험하고 가파른 나날이 이어진다. 배 안에서 악마들은 하루에도 수백 번씩 그 포악성을 드러낸다. 그러면서 그들은 바다의 생리에 따라 그물을 늘어뜨리고 당기며 새우잡이 일에 혼신의 힘을 쏟는다.

여기서 흥미로운 것은, 멍텅구리배 밑바닥에서 불청객인 쥐가 배 밑창을 갉아먹고 있는데도 불구하고 선원들은 애써 이 쥐를 잡지 않는다는 사실이다. 선원들과 쥐는 "서로를 용인하면서 살아온 것"에 대한 어떤 공존의 법칙을 자연스레 익혔다 해도 과언이 아니다. 이것은 멍텅구리배 안에서 좀처럼 발견하기 힘든 공통의 윤리감각이다. 작가의 예리한 문제의식은 바로 여기서 우리를 매혹시킨다. 이 윤리감의 본질은 그리 단순하지 않기 때문이다. 결국 배 안에 팽배한 악마성은 선원 송강철의 죽음을 초래하는데, 지창수를 제외한 멍텅구리배 안의 모든 선원은 약속이나 한 듯 송강철의 죽음과 관련한 증언을 회피하거나 사실과 다른 거짓 증언을 함으로써 송강철의 죽음을 자살로 귀결시키는 데 공모한다. 지창수가 아무리 선원들의 양심에 호소하면서 선주와 선장 그리고 다른 선원들의 철저한 공모와 담합 속에서 꾸며진 죽음의 실상을 알리려 한들 속수무책이다. 그를 제외한 멍텅구리배 사람들은 각자의 존재를 서로의 이해관계에 따라 적극 활용할 뿐이다. 때문에 배 안의 균형을 잡아주는 악마성에 균열을 낸 송강철은 제거되어야 할 이물스러운 존재에 불과하다. 작가 한승원은 이러한 멍텅구리배 안의 음험한 권력관계의 민낯을 파헤침으로써 한국사회의 속살을 들춰낸 것이다. 여기에는 근대화를 향한 압축성장을 하면서 인간이 추구해야 할 인간됨의 가치와 순수한 그 무엇이 훼손되고 있는 사회 현실에 대한 작가의 냉엄한 비판적 시선이 놓여 있다.

❁ 『항항포포』, 구원을 찾는 여정

이와 관련하여, 장편소설 『항항포포』(2011)는 구도적 소설로서 작가는 여기서 작중 인물을 통해 한국의 거의 모든 항구와 포구를 찾아다니는 도정 속에서 자기 구원의 길 찾기를 시도하고 있다. 제주도와 울릉도를 포함하여 전국 대부분의 항구와 포구를 찾아다니는 열흘 동안의 여정 속에서 작중 인물인 소설가 임종산과 호묘연이란 여성은 각자의 삶에 깊게 팬 상처와 대면한다. 임종산은 씻을 수 없는 죄책감에 시달린다. 그는 지난날 소설가 지망생인 여대생 소연과 뜨거운 사랑을 나누면서 소연으로 하여금 무려 세 번 씩이나 임신 중절 수술을 하도록 했다. 그것 때문인지 소연은 젊은 나이에 자궁암에 걸려 결국 죽음을 맞이한다. 임종산은 소연의 죽음에 심한 죄책감을 갖고 참회의 여행에 나서는데 이 참회의 길에서 조직폭력배 우두머리의 아내로 감시와 억압 속에 살아온 호묘연을 만난다. 그들은 자신들의 삶을 구속하고 있는 그 무엇으로부터 진정한 깨달음을 얻고자 한다. 임종산에게는 그것이 소연을 향한 참회이자, 그 자신을 따라다닌 '슬픈 허무'의 심연을 응시하면서 얻어지는 자기 구원의 길이다. 그리고 호묘연에게는 그의 정신과 육체를 폭력으로 구속하고 있는 조직폭력배 남편의 억압으로부터 해방됨으로써 자유의 기쁨을 만끽하는 자기 구원의 길이다. 이렇듯 자신을 구원하고자 한다는 점에서 전국의 항구와 포구를 찾아다니는 이들의 동행에는 구도求道의 성스러움이 깃들어 있다. 동시에 그들의 동행은 서로의 육체를 향한 정념을 주고받는다는 점에서 지극히 속화된 것이다. 말하자면, 그들의 동행은 성과 속이 자연스레 한데 어울리는, 성속일여聖俗一如의 구도를 보여준다.

이러한 점을 성찰할 때, 우리는 "자유, 이 자유에 복종하며 사는 이것이 제대로 세상을 사는 것이다"라는 말에 동감하는 작중 인물의 내면세계를 이해할 수 있다. 가령 소연은 종산과의 이뤄질 수 없는 사랑의 상처 때문에 결국 죽음을 맞이했지만, 이 모든 것을 결코 후회하지 않는다. 그대신 소연은 자기 가족에게 자신이 사랑한 종산을 함부로 대하지 말 것과 종산으로 하여금 화장한 자신의 뼛가루를 그들이 함께 여행한 항구와 포구에 뿌려줄 것을 유언한다. 소연에게 종산은 자유를 만끽하게 해준 연인이자 스승이기 때문이다.

하지만 종산은 소연을 향한 죄책감에서 좀처럼 벗어날 수 없다. 『항항포포』는 우리로 하여금 이들 상처를 입은 작중 인물과 동행하도록 하면서 '슬픈 허무'로 점철된 상처를 치유하는 자기 구원의 길을 모색하게 하는데, 호묘연의 다음과 같은 발언은 시사하는 바가 크다.

> 선생님, 자유와 행복의 모양새가 어떤 것인지 알았어요. 씩씩하게 살아가는 것 자체가 원시적인 몸으로 쓰는 원시적인 시詩, 가장 순수하게 사는 삶이라는 것도……. 지금 저는 전혀 딴 세상에 와 있어요.

가장 쉽고도 어려운 일이 삶을 씩씩하게 살아가는 것이다. 어떤 정형화된 삶이 아니라 변화무쌍한 바다처럼, 생리를 거스르지 않으면서 자연스레 꿋꿋이 살아내는 것이다. 그럴 때 "바다는 사랑과 자유의 화신이다"라는 말에 깃든 한승원의 소설의 진실을 헤아릴 수 있다.

글쓴이 고명철

제주 출생. 문학평론가, 광운대 국어국문학과 교수, 반년간지 『바리마』 편집 위원이다. 『리얼리즘이 희망이다』 『잠 못 이루는 리얼리스트』 등 여러 책을 썼고 젊은평론가상, 고석규비평문학상, 성균문학상을 수상했다.

바위를 병풍 삼은 섬, 암태도

『암태도』

송기숙 | 창작과비평사 | 1981

바다, 흔들림 없이 묵중하게 그 흐름을 타고 있다.
밀려나가는 것은 썰물이다.
그렇게 이야기는 흘러나간다.

소설 『암태도』는 1923년 목포 앞바다의 섬 암태도에서 발생한 소작쟁의운동을 소재로 한 장편소설이다. 암태도 수곡리 출신인 지주 문재철은 목포에 살면서 고향에 거주하는 아버지 문태현과 마름을 통해 소작료를 챙기고 있었는데, 그가 도둑놈 심보로 소작료를 7~8할이나 징수하자 주민들의 원성이 자자했다. 보통 1910년대까지 지주와 소작인은 수확물을 반반씩 나누는 게 관행이었다. 소설에는 나오지 않지만 문재철이 아버지의 사업을 이어받아 제염업에 뛰어들어 번 돈을 땅을 사는 데 투자하고, 소작료로 거둔 미곡을 일본 미곡상에게 팔아 거둔 수익, 각종 고리대금업을 통해 확보한 땅은 어마어마했다. 전국에 걸쳐 있었으며 암태도에 있는 것만 논 29만여 평, 밭 11만여 평, 염전 2만여 평이었다.• 그는 천씨 가문의 천길호와 암태도를 양분해서 경영한 대지주로 운위되지만 실제로는 암태도에서 부동의 일인자였다. 1920년대에는 일제가 저미가정책低米價政策을 썼다. 때문에 지주의 수익이 기존보다 감소했고, 이로써 지주 측에서 소작료를 올려 받아 손실을 보충하려 한 데서 문제가 일어났다. 10할 중 8할을 내는 소작료가 세상에 어디 있겠는가 싶지만, 당시 지주 중심의 농촌 정책을 폈던 일제의 비호로 많은 소작인은 항의 한 번 못 해보고 겨우겨우 사는 형국이었다.

하지만 서태석이라는 자가 있었다. 그는 암태면장 출신으로 1919년 기미독립만세운동의 대열에 동참해 옥살이를 했고 한학에도 조예가 있는 지식인이다. 서태석과 청년회의 주도 아래 불가능할 것만 같았던 수탈에 대한 저항이 시작되었다. 서태석은 청년회 박복영, 부녀회 고백화 등과 함께 소작인회를 만들어 800명 소작인의 소작료를 4할로 낮춰달라고 요구했지만 지주 문재철은 이를 가볍게 묵살하고 만다. 소작인회가 벼 수확 포기, 소작료 불납운동으로 맞서자 지주 측은 마름을 시켜 집집마다 몰래 들어

• 박찬승, 「1924년 암태도 소작쟁의의 전개과정」, 『한국근현대사연구』 54, 한국근현대사학회, 2010.

가 곡식을 훔쳐가거나, 곡식을 지키는 소작인을 구타하는 행패를 부렸다.

소작인의 구타를 이유로 소작인회는 마름을 주재소에 신고하지만, 문재철과 한통속인 일본 순사는 마름을 풀어줬고, 이에 격분한 소작인들은 면민대회를 열어 과거 문태현에게 세워줬던 공덕비를 철거하기로 한다. 이때 면민대회를 훼방 놓으려고 나타난 패거리와 마을 주민들 사이에 시비가 붙고 소작인회 간부들이 모두 연행된다.

드디어 이 사건이 기사화가 된다. 신문에 실려 전국에 뿌려진 것이다. 이튿날 일본 수병들이 이유 없이 몰려와 총을 들이대며 동네 개들을 죽이는 등 협박을 하고 물러나자, 소작인들은 그에 질세라 문재철의 공덕비를 쓰러뜨린다. 다음 날 문씨 가문 사람들은 이에 대한 보복으로 소작인 마을을 뒤집어엎고 소작인들은 문씨 가문의 수곡리 마을을 때려 부수는 것으로 공방을 주고받았다. 이 싸움으로 총 23명의 소작인 청년이 잡혀가지만 문씨 가문에서는 단 3명만 붙들려갔다. 이를 계기로 암태도 소작쟁의는 무대를 목포로 옮겨간다. 공권력의 부당한 실태를 알리기 위해 암태도 소작인 수백 명이 목포로 건너가 목포 주재소 앞에서 농성을 벌이기로 한 것이다.

배는 신석리에서 두 척, 해당서 두 척, 남강에서 세 척 모두 일곱 척이었다. 두대박이 한 척에 50~60명씩이 타고 보니 배는 선삼이 물에 잠기고 타락까지 물이 잠방거렸다.

그러나 날씨도 좋고 바람도 제 바람이어서 배질은 쉬울 것 같았다. 돛폭에 바람을 가득 실은 배들은 제대로 물을 차고 속력을 얻고 있었다.

"바람도 간새東南風로 자크르하구나. 날씨 봐서 날 받았어."

"가만 있자, 오늘이 초사흘(음력)에 지난달이 작았으니 열물, 물때도 방불하그만."

"바람만 바뀌지 않고 노아가면 저녁 쉴참 때에 목포에 닿겠지?"

소작인들은 날씨가 워낙 좋다 보니 기분도 바람찬 돛폭처럼 부풀어 여기저기서 웃음판이 벌어졌다.

"아딧줄(바람줄) 좀 돋워라."

선장이 앞돛줄 잡은 사람에게 말했다. 남강이나 해당 쪽에서 온 배들과 걸음을 맞추려고 그쪽으로 방향을 조금 에우려는 것이다.

"온다!"

초란도를 왼쪽으로 끼고 박달산을 벗어나자 저쪽에 배 두 척이 나타났다.

"해당 배들이다. 앞에 온 것이 필만이 배구만. 남강서는 아직 출발을 하지 않았나?"

"모두 같이 가야 할 테니 배질을 천천히 합시다."

김일곤이가 선장에게 말했다. 혹시 남강서 경찰의 방해 때문에 출발을 못했는지도 모르고, 또 가면서 서로 연락할 것도 있을 것이니 먼저 가버릴 수가 없었다.

"온다!"

"와!"

저쪽에서 배 세 척이 나타났다. 소작인들은 일곱 척의 배에 사람이 가득 실린 것을 보자 어디 전쟁터에라도 나가는 군사들처럼 신바람이 났다.

여기저기서 모여든 목선들이 바다 위에서 조우해 자그마한 선단을 이루며 목포를 향해 내달렸다. 이렇게 건너가서 지주 편을 드는 경찰과 법원에 항의했는데 400명이 참석한 첫 집회가 효과가 없자, 2차로 600명이 몰려가서 집단 시위를 벌였고, 식량도 없이 배수진도 없이 아사동맹餓死同盟의 저항까지 불사했다. 신문에서도 노동단체에서도 암태도 소작쟁의 사태를 연일 보도했으며 토론회의 주제가 되기도 했다. 암태도 소작쟁의는 강연회, 무료 변론, 모금운동 등으로 세간의 주목을 받았고 동정 여론이 확산되었다. 그러자 지주 편에서 위협과 경고만을 일삼던 목포 경찰서장은 전남 도지사와 소작인회 대표들과의 면담을 주선, 타협의 실마리를 제공하면서 주민들의 동요를 막는다.

지주 문재철과 소작인들은 다음의 사항에 합의했다.

· 소작료는 4할로 약정하고, 지주는 소작인회에 일금 2000원을 기부한다.
· 1923년의 미납 소작료는 향후 3년에 걸쳐 무이자로 분할 상환한다.
· 구속 중인 쌍방의 인사에 대해서는 9월 1일 공판정에서 쌍방이 고소를 취하한다.
· 도괴된 비석은 소작인의 부담으로 복구한다.

이야기의 끝은 아름답다. 감정이 한창 격할 때 지주 문씨 집안 아내를 친정으로 내쫓았던 소작인들은 그녀를 다시 데리고 왔으며, 서로 좋아했지만 혼인하지 못하게 되었던 소작인 집 총각과 문씨 집안 처녀도 다시 마을로 돌아왔다. "세상살이란 것은 결국 빼앗고 빼앗기는 싸움판으로 소작인들도 빼앗겼던 권리를 스스로 싸워서 빼앗아야 하고 마음에 드는 계집도 있으면 빼앗아야 한다"는 한 소작인의 말은 그들이 깨달은 현실을 직설적으로 보여준다.

☸ "사람 같은 사람은 암태에 산다"

암태도는 바다 위의 섬이다. 암태도 소작쟁의는 당대 최고의 사회 현안이던 노동운동이 육지에 비해 가난하고 덜 교육받은 섬사람들 주도로 일어나고 그 목적을 쟁취했다는 점에서 매우 큰 시사점을 남겼다. 송기숙은 암태도의 방언과 반농반어 농민들의 생활 실태를 핍진하게 묘사하여 당시 상황을 실감나게 재현했다. 하지만 소설과 실제 사건은 다른 부분이 꽤 있어 서해안 여러 섬의 소작쟁의를 일으키는 계기로 작용한 암태도 소작쟁의에 대해 더 알고 싶다면 학술 논문들을 좀더 읽어보아야 할 것이다.

작가 송기숙은 전남 장흥 출신이다. 1978년 긴급조치 제9호 위반, 1980년 광주민주화운동 등으로 옥살이도 겪는 등 현실의 부정부패에 단호히 대처해온 '행동하는 작가'의 얼굴이라 할 만하다. 그의 『암태도』는 큰 반향을 일으켜 1920년대의 농민운동이 당시 민중운동과 연결고리를 형성하는 계기로 작용하기도 했다.

암태도는 섬이면서도 일찍이 뱃일보다는 농사가 주업이었다. 전체 면적의 33퍼센트가 농경지로 논이 738헥타르, 밭이 684헥타르인 이 섬은 수량이 풍부하고 저수지도 7개나 있어 물 걱정 없이 논농사를 짓는다. 섬이라는 느낌을 가질 수 없는 섬, 그러나 남으로 팔금도와 북으로 자은도를 끼고 있으며 한때는 1만여 명이 주민이 살았던 섬. 이제는 수천의 인구가 섬에 남아 소작쟁의의 자랑스러운 역사를 긍지로 알고 살아간다. 목포 신안 일대에서는 나이가 제법 들었다 하는 이들이라면 모두 "사람 같은 사람은 암태에 산다"는 말을 입에 달고 다닌다. 섬 곳곳에 역사의 현장을 보존하면서 또 항쟁의 주역들을 기리며 섬기니, 이곳 주민들의 공동체 의식에 따른 응집력은 사뭇 강하고 강하다 할 것이다. 이는 여타의 개발 유혹을 애써 물리고 바다 개펄, 염전, 논, 밭, 산을 터전으로 살아가는 이들의 삶을 더없이 아름답게 만들어준다.

바다, 흔들림 없이 묵중하게 그 흐름을 타고 있다.
몰려오는 것은 밀물이다.
그렇게 암태도는 전설이 되어 전해져 흘러들어온다.

글쓴이 정재홍

자유기고가. 운디네출판사를 운영하며 『캐테 콜비츠』 등을 펴냈다. 현재는 충주 주덕읍 하늘문고에서 직접 독자와 만나는 삶을 살고 있다.

홍합의 맛,
전라도 사투리의 힘

『홍합』

한창훈 | 한겨레출판 | 1998

'미워해야 할 대상은 바다가 아니다.' 작가 한창훈이 『한겨레21』(2015년 11월 23일)에 쓴 연재 글 「한창훈의 산다이」의 일부분이다. 2014년 4·16 세월호 참사 이후 십대 청소년들과 만나는 자리에서 자주 하는 말이라고 한다. 한창훈은 "바다란 처음부터 그 자리에서 그 모습으로 출렁이고 있는 존재니까 두려운 곳이 아니라 우리가 기댈 수밖에 없는 어미이자 보듬어야 할 대상"이라는 의미에서 그런 말을 한다고 했다. 세월호 참사 이후 바다에 대한 오해를 풀어주려는 작가의 마음이 전해진다.

그렇다. 바다는 죄가 없다. 문제는 인간이다. 바다에 대한 한창훈의 이런 생각에서 스스로 그러한self-so 자연自然이야말로 최고의 질서라는 인식과 태도를 확인할 수 있다. 어쩌면 한창훈은 저 밤하늘의 달과 별들의 유구한 운행에 따라 매일매일 변해가는 바다의 모습을 보며 "조용한 자포자기"(헨리 데이비드 소로)로서의 삶이라는 운명을 기꺼이 수락하는 것이야말로 바다에 관한 글쓰기의 지향점이라고 생각하는지도 모르겠다. 그의 모든 작품이 그러하다는 의미가 아니다. 그러나 적어도 바다에 관한 한, 한창훈의 이런 생각을 엿볼 수 있다고 나는 믿는다.

여수 거문도 출신인 작가는 1992년 『대전일보』 신춘문예 데뷔작인 「닻」을 비롯해 중편 「바다가 아름다운 이유」와 첫 장편소설 『홍합』 등 바다를 무대로 한 작품을 적잖이 썼다. 바다에 관한 그의 글쓰기에는 위에서 언급한 그러한 생각의 일단이 투영되어 있다고 봐도 좋을 것이다. 「바다가 아름다운 이유」에 나오는 서울역 지하도 노숙자 노인의 입을 빌려 저 '남쪽 바다'를 그리워하는 마음을 표현하는 것을 보라. "저리도 너른 것이 저리도 평평했다." 어쩌면 이 진술은 바다를 배경으로 한 한창훈의 모든 문장에 투영된 무의식을 이루는 인식과 태도다. 서울역 지하도에서 노숙생활을 하는 작중 노인이 있어야 할 저 '남쪽 바다' 대신, 지금 있는 '도시'의 황량한 불모성을 부각시키려는 의도를 담고 있다. 그리고 제3회 한겨레문학상 수상작이자 그의 출세작 『홍합』의 '문기사'가 도시에서의 환멸로부터 벗어나 여수 득량만 일대 갱번가(바닷가)를 찾아온 것에서도 확인할 수 있다. 저 남쪽 바다는 작가에게 있어서 의식적이면서도 무의식적인 귀소의 거점 공간이었던 셈이다. 이때의 남쪽 바다는 어느 가수의 유명한 노래 '여수 밤바다'의 낭만적 색채와는 별 관련이 없다.

✿ 살아 있는 입말, 홍합 까는 여인들의 세계

『홍합』은 11개의 장으로 짜인 소설이다. 작품의 기본 플롯은 대학을 나온 서른 살 총각 문기사가 여수 바닷가 홍합 공장에서 홍합 까는 여인네들과 함께 생활하며 우수마발 민중의 삶을 껴안는 과정을 기록한 이야기라고 할 수 있다. 1990년대 소설이 1980년대 민중소설에 대한 또 다른 편향으로 인해 골방의 내면으로 퇴각할 때, 한창훈은 『홍합』에서 민중적이고 토착적인 세계에 근원을 둔 민중의 살아 있는 입말을 찾아 자발적 하방下方의 도보길에 나선 것이다. 『홍합』이 성장소설이 아님에도 불구하고 다분히 성장소설의 일종으로 읽히는 것은 그런 이유에서다. 다시 말해, 1990년대 문학사적 맥락에서 이 작품을 읽어야 한다는 점을 잊어선 안 된다. 작중 문기사가 "견뎌주마, 다가오라"라고 술회하는 작품의 마지막 대목은 작가 자신의 삶이 어디에 근거해야 하며, 자신의 글쓰기가 무엇을 지향해야 하는가를 선언하는 작가적 메니페스토로 읽어도 무방한 이유가 여기에 있을 것이다.

『홍합』은 민중의 살아 있는 입말의 세계를 핍진하게 묘사한 것이 가장 큰 특장特長이다. 문기사가 홍합 공장에서 만나는 홍합 까는 여인네들이란 누구인가. 작품 속 여인네들은 크게 두 패로 나뉜다. "닳고 닳은 프로들"인 여수 국동패와 공장 인근 신풍패가 그것이다. 홍합 공장에서 일하는 승희네, 석이네, 쌍봉댁, 중령네, 근태네, 강미네, 광석네, 금이네……들이 연출하는 '지지고 볶는' 생활 현장의 언어들이 작가의 붓끝에서 펄펄 살아난다. 한마디로 『홍합』은 전라도 사투리의 맛과 힘을 유감없이 보여주는 작품이다. 공장 인근 신풍패 여인네들을 "햇볕에 고구마순 말르는 것은 알어도 생물 썩는 줄은 모르고"라고 표현하는 것은 점잖은 축이고, 서방질을 한 금이네가 "그래 대줬으면 내가 대줬지 느그들이 대줬냐?"라며 보란 듯이 말하는 대목에서는 절로 웃음이 나온다. 좀 숭악한 별명을 가진 남편을 둔 석이네가 "좆피리가 뭐여 좆피리가" "누구네 서방 알기를 짜다 만 행주 대하듯 해서"라고 운운하는 장면에서는 폭소가 터진다. 문기사와 썸을 타는 과부 승희네에 관한 작가의 묘사는 압권이다. "하늘이 무거워 키는 자라나지 못했지만 대신 백제 왕조 무슨 왕의 무덤 같은 젖가슴과 소를 놓아 먹여도 될 만한 둔덕 같은 엉덩이가 있었다." 한창훈은 종으로 맺어지고 횡으로 엮이는 게 그네들의 계보라면 계보인 여인네들의 입말과 생활 현장에 관한 묘사를 통해 자신의 문학 현장을 그려내고 있는 것이다.

작가는 왜 민중을 묘사하고 살아 있는 입말의 세계를 보여주려 하는가. 이는 그의 분신이라고 할 수 있는 주인공 문기사가 두고 떠나온 도시(그리고 대학)에 대한 근본적인 비판 작업을 수행하기 위해서다. "정갈한 언어와 체계적인 지식으로 쌓인 도시"에 대한 문기사의 환멸은 작가가 1990년대에 대학과 사회에서 경험한 환멸의 감정과 무관하지 않은 것이다. 그는 여수 갯번가에서 만난 민중의 삶을 껴안으며 아무리 '드런 세상'이어도 결코 울지 않고 살아가는 사람들의 모습을 보면서 "생명을 키우는 풍요"를 발견했던 것이다. 어쩌면 이것은 그에게 삶의 발견이었고, 민중의 발견이었을 것이다. 문기사가 '아름다운 것은 언제나 눈앞에 있다'고 술회하는 작품 마지막 장면에서 이를 여실히 확인할 수 있다.

☸ '바다 좀 아는' 작가가 그린 진짜 바다

『홍합』에서 또 하나 간과할 수 없는 것은 바다에 관한 묘사다. 직접적인 묘사는 많지 않다. 득량만의 바다 또한 인근 공단의 공업용수 창고가 되어버린 상태다. 무엇보다 작품에 바다에 관한 묘사가 많지 않은 이유는 홍합 공장에서 홍합 까는 억척어멈들의 세계를 다루는 데 더 많은 지면을 할애하는 것이 작가의 의도였기 때문이다. 그럼에도 불구하고 『홍합』에는 바다에 관한 한창훈의 오래된 의식의 세계와 무의식의 세계를 동시에 엿볼 수 있는 뛰어난 장면이 있다. 바로 태풍의 내력에 관한 묘사 부분이다. 『홍합』에서 바다에 관한 작가의 무의식이 가장 잘 묻어나는 문장을 꼽으라고 한다면, 나는 주저 없이 이 장면을 들 것이다.

> 이 바람은 어디에서 불어오는가. 한 천 년 전쯤에 태평양으로 흘러갔던 것들이 집도 없이 떠돌다가 다시 밀려오는 거였다. 마리아나, 필리핀, 류큐 해구 따위에서 한 만 년가량 가라앉아 있던 뜨거운 기운이 마침내 터져나온 거였다. 수천 년 동안 바다에 빠져 죽은 선원들의 혼령들이 드디어 머리 풀고 날아오르는 것이었다. 이것들은 오키나와를 정면으로 들이받고 동지나해를 뒤집어놓고도 원한이 남아 이렇게 뭍을 타오르고 있었었다.

귀기에 찬 거센 태풍의 힘이 눈앞에서 실감되는 문장들이 아닐 수 없다. 자연은 결코 자비롭지 않다는 말이 몸으로 느껴지는 순간이다. 섬 출신으로 무시무시한 태풍을 수도 없이 목격한 작가이기에 쓸 수 있는 문장이리라. 무인도에 표류한 거문도의 어느 영감이 뱀 잡아먹은 멧돼지 고기를 먹으며 살아났다는 이야기라든가, 밤새 냉장실에 갇힌 선원들이 "병원 간 것 싯은 사망, 목욕탕 간 것 싯은 부활"했다고 하는 이야기 또한 바닷가에서는 삶과 죽음의 경계가 희미할 수밖에 없다는 의미로 읽힌다. 자연 앞에서 '센 척'하는 태도야말로 바닷가의 물정을 모르는 방자한 태도라고 봐도 무방할 터이다. 이 점에서 『홍합』에 묘사된 바다의 인문학은 '바다의 리얼리즘'에 가깝다. 작가가 후기에서 "삶보다 더 진한 소설이 어디 있겠습니까"라고 쓴 데서도 이를 확인할 수 있다.

한창훈은 『홍합』 출간 이후 인도양, 지중해, 대서양, 북극해 등지를 여행했다. 그리고 우리나라 작가 가운데 누구보다 많은 바다에 관한 문학작품과 『자산어보』 시리즈 등의 다양한 저술을 써냈다. 그러나 바다에 관한 그의 상상력은 어느 바다를 응시하든 간에 저 대양의 세계를 낭만화하는 식의 글쓰기와는 사뭇 다르다는 점을 기억해야 한다. 한창훈의 바다에 관한 상상력은 소위 해양문학의 그것이라기보다는 '연근해 어업' 쪽에 더 가깝다고 말하면 지나친 것일까. 패류의 대명사인 홍합탕 한 그릇 생각이 간절해지는 시절이다. 겨울 추위를 향해 "견뎌주마, 다가오라"라고 말하는 것도 썩 괜찮으리라는 예감이 든다. 우리는 그렇게 고해정토의 인생을 살아가는 것이리라.

글쓴이 고영직

문학평론가. 『한길 문학』을 통해 등단했으며, 지은 책으로 『천상병 평론』 『행복한 인문학』 『경성에서, 서울까지』 등이 있다.

먹염바다를 건너가는 저물녘의 시

『언 손』

이세기 | 창비 | 2010

누구나 가슴속에 바다 하나 품고 산다. 쪽빛일 수도 옥빛일 수도 먹빛일 수도 있는 바다. 바다는 그것을 바라보는 이가 지나온 삶의 지형에 따라 빛깔이 달라진다. 그러므로 바다를 바라보는 순간, 마주하는 것은 바다라는 실체로서의 풍경이 아니다. 쉼 없이 출렁이며 안으로 침잠하는 자신의 내면이다. 그게 심연이 아니고 무얼까. 바다, 이토록 깊고 어두운 단어를 나는 아직 알지 못한다. 하늘과 맞닿아 있지만 하늘이 아니고, 땅에 기대고 있지만 땅이 아니다. 바다는 바로 거기 있다. 하늘과 땅 사이에, 고통과 비애로 출렁이고 있다. 저 광활한 바다 앞에서 우리는 모두 고독한 항해자일 수밖에 없다. 그러나 비바람이 몰아치고 태풍이 몰려와도 함부로 항해를 멈출 수 없다. 생활이라는 닻줄이 우리 몸을 단단히 감고 있으니.

☸ 갯굴헝 어둠을 닮은 저녁의 노래

바다와 섬을 노래하는 시인이 있다. 그는 일찌감치 바다를 생활 터전으로 살아가는 섬사람들의 삶과 애환을 주목해왔다. 소금기 묻은 생명의 체취를 갯내 가득한 현장의 언어로 그려낸 『먹염바다』(실천문학사, 2005)는 그가 바다에서 길어올린 첫 시집이다. 인천이 고향인 그는 특히 섬사람에 관심이 많다. 비단 덕적군도나 소청도, 대청도 같은 진짜 섬에 사는 사람들만이 아니다. 한국이라는 망망대해를 쪽배처럼 표류하는 이주노동자 또한 그에게는 섬사람이다. 어디 그들뿐이랴. 바다에 기대어 살고 있는 한 우리 모두는 섬사람일 수밖에 없다.

이세기 시인이 펴낸 두 번째 시집 『언 손』은 저물녘의 바다를 바라보며 부르는 염하鹽河의 노래다. 시집 어디를 펼쳐도 바다가 있다. 생활이 있다. 그런데 그의 바다는 먹빛이다. 낮의 바다, 환희의 바다가 아니라 저녁의 바다, 비애의 바다다. 이 염하의 바닷가에서 시인은 "자궁을 열듯 쏟아지는 울음소리"(「염하」)를 들으며 삶의 골짜기마다에서 걸어나오는 "세상을 견디는 목소리"(「첫여름」)들을 듣는다. 제가끔의 인기척을 지닌 그들이 바로 이 시집의 주인공들이다. 세상은 "칠흑 같은 어둠 속/ 막배도 없고/ 건너갈 배도 없는" 적막의 바다다. 하지만 "봄밤의 달빛은/ 마냥 바다

위를"(「교동에서」) 지나간다. 그래서 먹빛이지만 시인의 바다는 마냥 어둡지만은 않다. 아직은 저녁이다. 저녁바다에 피는 노을이, '북새'가 사라지지 않았으니.

묵묵히 세상을 견디는 자에게 저녁은 어떤 시간일까? 어둠이 한 겹 한 겹 깊어지는 시간이므로 저녁은 절망의 입구일 수 있다. 그러나 시인에게 저녁은 살아 있음을 확인하는 시간이다. 삶은 "갯굴헝 어둠을 닮은/ 생활을 쪼는 일"(「굴을 쪼는 일」)이지만, 저녁이면 고깃배가 들어오고 마을에는 "박대 굽는/ 냄새"(「박대 굽는 저녁」)가 진동한다. 어젯밤에는 "왜 이리 사는 게 힘드냐"(「부채」)며 모로 눕던 아내가 "기력은 곡식에서 생긴다며"(「첫여름」) 고봉밥을 권하는 시간 또한 저녁이다. "물때에 젖은/ 야윈 손이" 시장 한 구석에 "돌부처마냥 웅크리고 앉아서"(「굴봉 까는 저녁」) 아직은 어둠을 응시할 수 있는 시간이다. 이렇듯 저녁의 시간 아래 모인 이들은 말없이 뜨겁다. "열 손마디에 새까마니 물때가 배어"(「생업」) 있는 그들은 모두 '생업'이라는 이름의 문 앞에서 울음을 참으며 세상을 견디는 뜨거운 존재들이다.

❁ 그 환한 것들의 서글픈 내력

이 시집 속에는 삶을 바라보는 자의 시선과 삶을 살아내는 자의 몸짓이 교차하고 있다. 바라보는 자의 시선이 허공이나 빈자리로 향하고 있다면, 냄새와 소리로 환기되는 살아 있는 자의 몸짓은 때론 격렬하게 때론 서럽게 우리 삶의 비애를 들춘다. 전자가 현재진행형의 삶을 일정한 거리를 둔 채 담담하게 보여주고 있다면, 후자는 자신의 체험을 반추하면서 과거로부터 이어져온 마치 운명과도 같은 삶의 비극성을 표출하는 것이다. "날물이 나간 빈 자리"에, 그 "허공"에 눈길이 닿은 현재의 '나'는 "취해 반쯤 기우뚱한" 채 바다 앞에 서 있다(「물이 나간 자리」). 여기서 '나'는 "흰 눈이 머지않아 내릴/ 어느 산길에 서서" 주머니 속 씨앗 몇 알을 만지작거리는 사람이며(「씨앗 몇알」), "수묵 바다가/ 잠을 자듯" 북새가 피는 저녁에 굴뚝에서 피어오르는 "실오라기 연기"를 보고 있는 사람이다(「북새」).

대상과 적당한 거리를 유지하고 있기에 그 어떤 해석도 하지 않고 시각적 이미지를 압축적으로 제시하는 것이 전자의 시들이 지닌 특징이라면, 시인의 개인사를 풀어내는 후자의 시들은 서사성이 두드러진다. 그 과정에서 시인은 어부의 아들이었지만 자신만은 공장노동자가 되길 바랐던 아버지 이야기를 펼쳐놓으며 그 시절 "황해바다를 떠돌다 들어온 아버지의 몸에는/ 비린내보다도 더 짙은/ 광기"가 있었다고 고백한다(「칼치」). 그런가 하면 바다에서 사람이 죽어갈 때마다 "산길로 뻗은 마을 어디에선가" "굿당의 꽹과리 소리"가 들렸다고 회상하며, "어느덧 그 냄새들이 방안까지 따라왔다"며 비극적 삶의 내력을 소리와 냄새로 증언한다(「굿당」).

이런 시인에게는 "때때로 보이지 않는 것이/ 보이는 것보다/ 더 고통스러울 때가 있다." 그래서 그는 "별들이 돋을 때/ 사방이 어둠으로 눈을 뜰 때", 저녁의 노래를 부르며 환한 것들의 곁으로 가고자 한다(「흰 꽃」). 바다 또는 어둠과 대치하고 있는 이 환한 것들은 그러나 낮달과 같아서 밝음 속에 있지만 잘 보이지 않는다. 마치 빛이 어둠을 숨기고 있는 것처럼. 그래서 시인은 노래한다. "낮이 설움에 겨워서/ 새까맣게 게워내는 밤"(「조금달」)을, 그 환한 것들의 서글픈 내력을. 그래서일까, 이세기 시인의 시에서 환한 것들은 언제나 밤의 어깨를 겯고 나타난다.

☸ 패이고 일렁이는 것들, 생간처럼 뜨거운

개인사에서 시작된 비애의 정서는 마침내 덕적군도에 깃든 변경의 비참으로 이어진다. 「어선 춘덕호」에서는 "이곳 울도 백아도 문갑도 소야도에는 한 집 건너 두 집 월경을 해보지 않은 뱃사람은 한 명도 없습니다"라는 말로 갈라진 조국의 현실과 그럼에도 불구하고 생업을 위해 "해무가 끼어 한 치 앞"이 보이지 않는 바다로 나가야 하는 뱃사람들의 애환을 그려내고 있다. 역사 앞에서 파도 앞에서 힘없이 패이고 일렁이는 것들, 그러나 생간처럼 뜨거운 목숨들의 이야기를 들려준다.

이제 시인은 스스로 섬이 되어 자신의 고향 덕적군도의 유래를 들려준다. "수천의 파도로 휘몰아"쳐온 덕적군도의 수난을 자못 격앙된 어조로 토로한다. "들어보라/ 사람들아! 나는 굴업도다" 그것은 문명과 개발이라는 이름으로 인간이 자행한 폭력에 대한 날선 비판이자 반성의 목소리다. 그리고 먹구렁이, 애기풀소똥구리, 황새, 왕은점표범나비, 검은물새떼알, 청미래덩쿨, 자귀나무, 엄나무, 붉나무, 뱀딸기, 금불초들을 차례로 부르며 황해를 터전으로 살아가는 뭇 생명들을, 이들이 천년만년 일궈온 터전을 지켜달라고 호소한다(「굴업도」).

바다는 모든 생명의 시원이다. 그러므로 바다 앞에서는 인간도, 먹구렁이도, 애기풀소똥구리도, 자귀나무도 평등하다. 자연 앞에서 인간은 하찮은 '호모 라피엔스homo rapiens(약탈하는 자)'일 뿐이기 때문이다. 이 하찮은 약탈자의 본색이 잘 드러나는 시가 바로 미군이 기지를 만들려고 하다가 뱀 때문에 철수하고 말았다는 이야기를 담은 「이무기 이야기」다. "모두 모이소서 삶이란 대저 무엇이오 파헤치고 짓뭉개는 것이 생명이오 제아무리 하찮은 미물일지라도 먹고살아갈 권리가 있소 말할 권리가 있소 삶의 둥지를 빼앗으려는 자들 앞에 어찌 굴복하고 살라는 말이오 어찌 인간이란 자기밖에 모른단 말이오"라고 일갈하는 「굴업도」 시편이다.

시인 이세기는 덕적군도, 그 먹빛의 바다와 "입냄새가 같은 고향사람들"을 노래하다가 반휴머니즘의 편에서 인간을 성찰한다. 앞으로 그의 시가 어디로 향할지 자못 궁금해진다. 그럼에도 불구하고 그의 시는 언제나 먹염바다에서 시작할 것임을 믿어 의심치 않는다. 그는 줄곧 "밀려왔다 밀려가는 것 사이"에서 "뜨겁게 타다/ 사라지는 것들"을 바라보고 있을 테니.

바다에 오면 처음과 만난다

그 길은 춥다

바닷물에 씻긴 따개비와 같이 춥다

패이고 일렁이는 것들
숨죽인 것들
사라지는 것들

우주의 먼 곳에서는 지금 눈이 내리고
내 얼굴은 파리하다

손등에 내리는 것과 같이
뜨겁게 타다
사라지는 것들을 본다

밀려왔다 밀려가는 것 사이

여기까지 온 길이
생간처럼 뜨겁다

햇살이 머문 자리
괭이갈매기 한 마리
뜨겁게 눈을 쪼아먹는다

–「먹염바다」 전문(『먹염바다』, 실천문학사, 2005)

글쓴이 휘민

시인. 2001년 『경향신문』 신춘문예로 등단했으며, 시집 『생일 꽃바구니』를 펴냈다.

천국의 성분은 무엇인가

『당신들의 천국』

이청준 | 문학과 지성사 | 1976

낙원은 있는가. 낙원이 있다면 그곳은 어디인가. 만일 지상에 낙원이 없다면, 그곳으로 길은 어떻게 만들어야 하는가. 우리나라 작가 가운데 이청준처럼 낙원에 대해 문학적 상상력을 집요하게 추구한 작가는 많지 않을 것이다. 이청준은 『이어도』 『소문의 벽』 『당신들의 천국』 같은 작품들에서 낙원에 대한 특유의 사유와 상상력으로 집요하게 질문을 던졌다. 좋은 문학은 점진주의의 방식이 아니라 불가능한 사유와 상상력으로 문화적 공동성의 생산 혹은 생성을 강력히 환기한다는 측면에서 보자면, 낙원을 상상하는 이청준의 문학은 낙원의 불가능성을 통해 낙원의 가능성을 역설하는 문학적 정의正義를 추구하는 문학이었다고 할 수 있다.

그러나 그의 주요 관심사는 낙원의 유무 여부에 있지 않다. 그는 낙원을 구성하는 '성분'에 훨씬 더 깊은 관심을 보인다. 그의 대표작인 『당신들의 천국』에서 낙원을 '완성'했노라고 선언하지 않는 데에서도 알 수 있다. 오히려 그는 낙원을 구성하는 두 축인 '자유'와 '사랑'이라는 핵심 성분들이 어떻게 실천적 화해를 해야 하는지에 더 많이 관심을 기울인다. 소록도를 한센인들의 낙원으로 만들고자 한 일본인 주정수 원장의 개조 욕망이 '낙원'보다 자신의 '동상'을 세우려는 것으로 나타났을 때, 결국 한센인들에 의해 죽임이라는 파국을 면치 못한 것에서도 여실히 확인할 수 있다. 이청준은 자유와 사랑의 '실천적 화해'의 과정 없이 건설되는 낙원이란 '무늬만 낙원'이고 '짝퉁 낙원'임을 역설한다. 관서 사투리 억양을 가진 현역 군인 원장인 조백헌이 또다시 한센인들의 천국을 건설하겠다고 나서자 그의 개조 의지와 실천적 진정성을 둘러싸고 끊임없이 의심의 시선을 보내는 인물들을 배치한 데에서도 알 수 있다. 3부작인 『당신들의 천국』에서는 이상욱 보건과장(1부), 황희백 노인(2부), 신문기자 이정태(3부)가 조백헌 원장의 개조 의지와 욕망을 견제하는 역할을 수행한다.

이청준이 『당신들의 천국』에서 구현하려는 천국은 어떤 모습인가. 그것은 명분에 집착하는 천국과는 거리가 멀다. 천국은 천국을 갖게 되는 과정 자체에 있다. 『당신들의 천국』이 이른바 '한국적 민주주의'를 표방한 박정희 유신시대에 대한 정치적 알레고리 문학으로서 그 의미를 지니는 것 또한 절차적 민주주의가 사라진 유신독재에 대한 예리한 문제의식과 무관하지 않다. 그가 생각하는 천국의 모습은 '위하여'의 논리를 배격하고, '함께-함'의 논리에 바탕을 둔다. 절차적 민주주의와 실체적 민주주의의 진정한 결합이라는 측면에서 해독할 수 있는 셈이다. 그러므로 자유와 사랑의 실천적 화해를 역설하는 이청준의 천국론이란 '화해和諧'의 공동체라고 간주할 수 있다. 여기서 말하는 화해의 의미는 신영복이 말하는 화해의 사상이라고 보아도 틀리지 않을 것 같다. 신영복은 『강의』에서 "화和는 쌀을 함께 먹는 공동체의 의미이며, 해諧는 모든 사람들이 자기의 의견을 말하는 민주주의의 의미"라고 풀이한다. 이청준이 1984년 개판본에서 "소설의 제목 『당신들의 천국』은 당시 우리의 묵시적 현실 상황과 인간의 기본적 존재 조건들에 상도한 역설적 우의성에 근거한 말이었다"고 술회하는 것을 보라.

> 문제는 명분이 아니라 그것을 갖게 되는 과정이었다. 명분이 과정을 속이지 말아야 한다. 명분이 제물을 요구하지 않아야 한다. 천국이 무엇이냐. 천국은 결과가 아니라 과정 속에서 마음으로 얻어질 수 있는 것이었다. 스스로 구하고, 즐겁게 봉사하고, 그 천국을 위한 봉사를 후회하지 말아야 진짜 천국을 얻을 수 있게 된다. (…) 언젠가는 명분이 그들을 속인 결과가 되지 않는다고 장담할 수가 있을까. 게다가 큰 명분의 뒤에는 알게 모르게 늘 누군가의 동상이 그림자를 드리우게 마련이었다.

이청준의 이와 같은 천국론은 '출소록出小鹿'에의 꿈을 실현하고자 녹동항까지 똑딱선으로 10분쯤밖에 걸리지 않는 600미터 남짓한 득량만 일대 바다 폭을 메우는 대규모 간척사업 과정에서 재론된다. 오마도개척단을 만든 조백헌이 황희백 노인을 비롯해 5000여 한센인들과 함께 소록도 넓이의 두 배가 넘는 330만 평이라는 미래의 옥토를 위해 만조 시 최고 수심 8미터가 되는 바다를 메우고자 하는 과정에서 치열하게 갑론을박하는 것이다.

그런데 그동안은 오마도 앞 고흥바다를 메우고자 한 조백헌 원장의 개조 욕망에 대해 작가 특유의 천국론의 측면에서만 평가되어온 측면이 없지 않았다. 그러나 이청준이 조백헌 원장의 개조 욕망을 통해 보여준 천국론은 이른바 4.19세대 작가들이 공유하고 있는 영원한 성장이라는 환상과 무관하지 않다고 나는 생각한다. 다시 말해 바다를 메워 옥토를 만들겠다는 조백헌 원장의 의식과 무의식은 철저히 '근대인'을 표상하는 저 파우스트적 열정의 현대적 화신이라고 보아도 틀리지 않은 것이다.

괴테는 『파우스트』에서 지배권과 소유권을 획득하기 위해 '개발사업'에 전념하는 파우스트라는 독창적인 인물을 창조한다. 파우스트의 개발사업이란 무엇인가. "왕자와 같은 바다를 해변에서 몰아내고, 불모의 광활한 습지를 좁히고, 파도를 바다 멀리 내쫓는 것"이다. 파우스트의 이 선언에서 자연 착취와 빈부 격차를 당연시하는 파괴적 경제 시스템의 어두운 심연과 자멸적 근대 경제의 본질을 알아채는 것은 어렵지 않을 것이다. 그리고 이청준이 창조한 '조백헌 원장'이란 인물 또한 저 파우스트적 근대인의 모습과 매우 흡사하다는 점을 이해할 필요가 있다.

어쩌면 이것은 이청준의 한계는 아니다. 오히려 시대의 한계라고 보아야 옳다. 동세대 작가인 조정래가 대하소설 『한강』에서 한강의 기적을 표상하는 포항제철 용광로에 대해 찬탄 어린 묘사를 하는 데서도 이 점은 확인된다. 바다의 인문학이라는 관점에서 볼 때 이청준의 『당신들의 천국』은 도시화, 산업화, 근대화의 '바깥'에 대한 사유와 상상력이 부재한 작품이라고 말할 수 있는 이유가 여기에 있다. 최근 국토교통부가 『2015년 지적통계연보』에서 발표한 바에 따르면, 2014년 말 기준 우리나라 국토 면적이 1년간 여의도 면적(2.9제곱킬로미터)의 6배가 넘는 18제곱킬로미터 늘어난 것으로 나타났다. 늘어난 이유는 충남 당진시 석문국가산업단지와 여수 국가산업단지 부지 조성 등을 위해 해안을 매립 준공한 데 따른 것이라 한다. 국토가 넓어졌으니, 우리는 좋아해야 할까. 지금 여기의 문학이 어떤 근대화이고, 어떤 미래주의인가에 대한 질문을 중단하지 않아야 할 이유가 여기에 있지 않을까. 문학은 지금과는 다른 사회를 상상하고, 다른 미래를 꿈꾸는 오래된 문화 형식이 아니던가.

☸ '우리들의 천국'을 어떻게 만들어나갈 것인가

그럼에도 불구하고 이청준의 『당신들의 천국』은 20세기 한국문학을 대표하는 작품이다. 문학의 유구한 주제인 낙원에 대한 사유와 상상력을 행간에 부려놓았다는 측면 외에도, 저 1970년대에 알레고리적 상상력으로 한국문학의 새로운 영역을 구축했다는 점에서 그러하다. 특히 이인칭 복수로 표현된 제목이 상징하듯이, '당신들의 천국'이 아니라 '우리들의 천국'은 무엇으로 구성되어야 하고, 어떤 성분으로 이루어져야 하는가라는 물음을 제기했다는 점에서 20세기 한국문학의 득의의 성취라고 간주할 수 있다. 그렇더라도 자연(바다)을 정복 대상으로 파악한 점은 작가의 한계인 동시에 시대의 한계라고 보아야 할 터이다. 이것은 바다를 메우는 투석 작업과 성토 작업이 태풍에 의해 무너지는 장면을 묘사하는 장면에서 극적으로 드러난다. 나는 이 장면에서 저 파우스트의 현현을 확인하게 된다.

물론 이청준은 이상욱 과장, 황희백 노인, 신문기자 이정태라는 작중 인물들을 통해 "진정한 나환자의 복지"를 꿈꾸는 조백헌 원장의 꿈과 욕망이란 실상 '명분의 독점성'에 기반한다는 질문을 던지는 것을 잊지 않는다. 그리고 작품 말미에 자연인 신분이 된 조백헌 원장이 "섬사람이 된 도리"로서 미감아로 자란 서미연과 윤해원의 결혼식 축사에서 "믿음의 씨앗과 싹"을 준비해야 한다고 말하는 데에서도 이런 시선을 확인할 수 있다. "흙더미가 쌓여 방둑은 이어졌으되 그 이어진 방둑을 오가야 할 사람들의 마음이 이어지지 못하고 있기 때문입니다. 마음이 갈라져 있었기 때문입니다." '마음의 방둑'을 강조하는 조 원장의 이 메시지야말로 『당신들의 천국』이 정치적 알레고리로서뿐만 아니라 문학적 정의의 회복을 위한 메시지로서 큰 울림이 있다고 감히 말할 수 있으리라. 작품을 읽는 내내 "유토피아를 꿈꾸는 사람은 유토피아의 독재자"라고 말한 정치학자 한나 아렌트의 언급이 연상되는 것은 그런 이유와 무관하지 않을 것이다.

지금도 고흥 앞바다 소록도에는 손가락이 잘려나간 문둥이의 몽당손 모양을 한 오마도개척단 단기가 펄럭이고 있는가. 이른바 문둥이 시인인 한하운의 시 「오마도」의 일절로 이 글을 맺을까 한다.

문둥이가
땅에서 못 살고 쫓겨난 恨은
땅에서 살아보려는 願은
땅에서 살아보지 못한
땅을 만들어
(…)
살아서 마지막으로
학대된 이름을 씻어

『당신들의 천국』을 읽으며 우리 시대 '가나안'은 어디에 있으며, 그것은 어떻게 만들어져야 하는가 자문자답해본다. 그 방식은 '위하여'의 논리도 아니고, 성과주의 논리도 아닐 것이다. 그것은 이상욱 과장이 그토록 탄핵하고자 한 '슬픈 지배술'에 지나지 않는다. 자유(이상욱 과장)와 사랑(황희백 노인)의 실천적 화해(이정태 기자)를 역설하는 이청준의 천국론이 여전히 유효한 질문으로 남은 까닭은 지금 여기의 맥락과 무관할 수 없다. 황희백 노인 같은 '호모 사케르'들은 예나 지금이나 여전히 있는 법이니까. 그러므로 『당신들의 천국』을 덮고 난 뒤 우리들의 질문은 다시 시작된다. '우리들의 천국'은 어디에 있는가, 라고. 소록도 만령당萬靈堂에 안치된 사자死者들의 영원한 안식을 기원한다.

글쓴이 고영직
문학평론가. 『한길 문학』을 통해 등단했으며, 지은 책으로 『천상병 평론』 『행복한 인문학』 『경성에서, 서울까지』 등이 있다.

어쩔 수 없는 곳의
어쩔 수 없는 기록

『사할린 섬』

안톤 파블로비치 체호프 | 배대화 옮김
동북아역사재단 | 2013

경험하지 않은 것을 상상하는 일은 어디까지 가능할까.

여기 내가, 대다수의 사람이, 단 한 번도 경험하지 못한 이야기가 있다. 이 이야기는 모두 사실이며, 이 기록을 남긴 이는 자신의 감상을 빼고 사실만을 기록하기 위해 고군분투했다. 명성을 얻은 젊은 작가가 갑자기 오지의 특파원을 자처한다. 산 넘고 물 건너 두 달 반을 가서 목적지에 도착한다. 목적지는 황량하기 이를 데 없다. 지옥이다. 다시 돌아올 길도 두 달 반이 걸린다. 교통수단의 발달과 무관하게 이 땅은 가닿기 힘든 곳이라 그렇다. 인간에게 절대 친절하지 않은 자연이 버티고 있는 곳, 도저히 어찌할 도리가 없는 곳이다.

⎈ 사할린 섬, 그 자체가 형벌인 땅

사할린 섬. 한국인들에게는 강제징용으로 익숙한 이름이다. 유라시아 대륙의 극동, 일본의 북쪽에 있는 반도처럼 기다란 섬이다. 거친 붓 자국처럼 생겼다. 동쪽으로는 오호츠크 해가 있고 서쪽으로는 타타르 해협이 있다. 면적은 남한보다 조금 크다. 19세기 러시아제국의 의사이며 소설가였던 안톤 체호프는 소설가로 명성을 얻고 난 뒤 심기일전을 위해 반년 동안 치밀한 준비를 거쳐 신문에 여행기를 연재하기로 약속하고 특파원 자격을 따내 조국의 변방을 찾아 떠난다.

이 책 『사할린 섬』은 1890년 4월 21일 모스크바를 출발해 그해 12월 8일 모스크바로 돌아온 체호프의 기록이다. 5월 시베리아의 튜멘에서 출발하는 이 긴 여행기의 시작은 짧은 대화로 이루어져 있다.

"도대체 자네들 시베리아는 왜 이렇게 추운 거요?"
"하느님 마음이죠!"

불가능, 불가한, 어쩔 수 없는, 어찌할 도리가 없는, 할 수 없는, 없는, 무서운, 두려운, 타락한, 권태로운, 자유롭지 못한, 알 수 없는, 아둔한, 천박한, 엉망인, 결코 벗어날 수 없는, 탐욕스러운, 빈한한, 불행한, 모르는, 굴복, 불법적인, 사악한, 부득불, 부패한, 불쾌한, 실패한, 버린, 잔인한, 상실하는, 절망, 타락, 없다.

책을 관통하는 낱말들은 햇빛 한 줌 들어오지 않는 축축한 숲과 같다. 시베리아의 땅은 얼었다 녹았다를 반복하여 도저히 도로를 만들 수 없는 지경이라고 한다. 체호프의 단어가 시베리아를 지나 사할린 섬에 다다르면 독자는 늪지대를 걷다가 잠시 마른 초지를 걷다가 황량한 벌에서 한숨을 쉬고, 다시 한번 허리를 곧추세워봤자 머리통을 통째로 얼려버릴 듯한 짠내 나는 바닷바람에 기진맥진하게 된다.

심기일전이라는 말로 이 험난한 여행을 계획한 체호프의 속내는 무엇이었을까. 커다란 불행 앞에서 더 큰 불행을 상상한 적이 있다. 어찌할 도리 없이 시간이 흘러가기만을 기다려야 하는데 그 시간을 버틸 자신이 도저히 생기지 않을 때, 얼마나 더 불행해질 수 있는지 상상해보곤 했다. 체호프가 만난 사할린 섬의 기록은 얼마나 더 처참해질 수 있는지에 대한 끊임없는 기록이다. 위트 넘치고 재기발랄한 소설을 쓴 저자의 작품이라고는 믿기지 않을 만큼 이 글은 대체로 건조하다. 더러 폭발하는 고통을 그는 울부짖지 않고 그대로 삼켜버린다.

사할린 섬은 유형지였다. 감히 쉽게 행장을 꾸릴 수도 없는 시퍼런 동토를 지나 닿을 듯 닿지 않는 해협을 건너, 겨울이 모두 얼려버린 대륙의 끄트머리에서 보이는 사할린 섬엔 러시아제국이 버린 흉악 범죄자들이 징역을 살고 있었다. 이곳에 유형수와 징역수를 보낸 이유는 이 섬을 식민지로 만들기 위해서였다. 사람이 살지 않는 집은 한 달 만에 풀숲에 뒤덮이고 귀기가 어린다. 아무리 흉악한 땅이라도 사람이 가서 살면 살 만한 곳이 되리라는 게 러시아 정부의 생각이었다.

오합지졸, 어디서 무엇을 하다 왔는지 자꾸 각성하게 되는 죄수들이 몇 안 되는 자연인들과 끊임없이 질병에 고통받는, 농사 짓지 않는 원주민들 사이에 떨구어진다. 집을 짓고 농경지를 개간하는 것은 그들의 몫이다. 사람만 가는 것이다. 정부에서 지원한 털옷과 지원금을 가진 채. 경제가 굴러가지 않는 땅에 돈을 가지고 털옷을 입고 도착한 죄수들은 산에서 나무를 베어다 습기가 가실 날 없는 집을 짓고 마을을 만든다. 정부는 관리도 파견하고 병사도 파견하여 이들의 정착을 지도한다. 자고 일어나 주변을 둘러보면 그저 눈앞에 펼쳐진 세상 자체가 형벌인 땅에, 버려졌으나 잊히지 않은 존재들이 모여든다.

☸ 사방은 바다, 그 안은 온통 재앙

체호프는 우연성을 강조한다. 어쩌다가 모인 사람들, 그 땅에 사는 것만으로도 사회에서 자기 자신이 무엇을 하다 왔는지 어떤 이유로 여기 왔는지 쉴 새 없이 깨우치게 되는 이들은 공동체를 이루지 못한다. 마치 난파된 배에서 구조되어 우연히 모여 있게 된 사람들과 다름없다. 추위 때문에 곡물은 자라지 않는다. 가축은 얼어 죽는다. 길러서 먹을 것이라곤 추워서 싹이 났거나 썩어버린 감자, 혹은 순무, 먹기만 하면 탈이 나는 물고기들이다. 지역의 토착민은 농사를 죄로 여겨 그들의 역사엔 농업이 없고, 죄수들은 사냥할 기운이 없다. 관리들의 이름을 따서 마을이 만들어진다. 관리들은 이 땅에서 잔혹해진다. 그들은 중세 영주와 같은 행세를 하며 섬의 어린 처녀들을 후처로 삼거나 태형을 내린다.

남성 유형수의 부인이 함께 오는 경우도 있고, 여성 유형수가 오기도 한다. 이들은 목적에 의해 서로를 취해 가족이라 부르긴 어려운 세대를 형성한다. 죄수들에겐 택지가 주어지고 집을 지어 세대주가 되거나 같은 필지를 부여받아 공동세대주가 되기도 한다. 살아가려니 먹어야 하고 혼자 지낼 수 없어 누군가와 결합한다. 이들의 가족 형태는 돈과 술에 의해 헤쳐 모여를 반복한다. 여자는 내다 버려도 되는 물건, 매매가 가능한 개나 소와 같은 처지인지라 매춘은 일반화되어 있다. 언제부터 거기 있었는지 알 수 없는 원주민들에겐 매독과 괴혈병이 끊이지 않는다. 동거하는 남녀가 가족의 모양을 갖추어 결혼을 하거나 아이를 낳기도 하지만 아이들은 대부분 소화기 질환으로 죽어간다. 남편이 있는 여자는 매춘을 하고 남편이 없는 여자는 돈과 술이 있는 남자 곁으로 옮겨 다니며 산다. 소녀들은 관리나 돈 있는 죄수의 후처가 된다. 러시아 정부에서 여자들을 이곳에 보낸 것은 가정을 만들어 여자들이 가사를 꾸리게 해 식민정책을 성공시키려는 의도였다. 그러나 남녀를 불문하고 이곳에 모인 이들이 의지한 것은 지긋지긋한 추위와 빛이 들지 않는 암울한 섬의 시간을 견딜 수 있게 하는 술뿐이었다.

자연의 법칙, 경제의 법칙은 부차적인 것이 된다. 사람들은 잉여 인간이 되고, 사냥을 하느니 위험을 무릅쓰고 정부에서 빌린 소를 잡아먹는다. 모든 궁핍을 순종적으로 견디며 위험에 대해급기야 무관심해진 이 우연한 무리들이 사방은 바다이며 안은 온통 재앙인 섬에서 영양실조와 질병을 안고 추위에 주눅 들어

꾸역꾸역 살아가는 것이다.(IX. 261쪽)

❁ "불행한 자들의 삶의 기록"

안톤 체호프는 사할린 섬의 대다수 사람을 만나 인터뷰를 했다. 모든 집을 돌아다니며 주민의 이름, 가족의 형태, 나이, 유형의 분류, 각 마을의 특징, 인구 분포, 의식주, 교도소와 의료 시설 현황, 산업과 농업의 가능성까지 섬을 구성하는 요소들을 일일이 치밀하게 조사했다.

사람에 의해 단죄당하고 징벌받은 이들의 무력한 삶은 이 미래가 없는 유형지에서 완전히 새로운 형태의 원시적 사회를 만들어낸다. 뭉칠 수 없는 채로 혼재하는 사람과 사람이라는 섬은 절대로 혼합되지 않는 기괴한 사회 구조를 만들어내어 "농노제를 가장 저열한 형태의 징역 유형으로 대체"(XIII. 332쪽)했던 것이다. 인간의 힘으로 어찌할 수 없는 자연과 이미 어찌할 수 없는 과거를 지닌 사람들이 만나서 진정으로 살아 있는 것은 아무것도 없는 상태로 삶이 계속되어야 할 때, 섬은 어떤 모습을 띠게 되는가.

섬은 고립이다. 우연의 힘이 지배하는 이 고립된 공간에서 인간은 속수무책이다. 섬은 원래 그곳에 있었고 인간은 섬에서 무엇인가를 발견하려 애쓴다. 그러나 섬에 갇힌 사람들은 결국 그 자신이 가냘프고 외로운 섬이 되고 만다. 섬을 둘러싼 바다는 그만한 위력을 발산한다. 인간에겐 어찌할 수 없는 것이 있다. 바다만큼의 고독 속에 해무의 짠맛 같은 욕망끼리 부딪쳐 갈등으로

숨 쉬는 섬을 만들어냈다.

체호프는 도대체 좋은 것이라곤 찾아볼 수 없는 조사와 기록에 지친 어느 날 바닷가에 서서 말한다. "무섭지만 그와 동시에 끝없이 서서 한결같은 파도의 움직임을 바라보며 그 으르렁거리는 울음소리를 듣고 싶다."(XIII. 334쪽) 그의 독백은 시베리아가 추운 것이 신의 뜻이라는 한 선량한 마부의 언어와 부딪친다. 인간이 어찌할 수 없는 무형의 절대적인 힘이 존재하며, 이것이 언제까지나 결코 스러지지 않을 것임을 그는 이 섬에서 느꼈으리라.

모두가 그 섬을 꺼려했던 시대로부터 120년이 지난 지금의 사할린 섬은 풍부한 자원에 힘입어 산업기지가 되었다. 120년 전 사할린에 살던 사람들의 모습은 비문명적이었으나 결코 비인간적이지는 않았다. 이 책의 기록은 인간다운 모습이 무엇인지를 원초적으로 밝혀낸다. 더 좋은 곳은 어디에 있는가. 상상할 수 없는 추위 속에서 곱은 손으로 조사카드에 꼼꼼히 내용을 적어간 체호프의 손가락을 따라가본다.

사람들에게 널리 알려지고 오랫동안 전해지는 이야기에는 시대와 장소를 초월하는 인간사회의 보편성이 담겨 있다. 사할린 섬의 고통 어린 이야기는 전혀 낯설지 않다. 거친 바다와 황량한 자연이 그들 삶의 배경이었듯 어디부터 꼬였는지 알 수 없는 나락에서 버티고 있는 내 이웃과 유형수들의 모습이 자꾸 겹쳐 책장은 쉬이 넘어가지 않는다.

책은 사할린 섬의 질병과 의료 상황을 파악하는 보고서 형태의 글로 급작스럽게 끝난다. 그도 어쩔 수 없었던 모양이다. 이 험난하고 무수한 삶의 씨알들을 어찌 안이하게 결론지을 수 있겠는

가. 사할린 섬 총독은 체호프에게 이 기록문의 제목으로 "불행한 자들의 삶의 기록"을 제안하지만 체호프는 자신이 불행한 자들의 삶을 자세히 알지 못한다고 결론 내렸다. 상상할 수 없는 불행한 삶은 그 누구도 자세히 알 수 없을 것이다.

글쓴이 이하나

기록집필, 사진기록을 하고 있다. 주로 비매품이 될 글을 쓰고 소멸될 장면을 사진으로 남긴다. 책으로 덮인 집에서 두 아이를 키우며, 지역에서 문화예술·마을교육을 기획하고 진행하고 있다.

섬놈의
자유 분투기

『그리스인 조르바』

니코스 카잔차키스 | 이윤기 옮김 | 열린책들 | 2009

1년 전 작은 회사를 세웠다. 작은 회사의 대표는 만능이 되지 않으면 회사가 굴러가지 않는다. 사업을 시작했던 이유는 여유롭게 하고 싶은 것을 하고 살기 위해서였는데, 쳇바퀴처럼 돌아가는 일 때문에 삶의 질 따위는 생각도 할 수 없는 상황이 되었다.

그런 상황에서 『그리스인 조르바』를 읽었다. 겨우 한 장씩 읽어 나가던 책 속에서 조르바는 어딘가 얄미운 인물이었다. 자기 마음대로 연애하고 술 취하고 노래하고 춤추며 살아가고 있었다. 여자를 사랑하고, 또 다른 여자를 사랑하고, 마음 가는 대로 지내는 조르바를 일거리 잔뜩 쌓인 책상에 앉아 읽자니 '지금 나는 뭐하는 거지?' 싶었다. 나도, 떠나자. 섬으로.

그렇게 떠난 곳이 보라카이다. 거친 크레타는 아니었다. 마음은 크레타에 가고 싶었지만, 거긴 물리적으로 너무 멀었다. 무엇보다 돈이 없었다.

조르바에게 용기를 받은 사람 1인, 그렇게 여행을 떠나 책을 다시 펼쳤다. 내가 바라보는 바다는 휴양지의 에메랄드빛 바다인데, 조르바가 매일 바라보는 크레타는 회색빛 거친 바다다. 땅에 두 발을 박고 단단히 서 있는 사람들이 바라보는, 삶처럼 예측할 수 없는 거친 바다. 책을 읽는 내내 떠오르는 이미지는 깊이를 알 수 없는 검은 바다에 높은 파도가 몰아치는 그런 장면이었다. 비록 잔잔하다고 해도 그 안이 늘 불안한 느낌의 바다 말이다. 『그리스인 조르바』는 바다를 닮은, 예측할 수 없는 삶에 대한 책이다. 그리고 자유를 외치지만 자유롭지 못한 사람들과 삶 속에서 진정한 자유를 체득한 인간이 대비되는 이야기다.

누구나 자신의 삶에 치여 산다. 그러다 시간이 한참 지나고서야 문득 깨닫는다. 왜 그때 그렇게 못했지? 왜 못 떠났지? 왜 그 사람을 못 잡았지? 후회 가득한 삶을 살지 않기 위해서는 생각이 떠올랐을 때 바로 행동해야 한다. 하지만 가진 것이 많은 사람일수록, 더 많은 것을 배우고 더 중요한 위치에 맞춰진 사람일수록 자신이 원하는 삶을 행동으로 옮기기는 쉽지 않다.

『그리스인 조르바』는 저자 니코스 카잔차키스의 자전적 소설이다. 글을 쓰는 자신의 직업에 대해 "책 나부랭이와 잉크로 더럽혀진 종이"에 처박혀 진짜 인생을 허비하는 일이라고 말한 그는 지금까지 자신을 옭아매온 글의 감옥을 벗어나 자유를 찾아 고향 크레타로 떠난다. 떠나는 배 안에서 만난 이가 바로 조르바였다.

만나자마자 '나'와 조르바는 의기투합했다. 아니, 어떻게 보면 '나'가 조르바에게 찜당했다. 고향 가는 배임에도 이방인처럼 어색하게 앉아 있는 '나'를 조르바는 반짝이는 눈으로 캐치한다. 첫 만남이었는데도 조르바는 수다스럽게 자신의 인생 이야기를 펼쳐놓는다. 구라 같은데도 무시할 수 없는 깊이가 있는 그의 이야기에 '나'는 매료되기 시작한다.

조르바는 '내'가 오랫동안 찾아다녔으나 만날 수 없었던 바로 그 사람이었다. 그는 살아 있는 가슴과 커다랗고 푸짐한 언어를 쏟아내는 입과 위대한 야성의 영혼을 가진 사내였다. 언어, 예술, 사랑, 순수, 정열이란 단어들의 의미는 그 노동자가 지껄인 가장 단순한 인간의 말로 '나'에게 분명히 전해져왔다.

☸ 격정의 섬을 휘감는 참인간의 자유

키가 크고 몸이 마른 60대 노인이지만, 마치 한창인 40대처럼 행동하는 조르바는 책벌레인 '나'에게 진짜 인생, 인간이 무엇인지 알려주었다. 마음껏 음악을 사랑하고, 여자를 사랑하고, 춤을 사랑할 줄 아는 사람이 진짜 인간이라는 것을 말이다. 하지만 그도 이런 지혜를 처음부터 가진 것은 아니었다.

스무 살의 조르바는 그가 자란 마케도니아 섬이 좁다고 느끼며 동전만 한 세상을 보고 살던 청년이었다. 조르바는 크레타 혁명에 가담했다. 대단한 대의가 있었던 것은 아니다. 그저 거기에 있었고, 피가 끓었기 때문이다. '나'가 글과 지식으로 이야기하던 혁명의 이상향과 조르바가 말한 자유를 찾기 위한 혁명전쟁은 전혀 달랐다. 사기 치고, 훔치고, 피가 튀고, 죽이는, 미친 지랄 같은, 정의는 어디에도 없던 그 모습이 혁명이었다. 그러면서 조르바는 자유가 무엇인지 묻는다.

> 자유란 무엇일까요? 이 씨앗이 친절하고 정직한 곳에서는 왜 꽃을 피우지 못하지요? 왜 피와 더러운 거름을 필요로 하느냐는 것입니다.

'나'는 조르바의 질문에 답을 제대로 하지 못한다. 자유를 누리기 위해 무엇을 버려야 하는지, 무엇을 놓치지 말아야 하는지 알 수 없었기 때문이다.

이 책은 그 답을 조르바의 말과 행동으로 알려준다. 자유의 반대말은 노예다. 고삐 풀린 망아지 같은 조르바는 알고 보니 자신을 땅에 단단히 박아 세운 자유로운 인간이었고, 반대로 고상한 지식을 두르고 펜대나 돌리는 '나'는 너무도 나약하며 변명밖에 모르는, 규약에 사로잡힌 노예였다. 오르탕스 부인과 수작을 부리는 조르바를 보며 함께 즐거워하지만, 막상 자신은 마을의 어여쁜 과부가 꿈에 나타날 지경이 되어도 다가가지 못하는 얼간이다. 그러다 드디어 용기를 내 꿈같은 하루를 보낸다. 그런 '나'를 조르바는 마치 갓 태어난 아기처럼 다정하게 돌봐준다.

> 그는 전장에서 돌아온 용사의 어머니처럼 나를 조용히 자상하게 돌봐주었다.

'나'는 과부와의 하룻밤으로 책벌레 먹물이 아닌 피와 살로 이루어진 건장한 육체와 영혼이 연결된 진짜 인간으로 거듭났다고 생각한다. 하지만, 그건 혼자만의 착각이었다. 과부가 죽음의 위기에 처했을 때 마지막까지 그 옆을 지켜주었던 건 꽃 내음 가득 물든 자신이 아닌 조르바였다.

멀리 떨어진 채 사람들에게 그만둬달라고 애원하는 나약한 '나'와 달리 조르바는 몸으로 부딪혀 싸워가며 사람들의 맹목적인 불의와 맞섰다. 피가 튀어도 물러서지 않는 조르바를 '나'는 멀리서 바라보고만 있었다. 사람들이 무서웠기 때문이다.

> 조르바는 민첩하면서도 조용하게 싸우고 있었다. 교회 문 쪽의 가까운 곳에서 나는 안달을 부리며 그 싸움을 구경했다.

둘은 결국 과부를 구하지 못한다. 찔끔거리며 슬퍼하는 심약한 '나'와 다르게 조르바는 마음을 다해 통 크게 가슴 아파한다. 작가는 그런 조르바의 슬픔까지 부럽다. 그리고 책을 읽는 나도 그런 조르바가 부러웠다.

작가는 끊임없이 조르바와 자신을 비교하며, 후회하고 반성한다. 자신의 한계를 벗어나보려고 발버둥치지만 늘 초라하고 부끄러운 자신의 모습을 깨달을 뿐이다. 자유를 위해 투쟁했다는 '나'는 한 꺼풀 벗겨보니 비겁하고 부끄러운, 자기변명만 가득한 나약한 노예근성의 지식인이었다는 것을 깨닫는다. 반면 조르바는 우리에게 이런 이야기를 하는 것 같다.

"얄팍한 지식으로 변명하는 따위는 집어 치워. 진짜 인생은 실제로 구질구질하고, 아름답지도 않지만, 그래도 나이를 제대로 먹고 뜨거운 가슴이 아직까지 지펴져 있다면 진짜 자유를 찾을 수 있어. 그런 게 인간 아니겠어?"

진정한 자유인이란 마음 가는 대로 행동해도 순리에 어긋나지 않고, 조금 더 세상을 살맛 나게 만드는 사람, 단순하고 소박한 행복을 거침없이 끊임없이 찾아가는 사람이다. 마지막까지 하고 싶은 게 남아 있고, 죽는 순간까지 창틀을 거머쥐고 먼 산을 바라보며 눈을 크게 뜨고 웃으며, 창틀에 손톱을 박은 채 당당히 죽은 조르바. 그렇다, 모름지기 자유인이라면 죽음에 그 정도로는 맞설 수 있어야 한다.

마초 남자의 자유가 무엇인지 이야기하는 책이다 보니, 이것 참 여성에 대한 묘사는 딴지 걸고 싶은 부분이 한두 군데가 아니었다. 하지만 1910년대 당시 선거권도 없었던 여성들에 대한 편파적인 묘사를 두고 시비를 따지기보다는 작가가 전하려는 말에 좀더 집중하기로 했다. 이 시대, 마초라도 좋으니 이런 자유와 정의를 품은 인간을 보고 싶은 마음이다.

글쓴이 황윤정

개인·기업의 히스토리텔링을 바탕으로 최적의 콘텐츠를 제작하는 소셜콘텐츠 퍼블리싱 기업 이은콘텐츠 대표. 70대가 되면 세상의 명작들을 찾아서 다시 읽을 계획을 갖고 있다.

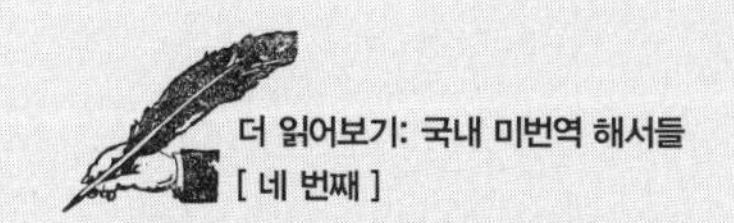

바다의 고리

'독도와 센카쿠' 국경 지역으로부터의 물음

環りの海: 竹島と尖閣 國境地域からの問い

류큐신보·산인추오신보 | 이와나미서점 | 2015

독도와 센카쿠尖閣(중국명 댜오위다오釣魚島) 국경 분쟁 문제는 내셔널리즘의 부채질로 과열 양상을 띠어가고 있다. 과연 이 갈등을 내셔널리즘만으로 원만하게 풀 수 있을까?

2013년 일본 신문협회상을 수상한 이 책은 이 질문으로부터 출발한다. 저자에 해당되는 '현지 매체' 『류큐신보琉球新報』(오키나와 현)와 『산인추오신보山陰中央新報』(시마네 현)는 국경 지역을 생활과 생존의 터전으로 삼고 있는 사람들의 상황을 하나하나 취재하고, 아울러 역사적 배경과 동남아시아, 유럽 등 세계 각국의 영토 분쟁의 해결 사례도 검증한다. 국가의 전권 사항이 되기 십상인 영토 문제를 국가끼리의 갈등을 넘어 '지역 생활자'의 관점에서 해결하는 것이 이 책의 목표이며, 더욱이 이웃 나라와 영토 분쟁에 따른 충돌이 일어나면 가장 먼저 피해를 받는 당사자로서 자신들의 시각을 관철시키려 한다. 일본신문협회도 수상 선정 이유를 "각 해역의 어업인구를 비롯한 생활자의 목소리를 꼼꼼히 파고들며 중국, 타이완, 한국 등 상대국 현지 주민의 목소리도 철저하게 반영했다. 내셔널리즘으로 흐르기 쉬운 영토 문제에 대한 평화적 해결 방법을 찾는 냉정한 시점의 필요성을 절절하게 호소했기 때문"이라고 밝혔다.

현재 독도는 한국이, 센카쿠 열도는 일본이 실질적으로 지배하고 있으며 그동안 무력 충돌을 피하기 위해 영유권의 귀속 문제를 사실상 보류해왔다. 그러나 2012년 여름, 당시 한국의 이명박 대통령이 독도에 상륙하고, 센카쿠의 영유권을 주장하는 타이완과 타이완은 자국 영토라고 주장하는 중국이 얽힌 상황에서 그해 9월 일본이 센카쿠 열도를 국유화하자, 독도와 센카쿠 열도를 둘러싼 국경지역 바다는 고리눈을 뜬 것마냥 긴장이 팽팽해졌다. 이러한 정세 아래 저자들은 한·중·일 국제관계 악화 속에서 등한시했던 국경 주변 지역에서 생계를 꾸려나가는 어민의 눈으로 바다를 바라봐야 한다는 생각에 이 책을 기획했다.

취재 결과 각국의 어민들도 영토 문제가 정치에 이용되고 있음을 꿰뚫어보고 있었고, 영토 운운보다 생활 터전으로 삼을 수 있을지, 심지어 영토가 분명하게 확정되지 않아도 서로를 인정할 수 있다면 상생 가능하다고 말하는 어민조차 있었다. 어민으로서 안심하고 고기잡이하는 것이 최우선인 이들은 영토의 귀속에 집착하기보다는 평화적으로 해결하기를 원했다. 오히려 직접적인 이해관계가 옅은 사람들 쪽이 과격 발언과 행동에 기울어지기 쉽다. 바다의 국경은 지도상에 선으로 그어져 있지만 그곳에 사는 사람의 눈에 보이는 것은 국경선이 아닌 파도치는 생존의 바다라는 풍경이다. 이 책은 "평화적 마무리를 모색하는 도전이 전 세계에서 펼쳐지고 있다"며 국가의 틀에 얽매이지 않는 지역 관점에서 해결할 것을 주문한다. 독도, 센카쿠, 쿠릴 열도 등 영토 문제는 제2차 세계대전 이후 미국이 굳이 마무리를 서두르지 않고 일본과 주변국 사이에 분쟁의 불씨로 남겨둔 것 아니냐는 것도 흥미로운 가설이다. 해결의 즉효 처방이 제시되진 않지만 알자스로렌 지방과 핀란드와 스웨덴 사이에 있는 올란드 제도의 분쟁·해결 사례를 들어 향후 문제를 푸는 실마리로 삼자고 제안한다. 한국과 중국 측도 한번 귀 기울여볼 만한 이야기다.

해저

프리다이빙, 바다가 우리에게 말해주는 것

Deep: Freediving, Renegade Science, and What the Ocean Tells Us About Ourselves

제임스 네스토 | 에이먼 돌란/마리너 북스 | 2015

『뉴욕타임스』 북 리뷰 이달의 책으로 선정된 이 저작을 『월스트리트저널』은 세 개의 형용사로 짧고 명료하게 묘사했다. '매혹적이며, 정보성이 있고, 매우 신나는' 책이라고 말이다. 그리스에 해외 특파원으로 가게 된 기자 제임스 네스토는 그곳에서 우연히 기상천외한 장면을 목격하게 된다. 한 남자가 산소통 하나 없이 바다 밑 91미터 지점까지 내려갔다가 4분 뒤에 수면 위로 올라왔다. 그의 몸에는 아무 문제가 없었으며 환하게 웃는 모습이었다. 기자는 프리다이빙을 한 이 남자가 양서류에 버금가는 호흡능력을 보여준 것에 호기심을 느꼈다. 결국 그는 당시 사람들에게 잘 알려지지 않은 이 놀라운 능력이 어떤 훈련으로 가능케 된 것인지를 연구하기로 결심했다.

끈질긴 집념으로 연구를 지속한 결과 탄생한 이 책에는 익스트림 스포츠에 빠진 선수들을 직접 만나면서 얻은 기록들이 담겨 있다. 뿐만 아니라 기존 과학의 패러다임을 뒤집은 새로운 이론들을 연구하는 학자들로부터 영향을 받아 인간이 얻어낸 지식과 지구에 존재하는 생물들에 대한 진실을 다른 시각에서 접근하는 해석들을 소개한다. 인간의 몸과 정신이라는 것에 대한 신선한 정의와 분석도 빼놓을 수 없는 책의 매력이다.

제임스 네스토는 대서양의 깊은 바닷속으로 독자들을 안내한다. 2만8000피트가 넘는 심해 탐험을 통해 저자는 고래가 수백 마일 떨어진 곳에 있는 동종 고래와 어떻게 연락을 취하는지, 또 상어가 칠흑같이 어두운 바닷속을 똑바로 직진할 수 있는 능력은 어디에서 나오는지 등을 파헤친다. 과학자들이 생각했던 것보다 더 놀라운 기록들을 가진 바다 생명체들의 실체에 대해 이 책은 거의 모든 궁금증을 해결해줄 것이다.

프리다이빙에 빠진 선수들은 누가 더 깊이 들어가는지 경쟁한다. 그것도 호흡 장비 없이 맨몸으로 잠수한다. 제임스 네스토도 이 책을 쓰기 위해 직접 프리다이빙 기술을 배워 바다 밑을 탐사했다. 바다 생명체와 인간의 능력을 새롭게 확인하며 그 능력을 확장시키려고 애쓴 선구자들과 교감의 장을 마련하는 것이 저자가 이 책을 집필하게 된 또 다른 이유다. 바다의 수면부터 깊은 해저를 넘나들며 지구에서 가장 베일에 가려진 공간이라 할 수 있는 바다를 시원하게 파헤친 작품이다.

망망대해에서 한 알의 장어 알을 찾아

도쿄대 연구선, 장어 1억 년의 수수께끼에 도전하다

大洋研一粒の卵を求めて: 東大研究船、ウナギ一億年の謎に挑む

쓰카모토 가쓰미 | 신초샤 | 2015

지구의 70퍼센트를 차지하는 망망대해에서 장어는 대체 어디에 산란을 하는 것일까? 장어는 바다에서 부화해 반년, 그 뒤 강으로 올라와 10년을 살고 다시 바다로 산란을 위해 돌아가는 신기한 생태의 물고기다. 1억 년 동안이나 생존해오며 생애 내에 수천 킬로미터나 수중세계를 회유하는 장어 최대의 수수께끼는 산란장이었다. 장어 연구의 일인자이자 '우나기(장어) 박사'라는 애칭으로 통하는 저자는 바다의 염분 농도, 해저 산맥의 위치, 달의 참과 이지러짐 그리고 여러 가설을 검토한 결과 2009년 세계 최초로 천연 장어 알을 마리아나 제도 서쪽 해역에서 채집했다.

이 책은 광대한 바다에서 직경 1.6밀리미터의 알을 찾아낸 세기의 대발견의 궤적이자 세계에서 가장 상세한 장어 이야기책이다. 장어의 불가사의한 생태를 「추적 60분」 같은 다큐멘터리 형식으로 좇는 것도 짜릿한 재미를 선사하고, 장어를 둘러싼 인간들의 우왕좌왕한 에피소드도 별미다. 40년간 오로지 장어만을 연구해온 연구자의 열정과 유머감각, 추리 소설의 재미를 동시에 만끽하고 싶은 독자에게는 더할 나위 없이 안성맞춤인 책이다. 동물은 왜 여행을 떠나는가, 장어 진화론(심해어가 진화해 장어가 되었는가), 대서양과 태평양 장어의 차이, 세계 최초의 천연 알 채집, 장어 자원 감소의 원인, 장어 연구의 최전선, 장어와 일본인, 장어 보전을 위해 지금 우리가 할 수 있는 일 등등으로 얼개가 짜여 있다.

일본 장어는 강을 떠나 탄생의 땅 남태평양까지 3000킬로미터나 여행하면서 산란을 한 뒤 일생을 마친다. 부모 장어는 수정을 효율적으로 하기 위해 최대한 좁은 범위로 밀집하는데 1000세제곱미터 정도가 산란장으로 추정된다. 드넓고 깊은 태평양에서 이 장소를 찾는 것은 문자 그대로 창해일속滄海一粟과 같다. 더욱이 알은 36시간 정도 만에 부화해 렙토세팔루스(알에서 갓 깬 버들잎 모양의 투명한 어린 물고기)가 된다. 수정은 연 2회, 단 며칠뿐이라는 시간적 제약을 받는다. 저자가 속한 연구팀은 일본 장어가 산란하는 현장을 확인하는 것을 목표로 2015년 처음으로 '환경 DNA' 조사 기법을 도입했다. 물고기나 양서류 등 수중생물은 표면의 점막이나 배설물을 통해 DNA를 체외로 방출하는데, 이를 '환경 DNA'라고 부른다. 녹아 있는 양은 미미하지만, PCR법이라는 기술로 증폭시켜서 특정 유전자 배열을 단서로 종류를 파악할 수 있다.

저자의 장어 연구 생애 또한 드라마틱하다. 대학원생 시절 타이완 앞바다에서 50밀리미터 안팎의 렙토세팔루스를 채집한 데서 시작해, 그 뒤 추정 산란장을 동남쪽으로 옮기면서 렙토세팔루스도 수시로 소형으로 채집했다. 1991년에는 최소 7.7밀리미터였다. 그러나 이후부터는 알은 물론이거니와 렙토세팔루스도 만나지 못하며 실증 측면에서 14년의 공백기를 보낸다. 이 시기에 저자는 '염분 프론트 가설' '신월新月 가설' '해산海山 가설'이라는 세 가지 가설을 주창했다. PCR유전자 분석 장치 등 계측 기기와 해양학 등 관련 학문의 진보도 있어 마침내 2005년 마리아나 해령에서 몸길이 5밀리미터의 렙토세팔루스를 채집하고, 2009년에는 지름 1.6밀리미터의 천연 알 채집에 성공했다. 이렇게 특정 산란지를 찾아냈지만 앞으로의 연구 과제도 첩첩산중이다. 다음 목표는 장어의 산란 장면을 보는 것과 완전 양식의 성공이다(현재는 반양식).

단기적 연구 성과를 요구하는 작금의 풍조에서 저자의 장기지속 연구 접근법은 존경받을 만하다. 또한 저자는 장어가 멸종 위기에 처해 있다는 사실을 염려해 연구 성과를 자원 보전에 활용하려 하고 있다. 좋아하는 것을 평생 동안 즐겁게 추구하는 열정은 마리아나 앞바다를 항해 중인 배 안에서 이 책의 추신을 집필하는 모습에서도 뜨겁게 전해진다.

바다의 목소리들

Voices in the Ocean

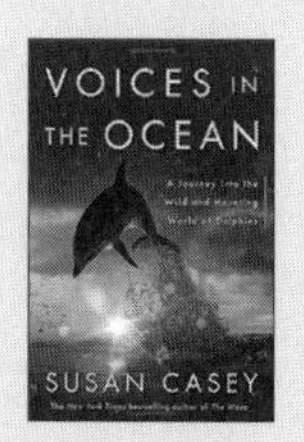

수전 케세이 | 더블데이 | 2015

『파도와 악마의 이빨The Wave and The Devil's Teeth』로 『뉴욕타임스』의 베스트셀러에 올랐던 저자가 돌고래의 믿을 수 없는 세계를 그려낸 책이다. 인류 역사 이래 인간은 매끄러운 피부에 생김새가 멋진 돌고래와 깊은 인연을 맺어왔다. 노는 것을 좋아하고 사회성까지 갖춘 돌고래는 머리가 꽤 좋아서 '바다에 사는 인류의 거울'이라 불릴 만큼 인간과 가까운 동물이다. 최근 몇십 년 동안 우리는 돌고래가 자기 자신을 인식할 수 있으며 숫자를 셀 수 있는 지능까지 겸비했다는 사실을 알게 되었다. 또 슬픔을 느낄 줄 알고 자신을 꾸밀 줄 아는 것은 물론 의기소침해 풀이 죽기도 한다는 사실을 확인했다. 돌고래들은 동족끼리 서로 도우며, 위험한 상황에 빠진 인간도 거뜬히 구조해낼 수 있는 지능을 가지고 있다. 아직까지 과학자들이 밝혀내지 못한 부분은 돌고래의 매우 정교한 항해술과 의사소통 능력이다. 또한 돌고래들의 믿을 수 없을 정도로 영리한 뇌에 대해서도 아직 밝혀내야 할 진실들이 더 남아 있다.

하와이 제도 서북쪽에 위치한 화산섬인 마우이 연안에서 헤엄을 치면서 저자는 스피너돌고래 무리에 둘러싸인 적이 있다. 당시의 황홀한 경험을 잊지 않고 그녀는 그 후 2년 동안 돌고래 연구에 몰두했다. 수전 케세이는 현대 돌고래 연구의 선구자 역할을 한 존 릴리의 이론 가운데 논쟁을 불러일으키는 내용에 대해서도 심도 있게 검토했다. 돌고래와 의사소통을 시도한 과정에서 정도에 벗어난 행동을 했던 존 릴리의 경험을 경계하며 수전은 자신만의 연구 방법을 새롭게 개척해나가는 데 주력했다. '세계에서 가장 고귀한 동물'로 불리는 동물들을 만나기 위해 작가는 하와이의 공동체를 방문하고, 아일랜드도 여행했다. 수전 케세이가 만난 세계의 저명한 해양 연구가들 역시 돌고래에 대해 알면 알수록 돌고래의 놀라운 능력에 끊임없이 놀라게 된다고 고백했다.

물론 인간과 돌고래 관계에 어두운 측면이 없는 것은 아니다. 수십억 달러의 돈이 오가는 돌고래 포획은 하나의 거대한 산업이다. 돌고래를 상품으로 팔기 위해 불법 포획자들은 배를 타고 바다에 나가 매우 잔인한 방식으로 돌고래를 사냥하고 있으며, 어마어마한 수익을 올리고 있다. 이에 수전은 솔로몬제도 주변에서 이뤄지는 돌고래 밀거래에 대해 집중 조사하고 끔찍한 돌고래 사냥을 촬영해 오스카상을 받은 다큐멘터리 「더 코브」의 실제 무대도 직접 방문해 밀착 취재했다. 마지막으로 수전은 크레타 섬을 소개하며 이야기를 끝낸다. 이 문화권이 발달하던 시절에는 인간이 고래와 한 가족처럼 조화를 이루며 살았었다. 한마디로 저자는 인류가 자연과 지금보다 더 지혜롭게 공존하며 살던 시절을 말하고 싶은 것이다.

신비로운 생명체인 돌고래를 수전 케세이만큼 정확하게 설명할 수 있는 작가는 아마 없을 것이다. 개인적인 기록과 객관적인 연구 결과를 잘 정리해 인상적인 문체로 완성된 이 책은 바다를 주무대로 한 '현대적 클래식'이란 표현이 더할 나위 없이 어울리는 작품이다.

해국병담

海國兵談

하야시 시헤이 | 이와나미서점 | 1939

일본의 고전으로 손꼽히는 저자 하야시 시헤이는 자신의 불우한 처지를 극복하며 만년에 '최초로 일본을 해양국가로 바라보고 해양 자주국방론을 주장'한 책 『해국병담』을 집필했다. 그의 아버지는 원래 바쿠후의 신하였으나 죄를 지어 사무라이 자격을 박탈당했고 이로써 저자는 평생 관직에 오르지 못하는 신분으로 전락했다. 하지만 그는 도리어 이런 처지를 활용해 자유롭게 센다이 바깥을 출입하고 나가사키에서 유학하며 난학자들과도 교류를 터 서양 학문을 익혔다.

1785년 48세의 나이에 조선과 류큐(오키나와), 에조(홋카이도)에 대해 서술한 『삼국통람도설三國通覽圖說』을 완성했다. 그리고 뒤를 이어 『해국병담』 집필에 착수해 1791년에 전16권을 출간했다. 하지만 그해 12월 에도로 소환당했다. 1790년에 공포된 '출판물 단속령'에 저촉될 뿐 아니라 머잖은 장래에 외적의 침입이 있으리라고 예상한 점이 '수상하다'는 게 죄목이었다. 당시 쇄국 정책을 펴던 바쿠후 입장에서 외적 침입은 헛된 망상에 불과했다. 그리하여 『해국병담』은 절판되었지만 사본은 은밀하게 유통되고 읽혔다.

이 책은 "에도의 니혼바시에서 당나라나 네덜란드까지는 경계가 없는 수로"라는 아이디어에서 출발한다. 바쿠후 시절에 에도가 바다를 통해 곧장 세계로 이어져 있다는 발상은 경천동지할 소리였다. 요즈음이야 일본이 해양국가라는 사실을 누구나 알지만, 당시에는 '해국'이라는 말이 신선하긴 할지언정 불온한 담론이었다. 에도 바쿠후는 오로지 일본 국내의 통치 체제를 강화하면서 여러 한藩의 동향에만 주의를 기울였지, 바다 저편의 외국 사정에는 전혀 관심이 없었기 때문이다. 저자는 이처럼 좁은 일본의 시야를 틔우고자 『해국병담』을 짓고 '해국에는 해국에 걸맞은 국방 대비책이 있어야 한다'는 '해양 자주국방론'을 최초로 주장했다. 그런 까닭에 『해국병담』은 중국 군사서나 전통 병학과는 전혀 다른 입장에서 쓰였다는 점을 머리말에서부터 밝혔다.

이것은 바쿠후 입장에서는 위험한 사상이었다. 에도 바쿠후는 애초부터 외국의 침입을 계산하지 않은 정치 체제였기 때문이다. 시헤이가 외국의 위험을 부각하는 것은 도쿠가와 가문을 모욕하는 일로 비칠 수 있었다. 시헤이가 외적의 위협을 막아내기 위해 구체적으로 제안한 내용 또한 바쿠후를 자극했다. 시헤이는 이렇게 썼다. "해국의 국방은 해변에 있다. 해변의 병법은 수전水戰이고 그 수전의 요점은 대포다. 이는 해국의 가장 자연스러운 국방 과제다."

아직도 이 책이 '일본의 명저'로 꼽히며 서점에서 팔리는 이유는 사상적 선구성 덕분이다. 해방론海防論은 바쿠후 말기에 이르러서는 세간의 이목을 끌며 많은 논쟁을 불러일으켰으나 이 책이 나올 무렵에는 몇 명 되지 않은 난학자 사이에서만 거론되던 군사 지식이었다. 이를 시헤이가 세상에 벼락처럼 설파해 지배 집단의 안이함을 까발린 것이다.

저자가 처벌을 받은 1792년 러시아 사절 라크스만이 홋카이도의 네무로를 방문했다. 이후 외적의 위협은 서서히 긴장감을 더했고, 결국 1853년 미국 페리 제독의 구로부네 함대가 개항을 강요하며 도쿠가와 바쿠후의 숨통을 끊을 지경에 이르렀다. 이 예언서적 성격뿐만 아니라 수전을 강조하며 군함 건조와 대포 생산을 서두르라고 주장한 점에서도 『해국병담』은 획기적이었다. 바쿠후 말기에야 가쓰 가이슈가 일본 최초로 해군을 양성한 것을 생각하면 시헤이의 선견지명은 놀라움 그 자체다.

제5부

우리 역사, 바다를 통해 읽다

구로시오 해류가 만든 심청의 편력기

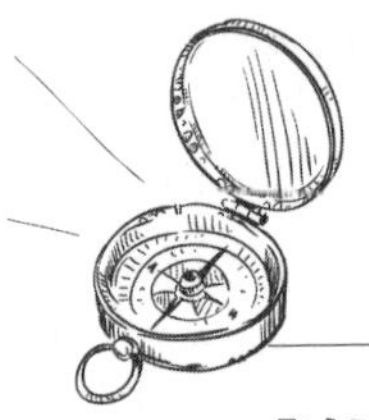

『심청, 연꽃의 길』
황석영 | 문학동네 | 2003

대다수의 한국인에게 심원한 상상력의 토대는 대륙이다. 반면 해양 또는 바다는 구체적인 물질적 상상력으로 나타나지 않는다. 예외가 있다면, 아마도 근대 전환기일 텐데 이 시기는 식민지기로서 이른바 '현해탄 콤플렉스'로 상징되는 근대 표상의 주된 소재로 바다가 활용되었다. 임화의 시집 『현해탄』이라든가 김기림의 시 「바다와 나비」 같은 작품들은 이들 식민지기의 조선 문사들에게 바다 저편에 있는 세계가 서구적 근대와 문명의 표상으로 은유되었음을 잘 보여준다.

이러한 예외적인 시기를 제외하면 바다는 한국문학사에서 유력한 상상력의 원천으로 작동하지 않았던 것 같다. 아마도 이는 근대 전환기에 이르기까지 조선이 처해 있던 문명의 중심이 명이나 청과 같은 중원의 국가들이었기 때문일 것이다. 중세에 보편적이었던 질서는 중국을 중심으로 한 조공책봉 체제다. 중국의 천자로부터 권력의 정당성을 보증받는 책봉 체제는 유럽의 봉건 체제가 교황 중심의 교회 세력으로부터 권력의 정당성을 보증받았던 것과 유사한 정치 체제였다. 책봉 체제를 작동시키는 중심 원리는 '사대교린'으로 상징되는 체계적인 대외정책에서 오는데, 중국에 대해서는 사대하고 책봉 체제에 포섭된 주변국과는 교린관계를 맺음으로써 오늘날로 치면 국내 정치 및 동맹관계의 안정성을 유지했다.

조공은 흔히 책봉 체제를 뒷받침하는 군신관계의 경제적 표상으로 이해되는 경향이 있지만, 실제로 그것은 근대 자본주의 논리가 동아시아에 본격적으로 파급된 아편전쟁 이전에 존속했던 동아시아 고유의 광역적 교역 시스템이었다. 중국을 중심으로 한 '조공'이라는 교역 시스템은 물론 오늘날의 자본제 경제에서 전개되는 화폐-상품의 등가 교환과는 전혀 다른 논리를 갖고 있었다. 어찌 보면 조공무역 체제는 '선물과 답례'로 작동되는 '증여경제'와 유사한 것으로 조공국이 중국에 조공 물품을 진상하면, 이에 대해 중국 천자가 진상된 것보다 더 많은 물품을 하사하는 부등가 교환을 특징으로 하고 있었다. 일종의 위신을 중심으로 한 교역 시스템이다.

조선인들에게야 베이징에 이르는 조공 진상을 위한 외교·상단의 여로가 육로로 펼쳐졌기 때문에, 박지원의 『열하일기』나 박제가의 『북학의』와 같은 기행문은 전적으로 대륙적 상상력의 기반

아래 쓰였다. 한편 당시의 일본이나 혹은 동북아와 동남아의 교차점에서 정력적으로 조공무역과 중개무역을 전개했던 류큐 왕국에서는 무엇보다도 구로시오 해류와 계절풍으로 상징되는 해상 교역로, 또 이것과 연관된 바다의 상상력이 여러 형태의 신화와 전설, 시가와 구비서사의 단골 메뉴로 등장했다.

근대 전환기 이전까지 조선인들에게 이 구로시오 해류는 표류나 난파 그리고 표착 등 제한된 소재만을 제공했다. 성종 연간에 쓰인 최부의 『표해록』은 난파되어 남중국 일대를 편력한 뒤 귀국한 이야기를 담고 있으며 신숙주의 『해동제국기』는 당시의 남중국과 류큐 왕국의 형세와 지형, 문물 풍속에 대해 다채로운 정보를 수록하고 있지만, 두 작품을 보면 해양에 대한 관심이 조선시대에 체계적으로 전개되지 않았음은 분명해 보인다. 『조선왕조실록』을 보아도 현재 오키나와 현인 요나구니 섬까지 표류했다가 조선으로 귀환한 제주인 김비의의 기록이 나타나고 있지만, 다분히 이국적 풍속의 기술에 한정되어 있다. 삼면이 바다임에도 조선인 또는 한국인의 해양에 대한 관심은 상대적으로 빈약했던 것으로 보인다.

☸ 해양 공간에서 재구성되는 심청의 삶

이런 관점에서 보자면, 고전 판소리계 소설 『심청전』을 이 해양의 상상력과 결합시켜 새롭게 재구성해낸 황석영의 『심청, 연꽃의 길』은 한국소설에서는 드문 해양적 상상력을 공간적으로 크게 확장시킨 작품이다. 이 소설 속의 심청은 부산 제물포에서 남중국의 난징과 진장을 거쳐 타이완의 지룽으로 이동하고, 거기서 다시 싱가포르를 거쳐 류큐, 나가사키, 제물포로 귀환하는 여정을 겪는다.

고전소설 『심청전』이 그렇듯 이 작품 속 심청 역시 항해의 안전을 기원하는 샤머니즘의 한 습속인 인신공희의 제물로 바닷길에 나아가게 된다. 그러나 이후 여러 형태의 우연과 필연을 거치면서 해상 교역로를 이동하는 인생 역정을 겪는다. 여기서 심청의 해상 이동은 물론 일차적으로는 운명과 그 자신의 의지에 따라 성립했지만, 그것을 가능케 한 조건은 구로시오 해류와 무역풍의 존재였다.

이 소설의 시간적 배경이 아편전쟁 직후의 서세동점의 상황이기 때문에, 심청의 인생 유전과 해상 교역로를 통한 이동은 이러한 문명과 역사의 격변을 구조적 규정력으로 삼아 전개된다. 소설 곳곳에서 독자들이 발견하게 되는 구미 열강의 증기선과 흑선의 존재는 바로 그것을 상징하며, 심청이 팔려왔거나 직접 경영하는 유곽에서 조우하게 되는 색목인들의 존재는 '지리상의 발견' 혹은 '대항해시대'로 구미인들이 명명하곤 하는 식민 제국주의가 아시아에 초래한 격동과 혼란을 드러낸다.

이 격동과 혼란 속에서 심청은 그것을 육체로 환원된 존재로서 수락하고 때로는 능동적으로 활용하면서 생존을 도모하는 인물로 그려진다. 판소리계 소설에서 출천대효出天大孝의 상징이었던 심청이 창녀 또는 팜파탈로 형상화되는 것에 대해서는 여러 논쟁적인 평가가 가능할 것이다. 작가가 심청을 묘사하는 태도 역시 때로는 욕망의 주체로, 때로는 도구화된 객체로 전락시키기도 하는 등 다소 모순된 방식으로 드러나지만, 이러한 심청 표상을 통해 작가가 궁극적으로 그리려 한 것이 무엇인가를 이해하면서 소설을 읽을 필요가 있다.

심청이 거쳐왔고 또 거쳐가게 되는 바다와 공간은 근대 전환기 동아시아 권역에 불어닥친 거대한 역사의 변동을 암시한다. 난징에서 그가 목격한 아편전쟁 직후의 마비되고 타락해가는 중화제국의 풍경, 싱가포르에서 목격한 동인도회사를 포함한 서구 열강의 식민주의적 함포외교, 일본의 메이지유신 이후 한편에서는 사쓰마 한에 의한 류큐 침략이 가속화되고 다른 한편에서는 페리의 흑선 도래에 따른 개항 압력에 직면한 류큐 왕국의 혼란, 나가사키에서 목격한 근대 전환기에 발 빠르게 대항하는 일본의 대외정책 등 이 소설은 구로시오 해류가 관통하는 한반도로부터 남중국해에 이르는 지역이, 어떻게 역사의 소용돌이 속에서 쇠락하고 또 아亞 제국주의로 전환하고 있는가를 디테일한 풍속의 제시를 통해 잘 보여준다.

☸ 심청의 동아시아 편력, 그것이 낳은 새로운 해석

이 소설을 읽어나가면서 또 한 가지 흥미로운 지점은 근대 전환기 동아시아의 역사와 문명을 이해하는 구도로 작가가 대륙 중심의 서사가 아닌 해양 중심의 서사를 활용하고 있다는 것이다. 오늘날 우리가 동아시아사를 이해하는 기본 축도인 한국, 중국,

일본이라는 국민국가적 구분이 아닌 타이완, 류큐, 싱가포르와 같은 섬들 혹은 변경을 중심으로 한 심청의 이동을 그림으로써, 아시아의 역사 전환 혹은 문명 전환이 결국 해양을 통한 서구 열강의 충격이라는 형태로 제시되고 있다.

이 변경과 해양을 중심으로 한 상상력과 심청의 육체를 매개로 한 편력은 논리적으로 유사성을 지닌다. 이것은 남성화된 서구 열강이 여성화된 아시아 지역을 제국주의의 추동력으로 침략하고 지배하는 것에 대한 일종의 알레고리로서 기능하는데, 이때 심청은 이러한 문명으로 은유화된 남성적 폭력을 타고 넘어서는 일의 양가성을 잘 보여주는 존재로 그려진다.

그렇다면 작가 황석영이 조명하는 심청은 궁극적으로 어떤 존재일까. 인신공희의 희생양이었다가 노예무역으로 팔려가고 그런 가운데 운명을 활용, 변신하여 막대한 부를 축적해 그 자신이 유곽을 경영하기도 하지만, 결국 조선으로 귀향하는 이 존재는 누구인가. 심청이었다가, 연화였다가, 또 로터스로 자신의 이름을 끝없이 바꾸는 '연꽃의 길'이란 과연 무엇이었을까.

소설의 종결부를 읽어보면 심청이 노환으로 죽음을 맞는 시점은 조선이 일본에 의해 망국의 운명을 맞는 시점으로 설정되어 있다. 이것은 심청이란 존재가 멸망해가는 조선의 상징이며, 심청의 동아시아 편력이라는 것을 통해 작가가 제시하고자 한 것이 해상을 통해 동아시아에 전개된 열강의 거침없는 식민 제국주의에 대한 조망이라는 해석을 가능케 한다.

바꿔 말하면 황석영의 『심청, 연꽃의 길』은 조공책봉 체제를 기반으로 했던 중세의 동아시아 질서가 개항을 빌미로 한 서구 열강의 식민 제국주의 질서로 이행하는 역사적 대전환을 심청의 육체에 가해진 폭력으로 은유하고자 한 작품으로 볼 수 있다. 그런 점에서 심청의 죽음과 조선의 망국을 겹쳐놓은 것은 이러한 작가적 의도에서 비롯되었을 터이다. 구로시오 해류의 경로를 따라 심청을 이동하게 만듦으로써 이러한 역사의 격변을 동아시아적 시야에서 확보하고자 한 작가의 서사 전략이 그대로 반영된 작품이다.

글쓴이 이명원
문학평론가이자 칼럼니스트. 경희대 후마니타스 칼리지에서 인문학을 가르치고 있다. 문학이라는 '따뜻한 낭만'과 비평이라는 '차가운 이성'을 오가며 여러 신문과 잡지에 칼럼을 써왔다.

고대 동아시아 바다의 역사를 열다

『고구려 해양사 연구』

윤명철 | 사계절 | 2003

이 책은 저자가 박사논문을 보강하고 수정하는 과정을 거쳐 9년 만에 출간한 것이다. 그 시점이 2003년이니, 아주 늦은 서평이라 할 수 있다. 나는 22년 전(1994) 이 책의 저본이 된 박사논문 「고구려 해양사 연구」를 보고 눈을 의심했다. '내륙 국가' 고구려에 대한 해양사 연구는 누구도 생각해보지 못했을 것이다. 기존 통념을 뛰어넘는 주제였다. 이 책의 저자는 일국사를 넘어서는 거시적인 관점을 견지하고 있다. 우리 민족은 대륙과 반도해양을 활동 무대로 삼았으며, 따라서 해륙사관으로 파악해야 한다는 것이다. 저자는 백제나 신라를 보는 관점으로 고구려를 이해하고 싶지 않다는 입장이었다.

☸ 고구려, 동아지중해 패권을 장악하다

1장은 고구려 해양활동의 배경이 된 동아시아 해양 환경과 그 역사적 배경에 대해 다룬다. 여기서 저자는 고조선과 한나라의 전쟁을 부각한다. 이 전쟁은 수륙 양면으로 전개되었고, 해전의 양상을 띠었으며, 고조선이 패배한 결과 황해는 한나라의 내해적 성격이 강해졌다.

2장에서는 전기 고구려의 해양활동을 살핀다. 후한제국이 분열된 중국의 삼국시대에 고구려는 해양 교류를 활발히 해나갔다. 이때 압록강 입구인 서안평을 장악하고 낙랑군과 대방군을 차지하면서 고구려는 해양국가로서 국제 무대에 등장했다. 황해 북부·중부의 연근해 항로를 장악한 고구려는 후에 황해도와 그 이남의 항로를 놓고 백제와 경쟁을 벌이게 된다.

3장은 고구려 발전기의 해양활동에 대한 고찰이다. 북중국에서 다섯 종류의 북방 민족이 세운 16개 나라가 흥망을 거듭하던 5호 16국 시대였으며, 한족 국가 진晉은 남쪽으로 밀려가 동진을 세웠다. 이 격동의 시기에 황해 북부를 후조後趙, 연燕, 고구려, 백제가 둘러쌌으며, 바다는 외교의 장이었다. 고구려와 후조가 바다를 이용해 군수품을 교환했고, 연나라는 황해를 북에서 남으로 횡단하여 동진과 해상 외교를 했다. 고구려도 적대관계인 연을 견제하기 위해 동진과 교류했다. 그런데 4세기 말 들어 강성해진 백제가 고구려를 위협했고 광개토왕 대에 반격이 가해졌는데, 이때 고구려가 이룩한 국토 팽창의 원동력 가운데 하나가 해양능력에 있었다는 것이 저자의 입장이다. 저자는 5세기 들어 고구려가 백제를 제압한 데서도 해군이 큰 역할을 했다고 본다.

4장에서는 장수왕 대의 해양활동을 검토한다. 당시의 남진 정책은 고구려의 해양 장악과 관련이 있으며, 특히 427년 평양 천도는 기존에 고구려가 가진 해양능력을 본격적으로 발휘하기 위한 것으로 평가했다. 내륙의 국내성에서 대동강이란 항만을 낀 광활한 지역으로 수도를 이전한 것은 고구려 국가 성격의 변화를 상징한다. 대동강 하구 지역은 선사시대부터 황해 남북으로 이어지는 연근해 항로의 중간 지점이자 중국과 한반도를 동서로 연결하는 횡단 항로의 출입구였다. 평양 천도 후 고구려는 그 해양능력을 발휘하여 남진 정책을 성공시켰다. 475년 고구려는 한성을 공격하여 고구려 질서에 저항하는 백제 개로왕을 죽이고, 계속 남진하여 아산만에서 충주, 소백산맥 이남의 풍기와 영주 지역까지 점령하며 포항 북부의 흥해까지 진출했다. 장수왕 대에 고구려는 그 해상능력과 이에 탄력을 받은 육군력을 이용해 최대의 영토를 소유하게 되었다.

5장에서는 중국 대륙이 통일된 시대의 고구려 해양활동을 재성찰한다. 수당전쟁과 동아시아 질서 변화를 살펴보고 삼국통일전쟁(660~676)을 동아지중해 대전쟁의 완결이라 명명했다. 특히 삼국통일전쟁은 종주권과 동아지중해 교역권을 놓고 벌어진 최후의 전면전이라고 보았다.

요약하자면 고구려는 황해, 동해는 물론이고 남해 일부와 동중국해 초입 등 광범위한 지역에서 해양활동을 했고, 저자는 그 해양능력이 고구려가 동아시아의 질서를 수립한 힘의 중핵이었다고 보았다. 광개토왕과 장수왕 대에 이루어진 경제적 이익 확보와 군사적 성장은 동아지중해의 패권 장악을 지향한 것이었고, 이러한 해양능력이 고구려의 육지 지배력과 연동되었다는 것이다.

☸ 고대 동아시아 해양사 연구의 초석

바다를 중심으로 고구려의 성장을 파악한 저자의 관점은 대단히 새로우며, 연구자들에게 많은 영감을 준다. 아쉬운 점이 없는 것은 아니다. 7세기 초중반 수나라와 당나라는 모두 바다를 통해 평양을 직접 공격한 적이 있다. 그런데 이를 막아내야 했던 고구려 수군의 활동이 사료에 전혀 포착되지 않는다.

612년 수나라 수군이 대동강을 통해 평양으로 향했고 고구려군은 육지에서 그들을 막아냈다. 이후 대동강이 적 수군의 출입구라는 사실은 매우 자명한 것이었다. 그런데 661년 당나라 소정방의 함대도 그곳으로 상륙하여 평양성을 포위했다. 자국의 수도가 적국 수군으로부터 위협받고 있는데 '해양'국가 고구려의 수군은 대체 어디로 갔단 말인가?

물론 649년 나당동맹을 위해 당 태종을 만난 김춘추가 귀국 항로에서 고구려의 순라선에 죽임을 당할 뻔한 기록이 있다. 고구려에 수군력이 존재했던 것은 확실하다. 그렇지만 648년 4월 14일 당나라 장군 고신감이 요동반도의 역산易山에 상륙하여 전투를 벌였고 그해 6월 설만철의 함대가 압록강을 100리나 거슬러 올라가 박작성泊灼城 앞에 상륙해 전투를 했다. 당나라의 3만

군대가 버젓이 상륙하여 성 밖에 나와 저항하던 고구려 장군을 전사시키고 수많은 사상자를 냈다. 대낮에 압록강에 나타난 당나라 수군을 본 고구려인들은 무슨 생각을 했을까? 당나라군이 바다를 이용해 고구려에 들어올 때도, 정박한 배를 타고 철수할 때도, 고구려 수군의 저항을 받았다는 기록은 찾아볼 수가 없다.

저자도 이를 간과한 것은 아니다. 저자는 바다를 이용한 나당 간의 교섭과 군사 협력이 활발했다는 사실이 고구려 해양능력의 약화 및 해양 통제 실패를 반증한다고 보았다. 고구려가 적극적으로 외교를 펼치고 해양능력을 활용했다면 신라와 백제를 견제하고 북으로 말갈과 거란을 끌어들이며 남으로는 왜로 하여금 당의 남방 배후를 견제하도록 하는 광범위한 반당 전선을 구축했을 수도 있다는 것이 저자의 견해다. 고구려의 해양능력이 저하되어 신라의 대당 비밀외교를 허용함으로써 배후가 불안정한 상태에서 당나라와 장기전을 치르고 결국 멸망의 길로 갔다는 것이다.

그렇다면 강대했던 고구려의 수군이 중국의 통일국가 수당 시대에 와서 쇠퇴했던 것일까? 아니면 이전의 분열 시기에 비해 수당의 해상능력이 상대적으로 고구려를 훨씬 압도하는 형세가 되었던 것일까? 이는 생각해볼 문제다. 동아시아의 주변 나라들보다 경제적으로 압도적인 생산력을 지녔던 당제국 시기의 삼국통일전쟁이 종주권과 동아지중해 교역권을 놓고 벌어진 최후의 전면전이라고 보는 것도 마찬가지다.

서평자는 고구려가 크게 성장하고 전성기를 누렸던 것은 중국이 분열된 후한 말 이후부터 수나라에 의해 통일되는 589년까지라고 보고 있다. 고구려가 중국 분열 시기의 혜택을 누렸다는 점은 누구라도 부인하기 어려울 것이다. 그리고 놀랍게도 바로 중국의 분열 시기에 고구려의 해양능력이 돋보인다. 그렇다면 고구려 해양능력의 성쇠는 고구려의 국가 정책 문제가 아니라 중국대륙의 정세 문제와 관련이 있다고도 볼 수 있을 것이다.

그럼에도 저자의 『고구려 해양사 연구』는 한국 사학계에 적지 않은 영향을 주었다. 하나의 '시각'을 던져주는 일은 무엇보다 중요하다. 바야흐로 저자의 연구로부터 우리 학계가 해양으로 눈을 돌리기 시작했다는 것은 과장 없는 사실이다. 1990년대 말부터 해양사적인 관점이 강조되기 시작했고, 이후 관련 연구소가 생겨나거나 기존 관련 연구소의 시각이 재조정되었다. 해양사적 관점에서 집필한 고대사 연구 성과들이 나왔고, 적지 않은 성과를 냈다. 하지만 저자의 시각을 차용하면서도 정작 주석으로 밝히는 연구는 많지 않았다. 저자의 성과는 연구사적으로 그 영향력에 걸맞은 평가를 받지는 못한 셈이다. 그러나 저자의 논문 이후 동아지중해 개념이 자리를 잡고 동아시아 내해에 대한 해양사적 시각이 두드러지게 발전했다. 저자의 논문들을 보고 해양사 공부를 시작했던 서평자 본인 또한 저자로부터 많은 영향을 받았음을 밝혀둔다.

글쓴이 서영교

중원대 한국학과 교수. 문화유적과 고문헌, 사서 등 다양한 자료에 근거해서 한반도와 그 주변의 전쟁이 초래한 동아시아사, 더 나아가 유라시아사의 실상을 추적해왔다. 『고대 동아시아 세계대전』 등의 책을 썼다.

죽음의 바다,
통곡의 바다, 생명의 바다

『난중일기』

이순신

> 기록할 생각이 있었으나, 바다와 육지에서 아주 바빴고, 또한 휴식도 할 수 없어 잊고 손 놓은 지 오래되었다. 이제부터 이어간다.
>
> _『난중일기』 1593년 5월 1일

'정축丁丑'이라는 간지干支만 쓴 1593년 3월 22일 일기 이후, 이순신이 다시 붓을 들어 일기를 쓴 5월 1일 이전까지 37일 동안 그는 위의 메모처럼 일기조차 쓸 수 없을 만큼 바빴다. 이 메모에서는 일기를 쓰려고 노력하는 이순신의 자기 다짐을 엿볼 수 있다.

현재 전해오는 『난중일기』는 임진왜란이 발발한 해인 1592년 1월 1일부터 이순신이 전사하기 이틀 전인 1598년 11월 17일까지 7년 동안의 일기다. 이러한 기록은 세계적으로도 유례가 없다. 칼날이 번득이고 총알이 빗발치던 전쟁터에서 하루하루의 삶을 기록한 글이기 때문이다.

그의 글에는 여느 사람의 일기처럼 눈물과 한숨, 분노와 꿈이 배어 있다. 그 부분만 찾아 읽는다면, 그의 일기는 보통 사람들의 일기와 똑같다. 그 역시 어느 한 여인의 아들이었고, 어느 여인의 남편이었으며, 아이들의 아버지였기 때문이다. 그러나 그는 나라를 지켜야 하는 군인이었고, 백성을 먹여 살려야 하는 행정가였다. 게다가 그가 서 있는 곳은 전쟁터였다. 침략자의 칼날로부터 수많은 군사와 백성을 지켜내야 했고, 같은 하늘을 이고 살 수 없는 적들을 물리쳐야 했다. 그래서 그의 일기에는 바람 앞의 촛불처럼 위태로운 나라를 구하기 위한 시름이 가득하다.

그의 일기에는 평범한 사람과 불패의 명장의 두 얼굴이 녹아 있다. 한편으로는 가족을 걱정하고 다른 한편으로는 나라를 걱정한다. 그의 하루는 시름으로 시작해 시름에 겨워 잠들지 못하고 저무는 날의 연속이었다. 평범하지만 결코 평범하지 않은 위대한 영혼의 기록이 『난중일기』다.

'난중일기'란 서명은 이순신 자신이 정한 것이 아니다. 그 자신은 매년 일기장에 '일기' 혹은 해당 연도의 간지를 써놓았다. '갑오甲午(1594)' 혹은 '무술戊戌(1598)' 등의 표지명이 그것이다. 1795년, 정조가 이순신의 글과 관련 자료를 모아 『이충무공전서李忠武公全書』를 편찬케 할 때, 이순신의 일기들을 '난중일기'라고 명명한 것이 오늘날 우리가 아는 『난중일기』의 시작이다. 현재 현충사에 소장된 국보 제76호이며, 유네스코가 선정한 세계기록유산인 친필본은 『이충무공전서』 속의 활자본 '난중일기'와 달리 이순신 자신이 직접 쓴 초서체 일기다. 그러나 친필 초서본과 활자본 '난중일기'에는 적지 않은 차이가 있다. 현존하는 친필본에는 활자본에 존재하는 을미년(1595)의 일기가 없다. 활자본 제작 당시에는 있었지만, 그 뒤 언젠가 을미년 일기가 사라졌다. 『이충무공전서』가 없었다면 이순신의 1595년을 상세히 알기란 불가능했을 것이다.

한편 활자본은 이순신의 친필 초서본과 다른 점도 있다. 왕명으로 편찬된 전서에서는 친필본에 등장하는 이순신의 개인 감정 혹은 다른 인물에 대한 비판적 기록, 일기 속에 기록된 메모 등이 삭제되었다. 그래서 이순신을 제대로 이해하기 위해서는 친필본과 『이충무공전서』 속의 '을미년 일기'를 같이 보아야 한다.

원혼의 바다에서 생명의 바다로

해도海道(경상·전라·충청)의 수군을 없애고, 장수와 군사들은 육지로 올라가 전쟁에 대비하도록 명했다. 그러나 전라 수사 이순신이 급히, '바다와 육지에서의 전투와 방비, 그 어느 한쪽도 없애서는 안 됩니다'라고 요청했기에 호남의 수군만 온전하게 될 수 있었다.

_『선조수정실록』 1592년 4월 14일

일본군의 침략 가능성이 높아지자 조정에서는 대책을 수립하는 데 고심했다. 정책 입안자나 결정자들 모두 일본이 '섬나라'라는 점에 주목했다. 그 결과 일본인들이 바다 싸움에는 능한 반면, 육상 전투에는 약할 것이라고 판단했다. 그러고는 위와 같은 명령을 바닷가 장수들에게 내렸다. 그때 이순신만이 바다와 육지 양쪽의 대비가 필요하다고 주장했고, 이로써 호남의 수군은 살아남았다. 역사는 이순신의 판단이 정확했음을 보여준다. 이순신과 그의 수군은 바닷길을 가로막고, 일본군과 싸워 전승했다. 조선을 지나 중국을 정복하고, 인도까지 정복하려 했던 도요토미 히데요시의 망상은 이순신의 고집 앞에 무릎을 꿇었고, 일본은 그 후 300년 동안 열도에 머물러야 했다.

이순신에게 바다는 그 기적을 만들어낸 공간이었다. 이순신 스스로도 말했다.

> 지난해 변란이 일어난 뒤부터 수군이 배를 타고 싸운 일은 많았다. 수십 번에 이른다. 큰 바다에서 서로 전투를 할 때, 저 적선賊船이 부서져 깨지지 않은 것이 없었다. 우리는 단 한 번도 패하지 않았다.
>
> _1593년 9월 15일 일기 이후의 메모

이 말처럼 그는 단 한 번도 지지 않았다. 1592년 4월 13일 전쟁이 시작되고 그가 처음 승리한 5월 7일 옥포전투 이후 그는 언제나 승리했다. 심지어 1597년 9월 16일, 이순신과 그의 조선 수군 13척은 명량해협에서 일본군 전선 133척과 맞서 승리했다. 그날 밤 그가 "이번 일은 실로 하늘이 도우셨구나"라고 했을 정도로, 기적이라고밖에는 설명할 수 없는 승리였다. 군인 이순신에게 바다는 자신을 불패의 존재로 만들어준 "기회의 땅"이었다.

전쟁으로 사람이 사람을 잡아먹을 정도의 비극이 만연한 나라에서, "바다 한 귀퉁이에 있는 외로운 신하"•였던 이순신에게 바다는 군사와 백성을 먹여 살릴 수 있는 재화의 보고이기도 했다. 물고기를 잡고, 염전을 만들어 소금을 구워 팔아 군사와 백성이 먹을 곡식을 샀다.

1595년 11월 21일. 이날 저녁에 벽어碧魚(청어) 1만3240두름級으로 곡식을 사는 일로 이종호가 받아갔다.

1595년 12월 4일. 황득중과 오수 등이 청어靑魚 7000여 두름을 실어왔다. 그래서 김희방의 곡식 판매 배(무곡선)에 계산해주었다.

1595년 5월 17일. 이날 쇳물을 부어 소금을 만드는 데 쓸 가마솥鹽釜 한 개를 주조했다.

이순신은 일본군의 시체가 가득했던 피비린내 나는 지옥 같은 바다를 나라를 구할 수 있는 승리의 공간, 백성과 군사들을 먹여 살리는 생명의 공간으로 바꾸었다.

• 이순신, 「'수군 가족을 징집하지 말라는 명령'을 취소해주기를 요청하는 장계請反汗一族勿侵之命狀」, 1592년 12월 10일.

☸ 고독한 바다, 눈물로 만든 바다

위대한 불패의 장수 이순신은 바다를 바라보며 승리를 다짐했고, 기쁨을 노래했다.

> 바다에 맹서하니 용과 물고기가 감동하고 誓海魚龍動
> 산에 맹세하니 나무와 풀도 알아주는구나 盟山草木知
>
> _『이충무공전서』

그러나 모든 책임을 져야 할 리더 이순신, 아들 이순신, 아버지 이순신, 남편 이순신은 막중한 책임감과 지독한 외로움에 한없이 바다와 바다 위에 뜬 달, 바다에 가라앉은 달을 바라보며 아픈 가슴을 남몰래 씻어내야 했다.

> 1593년 5월 13일. 이날 저녁, 바다 달빛이 뱃전에 가득 찼다. 홀로 앉아 이리저리 뒤척였다. 온갖 시름이 가슴을 쳤다. 자려고 해도 잠들 수 없었다. 닭이 울 때에야 풋잠이 들었다.

> 1593년 7월 9일. 이날 밤, 바다 달은 맑고 밝아 잔물결 하나 출렁이지 않았다. 물과 하늘은 한 빛인데, 서늘한 바람 문득 얼굴을 스친다. 홀로 뱃전에 앉으니, 온갖 시름이 가슴을 쳤다.

> 1593년 7월 15일. 바다에 가을 기운이 들어오니 나그네 마음 뒤숭숭해지고, 홀로 배의 뜸집 아래 앉으니, 온갖 생각에 어지럽구나.

1595년 5월 4일. 맑았다. 이날은 어머니 생신날이구나. 몸소 나아가 잔을 올리지 못했다. 홀로 먼 바다에 앉아 있으니, 가슴에 품은 생각을 어찌 다 말하랴.

나그네 이순신은 밤바다를 바라보며 남몰래 울었다. 늙으신 어머니를 걱정하며 울었고, 나라를 걱정하며 눈물을 흘렸다.

1594년 1월 11일. 어머니께 인사를 올리려 했는데, 어머니께서는 여전히 깊은 잠에 빠져 계셨다. 큰 소리로 불렀더니, 놀라 깨어 일어나셨다. 숨이 곧 끊어지실 듯, 해가 서산에 이른 듯했다. 남몰래 눈물만 펑펑 흘릴 뿐이다.

1595년 1월 1일. 맑았다. 촛불을 밝히고 홀로 앉았다. 나랏일을 생각하니, 나도 모르게 눈물이 주르르 흘러내렸다. 또 80세의 아프신 어머니 걱정에, 애태우며 밤을 새웠다.

서울 감옥에서 막 풀려나 백의종군하여 아산에 갔을 때 그는 여수에서 배를 타고 올라오시던 어머니를 바닷가에서 시신으로 맞이했다. 하늘이 무너지는 고통 속에서 울었다.

1597년 4월 13일. 맑았다. 일찍 식사를 한 뒤, 어머니를 마중하러 나가 해정 길에 올랐다. (…) 얼마 후에 사내종 순화가 배에서 왔다. "어머니께서 돌아가셨다"고 고했다. 뛰쳐나가 가슴을 치고 발을 구르며 슬퍼했다. 하늘의 해도 까맣게 변했다.

1597년 9월 16일 명량대첩의 환희가 채 가시기도 전인 10월 14일에는 또 한 번 가슴을 찢으며 통곡하고 또 통곡했다.

> 1597년 10월 14일. 막내아들 면이 전사한 것을 마음속으로 알았다. 나도 모르게 간담이 떨어졌다. 목 놓아 소리 높여 슬피 울부짖었다. 소리 높여 슬피 울부짖었다. 하늘이 어찌 이리도 매정할 수 있는가. 간담이 타고 찢어졌다. 타고 찢어졌다. 내가 죽고 네가 사는 것이 하늘의 이치가 아니냐. 그런데도 네가 죽고 내가 살았으니, 이치가 어찌 이렇게 어긋날 수 있느냐. 하늘과 땅이 캄캄하고, 한낮의 해도 빛이 바랬다. 불쌍한 내 어린 아들아! 나를 버리고 어디로 갔느냐? (…) 내가 지은 죄 때문에, 그 화禍가 네 몸에 닿은 것이냐? 지금 내가 이 세상에 있지만, 끝내는 누구를 의지할 수 있겠느냐? 너를 따라 죽어, 지하에서 같이 있고, 같이 울고 싶구나. (…) 잠시는 견디며 목숨을 겨우 겨우 이어가겠지만, 마음은 이미 죽었고, 육신은 껍질뿐이다. 목 놓아 서럽게 울부짖을 뿐이다. 목 놓아 서럽게 울부짖을 뿐이다. 하룻밤이 1년 같았다. 하룻밤이 1년 같았다. 이날, 밤 10시二更에 비가 내렸다.

스무 살 난 막내아들 면이 일본군의 칼에 맞아 죽었다. 이순신은 기적을 만든 승리의 바다를 바라보며 울고 또 울었다. 하늘이 준 소명 때문에 어쩔 수 없이 누군가를 죽여야 했고, 그 대가로 자신의 아들을 하늘에 바쳐야 했던 기막힌 운명을 탓하며 울었다. 이순신에게 바다는 비록 '불멸의 영웅 이순신'을 탄생시킨 공간이었지만, 스스로가 자신을 돌아볼 때 혹은 홀로 있을 때면 언제나 아프고 서러운 공간이었다.

한산도야음閑山島夜吟

바다 나라水國에 가을빛 저무는데, 찬바람에 놀란 기러기, 외로운 수군 위에 높이 떴구나 水國秋光暮 驚寒雁陣高

시름에 겨워 밤새 뒤척였는데, 어느덧 지는 조각 달빛이 활과 칼을 비추는구나 憂心輾轉夜 殘月照弓刀

_『이충무공전서』

이순신은 그 바다에서 눈물을 흘리며 아파했다. 또 모두의 생존을 위한 승리를 꿈꿨고, 기적을 만들었다. 결국 1598년 11월 19일, 기적을 만든 바다에서 그는 하늘의 별이 되었다.

『난중일기』는 이순신의 바다, 그 자체다. 『난중일기』에는 이순신의 삶에 존재했던 암초, 그에게 닥친 해일, 이순신과 그의 수군, 백성을 먹여 살린 물고기 등 모든 것이 있다. 『난중일기』 없이는 이순신의 바다를 엿볼 수 없다.

글쓴이 박종평

이순신 연구가이자 역사 비평가다. 아리랑TV 기획실 사원, 국회의원 보좌관, 출판사 대표를 지냈다. 『진심진력』 『이순신, 꿈속을 걸어 나오다』 등을 썼다.

실학,
바다를 발견하다

『자산어보』

정약전 | 정문기 옮김 | 지식산업사 | 1977

『상해 자산어보』

정약전 | 정석조 역주 | 신안군 | 1998

> 어려서는 얽매이지 않으려는 성격이었고 커서는 사나운 말이 아직 길들여지지 않은 듯했다. 무성한 수염에 구척장신으로 풍채가 좋아서 장비와 같았다. 귀양살이를 할 때는 어부들과 어울려 다시는 귀한 신분으로서의 교만 같은 걸 부리지 않았다.

정약전에 대한 그의 아우 정약용의 평이다. 정조는 정약전의 장원급제 답안지가 서학에 물들어 있다는 상소문이 빗발치자 '그 형이 그 아우보다 낫다'는 말로 애써 그를 두둔했다. 승승장구하던 정약용에 대한 정적들의 견제가 배면에 깔려 있다는 사실을 모르지도 않았거니와 무엇보다 자유분방하고 진취적인 당대

실용학풍의 모델로서 은근히 든든한 보호막이 되어주고 싶었을 것이다. 여러 차례의 과거 실패로 속을 태운 그의 아우와 달리 단 한 번의 시도로 급제를 했으니 기대가 크기도 했을 것이다.

개혁 군주 정조의 든든한 후원 아래 관료사회의 중심부로 진입한 그들 형제의 좌절은 정조의 갑작스런 죽음으로 인해 가속화된 천주교 박해와 관련 있다. 표면적으로는 주자학적 해석에 바탕한 유교 외의 다른 어떤 학문과 종교도 이 땅에 발붙일 수 없다는 것이었지만, 실상은 정약전 형제로 상징되는 개혁파 실학자들을 축출하는 것이 목표였다. '만민평등과 구원의 희망'을 내세운 천주교의 수용은 당대의 지배층에게는 체제에 대한 위협이었다. 타자를 사유하지 않는 사회는 정체되기 마련, 그것은 정조 시대에 한껏 봉오리를 피우기 시작한 개혁의 꿈이 구시대로 되돌아가고 마는 것을 의미했다.

☸ 정약전, 죽음의 공포를 느끼며 바다로 가다

1801년의 신유박해는 역설적이게도 이 땅의 바다에게는 달가운 일이었다. 신유박해가 없었다면 우리는 바다에 관한 중요한 자산 둘을 갖지 못하게 되었을지 모른다. 당시 당파는 달랐지만 신념을 같이했던 두 유배객이 바다에 이르렀다. 김려와 정약전이 그들이다. 김려는 진해 쪽의 바다를 기록한 『우해이어보』를 남겼고 정약전은 흑산도 바다를 『자산어보』에 남겼다. 몇 년 간격을 두고 나온 두 어보는 물고기 상징이 천주교도의 신분을 나타내는 은밀한 도구였다는 것을 생각할 때 사뭇 의미심장하다.

그 이전까지 사대부 지식인들에게 바다라는 공간은 유배지에 지나지 않았다. "흑산이란 이름이 무서웠다"는 『자산어보』 머리말의 진솔한 고백에서 알 수 있듯이 동그랗게 말린 수평선이 포승줄처럼 옥죄어오는 바다 한가운데서 정약전은 죽음의 공포를 느꼈다. 바다에 대한 공포는 유배객의 황폐화된 심회를 넘어 토지 지배를 목적으로 성립된 육지 국가의 무의식을 고스란히 드러낸다. 바다는 왜적과 해적이 들끓는 골칫덩어리에 지나지 않아서 조선 후기엔 아예 섬을 비워버리는 '공도정책'을 쓰기까지 한다. 제주도에서는 제주인의 육지 이동을 막기 위해 200년 가까이 출륙금지령을 단행했다. 해양 정책이나 해양 경영 마인드가 있을 리 만무했다. 육지의 중앙과 지방의 서열관계가 바다에도 그대로 적용되어 바다는 본토로부터 이탈한 변경, 즉 오랑캐의 영토가 되었다. 정약전의 공포감도 이해할 만하다.

유배는 '실학의 바다 발견'이라는 뜻밖의 경이를 역사에 돋을새김한다. 공허한 관념이 아닌 구체적인 현실에 토대를 둔 실사구시를 감각화한 그들은 육지 중심적 시선을 접고 바다의 진면목을 바라본다. 고정관념에서 탈피하자 바다는 유배의 적적함을 달래주는 공간으로 그치지 않고 기기묘묘한 생동감과 생명의 파노라마로 꿈틀거리는 현실 탐구의 대상이 된다. 머리말에서 김려는 "뱃사람과 고기잡이와 더불어 서로 너라고 했으며, 어류와 패류와 더불어 우애를 유지했다" 하였고, 정약전 역시 섬사람들과 신분을 뛰어넘어 교류하는 가운데 "치병治病, 이용利用, 이치理致를 따지는 집안에 있어서는 말할 나위도 없이 물음에 답하는 자료가 되리라" 했으니 만민평등과 만물평등의 신념이 마침내 어보를 통해 구현되었다고 해도 지나치지 않겠다. 바다야말로 망각의 공포를 넘어서서 육지 권력으로부터 자유로워진 유배객을 진정한 주체로 거듭나게 하는 실사구시의 빛나는 공간이 되어주었던 것이다.

흑산도와 강진을 오가는 홍어배를 통해 서신을 주고받았으리라 짐작되는 정약용은 바다 공간을 국가 기구의 전반적인 개혁을 논하는 정책 입안의 공간으로 확장한다. 『경세유표』에서 그는 "섬은 우리의 그윽한 수풀이니 진실로 한번 경영만 잘하면 장차 이름도 없는 물건이 물이 솟고, 산이 일어나듯 할 것이다"라고 했다. 나라 안의 모든 섬과 바다를 관리할 부서를 만들어 체계적인 해양 경영으로 백성과 국가의 부를 살찌우자는 내용이었다.

정약전과 정약용이 주고받은 서신에는 마치 사물 앞에 처음 선 아이와 같은 천진한 궁구들이 펼쳐진다. 가령, "인체의 피의 영양과 분량도 조수 소식과 더불어 오르내리는데 그 까닭을 알 수 없으니 진실로 답답한 일이다"라는 정약전의 질문에 정약용은 "이것은 태양 때문이다. 초하루와 보름날 태양과 달과 물이 일직선으로 놓이면 조수가 차고, 상현과 하현에 삼각형을 이루면 조수가 준다"고 답한다. 자연의 변화를 살피면서 우주의 기운을 읽고 인체의 피의 영양과 분량까지 조석의 흐름으로 이해한 혜안이 실로 경탄스럽기만 하다.

☸ 유배가 낳은 진귀한 바다 기록

정약용은 어보를 준비 중이라는 가형의 말을 듣고 초기부터 기민한 관심을 표한다. 정약전의 애초 구상은 그림과 설명이 함께 들어 있는 어류도감이었다. 그림에 관해서라면 그의 예사롭지 않은 솜씨를 절두산 성지에 전시된 「동물도」를 통해 확인할 수 있다. 그는 유유히 흐르는 냇가에 소풍을 나온 듯한 흰염소 두 마리의 눈곱까지 그리는 꼼꼼한 묘사력을 한껏 과시한다. 바늘구멍 사진기의 원리로 자신의 집 암실에 유리를 장치한 뒤 반대쪽 벽에 거꾸로 맺힌 그림자를 따라 초상화의 초본을 뜨기도 했다는 일화를 남긴 그답다. 이 그림 앞에 서면 사물의 이면을 꿰뚫을 듯 생동하는 눈과 수염 한 올 한 올에 대한 극사실적인 화풍으로 이름난 공재 윤두서의 자화상이 자연스럽게 연상된다. 공재는 그의 외증조부다.

공재의 필력을 정약전을 통해 감상할 수 있는 기회는 정약용의 개입으로 좌절된 것으로 보인다. 『해족도설海族圖設』의 집필에 정약용은 응원을 보내면서 그림을 그려 색칠하는 것이 여의치 않음을 지적한다. 아우의 조언을 받아들인 그는 그림을 생략하는 대신 설명과 묘사를 더욱더 치밀하게 했다. 『자산어보』는 매체의 제약이 표현을 더 활성화시킨 사례들로 충만하다.

> 큰 놈은 길이가 7~8자나 되는데, 동북 바다에서 나온 놈은 길이가 사람의 두 키 정도까지 간다. 머리는 둥글고, 머리 밑에 어깨뼈처럼 여덟 개의 긴 다리가 있다. 다리 밑 한쪽에는 국화꽃

모양의 둥근 꽃무늬가 두 줄로 늘어서 있다. 이것으로 물체에 달라붙는데 일단 물체에 달라붙고 나면 그 몸이 끊어져도 떨어지지 않는다. 항상 바위굴 속에 숨어 있길 좋아하고, 돌아다닐 때는 다리 밑 국화 모양의 발굽을 사용해서 나아간다. 여덟 개의 다리 한가운데에는 구멍이 하나 있는데 이것이 입이다.

외형과 습성에 대한 사실적인 정보와 '국화에서 발굽'으로 미끄러지는 빨판의 시적 비유가 그림을 굳이 보지 않더라도 '문어'를 단박에 돋을새김한다. 물고기의 이름을 표기하는 데 있어서도 이 출중한 능력은 십분 발휘되어 망둥이의 일종인 짱뚱어의 경우 '凸目魚' 식으로 표기하여 눈이 툭 불거져 나온 모습을 보지 않은 사람도 쉽게 알 수 있도록 했다. 그리고 그의 창작명 옆에 따로 '짱뚱'과 유사한 '장동어長同魚'라는 음차 표기를 달아서 현지인들의 방언을 살렸다. 불가사리는 '풍엽어楓葉魚'라고 했는데 흑산도 주민들의 발음인 '깨부전이'를 '개부전開夫殿'과 같이 표기하여 그 음을 유추할 수 있도록 했다.

관찰력과 묘사력 그리고 실제 현실에 토대를 둔 그의 명명법이 감탄스러운 것은 독특한 이름 짓기를 통해 바다 생물이 어느 종과 유에 속하는지를 한눈에 알아볼 수 있도록 했다는 데 있다. 가자밋과에 속하는 넙치의 경우, 접어라는 대표 종 옆에 '소접, 장접, 우설접, 금미접, 박접'과 같은 유사종을 두고 있다. 서양 사람들의 이름처럼 뒤에 나오는 '접'이 성이고 앞에 달린 수식어가 이름이 되는 셈이다. '접'이라는 공통분모 아래 이 종들은 모여 '접어류'가 된다. 그리고 접어류는 비늘 달린 '인류鱗類'라는 상위 범주로 묶인다. '우설접'을 예로 들면, '우설牛舌'이라는 수식을 통해 이 종이 '소 혓바닥만 한 두께와 크기'이며 접어류에 속하고 비늘이 달려 있음을 파악할 수 있다. '인류' 중 민어와 조기 그리고 돛돔 등은 '석수어石首魚'라는 하위 항목으로 묶이고 있는데, 이 같은 분류는 이 물고기들의 귀 속에 있다는 석회질의 돌, 즉 이석을 공통항으로 한 것이다. 몸의 평형을 유지하는 이석의 존재가 현대에 와서야 밝혀진 점을 생각하면 실로 놀라운 일이 아닐 수 없다.

『자산어보』는 그러나 정약전 개인의 저작물로만 볼 수 없는 측면이 있다. 텍스트의 갈피갈피엔 섬사람들의 축적된 경험이 소상히 소개되고 있거니와 특히 그는 머리말에서 섬 소년 '창대'의 존재를 분명히 한다. 창대는 "영남산 청어는 척추가 74마디이고, 호남산 청어는 척추가 53마디다"라고 하여 등뼈 수의 차이로 분류하는 근대 수산학의 발견을 일찌감치 선취한 소년이다. 이 이름 없는 섬 소년의 해박한 정보가 보태지지 않았다면 『자산어보』의 수심은 훨씬 더 얕아졌을 것이다. 강진 출신의 선비 이청 또한 빼놓을 수 없다. 구전에 따르면 정약전 사후 『자산어보』는 한 장 한 장 뜯겨 섬집의 벽지로 사용되고 있었다고 한다. 하마터면 벽지가 되어 사라져버렸을지도 모를 운명의 유고를 구한 이는 정약용이다. 정약용은 바다 사정에 밝은 그의 제자 이청에게 이를 필사케 한다. 이청은 필사를 하면서 중국 문헌들을 참조하여 각 항목 아래 방대한 주를 다는데 '청안'이라는 말 뒤에 따르는 인용들이 그것이다. 이 필사본이 국문학자 김태준 같은 이의 필사본과 함께 여러 필사본을 낳으면서 지금에 이르고 있는 것이다. 일제강점기의 수산학자 정문기 또한 이청처럼 필사를 했고 마침내 번역본을 내기에 이르렀다. 정문기의 노고는 대를 이어 그의 자제 정석조는 200년 전의 흑산도 바다와 현대의 바다를 비교하는 『상해 자산어보』를 펴내기도 했으니 '수윤秀潤' 즉 '더욱 갈고닦아 빛내라'는 정약전의 뜻이 결코 헛되지 않았던 셈이다. 한승원의 『흑산도 가는 길』과 김훈의 『흑산』 같은 소설들까지, 『자산어보』는 아득한 무한 상상의 수평선을 펼쳐 보이고 있다.

정약전의 바다가 던지는 물음

'玆山魚譜'의 명칭 문제를 두고 학자들 간에 설이 분분하다. '玆'는 예로부터 '자'로도 읽고 '현'으로도 읽는다. '자'로 읽을 때는 순수하게 '검다'는 뜻이고, '현'으로 읽을 때는 '검붉다'는 뜻이다. 정약용이나 정약전이 실제 어떤 음을 선택했는지는 알 수 없다. 다만, '나무 목木' 둘이 모이면 '수풀 림林' 자가 되어 음이 바뀌듯이 '검을 현' 둘이 모인 '玆'도 그 음이 '현'에서 '자'로 바뀌는 게 상식이라는 점을 애써 외면하지 않아야 한다. 또한, 정약전 본인이 '玆는 黑자와 같다'고 했으므로 순수하게 검은색을 가리키는 '자'로 읽는 게 마땅해 보인다. 정약전은 가마우지를 표기할 때도 '검을 노盧' 자와 '검을 자玆' 자가 붙은 한자를 빌려와 '노자鸕鷀'라고 했다. 음(盧, 玆)과 뜻(鳥)이 더해진 형성자로서 그 소리가 모두 음에 귀속되어 읽히고 있는 것이다. '玆'가 '현'이 아닌 '자'로 읽혀야 할 강력한 이유다.

'자산'이 '현산'으로 불린다고 해서 그 뜻이 더 심오해지는 것도 아니며, '현산'이 '자산'이 된다고 해서 그 뜻이 더 옅어지는 것도 아니다. '자산'은 '자산'으로 충만하다. 그러나, 지금의 우리는 바다에 관해 얼마나 알고 있는가. 사정은 200년 전의 육지중심주의를 크게 벗어나지 못한 것 같다. 물때 하나 정확하게 측정 못 해 우왕좌왕 참극을 실시간으로 목격해야 했던 세월호 침몰 당시의 무력한 바다를 기억해보라. 그해 우리는 참혹한 현실의 바다를 잊기 위해 「명량」이나 「해적」 같은 스크린의 바다에 기이할 정도의 열광을 보내며 집단적 트라우마를 달래야 했던 것이 아닐까. 슬프다. 유배 기간의 고독을 빛나는 별자리로 바꾼 200년 전 '실학의 바다'는 묻는다. '바다의 실학'이 이 땅에 과연 있는가 하고.

글쓴이 손택수

시인. 1998년 한국일보 신춘문예에 「언덕 위의 붉은 벽돌집」이 당선되면서 작품활동을 시작했다. 시집으로 『호랑이 발자국』 『목련 전차』 『나무의 수사학』 등이 있다.

사대부,
바다를 건너다

『표해록』

최부 | 서인범·주성지 옮김 | 한길사 | 2004

최부의 『표해록』은 계획하고 예상한 일이 아니라 뜻하지 않게 일어나 맞닥뜨린 일에 대한 기록이어서 날것 그대로의 경험이 고스란하다. 무엇보다도 상상의 영역이었던 중국 강남을 현실의 공간으로 형상화했다는 점에서 소중한 가치를 지닌다.

바다는 한 세상(삶)이 끝나는 동시에 저 너머 새로운 세상(삶)으로 갈 수 있는 어름이다. 바다를 건넌다는 것은 여태까지와 매우 다른, 목숨을 건, 낯선 곳에 대한 모험이며 미지에 대한 탐험이어서 쉽지 않은 일이다. 그래서 느닷없이 낯섦에 직면한 최부의 경험은 더욱 값지다.

『표해록』의 앞부분은 긴장감과 박진감이 넘친다. 출항하자마자 폭풍우에 휩쓸려 망망대해를 표류하더니 곧이어 중국 해적들을 만난다. 그들은 창과 작두칼 등으로 금은보화를 내놓으라며 협박하면서 행장과 곡식을 비롯한 갖가지 물건을 모조리 강탈하고는 끔찍하게 폭행을 해댄다.

> 도적이 (…) 작두를 메고 나의 머리를 베려 했는데, 잘못하여 오른쪽 어깨 끝을 내리쳤다. 칼날이 위쪽에서 나부꼈다. 도적이 또 작두를 들어 올려 나를 베려 할 때, 어떤 도적이 와서 작두를 맨팔로 잡으며 저지했다. (…) 도적의 우두머리가 (…) 무리를 이끌고 떠날 때, 배 둘레에 묶인 닻줄을 끊어 바다에 던졌다. 그러고는 자신들의 배로 우리 배를 끌어 대양으로 내버린 후에 달아났다. 밤이 이미 늦었다.(윤1월 12일)

해양 모험소설과 영화에서 해적은 자유와 일탈의 이미지로 형상화되곤 하는데, 이는 제국주의의 약탈과 식민 지배를 낭만적으로 포장한 산물일 테다.

수난은 계속되어서 중국 땅 닝보(영파)에 닿자마자 최부 일행은 왜구로 오인받아 중국 관리들에게 문초를 당한다. 거듭되는 환란으로 공포와 혼란에 빠진 사람들을 침착하게 이끌고 하나하나 헤쳐나가는 최부의 모습은 세월호라는 해상 참변을 마주했던 우리에게 많은 것을 생각하게 해준다.

☸ 뜻밖에 맞닥뜨린 두 세계

예나 이제나 저 너머 중국은 신비한 공간으로 인식된다. 그곳을 다녀온 이들에게 들었을 중국은 조선 사람들의 시야로는 어림할 수 없었을 테다. 혹독한 겨울을 견뎌야 하는 우리네에게 강남이란 환상적이고 매력적인 공간이었을 게다. 이런저런 사연으로 강남을 다녀온 이들은 있었지만 구전되는 강남은 여전히 상상의 세계였다.

『표해록』이 시시콜콜 기록함으로써 강남은 우리에게 비로소 현실세계로 다가오게 된다. 일찍이 중국이라고는 베이징만을 체험해봤던 사신들은 자초지종을 듣고 놀라며 부러워하고(4월 27일, 5월 16일), 성종은 글로 써 올리라고 명한다. 왜구에 대한 오해가 풀리면서 『표해록』은 다소 문학적 매력을 잃는다. 이는 임금에게 올린 보고서(원문은 '신臣은 ~했습니다'라고 서술했다)이기 때문이다. 함께 이야기한 사람의 이름과 인용한 책까지도 꼼꼼하게 서술할 정도로 객관적인 태도를 유지하고 있기에 역사 또는 인문지리지로 읽을 때 영락제 시기 명나라의 맨얼굴을 곳곳에서 발견하는 즐거움을 얻을 수 있다. 바다에 관한 세밀한 관찰, 우리나라와 중국의 고금 역사와 문물 및 제도와 정책, 항저우에서 베이징까지 운하 주변의 풍경과 백성의 생활, 고사와 일화들이, 하나하나 헤아려 그 크기를 수치로 나타낸 다리와 교각들, 지루할 정도로 나열되는 지명과 함께 포진되어 있다. 『동국통감』과 『동국여지승람』을 편찬했던 조선 지식인의 해박함을 중국인들은 공경해 마지않는다. 마치 한 편의 다큐멘터리를 보는 것 같다. 그런 점에서 『표해록』은 명나라 초기에 대한 인문지리서이기도 하다. 서구 학계에서 이 책을 당대 명나라를 입체적으로 재구성할 수 있는 사료로 평가하는 것은 이런 까닭에서다.

한편으로 저자는 고지식할 정도로 답답하다. 사림으로서 그의 세계관과 가치관이 『주자가례』와 『소학』을 실천하는 성리학에서 벗어나지 못하고 있기 때문이다. "차라리 죽을지라도 효와 신信이 아닌 지경에 이르는 일은 차마 할 수 없으니, 나는 마땅히 정도正道를 받아들이겠다."(윤1월 16일) 이는 책을 일관하는 조선 선비로서의 칼 같은 태도다. 이런 자세는 그가 가는 곳마다 중국인들이 조선도 성리학의 예법을 지킨다는 말을 하고 예로써 그를 대하도록 하는 긍정적인 기능을 한다.

무엇보다도 최부의 이런 당당함은 그가 강남이라는 별세계를 발섭하면서도 그 세계를 맹종하거나 찬탄 일변도로 바라보지 않고 일정한 거리를 유지할 수 있게 한다. 일행 43명의 사연은 기적과도 같은 일이라 만나는 중국 관리며 선비들은 호기심을 잔뜩 드러낸다. 우리의 강남 인식이 그러했던 것처럼 그들에게도 조선은 바다 너머 멀고 낯선 상상의 나라였던 것이다. 그러나 『표해록』은 이 충격적이었을 낯선 만남을 매우 담담하게 서술하고 있다.

사림으로서의 당당함은 상대주의적인 가치관으로 나타난다. 중국 선비 노부용은 『중용』을 인용하며 천하가 하나의 법제로 통일되었는데 왜 중국과 말소리가 다른지 묻는다. 최부는 천 리만 가도 풍속이 다르고 백 리만 가도 습속이 다른 법이라며, 당신에게 우리말이 괴상하게 들리는 것처럼 나도 당신의 말이 이상하게 들린다고 한다. 그러나 하늘이 내려준 성품은 똑같은 것이어서, 나의 성품도 요와 순 임금, 공자와 안회의 성품과 같다(윤1월 19일)고 대답한다. 최부는 글 곳곳에서 당당히 조선인임을 밝힌다. 서로 다름을 인정하는 순간 양자는 평등한 위치에 서게 되고 조선과 중국의 역사·문화 또한 동등한 입장에 서게 된다. 이러한 태도는 책의 마지막 부분에 강북과 강남의 문화를 나란히 비교하는 데서도 그대로 나타난다. 강북이 강남보다 수준 낮은 곳으로 보일 수도 있겠지만 그것은 역사와 환경에 의하여 형성된 차이를 있는 그대로 보여주는 것으로 읽어야 할 테다.

당당함은 주체성의 다른 표현이다. 숱한 독서와 자기 수양, 실천을 통해서 견고해진 주체성은 올곧은 신념과 의지로 이어진다. 43명이 온갖 어려움을 이겨내고 바다와 대륙을 가로질러 귀환할 수 있었던 것도 거기에 바탕을 두고 있다.

바다 너머를 지향하는 것은 진정한 의미의 세계인이 되는 길이다. 내 나라의 역사와 문화, 우리의 정체성을 분명히 인식하고 근본을 잃지 않는 데서 바다를 경영하고 저 너머 세계의 사람들과 소통할 수 있는 참다운 길이 열린다. 차이를 올바로 인식할 때에 배려와 이해, 존중이라는 인간에 대한 예의도 갖출 수 있다. 세계인이 코리아로 우리를 지칭한 지 이미 몇백 년이 지나고 있다는 사실을 잊지 말아야겠다.

글쓴이 김충수

강원대 국어교육과 졸업. 고전문학을 공부하고 있으며, 오랫동안 고등학교에서 국어와 문학을 가르친 경험을 바탕으로 청소년들이 우리 고전을 쉽게 이해하고 그 가치를 발견할 수 있는 글을 쓰고 있다.

제주 선비의 표류 오디세이

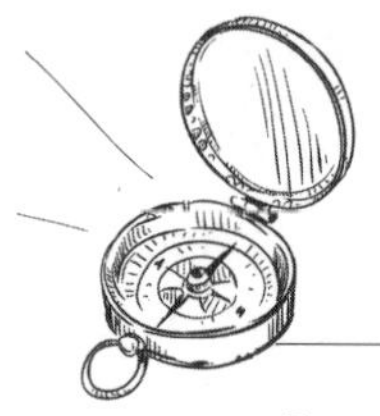

『표해록』

장한철 | 김지홍 옮김 | 지식을만드는지식 | 2008

☸ 단 12일간의 표류

1770년 겨울, 제주 애월읍에 사는 선비 장한철은 서울에서 실시되는 과거시험을 보기 위해 뱃길에 오른다. 향시에 여러 번 합격하고 장원까지 했지만, 문과 응시를 위해 상경하는 것은 처음이다. 장한철 일행이 탄 선박은 제주와 전라도 강진을 오가는 정기 상선이었다. 배에는 장한철과 동료 선비 김서일, 사공(선장), 노잡이, 상인 등 모두 29명이 승선했다. 제주의 항구를 떠난 배는 추자도를 지나 완도 노화도 앞에 이르렀을 때 표류하기 시작했다. 작은 돛단배가 거센 폭풍우를 감당하지 못한 것이다.

장한철 일행이 탄 선박은 이후 3일을 표류한 끝에 류큐 열도의 호산도虎山島에 도착했다. 호산도는 남북으로 20여 리, 동서로 5리나 되는 큰 무인도였다. 다행히 섬 안에 샘물이 있고, 해안에는 전복과 조개가 많아 목숨을 지탱할 수 있었다. 장한철 일행은 호산도에서 나흘을 보낸 뒤에야 인근을 지나던 베트남 상선에 의해 구조되었다. 그러나 그것도 잠시, 베트남 상인들은 장한철 일행이 제주 사람들이라는 사실을 확인하자마자 그들을 다시 바다에 내팽개쳤다. 옛날 제주의 왕이 베트남의 세자를 죽였다는 이유로 앙갚음을 한 것이다.

장한철 일행의 표해는 다시 시작되었다. 가없는 표류였다. 남풍이 불 때는 흑산도 쪽으로, 서풍이 불 때는 완도 쪽으로 떠내려갔다. 마침내 다다른 곳은 청산도 앞바다였다. 그러나 장한철 일행이 청산도 해안에 닿을 무렵, 뱃전은 깨지고 부서져 침몰 직전이었다. 칠흑 같은 어둠 속에서 승객들은 탈출을 감행했다. 해안을 지척에 두고 모두들 바닷속으로 뛰어들었다. 헤엄칠 수 있는 자만이 살아남았다. 생존자는 장한철을 포함해 여덟 명뿐이었다.

천신만고 끝에 청산도에 오른 장한철 일행은 섬 주민들의 온정 속에 1주일을 그곳에서 머무른다. 이후 장한철은 강진을 거쳐 서울로 향하고, 나머지 상인들은 제주로 돌아간다. 『표해록』은 장한철이 서울에서 과거에 낙방한 뒤 제주로 귀향해 표해 과정을 회고하는 것으로 끝맺는다. 장한철의 여정을 정리하면 다음과 같다.

제주도 출발(1770년 12월 25일) - 완도 노화도에 정박하려다 실패(26일) - 류큐 열도의 호산도에 정박(28일) - 베트남 상선에 구조(1771년 1월 2일) - 베트남 상선에서 내쫓김(5일) - 전라도 청산도에 표착(6일) - 청산도 출발(13일) - 완도 고금도 경유(14일) - 강진 남당포 도착(15일) - 강진에서 서울로 출발(19일) - 서울 도착(2월 3일) - 과거 낙방해 제주도로 출발(3월 3일) - 고향 제주 도착(5월 8일)

☸ 최부의 『표해록』을 능가하는 생생한 기록

장한철의 『표해록』을 읽어가다 보면, 그보다 280여 년 전 표류 선박을 이끌었던 조선 초기의 문인 최부가 떠오른다. 표해 기록을 남겼다는 점 외에도 두 사람은 신분과 표해 경로 등에서 유사한 점이 많다. 최부와 장한철은 제주에서 육지로 가는 동일한 바닷길에서 표류했다. 최부는 대과에 합격한 엘리트 관리였고 장한철은 과거를 준비하는 선비였지만, 유학자라는 점에서는 같다. 두 사람은 또한 표해 과정에서 뛰어난 지도력을 발휘했으며, 뒷날 표류의 경험을 책으로 남겼다. 장한철의 『표해록』은 분량으로는 최부의 『표해록』에 미치지 못한다. 그러나 표해 상황만을 기술한 대목은 장한철의 기록이 월등히 많다. 최부의 『표해록』은 연행록燕行錄으로 분류될 정도로, 연경 방문 등 중국 대륙에서의 활동에 대한 서술이 주를 이루기 때문이다.

제주를 떠난 지 5개월여 만에 귀향한 장한철은 자신의 경험을 기록으로 남긴다. 그의 기록 원칙은 사실의 기술이다. 충실한 사실 전달을 위해 그는 표류의 경험을 날짜순으로 꼼꼼히 적었다. 그는 선장 및 선원과의 불화는 물론 선상에서 표출되었던 자신의 희로애락을 가감 없이 남겼다. 선상에서의 대화를 기록할 때에는 상대방의 이름과 대화 내용을 빠짐없이 담았다. 동시에 장한철의 『표해록』이 돋보이는 것은 충실한 사실 기록에 그치지 않고 선원 등 승선자들의 심리 상태까지 상세하게 그려내고 있다는 점에서다. 동중국해 상에서 표류 나흘째 되던 밤, 그는 자신의 심경을 이렇게 적었다.

> 나는 뱃머리에 높이 누웠지만 근심으로 잠을 이루지 못했다. 스스로 가련하다고 달래보지만, 막막한 하늘과 바다 사이에서 하나의 외로운 그림자였다. 이어 목숨 길이 험하고, 운도 나쁘며, 신세가 표류함에 생각이 미치자, 눈물에 겨워 옷섶을 적시는 줄 깨닫지 못했다.
>
> _67쪽

장한철의 『표해록』은 고독, 두려움, 비겁함, 연민, 용기, 지혜 등 극한 상황에서 드러나는 인간의 맨얼굴을 생생히 묘사하고 있다. 청산도 용왕당에서 만난 처자에게 연정을 품고 하룻밤을 지내는 이야기를 솔직하게 그린 대목은 오디세우스의 연애담을 읽는 듯한 재미를 선사한다. 이러한 문학적인 기술은 최부의 기록에서는 찾아볼 수 없다.

사선을 넘나드는 표류 상황에서 어떻게 이런 기록을 남길 수 있었을까. 장한철은 바다에 표류하던 위급 상황에서 틈나는 대로 글을 남겼다. 호산도에 표착해 머물렀을 때 장한철은 '표해일기'를 써서 그때까지의 상황을 정리해두었다. 이 원고는 이후 『표해록』 작성의 기초 자료가 되었다. 장한철은 승선한 29명의 이름과 직업을 낱낱이 기록했다. 어쩌면 조선시대 무역선에 승선한 인원의 인적 사항이 기록이 남아 있는 것은 이 배가 유일할 것이다. 뿐만 아니라 장한철은 바닷길, 해상무역 상황 등 18세기 조선의 해양 정보를 상세히 담았다. 특히 표착했던 호산도와 청산도의 지리, 기후, 풍습에 대해 자세하게 적고 있어 남해, 동중국해 도서 지방의 역사와 민속을 이해하는 데 좋은 자료가 된다.

☸『표해록』으로 본 조선의 항해 문화

장한철 일행이 탄 배는 12일간 바다에서 표류했다. 그리고 호산도에 표착해 머물던 4일, 구조선 베트남 상선에서의 4일을 제외하면 온전한 표해는 4일에 지나지 않는다. 이 짧은 기간에 21명이 목숨을 잃었다. 이는 43명이나 되는 최부 일행이 13일간 동중국해에서 표류하고 5개월간 중국 대륙을 헤매면서도 전원이 무사 귀환한 것과 대비된다.

물론 장한철의 지도력은 돋보였다. 표류하는 배에서 주역 점을 쳐서 동요하는 선원들을 안심시키는가 하면, 베트남 상선에 승선했을 때는 필담으로 베트남 선원들과 대화하며 그들의 도움을 얻어냈다. 중앙 관리였던 최부의 초지일관한 지도력에는 미치지 못했다 해도, 이는 유학자로서의 박식함과 기지가 있었기에 가능했을 모습이다.

장한철 일행이 탄 배는 제주와 육지를 오가는 정기 상선이었다. 『표해록』에는 목적지가 나와 있지 않으나 승객의 대다수가 상인이고 고려시대 이후 제주-강진이 전통적인 바닷길이었음을 감안하면, 강진으로 출항했을 것으로 보인다.(강진의 옛 지명은 '탐라로 가는 나루'라는 뜻의 탐진耽津이다.) 그러나 정기 상선치고 배의 규모는 너무 작고 노후해 있었다. 배의 초라함은 베트남 상선과 대비하면 두드러지게 나타난다. 베트남 상선은 동중국해의 큰 바다를 운행하는 무역상선으로, 전체 4층으로 이루어진 대형 선박이었다. 장한철은 베트남 상선의 위용을 이렇게 적고 있다.

> 배의 얼개를 둘러보고 싶었지만, 추녀와 난간이 조밀하게 중첩되어 그 끝을 알 수 없었다. (…) 배가 아주 넓어서, 가히 백여 보나 되었다. 배의 길이는 곱절이나 되었다. 한쪽 구석에는 파와 채소를 심었다. 닭과 거위가 한가롭게 있는데, 사람이 가도 놀라 달아나지 않았다.
> _102쪽

너비가 백 보, 길이는 그것의 곱절이나 되는 배에서는 채소를 심어 가꾸고 닭과 거위 같은 가축을 쳤다는 것이다. 당시 조선에서는 상상도 할 수 없는 배였다. 이토록 규모가 컸기에 상선의 선원들은 장한철 일행이 탔던 배를 상선 아래쪽 창고에 넣어 보관했다.

항해 첫날 폭풍우가 몰아칠 당시 장한철 일행이 탄 배는 완도 노화도 앞에 이르렀다. 이때 일시 정박했더라면 표류를 피할 수 있었다. 그러나 위급 상황 때 정박할 수 있는 갈고리 닻이 준비되어 있지 않아 해안에 오를 수 없었다. 당시 유럽이 이미 인도양, 대서양으로 뻗어 대항해시대를 열어가고 있었던 것을 생각하면 항해 문화에 상당한 격차가 있었음을 알 수 있다. 이때까지도 조선은 소형 선박과 낙후된 항해술로 근근이 가까운 바닷길을 다니거나 기껏해야 후쿠오카를 오가는 수준에 머물러 있었다. 이런 점에서 장한철의 『표해록』은 조선 선박, 항해술의 발달 수준을 알려주는 지표이기도 하다.

글쓴이 조운찬

서울대 국사학과를 졸업하고 경향신문 베이징특파원과 문화부장을 역임했다. 현재 경향신문 후마니타스연구소장으로 있다.

실학적 사고의 단초가 된 통신사행록

『해유록』

신유한 | 이효원 옮김 | 돌베개 | 2011

조선시대에 일본에 파견한 외교 사절을 통신사通信使라 하고 이들이 남긴 기록을 통신사행록이라 한다. 통신사에 참여하는 인원은 500명가량이나 되었고, 왕복에 10개월 이상 걸리는 대장정이었다. 일본 정부는 막대한 비용을 들여 통신사를 극진히 대접하면서도 대내적으로는 조선에서 보낸 조공 사절로 선전하여 자신들의 권위를 높이고자 했다. 사행단은 부산에서 배를 타고 일본 최대의 상업도시 오사카까지 이동한 다음 수도인 에도까지는 육로로 이동했다. 조선시대 사대부가 바다를 항해하는 일은 드물었고 더욱이 바다를 건너 외국을 여행하는 일은 일생에 한 번 있을까 말까 한 드문 체험이었다. 그런 점에서 통신사행록은 조선시대에 보기 드문 해양문학이라 할 수 있다. 사행단은 항해 도중 폭풍우나 높은 파도를 만나 키가 부러지고 배가 부서져 난파하는 등 죽을 고비를 넘기기도 하고, 생전 처음 보는 이국의 아름다운 풍경에 넋을 놓기도 했다. 또 일본의 이질적인 문화에 거부감을 느끼기도 하고, 일본인과 시를 주고받으며 국가와 민족을 초월하는 우정을 나누기도 했다. 통신사행록에는 이러한 경험과 감상이 사실적이고 구체적인 언어로 기록되어 있어 오늘날 우리 문학사를 한층 더 풍부하게 만들어준다.

☸ 가장 빼어난 통신사행록

『해유록』은 1719년 통신사행 때 제술관으로 일본에 갔던 신유한이 지은 사행록이다. 제술관은 일본 문사들과 필담을 나누고 시를 수창하는 등 문화 교류를 담당하는 직책이다. 신유한은 젊은 시절부터 빼어난 시인이자 문장가로 명성을 떨쳤기에 제술관에 임명될 수 있었다. 『해유록』은 그의 대표작이라 할 수 있는데, 여러 통신사행록 가운데 가장 뛰어난 문예성을 지닐 뿐만 아니라 수록된 정보 역시 몹시 풍부하다. 말하자면 공적 기록물로서의 성격과 흥미로운 읽을거리로서의 성격을 겸비하고 있는것이다. 뿐만 아니라 임진왜란 이후 조선에 만연했던 일본에 대한 멸시와 적대의 감정에서 한 걸음 물러나 이성적인 시각에서 일본을 인식하려고 한 점 또한 눈여겨볼 필요가 있다.

『해유록』에는 서정적이고 사실적인 묘사가 많아 독자들은 이국의 풍경과 문물을 눈앞에서 보듯 추체험할 수 있다. 일본의 내해를 항해하면서 그곳의 아름다운 경치를 신선이 사는 선계에 비유하며 서정적인 문장과 시를 통해 묘사한 대목은 환상적이고 낭만적인 분위기를 자아낸다. 또 오사카, 에도 등 대도시의 화려하며 번성한 문물을 사실적이고 핍진한 묘사를 통해 눈에 보일 듯이 그려내고 있기도 하다. 오사카의 운하를 가로지르는 수많은 무지개다리와 황금으로 장식한 일본의 누선樓船을 묘사한 대목이나, 화려하게 꾸며진 유곽에서 요염한 자태를 뽐내는 유녀를 노래한 연작시 등은 일본의 발달한 상업경제가 빚어낸 사치스러운 문화의 한 극단을 효과적으로 보여주는 문학적 장치이기도 하다. 이처럼 신유한은 일본의 이국적 풍경과 번성한 도시의 문물을 문학적 재능을 한껏 발휘하여 흥미롭게 서술하고 있다.

다른 한편, 일본을 문화적 후진국으로 간주하여 무시하고 배척했던 이전 통신사행록들과는 달리 『해유록』에는 일본의 발달한 문물이나 문화에 대한 상세한 기록과 예리한 분석이 풍부하게 실려 있다. 일본의 장점을 있는 그대로 인정하고 받아들여 이용후생의 자료로 삼고자 한 것이다. 가령, 일본의 가옥에 대한 세밀한 묘사와 더불어 문짝이나 바닥의 척도가 일정하게 규격화되어 있어 손쉽게 교체할 수 있다는 기록이 보이는데, 이는 상품 유통과 상업 발달의 전제가 되는 제품의 표준화에 대한 인식이라 할 수 있다. 또한 숙소에 해충이 없고 몹시 청결한 이유가 분뇨를 즉시 수거하여 거름으로 활용하는 제도 때문이라는 분석도 보인다. 이처럼 사소한 경험도 심상히 보아 넘기지 않고 그 근원을 파고들어 이용후생의 자료로 삼고자 하는 태도가 『해유록』에 이르러 비로소 나타났다는 점은 주목을 요한다. 후대에 박지원이나 박제가와 같은 실학자도 중국의 거름 활용법을 배워야 한다고 주장했는데, 『해유록』이 이러한 실학적 사유의 단초를 제공한 것으로 여겨진다.

그 밖에도 『해유록』에는 조선과는 사뭇 다른 일본인의 검소한 생활이 인상적으로 그려져 있다. 높은 관리도 옷이 두세 벌밖에 없고, 가죽신을 신지 않으며, 도시락을 지니고 다니는 등 검소하며 청렴한 기풍이 관직사회에 뿌리 내리고 있다는 것이다. 또한 일본 함대가 언제든 출동할 수 있도록 임전 태세를 갖추고 있는 것을 보고 조선의 문약文弱함을 경계하는 대목도 보인다.

❁ 국가와 계층을 넘어 다양한 목소리를 담다

이처럼 감정적 대응에서 벗어나 주체적인 관점에서 일본의 선진적인 면을 배우고 조선의 낙후된 점을 성찰하고자 한 것은 이전의 통신사행록에서는 찾아볼 수 없는 『해유록』의 독자적인 면모라 할 수 있다. 신유한은 의식주와 생활 습관 등 일본사회의 미시적인 지점을 세밀하게 관찰하고 깊이 사유하여 일본 문화의 장점을 파악하고 이를 바탕으로 조선의 낙후한 현실을 성찰했던 것이다.

뿐만 아니라 임진왜란 이래 조선 문사들이 두려워하고 멸시했던 일본의 군사문화와 일본인의 호전성에 대해서도 『해유록』은 이전과는 다른 진전된 인식을 보인다. 관리가 윗사람의 명령에 절대 복종하고, 일반 백성도 관리의 명을 따라 엄격하게 질서를 지키는 생활이 몸에 배어 있는 것을 보고, 이는 모두 군사문화가 일상에 스며들어 규율하고 통제하고 있기 때문이라고 분석했다. 무가사회의 속성에 대한 예리한 통찰이라 생각된다. 나아가 일본인의 호전성은 모든 백성을 강제로 군대에 편입시키는 군사제도 때문이라고 지적했다. 임진왜란 이래 조선의 문인들은 일본인의 타고난 본성이 호전적이라며 멸시하고 기피했는데, 『해유록』에 이르러 그것이 본성이 아닌 제도에 의해 만들어진 것일 뿐이라는 견해가 처음 제기되었다. 일본인에 대한 오랜 편견이 근본적인 차원에서 전환점을 맞이하게 된 것이다.

그리하여 신유한은 일본인을 이성적 대화의 상대로 인정하고 진심으로 교류하고자 했으며, 『해유록』에는 이러한 장면이 자못 감동적으로 그려져 있기도 하다. 신유한은 열일곱 살 난 소년 문사와 시문詩文을 주고받으며, 『해유록』에는 이들이 이별에 즈음해서 서로 다시는 만날 기약이 없다며 안타까운 감정을 토로하는 장면을 절절하게 묘사했다. 또 한문에 능숙하지 못하지만 신유한이 써준 글을 어루만지며 정성스레 답하는 어느 관리의 진정 어린 마음이나, 사행 내내 함께 시문을 주고받으며 우정을 나눈 승려와의 이별 장면 또한 독자의 심금을 울린다.

이와 더불어 일본 민중의 삶에 대한 관심 역시 다른 통신사행록에서는 찾아볼 수 없는 『해유록』의 특징적인 면모라 할 수 있다. 소박하지만 행복한 삶을 살아가는 노부부의 오두막에서 차를 대접받은 일, 화전민이 사는 산골 마을에 들렀다가 마주친 천진난만한 아이들의 모습을 신유한은 따뜻한 필치로 그려내고 있다.

또한 섬마을 처자의 삶이나, 화려한 상업도시 오사카의 음지에서 고단한 삶을 살아가는 유녀의 목소리를 형상화한 시에서 우리는 일본의 민중적 삶에 대한 신유한의 애정 어린 시선을 감지할 수 있다.

신유한이 일본에 갔던 때는 임진왜란에서 겨우 100여 년이 지난 시기다. 일본에 대한 두려움과 적개심이 아직 남아 있던 시대에 신유한은 인간의 심성은 본래 모두 선하다는 유교적 윤리관을 바탕으로 일본인에 대한 편견을 걷어내고 소통하고자 했다. 식민 지배의 경험으로 인해 일본 전체를 배타적으로 인식하는 경향이 있는 우리에게, 신유한의 이러한 태도는 시사하는 점이 많다. 민족 감정에 의한 편견을 걷어내고 일본의 양심적인 지식인, 시민과 열린 마음으로 연대하는 일은 양국의 우호를 다지는 초석이라 할 수 있다. 그때 비로소 우리는 일본이라는 거울을 통해 우리 자신을 되돌아볼 수 있을 것이다. 비단 일본에만 국한된 문제가 아니다. 국가 간 민족 간 장벽이 점점 희미해지는 시대를 살아가는 우리 모두가 고민해야 할 보편적 물음을 『해유록』은 던져주고 있다.

글쓴이 이효원

서울대에서 『해유록』 연구로 박사학위를 받았다. 조선과 일본의 문학과 사상을 동아시아적 맥락에서 비교하는 연구에 흥미를 가지고 있다. 통신사 필담창화집 해제 작업을 진행 중이다.

4·3의 역사적 진실을 추구하는 문학의 힘

『순이 삼촌』『마지막 테우리』

현기영

대한민국 건국(1948) 이후 제주 4·3사건(1948)에 대한 국가 권력의 강요된 망각과 편향적이고 왜곡된 기억의 강제는 4·3을 둘러싼 역사적 진실 탐구 자체를 오랫동안 허락하지 않았다. 하지만 4·3에 대한 역사적 진실을 추구하는 문학적 노력은 온갖 역경과 난관에도 불구하고 쉼 없이 지속되고 있다. 그리하여 제주의 4·3문학은 문학의 전 장르에 걸쳐 많은 성과를 축적시켜온바, 제주인 혹은 제주에 관심을 갖는 사람이라면 창작과 비평을 함에 있어 반드시 4·3이란 어두운 터널을 통과하지 않고서는 어딘지 모르게 심한 죄책감을 가질 수밖에 없다. 4·3의 역사적 과제는 지금, 이곳의 살아 있는 자들을 억압하기 때문이다. 특히 살아 있는 자들에게 강요되는 망각과 침묵 그리고 왜곡은 4·3의 역사적 진실을 탐구하고 밝히는 데 가장 큰 걸림돌이며, 이것들이야말로 살아 있는 자들을 억압하는 심리적 메커니즘을 구성한다. 여기에는 '이중구속double-bind'이라는 강박 심리가 작용하는데, 4·3과 관련되어 살아남은 자들은 4·3의 실체를 밝히고자 하는 욕망과 함께 그 실체를 은폐하려는 욕망의 억압을 동시에 받는 것이다. 4·3문학 곳곳에서 이 이중구속에 대한 힘겨운 투쟁의 혈흔을 마주칠 수 있다.

국내에서는 작가 현기영의 단편 「순이 삼촌」(『창작과비평』, 1978년 가을호)이 발표되면서 비로소 한국 현대사의 암울한 터널 바깥으로 4·3사건의 전모가 드러나는 역사적 계기를 맞게 된다.

☸ 제주, 송장거름을 먹은 곳

「순이 삼촌」을 읽은 후 독자들은 충격과 놀라움 그리고 분노와 허탈감이 마구 뒤엉킨 채로 이내 4·3의 역사적 수렁 속으로 빠져들게 된다. 무려 60여 년이란 시간의 간극 앞에서 2000년대의 독자들은 「순이 삼촌」의 역사적 참극을 목도하며, 아름다운 풍광으로만 인식하던 제주의 곳곳이 억울한 죽음을 당한 제주 민중의 피가 스며든 삶과 죽음의 가파른 능선이라는 점을 알게 된다. 어쩌면 독자들은 「순이 삼촌」을 읽은 후 다음과 같은 곤혹스러운 질문과 마주할지 모른다. '순이 삼촌이 겪은 역사적 진실이 어느 정도 밝혀지고 있을까? 그동안 우리는 왜 「순이 삼촌」을 몰랐을까? 이러한 작품을 쓴 작가는 문학사에서 어떻게 평가되고 있을까? '순이 삼촌'은 4·3의 피해자인데, 이 같은 피해자들을 위해 사회는 어떠한 노력을 하고 있을까?' 이러한 물음들은 「순이 삼촌」이 한국문학 혹은 한국 현대사에서 지속적으로 어떤 역할을 하고 있는가와 밀접한 연관을 맺고 있다.

현기영은 장편소설 『지상에 숟가락 하나』에서 자신의 유소년기의 성장 체험을 그려냈는데, 4·3으로 순식간에 사라진 그의 고향 마을을 향한 어슴푸레한 기억은 그의 삶 전 영역에 짙게 그늘을 드리운 채 억압으로 작동한다. 지도상에 존재하지 않는 마을. 화마火魔의 광기에 휩싸여 죽음의 검은 잿가루만을 남긴 채 4·3과 연루된 모든 것을 잊어버리라고 강제해온 어둠의 마을. 현기영은 그의 문제작 「순이 삼촌」 이래 줄곧 그 소멸한 마을의 환영 속에서 세월의 지층 속에 화석화되어 망각의 사위로 숨어 있는 4·3의 역사적 진실을 추적해왔다.

현기영의 「순이 삼촌」은 작중 인물 '순이 삼촌'을 중심으로 제주의 무고한 양민이 이른바 '빨갱이 사냥'이란 반문명적·반인간적·반민중적 폭력 아래 억울한 죽음을 당한 제주 민중의 수난사에 초점을 맞춤으로써 대한민국 건국 과정에서 원통히 죽어간 제주 민중에게 가해진 국가 폭력을 증언·고발해낸다.

대략의 줄거리는 이렇다. 제주를 떠나 서울에서 직장생활을 하고 있는 화자 '나'는 할아버지 제사를 위해 8년 만에 고향 제주를 찾는다. 8년 만의 제주는 '나'에게 낯익은 듯 낯설다. 그동안 서울 생활을 하면서 입에 붙은 표준어는 오랜만에 듣는 고향 사람들의 말과 서걱댄다. 그리고 할아버지 제삿날, '나'는 4·3사건과 관련된 증언을 듣게 된다. 어린 시절 경험한 4·3에 대해 또렷한 기억을 갖고 있지 않은 '나'에게 친척들이 조심스레 수군거리는 그때의 끔찍한 참상은 '순이 삼촌'과의 기억을 떠올리도록 한다. 특히 '나'는 '순이 삼촌'이 며칠 전 죽었다는 소식을 듣고 당황스러워하며, 그를 향한 모종의 죄책감을 갖는다. 사실 '나'는 지난 1년 동안 '순이 삼촌'과 서울에서 함께 생활했다. 서울 사람인 '나'의 아내는 제주 출신인 '순이 삼촌'과의 동거를 매우 불편해했고, 그것을 모르지 않았던 '순이 삼촌'은 가뜩이나 서울생활이 익숙하지 않은 터에 제주로 돌아갔던 것이다. 제삿날 '나'는 친척들로부터 '순이 삼촌'이 겪은 4·3의 고통이 얼마나 컸는지에 대해 여실히 듣는다.

「순이 삼촌」은 그동안 국가의 공식 기억으로부터 철저히 배제되었던 제주 4·3에 대한 기억을 증언해내고 그 역사적 참상을 고발하는 데 초점을 맞춘다. 그리하여 4·3을 전후하여 무고하게 죽음을 맞은 '순이 삼촌'과 같은 민중의 억울한 죽음의 실상을 알리고, 그 맺힌 한을 푸는 해원解冤의 역할을 수행한다. 따라서 소설에는 망각과 침묵의 강요 속에 억압된 4·3 희생자들의 억울한 원혼을 어떻게 해서든지 세상에 알리고자 하는 작가의 계몽 의지가 강하게 작용하고 있다. 그 과정에서 작가는 가해자-피해자의 분명한 이분법적 대립 구도에서 「순이 삼촌」을 통해 가해자의 가혹 행위와 피해자의 피해상을 있는 그대로 재현한다. 이와 관련하여, 「순이 삼촌」에서 유달리 시선을 붙잡는 대목이 있다.

그 무렵 내 또래 아이들은 사람 죽은 일주도로변의 옴팡밭에서 탄피를 주워다 화약총을 만들기가 유행이었다. 아이들은 이제 옴팡밭의 비극을 까맣게 잊고 사람 죽인 탄피를 주워 모았다. 그렇다.

(…)

그러나 그 누구도 순이 삼촌만큼 후유증이 깊은 사람은 없었으리라. 순이 삼촌네 그 옴팡진 돌짝밭에는 끝까지 찾아가지 않는 시체가 둘 있었는데 큰아버지의 손을 빌려 치운 다음에야 고구마를 갈았다. 그해 고구마농사는 풍작이었다. 송장거름을 먹은 고구마는 목침덩어리만큼 큼직큼직했다.

더운 여름날 당신은 그 고구마밭에 아기구덕을 지고 가 김을 매었다. (…) 호미 끝에 때때로 흰 잔뼈가 튕겨나오고 녹슨 납탄환이 부딪쳤다. 조용한 대낮일수록 콩 볶는 듯한 총소리의 환청은 자주 일어났다. 눈에 띄는 대로 주워냈건만 잔뼈와 납탄환은 30년 동안 끊임없이 출토되었다. 그것들을 밭담 밖의 자갈더미 속에다 묻었다.

(…)

그러나 오누이가 묻혀 있는 그 옴팡밭은 당신의 숙명이었다. 깊은 소沼 물귀신에게 채여가듯 당신은 머리끄덩이를 잡혀 다시 그 밭으로 끌리어갔다. 그렇다. 그 죽음은 한 달 전의 죽음이 아니라 이미 30년 전의 해묵은 죽음이었다. 당신은 그때 이미 죽은 사람이었다. 다만 30년 전 그 옴팡밭에서 구구식 총구에서 나간 총알이 30년의 우여곡절한 유예猶豫를 보내고 오늘에야 당신의 가슴 한복판을 꿰뚫었을 뿐이었다.

'순이 삼촌'은 이미 4·3의 참상이 일어난 옴팡밭에서 죽은 존재나 다름없다. 가까스로 목숨을 보전한 그에게 옴팡밭은 죽음과 삶이 공존한, 역사의 격랑으로부터 결코 자유로울 수 없는 곳이다. '순이 삼촌'의 옴팡밭이 어디 이것 하나뿐이겠는가. 제주도 곳곳이 그의 옴팡밭과 동일한 상처를 지닌 "송장거름을 먹은" 곳이다. 그런데 아이러니하게도 숱한 주검이 억울하게 묻힌 그곳이 다른 어느 지역보다 풍작이다. 죽음의 옴팡밭에서 농작물은 잘 자란다. '순이 삼촌'은 그 농작물을 보며, 30년 전 언어절言語絶의 참상에 붙들려 있는 것이다. 그리하여 그는 옴팡밭의 고통으로부터 벗어나고 싶었지만, 끝내 벗어나지 못한 채 죽음을 맞이한다.

☸ 4·3의 불모성은 어떻게 현재화되고 있는가

한국사회에서 4·3의 역사적 진실을 다룬 문학은 1987년 6월 항쟁 이후 진전된 면모를 보인다. 현기영 역시 예외가 아니다. 현기영의 단편 「마지막 테우리」(1994)는 그가 등단 이후 집요하게 천착해온 4·3소설의 새로운 전기를 마련했다는 점에서 중요한 문제작이다.

「마지막 테우리」는 현기영의 다른 4·3소설과 비교해볼 때 표면적으로는 인식 면에서 별다른 진전이 보이지 않는다고 평가할 수 있다. 초원에서 마을 사람들의 마소를 풀 먹이고 관리하는 마지막 테우리 역할을 맡고 있는 노인은 다른 4·3소설에서 곧잘 목도되는 인물이다. 노인은 4·3의 비무장 폭도로 토벌대에 잡혀 자신의 목숨을 보전하기 위해 함께 입산한 이웃들의 은신처를 알려주어야 했던 배신자로서의 회한을 간직하고 있다. 말하자면 4·3의 실존적 고통을 짊어진, 크게 새로울 것 없는 인물이다. 그런데 정작 주목할 만한 것은 이 단편 속 인물을 통한 4·3의 과거 복원 문제가 아니다. 그보다 4·3의 불모성이 노인을 매개로 현재의 삶과 어떠한 관계를 맺고 있느냐 하는 점에 주목해야 한다. 「마지막 테우리」에서 이 같은 문제는 골프장 건설에 대한 작가의 비판적 성찰이 뒷받침되면서 밀도 있게 그려지고 있다.

> 그 사이 바람의 방향이 바뀌어 포크레인 소리가 아주 또렷하게 들려왔다. 들들들, 피를 말리는 소리, 그 소리에 노인은 찬바람 맞아 생명에 위협을 느끼는 늦가을의 여치처럼 가슴이 오싹 오그라드는 느낌이었다. 골프장 만든다고 또 목장을 까발기는 것이다. 생흙, 생피를 벌겋게 드러낸 채 뒤집어지는 야초지. 거기에 덮여질 것은 독한 농약에 절은 골프 잔디, 지렁이도 두더지도 도마뱀도 씨말려버릴 죽음의 카피트였다. 노인은 신음처럼 괴롭게 한숨을 토했다. 초원을 야금야금 잠식해 들어오는 포크레인 소리를 들으면서 노인은 자신의 몸속에서 차츰 좀먹어 들어오는 죽음의 진행이 느껴졌다.

골프장 건설은 노인의 죽음을 재촉하는 행보나 다를 바 없다. 골프장 건설에 따라 불모지로 변해가는 초원은 노인의 유일한 삶터를 앗아가기 때문이다. 단순히 노인의 경제적 기반인 삶터가 훼손당한다는 이유에서만이 아니다. 노인의 실존을 지배하는 4·3의 체험이 초원 곳곳에 스며들어 있는 터에 초원의 파괴는 곧 4·3과 관련된 노인의 전반적 삶을 파괴하는 것과 같기 때문이다. 초원은 노인에게 이중의 의미를 띠는 공간으로 인식되는바, 하나는 4·3 무렵 해변으로 상징되었던 국가 권력의 폭압에 맞서는, 즉 남한만의 단독 정부 수립에 반대하여 제주 민중이 봉기한 해방의 터전으로서의 초원이고, 다른 하나는 토벌대의 무자비한 진압 아래 떼죽음을 당한 무장대의 "삭힐 수 없는 한"이 떠돌고 있는 초원이다. 바꿔 말하자면 노인에게 초원은 자연과 어우러진 무장대가 오름마다 봉화를 올리며 해방의 세계를 향한 이상을 실현시키고자 한 '희망의 공간'이면서, 그 이상이 소멸해간 '절망의 공간'이기도 하다. 이러한 공간성을 띤 초원이 골프장 건설에 따라 아예 그 용도가 변질될 운명에 직면해 있는 것이다.

사실 이 비극성에 초점을 맞춰도 「마지막 테우리」가 갖는 4·3소설의 현재적 가치는 손상되지 않는다. 하지만 이 소설에서 또한 중요한 문제는 골프장 건설이 내포하는 자본주의의 물신화에 대한 작가의 비판적 문제의식이다. 이것은 최근 급속도로 진행되고 있는 제주의 국제자유도시화가 4·3 문제를 은연중 덮어버리고 희석시킬 수 있다는 문제의식과 동일한 맥락을 형성한다. 골프장 건설을 위해 야초를 벗겨낸 자리에 독성의 골프 잔디를 덮는 것이야말로 4·3의 억울한 넋들을 위한 굿판을 열지 못할지언정 그들에게 자본주의의 상징 폭력을 행사함으로써 그들을 다시 죽이는 일이다. 현기영의 이러한 작가의식은 종래 4·3소설을 생태계 파괴의 측면과 접맥시키는 가운데 그 외연을 확장하는 것이다. 바로 이 점이 「마지막 테우리」가 연 4·3소설의 새로운 지평이라고 볼 수 있다.

***

4·3특별법이 제정되고(2000) 4·3진상보고서가 여야 합의로 채택되었으며(2003), 고故 노무현 대통령이 제주도민에게 국가 차원의 사과를 한 후(2003) 4·3이 국가추념일로 지정되었다(2014). 이러한 과정을 통해 4·3이 국가의 억압으로부터 형식적으로 해방된 것은 분명하다. 하지만 해방 공간에서 4·3사건과 관련하여 아직도 씨름해야 할 역사적 진실이 문학의 손길을 애타게 기다리고 있다. 4·3의 역사적 복권을 위해서는 아직 해결해야 할 녹록지 않은 과제가 남아 있다.

글쓴이 고명철

제주 출생. 문학평론가, 광운대 국어국문학과 교수, 반년간지 『바리마』 편집위원이다. 『리얼리즘이 희망이다』 『잠 못 이루는 리얼리스트』 등 여러 책을 썼고 젊은평론가상, 고석규비평문학상, 성균문학상을 수상했다.

'변경이 세계의 중심이다'라는 성장 체험

『지상에 숟가락 하나』

현기영 | 실천문학사 | 1999

현기영은 장편 『지상에 숟가락 하나』의 곳곳에서 소설을 쓰는 목적에 대한 자의식을 선명히 드러내고 있는데, 그것은 "한 인간 개체가 어떻게 자연의 한 분자로서 태어나서 성장하는가를 반추해보려는 의도에서 쓰여지고 있"(377쪽)다는 점이다. 그러면서 그는,

> 그렇다! 내가 이 글을 쓰면서 보람을 느낀다면, 잊힌 과거로부터 기적처럼 다시 태어나는 그러한 순간들 때문이다. 이 글을 쓰는 행위가 무의식의 지층을 쪼는 곡괭이질과 다름없을진대, 곡괭이 끝에 과거의 생생한 파편이 걸려들 때마다, 나는 마치 그때 그

순간을 다시 한 번 사는 것처럼 희열에 휩싸이는 것이다.

_135쪽

라고 나지막이 고백한다. 우리는 여기서 『지상에 숟가락 하나』가 현기영에게서 어떠한 역할을 하고 있는지 이해할 수 있다. 제주도 4·3사건의 역사적 진실을 추구해온 작가 현기영에게 과거로의 여정은 간난한 현실의 복판에서 민중의 시대고와 동참하는 순례자로서 혹은 모순과 부정으로 점철된 현실에 대한 비판과 미래의 방향을 전망해내는 입법자로서의 고통을 참아내야 하는 것이었다. 하지만 작가의 자의식에서 뚜렷이 읽을 수 있듯이 그는 이 소설을 쓰면서 삶의 희열에 충만해 있다. 무엇이 작가로 하여금 무의식의 지층을 쪼는 곡괭이질의 부단한 노동에서 기쁨을 느끼게 하는 것일까.

여기서 현기영의 분신인 작중 인물 '나'가 고향에서 "망각의 어둠 속에 묻힌 과거의 단편들을 건져보려고 들판과 바닷가를 이리저리 헤매다"(10쪽)니며, 4·3으로 "죽어 있는 그 부락('나'의 출생지—인용자)을 되살리고 잊혀진 나의 유년을 다시 만나봐야겠다"(11쪽)고 욕망하는 것은, "그 시절만이 진실이고 나머지 세월은 모두 거짓처럼 느껴지"(11쪽)기 때문이다. 이 얼마나 유소년 시절의 추억에 도취된 나르시시즘의 표출인가. 우리는 익히 알고 있다. 그의 유소년 시절이 결코 아름답지 않다는 것을. 아름답기는커녕 그처럼 해방기의 혼돈과 한국전쟁의 비참한 현실 속에서 지나치게 조숙하거나 아예 성장을 멈추어버린 어린이들은 '아이들의 세계는 아름답다'라는 통념과 상식이 내팽개쳐진 시절을 살아오지 않았던가. 하지만 현기영의 유소년 시절을 향한 나르시시즘은 "자연과 분리되지 않은 그것의 한 분자"(269쪽)라는 진실의 매혹으로 우리를 안내한다.

우선, 현기영의 이 자연 친화에서 눈여겨보아야 할 것은 그만의 독특한 공간성이다. 뭍의 자연이 아닌 섬의 자연과 소통하고 있는 게 그것이다.

> 갈 수 없는 곳이었기에 두렵고, 더욱 멀게 느껴지던 변경, 그 한라산에 나무를 하러 다니면서, 아무래도 나는 이전과는 다른 생각을 하게 되었을 것이다. 해변에 국한되어 있던 나의 좁은 시야가 한라산 기슭에 와서 거의 무한대로 넓어졌을 때, 대초원과 바다와 하늘이 어울려 펼쳐놓은 그 광활한 공간은 어린 나에게 얼마나 경이로운 세계였을까? 그러나 그것은 또한 어쩔 수 없이 세계의 변경, 닫힌 공간이기도 했다. 해변에서 보면 늘 일직선이고 이마에 닿을 듯 가깝게 보이던 수평선이 한라산 기슭에서는 반원의 아름다운 곡선을 그으며 아득히 멀리 물러나 있었는데, 그러나 그 드넓은 해역 어느 구석에도 본토의 끝자락이 나타나 있지 않다는 것, 물에 막히고 물에 갇힌 섬이라는 사실을 실감으로 느꼈을 테고, 그래서 언젠가는 저 수평선을 뚫고 섬을 탈출하지 않으면 안 된다고 생각했을 것이다. _316쪽

섬만이 간직하고 있는 공간성. 섬은 비록 겉보기에는 사방이 바다에 에워싸인 채 바깥세상과 소통이 물리적으로 단절되어 있으므로 폐쇄적이고 닫힌 상상력에 지배당하고 있는 것 같지만,

그렇기 때문에 더욱 절실히 변경 너머의 세계를 지향하는 꿈들로 넘실대는 곳이다. 드넓은 망망대해와 하늘이 만나는 수평선 너머의 세계를 꿈꾸는 열린 상상력으로 충만해 있는 곳이다. 이곳에서 작가는 그를 키워낸 대지의 보살핌과 시련을 겪으며 성장한다.

❁ 4·3이 가져다준 타자의 자리

그런데 『지상에 숟가락 하나』에서 우리가 쉽게 간과할 수 없는 대목은 작중 인물 '나'가 유소년에서 소년으로 성장하면서 확장되는 세계 인식의 측면이다. 유소년기의 '나'는 자연과의 소통 속에서 자연과 혼융된 채 성장해왔다. '나'에게 자연은 세상살이의 불가항력적 참변 속에서도 늘 갱생에의 의지를 꿈꾸게 한 모체이며 보금자리다. 4·3이라는 전대미문의 "언어절의 참사"(65쪽)로 불모지화된 '나'의 고향집 터에서 "푸르게 솟아난 어린 오동나무"(74쪽)와, "모진 칼바람에 어린 가지들이 멍들고 찢겨나가도, 곤충들의 알과 유충을 몸속에 품고서 의연한 자태로 서 있던"(92쪽) 먹구슬나무는 '나'에게 강인한 생명력을 심어주었던 것이다. 이렇듯 유소년인 '나'의 세계는 자연 경험의 연장으로 포착되는 것인바, 따라서 '나'의 세계 인식은 내적 성찰을 기반으로 하기보다 '나'와 동일성을 띠고 있는 자연을 매개로 한 즉물적 세계 인식 단계에 머물러 있다.

하지만 '나'는 유소년기를 벗어나면서 타자에 대한 의식을 갖게 된다.

사춘기 초입에 들어서 있는 그 소년의 내면에서 급격한 변화가 한창 일어나고 있는 중이었다. 탄생하고자 꿈틀거리는 새로운 자아, 타자와 확연히 구별되는 존재로서의 자아가 형성되기 위해선 그 타자와 대립하지 않으면 안 되는데 아버지야말로 나에게 최초의 타자였던 것이다. 나는 나 자신이 느껴졌다. 아니, 느껴지는 정도가 아니라, 압도적인 무게로 나를 짓눌렀다. 나 자신이 느껴짐에 따라, 야릇하게도 친숙했던 주위의 사물들이 낯설게 보이기 시작했다. 아버지뿐만 아니라 어머니도 대상화되어 저만큼 멀게 느껴졌다. 나는 오직 나만을 생각하고 있었다. 오직 나만이 중요했고 나만이 진실이었다. 실재하는 것은 오직 나 혼자이고, 내 주위의 모든 대상물들은 허구일 뿐이었다.

_329-330쪽

실로 급격한 변화다. 지금까지 낯익었던 모든 대상이 낯설게 느껴지고 있는 것이다. '나'의 안정된 질서를 일시에 혼돈으로 몰아넣고 있다. 그것은 다름 아닌 '나'의 아버지다. 간혹 잊힐 만하면 자신의 존재를 입증하는 양 불쑥 나타났다가 돌연 사라져버리는 아버지이기에, '나'에게 아버지는 현상적으로 부재한다. 오히려 "아버지는 두려움의 대상"(325쪽)이었으며, 그나마 어머니와의 친연성마저도 "가파로운 긴장상태"(310쪽)를 조성해주는 위악적 존재다. 그런데 이러한 아버지가 '나'의 세계에 틈입해온 것이다. 성장과정에서 아버지는 '나'에게 부정의 대상으로서, 이제 '나'는 아버지를 넘어서야 한다는 사실을 인식하게 된다. 그리하여 아버지는 '나'에게 최초의 타자이며, 타자성을 발견토록 해주는 존재다.

이처럼 타자와 타자성의 발견은 '나'의 주체적 결단에 의한 것인 만큼 내적 성찰의 계기를 통해 '나'는 자신에 대한 실존의식을, "실재하는 것은 오직 나 혼자이고, 내 주위의 모든 대상물들은 허구일 뿐"이라며 갈무리한다. 그렇다면 아버지를 매개로 성취한 주체에 대한 의식과 각성은 어떻게 성숙해지는가?

'나'는 책읽기와 글쓰기를 통해 주체에 대한 의식을 다듬는다. '나'의 책읽기와 글쓰기는 '나'로 하여금 스스로의 내면에 자리 잡은 최초의 타자인 아버지를 응시하도록 했고, 점차 그토록 증오하던 아버지의 외모 및 기질을 닮아가는 내 자신이 아버지와 같은 타자로 변모해가고 있음을 성찰하도록 한다. 그러면서 '나'는 침묵의 언어와 고독에 친연성을 갖는다. 사실 침묵의 언어와 고독은 유소년인 '나'를 따라다녔던 그 무엇이었다. "실체가 아닌 관념"(322쪽)으로서 존재한 아버지, 4·3과 한국전쟁으로 인해 늘 비어 있는 아버지의 자리야말로 그 텅 빔을 향한 침묵의 언어와 공허감으로부터 피어난 고독, 그 자체였기 때문이다. 이제 '나'는 책읽기와 글쓰기를 통해 그 정체 모를 침묵의 언어와 고독의 실체를 구체적으로 인식해내면서 이를 세계 인식으로 확장시킨다. 이러한 확장이 일어난 것은 문학을 신성시하면서부터다. 이와 관련하여, 현기영이 『지상에 숟가락 하나』에 쏟은 열정은 자신을 성장시킨 많은 변수 중에서 "결코 변하지 않는 항수"(387쪽)를 발견하고자 하는 욕망에 기인한다.

그렇다면 작가 현기영에게 항수, 그 본질적인 것의 실체는 무엇인가? 소설의 마지막 페이지에 시선을 두는 순간, 결코 상투적이지 않은 작가의 다음과 같은 진실을 만날 수 있다. "내가 떠난 곳

(제주—인용자)이 변경이 아니라 세계의 중심이라고 저 바다는 일깨워준다. 나는 한시적이고, 저 바다는 영원한 것이므로, 그리하여, 나는 그 영원의 말씀에 귀를 기울이기 위해 모태로 돌아가는 순환의 도정에 있는 것이다."(388쪽)

현기영이 그토록 "과거의 편린들, 암흑 속에 아무렇게나 흩어져 있는 그 이미지 파편들"을 찾아내고 "조직해서 하나의 온전한 형태를 만들어내는"(159쪽) 데 신명을 다한 것은, 지금까지와는 다른 현기영 문학의 주체를 정립하기 위해서다. 돌이켜보면, 현기영을 대변하는 이른바 4·3문학은 변경의 진실을 알리는 것이었다. 그러기 위해 그는 중심부에 대한 대자적 의식을 갖추는 일환으로 변경을 중심부로부터 소외시켜왔다. 타락한 중심부로부터 거리를 두는 것은 타락한 세계를 변혁시킬 수 있다는 변경 특유의 유토피아를 갈망하는 순수성을 지켜나가려는 의지의 소산이기 때문이다.

이러한 그의 소설적 응전은 자연스레 그 자신이 변경 자체의 공간성과 동일성을 띠면서, 변혁된 중심부를 지향하는 욕망에 붙잡혀 있었던 게 사실이다. 하지만 이제 그는 『지상에 숟가락 하나』에서 이러한 중심부-변경의 도식적 관계를 전복함으로써 '섬은 창조의 영점'이라는 그 나름의 소중한 깨달음에 이른다.

글쓴이 고명철

제주 출생. 문학평론가, 광운대 국어국문학과 교수, 반년간지 『바리마』 편집위원이다. 『리얼리즘이 희망이다』 『잠 못 이루는 리얼리스트』 등 여러 책을 썼고 젊은평론가상, 고석규비평문학상, 성균문학상을 수상했다.

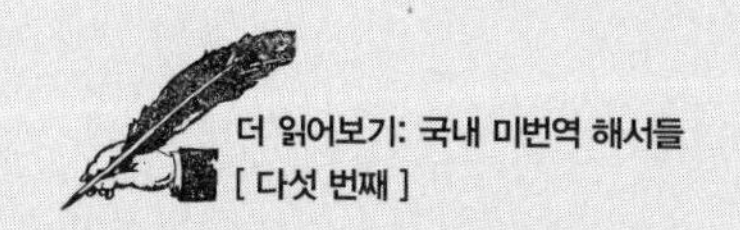

더 읽어보기: 국내 미번역 해서들
[다섯 번째]

생선 요리의 과학

魚料理のサイエンス

나루세 우헤이 | 신초샤 | 2014

요리가 과학을 만나면 한결 더 맛있고 풍요로운 식탁을 차릴 수 있을까? 의학 박사인 저자의 대답은 '그렇다'이다. 이를 증명하기 위해 저자는 일본 음식의 중추인 생선 요리의 맛의 비밀을 낱낱이 밝혀낸다. 물고기의 생태와 제철 바다 음식, 요리의 요령, 직업으로서의 요리사, 요리와 건강과의 관계 등등을 에피소드와 섞어, 각각의 생선 요리 그 특유의 맛의 원인을 '과학적 깊이와 유려한 문체'로 설명해준다. 읽는 맛이 쏠쏠한 요리과학 에세이다.

조미료 넣는 순서를 '사시스세소さしすせそ'라고 하는데, 이는 사토(설탕)의 분자가 가장 크고 맛이 들어가기까지 시간이 걸리기 때문이다. 토란을 쌀의 등겨와 삶거나, 전갱이 건어물을 절임김치(쓰케모노)와 섞어 밥에 얹고 오차즈케를 해서 먹으면 맛이 좋아진다. 왜 그럴까? 과학이 설명해준다. 알칼리성 아민류가 김치 젖산에 중화되기 때문이다. 이렇듯 그 맛을 잘 알고 있는 것 같지만

왜 그 맛인지를 모르는 게 식탁 위의 요리다. 친숙한 식재료일수록 그렇다. 일본 요리에서는 거의 빠지지 않는 가쓰오부시(가다랑어포)의 맛은 다량으로 들어 있는 이노신산 덕분이란 사실이 잘 알려져 있다. 왜 가다랑어에 이노신산이 많을까? 구로시오 해류를 따라 헤엄치는 가다랑어의 생태와 관계가 깊다. 이 책을 읽으면 모든 생선에는 비록 가까운 종일지라도 고유의 과학적 성실이 있고 거기에 충실히 따르지 않으면 맛있는 요리를 할 수 없다는 당연한 사실을 깨닫게 된다. 제목 그대로 생선을 요리한다는 행위는 과학활동인 셈이다. 책은 전갱이·보리멸·정어리·다랑어·가자미·장어·연어·잉어·삼치·도미·대구·청어·넙치·방어·다랑어 등 인류가 흔히 맛보는 물고기 50여 가지를 일본어 오십음 순으로 소개하면서 생선 이름의 유래, 제철 요리, 맛있는 조리 방법, 맛의 성분을 소개한다. 생선마다의 '식품 성분표'에서 필요한 자료를 요령 있게 꺼내 맛깔나고 정중하게 '썰을 푸는'데, 생태학, 조리학, 수산학, 유기화학, 문학, 어류학 등등 제반의 학문 지식을 종횡으로 구사하는 솜씨가 일품으로, 일본에서는 스테디셀러로 자리를 잡았다.

전갱이는 왜 오전에 사야 하는가? 간토와 도호쿠 지방은 왜 간사이 지방보다 맛이 진한가? 가쓰오부시는 왜 도사 지방에서 유래하는가? 전갱이 건어물에는 어떤 민중의 생활 속 지혜가 숨어 있는가? 붕장어의 맛은 어떤 바람이 좌지우지하는가? 오징어 먹물과 문어 먹물의 차이는? 오징어의 단맛은 어떤 성분이 결정하는가? 정어리는 왜 신선도가 중요한가? 비린내를 없애는 비결은? 자연산과 양식 장어를 분별하는 방법은? 기후변화에 따라 물고기 어획 시기와 장소는 어떻게 변화했는가? 간토와 동해의 고등어철은 왜 반대인가 등등.

읽을수록 의외의 맛의 세계가 펼쳐지며 글리신, 타우린, 리진 등 평소에는 쉬이 들어볼 수 없는 맛 성분과, 문어에 많은 콜레스테롤은 건강에 해롭지 않다거나 게에는 기생충이 있으므로 게회는 추천할 수 없다, 라는 식으로 요리의 공과를 알려주니 각설하고 음미할 만하다. 독자들은 지금까지 아무 생각 없이 즐기던 생선의 신원을 알 수 있어 쾌감을 느낄 것이고, 이자카야 주인장들에게는 꼭 주방에 놓고 싶은 백과사전적 지도서가 될 것이다. 요리사에게는 '생각하는 뇌'를, 그리고 식도락가에게는 '생각하는 혀'를 선물해주는 과학으로서의 요리책인 셈이다.

포세이돈의 준마

사실에서 신화까지, 해마 이야기

Poseidon's Steed: The Story of Sea horses

헬런 스케일스 | 고담 | 2010

이 책은 '바다의 말'로 불리는 해마들이 지구의 외진 바닷속을 유유히 헤엄치면서 어떻게 생활하고 있는지 그들의 일상을 추적한 이야기다. 수천 년 동안 인간의 상상력을 자극해온 바다 생명체와 관련된 변화무쌍하고 다양한 이야기가 소개되는데, 인도네시아의 산호초 사이를 오가는 해마들, 홍콩 뒷골목에서도 만날 수 있는 해마들뿐만 아니라 고대 그리스, 로마 제국 시대까지 거슬러 올라가는 해마의 역사를 이해할 수 있는 책이다.

동물들 가운데 수컷이 새끼를 낳는 경우는 해마뿐이다. 그래서 일부 과학자는 생식활동이 일반 어류와 다르다면서 해마의 분류에 혼란을 주었지만, 이 책의 저자는 완강하게 이 논란을 거부하며 해마가 명백히 어류라고 주장한다. 긴 세월 동안 해마들은 상식을 깨는 모습을 보여주었다. 해마는 박제 장식에서 심심찮게 발견되며, 어떤 부족의 전통적인 풍습과 문학, 고대 신화 속에도 빠지지 않고 등장한다. 고대 의학 서적에서도 해마가 언급될 정도다. 각종 피부병에서부터 머리가 빠지거나 성욕이 떨어질 때 해마를 치료제로 사용했다는 기록이 남아 있다. 호주의 한 동굴에서는 지금으로부터 6000여 년 전 해마가 새겨진 흔적이 발견되었고 고대 그리스인들은 해마를 '반은 말, 반은 물고기'처럼 생겼다 하여 그리스어로 '히포캠푸스hippocampus'라고 불렀다. 신화 속에서 바다로 전력 질주하는 바다의 신 포세이돈의 황금마차를 끄는 말로 해마를 상상했다고 한다. 근대 들어 해마는 국제적인 예술 시장에서 여러 차례 스캔들에 휘말리기도 했다. 터키 황제의 무덤에 있던 2000년 이상 된 날개 달린 해마를 형상화한 브로치가 도난당하는 사건이 있었는데, 그 브로치는 뉴욕의 메트로폴리탄 미술관에 비싼 값에 팔렸다고 한다.

바다의 보물인 해마를 재조명했다는 것만으로도 이 책은 충분히 매력적이다. 있는 듯 없는 듯 조용히 살아가는 해마는 해저에서도 쉽게 만날 수 없는 동물이다. 해마의 서식지를 일부러 찾아가도 해마를 보기란 쉽지 않다. 그러나 매우 특이한 생김새를 지닌 이 동물은 오랜 역사를 인간과 함께하며 인간의 상상력 속에서 호기심을 자아내는 바다 생명체로 군림하고 있다. 해마들의 생존을 위해서는 건강한 바다 환경이 무엇보다 중요하다. 반면 바다 생태계가 해마의 존재에 영향을 받지는 않는다. 어쨌든 자세히 들여다보면 구석구석 아주 섬세한 모습을 하고 있는 해마를 적어도 저녁 식탁 위에서 만날 일은 앞으로도 없을 것이다. 인류에게 해마는 언제나 상상력의 자양분일 것이다.

바다의 문화사

The Sea: A Cultural History

존 맥 | 리액션북스 | 2015

대표적인 해양문학가인 영국의 조지프 콘래드는 살아생전에 "바다에서의 삶은 매혹적이지만 또 그만큼 환상을 깨게 하며 사람을 노예로 종속시킨다"고 말했다. 현대에 이르기까지 인류의 발전에 바다만큼 더 큰 영향을 끼친 것은 없을 것이다. 이 책에서 저자 존 맥은 사람들을 이어주기도 하고 정반대로 갈라놓기도 하는 바다의 위대한 능력에 대해 속속들이 검토한다. 그는 인류가 바다와 상호 작용하면서 만들어온 역사를 기술한다. 바다를 통해 인류는 항해를 하고 타국과 만나고 문명을 확장했다.

세계의 수많은 인구가 바다 연안 지방에 거주하고 있다. 저자는 사람들이 바다를 주거 환경으로 어떻게 이용했는지를 다채롭게 설명한다. 전 세계의 바다와 대양의 서로 다른 특징들을 비교, 대조하고 다양한 문화권 속에서 바다가 어떤 개념으로 정의되고 있는지도 지역별로 자세히 분석했다. 이어서 저자는 여러 방면으로 발전된 해양 기술에 대해서도 조사했다. 항해 기술의 변천사를 비롯해 해양 산업이 어떻게 형성되고 발전되었는지에 주목하며, 뱃사람들이 어떤 해양문화를 유지하고 어떤 기술과 훈련을 하는지 자세히 기술했다. 또 바다와 가까이 사는 사람들의 언어적 특성과 풍습에 대한 내용도 흥미롭다. 해변과 항구에서의 행동 양식이 바다에 있을 때와 달라지는 것도 뱃사람들의 독특한 문화 중 하나다. 여러 차이점에도 불구하고 육지와 바다는 상징적 측면이나 경제적 측면에 있어서 서로 떼려야 뗄 수 없는 관계를 맺고 있었다.

이 책은 마치 망망대해에 커다란 그물을 던져 끌어올린 것처럼 광범위한 분야에 걸쳐 다양한 내용을 다루고 있다. 일반적인 역사뿐만 아니라 바다와 관련된 고고학, 전기, 예술사, 문학사 등 전 세계에 퍼져 있는 바다와 관련된 기이한 사실들, 실험주의 정신에 입각한 연구 결과들이 수록되어 있다.

제6부

미지의 바다,
광기의 바다

문명을 뒤덮는
바다의 어둠

『파리대왕』

윌리엄 골딩 | 유종호 옮김 | 민음사 | 1999

한쪽에는 사냥과 술책과 신나는 흥겨움과 솜씨의 멋있는 세계가 있었고, 다른 한쪽에는 동경과 좌절된 상식의 세계가 있었다.

_103쪽

어떤 특별한 공간은 세상이 그어놓은 금을 훌쩍 넘어가도 될 것처럼 은근하고 은밀하게 사람들을 부추기곤 한다. 그 공간은 벼락 같은 것을 내리치지 않아도 어느 한순간을 틈타 평소 몸에 익혀온 것들을 스스로 뒤집는 다른 시간과 공간으로 스며들게 한다.

그러나 어떤 세계는 벼락처럼 떨어지기도 한다. 평화롭게 하늘을 날던 비행기를 태평양 한가운데 누구도 알지 못하는 작은 섬으로 툭, 떨어뜨리는 것이다. 교사와 부모가 돌봐주던 안온했던 일상은 삽시간에 깨져나가고 언제 어느 때 괴물이 덮칠지 모르는 공간에 '소년들은' 그렇게 내던져진다.

소년기란 미래의 자신이 매복되어 있는 시기다. 소년 자신도, 소년의 보호자들도 그들이 어떻게 자랄지 조금도 예상할 수 없다. 천사 같은 얼굴로 새엄마를 궁지에 몰아넣어 아빠가 새엄마를 버리게 만들거나,• 자라지 않는 어떤 소년은 양철북을 두드리며 괴성을 질러 타락한 어른들을 놀래키고 유리란 유리는 죄 박살을 내기도 한다.•• 디아블로Diablo의 세계는 도처에 있다.

핵전쟁을 피해 소년들을 다른 나라로 이송하던 비행기가 추락하면서 소년들은 태평양 한가운데의 무인도에 떨어지게 된다. 대여섯 살부터 열두 살 사이의 소년들 한 떼가 부모도 교사도 없이 낯선 섬이라는 미지의 영역에 내던져진 것이다.

낯선 세계에 대한 동경은 비단 소년들만의 일이 아닐 테지만 소년은 흔히 새로운 것에 넋을 잃고 홀리게 마련이다. 이미 탐험을 끝낸 동네 뒷산이 아니라 갑작스레 내던져진, 하물며 시시각각 달라지는 거대한 바다 앞에서라면 소년들은 필연적으로 자신도 모르는 자신을 만나게 되고 말리라. "바다에서 밀려드는 물결 속에는 지극히 작은 투명체"가 있으며 이 "무수한 톱니처럼 이들 투명한 미물은(이) 모래사장 위의 찌꺼기를 먹어치우는" 것에 매

• 마리오 바르가스 요사, 『새엄마 찬양』, 송병선 옮김, 문학동네, 2010.
•• 귄터 그라스, 『양철북』, 장희창 옮김, 민음사, 2000.

혹되어 시간 가는 줄 모른 채 웅덩이를 파고 생물체를 가두는 놀이에 빠져들게 하는가 하면, 밤이면 바다에서 올라오는 정체를 알 수 없는 짐승에 자지러지게 하는 곳이 바로 낯선 섬인 것이다.

잘 알지 못한다는 것, 거기에는 매혹과 함께 공포가 출렁거리고 공포는 곧잘 인간을 본능에로 이끌곤 한다. 선입견이 없는 아이들은 적응 또한 쉽다. 본성은 스스로 나침반이 되어 망망한 바다 위 한 점을 가리킬 테니.

☸ 검은 바다가 피워올리는 광기의 초상

이 소설은 제2차 세계대전이 끝난 지 10년쯤 된 1954년에 쓰였다. 두 차례 세계대전을 겪으며 인간이 합리적 이성을 갖춘 존재라는 자부심이 무너져 유럽인들 스스로 경악했던 시기였다. 유럽사회는 인간이 세운 그 어떤 시스템도 인간 본성 속에 내재한 야만성에 의해 무용지물이 될 수 있다는 것을 배웠다. 『파리대왕』은 민주적 절차니 규칙이니 하는 시스템이 없어서가 아니라 한 집단 내부의 과잉된 에너지가 대등한 힘으로 견제되지 않을 때 집단적 광기에 휘말리고 마는 것에 초점을 맞추고 있다.

이 작은 사회에도 있을 건 다 있다. 몇 명인지도 모르는 한 무리의 소년들에 의해 선출된 권위 있는 '대장', 발언권을 부여해주는 '소라', 지각 있는 '참모', 동물과 소통하며 다른 차원의 언어를 듣는 '종교인', 먹고사는 문제를 해결하는 '사냥꾼'. 그것들을 통제할 공평한 규칙도 갖추었다.

리더를 뽑은 소년들은 모두에게 공평한 규칙을 정한다. 바로 '소라'를 가진 자가 발언권을 가진다는 것이다. 발언권을 가지고 있을 때에는 그의 말을 들어야 한다. 그리고 모두에 의해 선출된 랠프에게 회합을 열어 의견을 통합하고 명령하는 권한을 부여한다. 무리를 보호할 의무가 있는 랠프에게는 비바람을 피하고 밤을 지낼 오두막을 짓고 봉화를 올려 구조를 기다리는 게 가장 급한 일이었다. 랠프는 큰 소년들에게 오두막을 짓도록 하고 봉화를 꺼뜨리지 않도록 하지만 성격이 급하고 폭력적인 성향을 보이는 잭은 제멋대로 아이들을 이끌고 사냥을 떠나버리고 만다. 밤마다 바다는 괴물처럼 울어대고 오두막은 아직 다 지어지지 않았다. 서로서로 부둥켜안고 잠들었던 어린 꼬마들은 하나가 울기 시작하면 모두 다 따라 울어댄다. 점차 용감했던 소년들마저 밤에 비명을 지르며 바다에서 올라오는 시커먼 짐승을 보았다고 한다. 짐승에 대해 얘기를 하면 할수록 공포는 증폭된다. 마침내 공포와 흥분이 뒤엉킨 사냥놀이에서 랠프마저 광기에 휩쓸린다.

> 갑작스럽게 열띤 흥분에 사로잡힌 랠프는 에릭의 창을 잡고 그것으로 로버트를 찔렀다. "이놈을 죽여! 죽여!" 갑자기 로버트는 미친 듯 비명을 지르며 안간힘을 썼다. 잭은 그의 머리채를 쥐고 창칼을 휘두르고 있었다. 그의 뒤로는 로저가 덤벼들려고 기를 쓰고 있었다. 사냥이나 춤이 끝났을 때처럼 노랫소리가 의식조로 시작되었다. "돼지를 죽여라! 목을 따라! 때려잡아라!" 랠프도 가까이 다가서려고 승강이를 하고 있었다. 갈색의 연약한 살점을 한 줌 손에 쥐고 싶었다. 상대를 눌러 해치고 싶은 욕망이

간절했다. 잭이 팔을 내렸다. 파도처럼 일렁이며 에워싸던 소년이 돼지 목 따는 소리 같은 함성을 질렀다. 그러더니 조용히 누워서 숨을 할딱이며 겁에 질린 로버트가 흐느껴 우는 소리에 귀를 기울였다. _170-171쪽

살해 본능과 연민 사이의 경계는 문풍지보다 얇을지도 모른다. 낮에는 신기루에 싸였다가 순식간에 잔인해지는 바다는 언제 어떤 카드를 내보일지 알려주지 않는다. 비바람을 피하고 크고 작은 짐승들로부터 보호해줄 오두막 하나 없는 바닷가는 어두워지면 이루 말할 수 없는 공포감에 휩싸였고 꼬마들은 서로 의지하려고 떼 지어 있었다. 그런데 첫날 보였던 소년 하나가 보이지 않자 소년들 사이에서 밤이면 바다에서 커다란 짐승이 올라온다는 소문이 떠돈다. 실체가 없어서 점점 더 커지는 공포는 쉽사리 혼란을 일으키고 생존에의 절박함에 쫓기는 아이들은 무력을 가진 잭에게로 몰려간다. 그러나 지각 있는 참모 '돼지'는 알고 있다. 발톱이나 날카로운 이빨을 가진 짐승은 없음을, 다만 '무서운 사람'이 있을 뿐이라는 것을. 그것을 받아들이지 않고 조롱하는 어리석은 아이들이 있을 뿐이라는 것을.

조직은 크건 작건 언제나 갈등을 품고 있다. '사이먼'이 일종의 종교인으로 갈등을 조절하는 역할을 맡게 되지만 너무 연약하기만 하다. 조직 안에서 충돌이 일어나면 누군가는 승리하고 누군가는 패배하며 패배자는 고립되기 마련이다. 바다라는 미지의 위험에 둘러싸인 작은 무인도, 출구 없는 고립은 곧 죽음이다.

두고 온 문명을 일구고자 하는 패거리와 야만으로 돌아가고

자 하는 패거리는 충돌하고야 만다. 봉화를 지키고 있어야 할 쌍둥이가 잭의 사냥 부대에 따라가고 만 것이다. 멧돼지를 잡아 의기양양해진 잭은 문명의 세계로 돌아갈 수 있는 단 하나의 출구인 봉화를 꺼뜨린 책임을 추궁하는 랠프에게 당장 먹을 고기가 더 중요하다고 맞선다. 두 사람은 한 치도 양보하지 않고 팽팽하게 맞서지만 사실 '힘센 사냥팀'이라는 무력을 갖춘 잭이 유리하다. 눈앞에 보이는 생존에의 욕구가 언제 올지 알 수 없는 구조에의 희망보다 다급한 것이다. 마침내 두 사람은 충돌한다. 긴장은 갑작스럽게 고조되고 바다는 서서히 몸을 뒤채기 시작한다.

붉은색과 검은색, 흰색으로 얼굴에 칠을 하고 '수치감과 자의식에서 해방'되어 비로소 완벽한 야만인이 된 잭은 멧돼지를 잡아 피의 축제를 벌이고 짐승의 살로 주린 배를 채운 소년들은 멧돼지를 죽이듯 다른 소년들을 죽이기 시작한다. 폭발하는 혼돈 속에서는 가장 약한 존재가 어떻게 희생됐는지도 모르게 희생된다. 그다음 희생은 초월적 세계의 지혜를 전해주는 존재, 그리고 야만에 장애가 되는 허약한 지식인으로 이어지게 마련이다. 희생자들은 알게 모르게 야만인 앞에 줄을 선 꼴이다.

꼬마들 중에서 하나가 먼저 희생되고 "짐승은 아마 우리들 자신에 지나지 않을지도 모른다"는 통찰력을 지닌 사이먼이 피의 축제 속에서 멧돼지처럼 죽임을 당한다. '돼지'는 봉화를 피울 수 있는 유일한 도구인 안경을 약탈해간 야만인을 찾아가 안경을 내놓을 것을 요구하지만 야만인들 역시 멧돼지를 구울 불을 피울 수 있는 안경이 필요하다. 둘 사이에는 전쟁이 벌어진다. 돼지는 야만인이 밀어 던진 바위를 맞고 바다로 굴러떨어진다. 그는 일찌감치 자신이 희생될 것임을 안 유일한 인물이다. 바닷가 절벽에 요새를 구축한 야만인에게는 오직 생존에 필요한 무력만이 중요할 뿐, 생존에 방해가 되는 사람은 적으로 간주된다.

자연이 하는 일은 죽음을 덮어주는 것. 죽은 소년들을 덮친 밀물은 "달빛 같은 빛을 내고 불처럼 이글이글한 눈을 한 이상야릇한 생물"이 되어 "시체에서 배어나온 핏자국을 어루만졌다." 그리고 "발광생물이 물결 가장자리로 몰리더니 한 가닥의 빛이 마구 옮아갔다. 밀물은 더욱 높아져서 사이먼의 덥수룩한 머리를 환하게" 싸고 난바다로 밀려나갔다.

단 한 번도 실체가 확인되지 않은 공포 앞에서 문명은 과연 얼마만큼 견고한 것일까. 시퍼렇게 넘실대며 금방이라도 잡아먹을 듯 덮쳐오는 파도 속에서 겁을 집어먹지 않고 차분하게 불을 지필 수 있는 사람은 누구인가.

야만은 자기를 돌아보지 않는다. 쉽게 흥분하고 쉽게 약해지는, 교육받지 않은 인간으로서의 소년이 위험하다는 건, 반성을 모른다는 점 때문이 아닐까.

글쓴이 방현희

『동서문학』 신인문학상을 수상했고 『달항아리 속 금동물고기』로 제1회 문학/판 장편소설상을 받았다. 외롭고 불안한 현대인들의 관계에 관심을 기울이며 그것을 소설로 표현하는 작업을 하고 있다.

식민의 바다,
생사의 극한지대

『극해』

임성순 | 은행나무 | 2014

임성순의 장편소설 『극해』를 읽으면 시종 박진감을 느낀다. 이 소설은 표면적으로는 국내에서 희귀한 장르에 속하는 해양소설이라 볼 수 있지만 소설의 함의가 단순한 것은 아니다. 허먼 멜빌의 『모비딕』이나 어니스트 헤밍웨이의 『노인과 바다』, 가까운 일본의 작가 고바야시 다키지의 『게공선』 등의 작품을 흥미롭게 읽은 독자 입장에서, 『극해』는 위 소설들과 일정한 연관성을 가지면서도 한국 소설 특유의 새로운 분야를 개척하고자 하는 의욕을 보여준다.

소설의 배경은 일본이 미국과 태평양전쟁에 돌입하면서 이른바 '대동아공영권'을 제창했던 일제강점기 말 파국의 시기다. 소설의 등장인물들은 조선과 타이완, 필리핀 등에서 돈을 벌기 위해 포경선의 외항선원으로 지원했으나, 해당 선박이 전쟁에 징발되면서 일본군 특별감시 등의 전시 임무를 수행하게 되는 사람들이다. 유키마루가 이들이 타고 있는 배의 이름인데, 이 거대한 선박 위에서 벌어지는 이민족 간의 갈등이 점차 고조되어 격화, 파국으로 나아가는 장면이 생생하게 서술되고 있다.

이 작품을 읽으면서 깨닫게 되는 것은, 소설 속 바다가 단순히 서사적 작의作意를 실현하기 위한 배경이나 장치에 머물지 않는다는 점이다. 실로 이 소설에서는 바다 자체가 전쟁에 처한 인간의 한계 상황을 강력하게 환기하는 알레고리라고 할 수 있다. 바다는 생명과 죽음의 순환이 끝없이 이어지는 극한의 공간이며, 이 위에서 민족 구성이 다른 선원들 간의 생사를 넘나드는 그로테스크한 격투가 시작된다.

☸ 극한의 바다, 끝없는 지옥

일본의 진주만 폭격으로 시작된 아시아 태평양전쟁은 태평양이라는 광활한 바다 전역에서 벌어지는 생사의 전투로 이어졌다. 하와이에서 미크로네시아와 마리아나 제도 그리고 남중국해와 동중국해, 류큐 열도로 연결되는 광대한 바다에서 해상전과 지상전은 끊이지 않았다. 이 소설 역시 이러한 태평양전쟁의 지정학적 배치 속에서 전개된다. 소설 속 인물들을 태운 유키마루호는 오키나와와 남중국해 그리고 폴리네시아를 거쳐 남빙해를 향해 항해한다. 이 각각의 장소는 일본군이 대남양이라 명명했던 지역으로, 1941년 이후 일본군이 일시적으로 점령했으나 이후 미군과의 전투에서 패퇴해 집단적으로 옥쇄를 감행하게 되는 곳들이다.

소설 초반부에서 묘사되는 전쟁 상황은 일본군의 패퇴에 따른 여러 형태의 아비규환을 입체적으로 보여준다. 가령 남방 전선에서 벌어진 일본군의 옥쇄와 대본영으로 상징되는 일본군의 무기력과 혼란 그리고 고도孤島에 고립되어 임박한 전투를 초조하게 기다리는 히스테리적 상황과 이에 따른 비인간적 일탈, 가령 포로를 참수하여 인육을 구워 먹는 등의 잔혹 행위는 물론이거니와, 미군 전함과 잠수함의 공격에 속수무책으로 침몰하고 죽음에 이르는 상황에 대한 묘사는 전율을 일으킨다.

> 쓰레기 더미를 헤치고 더 북쪽으로 올라가자 넘실대는 파도 위로 구명조끼를 입은 사람들이 보이기 시작했다. 처음엔 조난자라 생각하며 그들을 구하기 위해 접근했다. 사지를 움직이는 그들의 모습은 멀리서 봐도 살아 있는 것처럼 보였다. 유키마루의 선원들이 갈고리를 이용해 떠내려오던 선원 하나를 건져내려 했다. 그러나 끌어올리던 중간에 그들은 화들짝 놀라 갈고리를 놔버렸다. 건지려던 사내의 하반신이 없었던 것이다. 뒤이어 수많은 시신이 밀려오기 시작했다. 몸뚱이가 멀쩡한 시신은 하나도 없었다. 몇몇은 불에 타 검게 변해 있었고 몇몇은 사지가 떨어져 나가 있었다. 때마침 몰려든 상어 떼에게 살점을 뜯길 때마다 시신들은 마치 살아 있는 것처럼 요동쳤다. 광활한 바다는 사방이 그런 시신들로 덮여 있었다. 선원들은 아무 말도 할 수 없었다.

지옥이 바로 자신들의 눈앞에 있었으니까. _46쪽

위의 장면은 유키마루호 선원들이 레이테 해전(1944)에서 미군에 의해 괴멸된 일본군 연합함대의 참상을 목격하게 되는 부분이다. "지옥이 바로 자신들의 눈앞에 있었"다는 진술이 이어지는데, 이로써 지옥의 서사가 끝난 것은 아니다.

정섭을 포함한 소설 속 인물들이 경험하게 되는 지옥은 오히려 기관 고장으로 유키마루호가 남태평양을 표류하게 된 결과 남빙양으로의 항해 끝에 직면하게 되는 선상 반란과 살육의 과정을 통해 전면화된다.

이 후반부의 소설적 설정이 실상 이 작품의 진정한 박진감과 참다운 묘미인데, 거기서 우리는 '식민의 바다'로 설정된 서사적 갈등의 중핵을 만나게 된다. 유키마루에 승선한 인물들의 민족 구성은 다층적이다. 배의 지도부에 해당되는 선장과 갑판장, 일등항해사는 물론 유키마루를 징발하고 지도하는 일본군은 일본인이다. 물론 일본인이라고 해서 그들의 의식과 이데올로기, 출신 성분이 균질한 것은 아니다. 군인이야 태평양전쟁의 논리를 대본영의 지침에 따라 강박적으로 수행하는 존재이지만, 그 역시 민간인 신분의 유키마루호 간부들과 때로 첨예하게 대항하다가 소외당하는 인물로 그려진다.

유키마루호 간부들 사이에서도 갈등과 긴장은 끊이지 않는다. 특히 일등항해사와 갑판장의 갈등은 자못 치밀하게 묘사되는데, 가령 원주민 여성을 납치하여 성매매와 성폭행을 자행하고 강요하는 갑판장과 일등항해사의 갈등은 소설 안에서 긴박감을 고조

시킨다. 소설 속의 또 한 사람의 일본인인 해부장은 피차별 부락 출신으로, 젊은 시절 한때 일본사회에서 구조적인 차별에 항의하는 운동에 참여했지만 결국은 현실에 체념, 자신의 출신 성분을 은폐하기 위해 포경선의 선원인 된 경우다.

이 소설 속에서 선상 반란을 주동하는 역할을 하는 것은 조선인들이다. 전쟁 과정에서 식인 습성을 갖게 된 문제적 인물 정섭과 선상 반란을 지도하는 선생이 이에 해당된다. 그러나 유키마루호에는 이들 외에도 타이완인과 필리핀인들이 있다. 이들은 선상 반란 과정에서 조선인들의 위협에 굴복하는 것으로 그려져 있지만, 동시에 이에 저항하기도 하는 인물이라는 점에서 양가적 존재다. 한계 지대인 극해에서 벌어진다는 이런 선상 반란이야말로 소설의 절정에 해당되는 부분이라 할 수 있겠다. 앞에서 언급했던 고바야시 다키지의 『게공선』과 유사한 설정이다.

☸ 부서진 대동아의 조각들

이 소설을 정교하게 이해하기 위해서는 유키마루호에 승선한 사람들의 민족 간 위계에 대한 정밀한 이해가 필요하다. 일본의 식민주의는 메이지유신을 기점으로 해 북진론과 남진론의 두 형태로 나타난다. 북진론이란 이른바 홋카이도 개척을 시작으로 조선과 만주국, 마침내 중국으로 영토를 확장하려는 식민 제국주의 대외 침략 노선을 의미한다. 선주민인 아이누족이 살고 있던 홋카이도를 일본 영토에 편입시킨 후 일본은 파죽지세로 오키나와,

타이완, 조선, 만주 지역을 침략했고 침략 지역을 식민화하거나 괴뢰국인 만주국을 성립시켜 중국 본토 침략을 본격화했다.

남진론에서 주된 거점은 오키나와였다. 근대 전환기까지 류큐 왕국으로 존속했던 오키나와를 무력침략해 오키나와 현으로 편입시킨 직후, 일본은 오키나와인의 표류 및 살해사건을 근거 삼아 타이완을 무력침략해 식민지화했다. 동시에 일본은 제1차 세계대전 이후 국제연맹으로부터 위임통치령으로 할양받은 미크로네시아 역시 사실상 식민지배했는데, 위로는 만주국으로부터 아래로는 미크로네시아에 이르는 광대한 해역을 식민지 권역으로 더욱 확대시킨 개념이 1941년 이후의 대동아공영권이다.

소설의 배경이 되는 1944년 레이테 해전에서 일본의 괴멸적 패전 이후 사실상 일본의 대동아공영권 구상은 완전한 망상으로 전락하는데, 지금 이 소설 속에서 갈등을 겪고 있는 선원들의 다민족적 구성은 이러한 당시의 식민주의적 다층성을 반영하고 있다. 그런 점에서 보면, 『극해』에 등장하는 공간적 배경으로서의 바다는 단순한 지리학적 개념이라기보다는 '지정학적 표상'으로 이해될 수 있고, 유키마루호에서 벌어지는 이민족 간의 갈등과 대립 그리고 파국의 면모란 이러한 '식민의 바다'로 상징되는 위계화된 지배-피지배 질서를 반영하고 있는 것으로 보아야 한다.

이러한 식민주의적 권력의 정점에는 물론 일본인이 있다. 그러나 일본인 역시 부락민으로 상징되는 피지배 계층 인물과 천황주의자인 군인이 가장 극심한 대립각을 세우고, 여기에 선장과 일등항해사 같은 존재가 정체성의 분절에 따른 갈등을 보인다. 그러나 이러한 갈등에도 불구하고 이들이 조선인과 타이완인, 필리핀인과 같은 식민지나 점령지의 주민들과의 관계에서는 명백한 지배 권력의 소유자로서 자신들을 통일시킨다는 점은 당연해 보인다.

이 소설을 읽으면서 다소 의아했던 것은 조선인과 타이완인-필리핀인들 간의 명백한 대립 구도였다. 특히 조선인과 타이완인의 관계에 대한 묘사가 그러한데, 필리핀의 경우 1941년 이후 일본에 의해 점령된 지역이었기 때문에 사실상 일본 신민으로서의 정체성은 박약한 것이었다. 반면 타이완의 경우는 조선보다 앞선 1895년에 일본의 식민지로 사실상 편입되었기에, 조선인들보다는 타이완인들이 일본에 의한 동화 정도가 더욱 강력했다. 그런데 이 소설에서는 식민지 주민인 타이완인과 점령지 주민인 필리핀인이 같은 범주의 민족 단위로 묘사되고, 조선인들이 이들을 선상 반란의 동조자로 삼기 위해 무력으로 위협하는 상황이 나타나고 있어 다소 설정상의 의문을 남긴다.

태평양의 바다 또한 극지의 바다에서 어쩌면 조선인들과 타이완인들은 일본의 이등 국민이 직면하게 되는 구조적 폭력 앞에서 대항적 동일시 또는 연대를 할 수 있었을 것이다. 오히려 점령지의 주민이었던 필리핀인을 조선인이나 타이완인과는 다른 식민주의 의식을 견지한 이들로 묘사하는 편이 타당했으리라는 아쉬움이 남는다.

글쓴이 이명원

문학평론가이자 칼럼니스트. 경희대 후마니타스 칼리지에서 인문학을 가르치고 있다. 문학이라는 '따뜻한 낭만'과 비평이라는 '차가운 이성'을 오가며 여러 신문과 잡지에 칼럼을 써왔다.

바다 밑 부러진 기타
-멍게의 노래를 들어라

『멍게』

성윤석 | 문학과지성사 | 2014

그리스의 서사시인 호메로스는 맹인이었다. 문자의 세례를 받지 못한 그가 어떻게 그 긴 서사시를 암송할 수 있었을까. 옹이나 매클루언 같은 매체학자들에 따르면 그것은 시인이 아직 문자문화를 내면화하지 않은 구술청각문화 속에 있었기 때문이다. 그 시대의 시인은 눈이 아닌 귀에 친근한 언어형식과 기억하기 좋은 공유적 미학을 활용하여 시를 짓고 향유했다. 그들이 바로 그리스의 비극 작가들이다.

플라톤은 이들을 그의 공화국에서 추방한다. '이데아idea'란 말 자체가 '본다'는 것에서 연원하고 '이론theory' 역시 '주의 깊게 본다'는 시각적 의미에 뿌리를 둔 언어라는 것을 생각할 때, 플라톤의 시인 추방은 알파벳의 선형적이고 직선적인 질서를 거부하는 구술적 사유 체계에 대한 거부로 이해할 수 있다. 분석적이고 이성적인 지각 기능은 구술문화 단계에선 낯설었던 문자매체 확산 이후의 소산이다.

망원경과 현미경은 시각적 지배를 더욱 확장시켰고 미생물의 세계까지 통제할 수 있게 했다. 눈은 자연의 모든 것을 대상화하여 빼앗고 상업화할 수 있는 도구로 만들었다. 원근법의 확고부동한 소실점은 '모든 길은 로마로 통한다'는 말처럼 세계 질서를 재편하는 이데올로기로 작동했다. 시각 기관이 모든 감각을 지배하면서 자아와 객체를 분리하는 문화가 출현했고, 인간은 이제 컨텍스트로부터 분리된 냉철한 판관으로서의 관찰자가 되었다.

성윤석의 『멍게』는 눈이 아닌 귀의 사유에 크게 기댄 시들로 붐빈다. "바람과 물결에 맡긴 나의 배/ 바람 불어라/ 나 지긋이 눈 감고 다시 물 위에 섰으니,"(「닻을 내린 배」 중) 그의 시는 '지긋이 감는' 눈의 상징적 죽음을 통해 바다의 노래를 듣는다. 눈의 「죽음」은 '발광하는 눈으로 세상을 본다' 식의 이성적 결박으로부터 풀려나 '물방울 튀는 저 꽃잎이 비록 헛것이라고 하더라도 나에 대한 새로운 인식을 통해 별을 딛고 크게 울어 보일 것'이라는 우주적인 기획으로 이어진다. 그 울음소리는 아래와 같다.

오늘 방파제 계단 밑 바위에 빠진 부러진 기타 하나
해파리가 도에 붙고 홍합이 솔을 짚어
울리네. 일렁일렁
사흘을 기다려도

덩그러니 앉아 일어나 가지 않는
내 바닷속 당신

_「바다 밑 부러진 기타」 중

부러져 버려진 기타의 상처를 공명통으로 하여 탄주하는 연주자가 바다다. 아무도 거들떠보지 않는 기타는 바다에 이르러서야 비로소 자신을 되찾는다. 줄은 끊어지거나 녹이 슬었겠으나 해파리와 홍합에겐 그 줄이 수평선과 같다. 여기서 중심으로부터 밀려나 벼랑 끝에 이른 한 곡절 많은 생애를 유비해볼 수도 있을 것이다. 방파제 계단 밑 바위에 빠진 기타와 화자의 유비는 처연한 데가 있다. 어쩌면 그것은 실패한 시인의 삶이나 부러져 무력한 시에 대한 비애로 확산될 수 있을지도 모른다.

부러진 기타의 바다는 언뜻 호메로스의 『오디세이아』를 연상케 한다. 도구적 이성을 활용하여 세이렌과의 대결에서 승리한 뒤 자기 보전에 성공한다는 이 오래된 모험담에도 구술문화시대의 노래가 나온다. 아도르노 같은 철학자들은 세이렌을 신화 단계의 자연으로 보고, 이성의 힘을 발휘하는 오디세우스를 근대 시민적 개인의 원형으로 이해했다. 오디세우스적 이성이 과학적 세계를 견인하면서 세이렌적 미신의 세계를 정복한 과정이 근대의 큰 흐름이라는 것이다. 오디세우스의 입장에서 세이렌은 자아의 형성을 방해하는 미분화적 대상에 지나지 않는다. 그리하여 마치 아이가 어머니와 결별하듯 바다의 신인 세이렌과의 결별을 통해 오디세우스는 자신의 서사를 완성하게 되었다는 것이다.

그러나 이 기획은 미완으로 그칠 수밖에 없다. 주술과 마법으로부터 해방된 합리적 자아의 출현이란 것이 무엇보다 돛대에 자신을 결박하는 자기 억압의 대가로서 나왔기 때문이다. 카프카에 따르면 오디세우스는 유치하기 짝이 없는 이성에 의해 구원받은 것이 아니라 그의 기획을 가슴 아파하는 세이렌의 어머니와도 같은 침묵에 의해 구원받았다.(카프카, 「세이렌의 침묵」) 요컨대 세이렌은 자신의 품을 떠나려는 아들의 위악을 안타깝게 여긴 나머지 대결 대신 침묵함으로써 아들의 길을 열어주었던 것이다. 여신의 침묵을 노래로 오인하였다는 것은 자기보존을 기획한 근대적 자아의 타자 관계 방식이 그만큼 기만적이라는 것을 말해준다. 이 신화를 통해 우리는 문자 이전의 자연 세계에 대한 문명의 불안과 공포를 읽을 수 있다.

⎈ 문자 없는 책, 바다에서 길어올린 시

성윤석은 호메로스와 세이렌의 계보를 잇는 시인이다. 시인의 배는 주술과 마법으로 낙인찍힌 존재에게서 오히려 결락된 자신을 만나고 대타자에 의해 배제된 타자들을 호출하게 된다. 이 과정에서 겪는 또 한 번의 상징적 죽음이 「책의 장례식」이다. 여기서 시인은 "명징한 문장들을 지우려 애썼다네/ 나 이 바다로 오기 위하여 책을 버렸다네"라고 노래한다. 명징한 문장은 시인에겐 죽은 문장이다. "별은 노랑이고 죽음은 검정이고 슬픔은 주홍일까 바다는/ 파랑으로 하양을 만들고 또 덮친다"(「작어」 중). 바다의 문법은 이성의 절대적 중심을 허락하지 않는다. 명징한 질서의 책 대신 시인은 바다를 출렁이는 텍스트로 발견하게 된다. 바다야말로 시인에겐 문자 없는 새로운 책이다. "어물전에선 작업가자미를 작가라 부른다/ 머리와 지느러미, 꼬리를 자른 채 가공 공장에서/ 깨끗하게 맛있게 보이도록 꾸민/ 가자미가 작업가자미다/ 바다로 놀러 온 작가들과 술을 마셨다/ 잘 살고 예쁘기만 한 작가들이다/ 아름다운 작가들과 오랫동안 술을 마셨다/ 바다가 곁에 있어, 바다를 손에 쥔 채/ 쓰러지지 않았다"(「작업가자미」 전문)는 고백에서 우리는 머리와 지느러미, 꼬리를 자른 채 상품화된 글쓰기에 대한 풍자와 실재와의 만남 속에 있고자 하는 고독한 자의식을 엿보게 된다.

시인은 이제 '작업가자미'로서의 작가가 아니라 바다의 가자미 이야기를 받아쓰는 작가가 되고자 한다. 그 목록 속에 「아귀」와 「장어」와 「해파리」와 「고등어」와 「상어」와 「갈치」와 「적어」가 만선을 이루고 있다. 어시장 난전의 비루한 일상들과 함께하는 이들 어류도감은 한국 시가 낳은 알레고리의 최전선이다. 자칫하면 재래의 낡은 리얼리즘 시로 추락할 위험이 있는 알레고리가 어시장 바닥을 포복하는 삶들과 시인을 만나 아연 활기를 띠고 있다. 또한 이들 시편들 속에서 시인은 타자를 향해 열린 주체로 거듭난다.

멍게는 다 자라면 스스로 자신의 뇌를 소화시켜 버린다. 어물전에선
머리 따윈 필요 없어. 중도매인 박 씨는 견습인 내 안경을 가리키고
나는 바다를 마시고 바다를 버리는 멍게의 입수공과 출수공을

이러저리
살펴보는데, 지난 일이여, 나를 가만두지 말길. 거대한 입들이여.
허나 지금은 조용하길. 일몰인 지금은
좌판에 앉아 멍게를 파는 여자가 고무장갑을 벗고 저녁노을을
손바닥에 가만히 받아보는 시간

_「멍게」 전문

'뇌와 머리, 안경'의 환유인 근대적 이성언어를 무화시키는 것이 멍게다. 멍게는 '나는 생각한다, 고로 나는 존재한다'고 한 데카르트적 코기토를 환영에 지나지 않은 것이라고 말한다. 멍게는 절대자아를 해체하는 포스트구조주의자가 아니면서도 사유범주와 존재범주 사이에 균열이 있다는 것을 안다. 그리고 사유와 존재 사이의 인과율적 연속성이 세계를 설명하는 유일한 질서가 아니라는 것 또한 알고 있다. 사유가 아닌 꿈과 느낌과 뭐라 규정하지 못한 '저녁노을을 손바닥에 가만히 받아보는 시간'과 교감하는 나란 누구란 말인가. 이 균열이 박 씨와 여자를, 그리고 멍게의 붉은 빛과 노을을 낯선 질서 속에 재구성하면서 전에 없는 성찰을 가능케 한다. 라캉식으로 말하자면, 사유와 존재 사이의 연속성에 단절을 일으키는 균열이 새로운 주체의 탄생 배경이 되는 것처럼 바다와 육지 사이의 불화의 체험이 새로운 바다 시의 견인선이 되고 있는 것이다. 그리하여 '나는 생각하지 않는 곳에서 존재하고, 존재하지 않는 곳에서 생각한다.' 그곳이 바다다.

임화가 카프 해산계를 내고 결핵 치유를 위해 내려가 있던 곳이 마산 합포 쪽이다. 합포는 시집 『현해탄』과 「조선어와 위기하

의 조선문학」 같은 비평 글의 후기에 나오는 지명이다. 이곳에 성윤석이 살고 있다. 폐병을 앓던 임화가 우리 문학사에 남긴 한 구절을 성윤석의 시와 견주면서 읽는 기쁨 또한 크다. 오독이라도 좋다. 바다는 오독도 새롭게 해석할 것이다. "그러나 우리는 아직도/ 이 바다 높은 물결 위에 있다"(『현해탄』 중) 임화의 이 구절을 성윤석은 이렇게 노래한다. "딸아/ 고등어는 달이 너무 밝고 바다가 따뜻해지면/ 살이 마르고 입술이 부르튼단다 고등어는 춥고/ 달이 어두운 저편에서 바다 깊숙한 곳으로 내려가/ 살을 찌우지/ 딸아"(「고등어 2」 중).

글쓴이 손택수

시인. 1998년 한국일보 신춘문예에 「언덕 위의 붉은 벽돌집」이 당선되면서 작품활동을 시작했다. 시집으로 『호랑이 발자국』 『목련 전차』 『나무의 수사학』 등이 있다.

타히티 섬, 창작의 영감이 샘솟는 영혼의 고향

『달과 6펜스』
서머싯 몸 | 송무 옮김 | 민음사 | 2000

바다를 사이에 두고 육지와 떨어져 있어 '섬'이라고 불리는 땅. 거기에 사는 사람들은 무엇보다도 '고립감'을 느낀다. 단지 육지에 붙어 있지 않다는 것만으로 그렇다. 육지에 사는 사람이라고 그 비슷한 감정을 안 느낄까만, 섬에 사는 이들이 느끼는 것에는 비할 수 없으리라.

내 고향 진도는 섬이다. 물리적으론 육지와 연결된 다리가 놓인 지 수십 년 되었지만 심리적 고립감은 어쩔 수 없다. 섬과 육지를 잇는 다리가 없던 어린 시절에도 그랬지만, 자동차로 섬을 오갈 수 있는 지금도 마찬가지다. '진도대교'를 건너는 순간 나는 다른 세상으로 들어가는 기분이다. 섬은 외롭다.

그런데 그 외로움과 고립감이 되레 '힘' 되는 경우가 있다. 『달과 6펜스』의 주인공 찰스 스트릭랜드는 고립을 찾아 타히티 섬으로 갔고, 섬에서 그는 자신의 창작열을 남김없이 불태운다.

☸ 모든 것을 버린 남자

영국의 소설가 서머싯 몸이라는 이름을 처음 들은 건 고등학교 때다. 우습게도 그의 작품이 영어 공부에 도움이 된다는 영어 교사와 선배들의 권유 때문이었다. 그들이 가장 많이 권한 서머싯 몸의 작품은 『서밍업The Summing Up』이었다. 우리 또래는 으레 『서밍업』에 이어 『인간의 굴레에서』와 『달과 6펜스』를 읽어야 하는 줄로 알고 학창 시절을 보냈다.

연보에 따르면 몸은 1919년 프랑스의 후기 인상파 화가 폴 고갱의 삶에서 영감을 얻어 소설 『달과 6펜스』를 발표했단다. 이 작품은 돈과 물질의 세계인 6펜스를 버리고 문명과는 동떨어진 이상세계인 달로 달아난 중년 사내에 대한 보고서다. 지금은 몸이 『달과 6펜스』를 발표하던 때와는 비교할 수 없을 정도로 물질문명이 발달했다. 하지만 이 소설이 발표될 무렵에도 이미 사람들은 물질문명에 질려 정신을 고양시키는 일을 찾고 있었다.

'6펜스'는 당시 영국의 은화로 가장 낮은 가치를 나타냈는데, 몸은 이를 물질문명과 규범을 뜻하는 상징으로 사용했다. 어쩌면 가장 낮은 단위를 나타내는 동전에 사람들의 욕망을 투사했는지도 모른다. 이에 반해 '달'은 이상과 열정을 뜻하는 것으로 알려졌다. 만질 수 없기에 달은 더더욱 사람들의 선망의 대상이다. 손이 닿지 않는 먼 곳에 있는 이상과 같은 존재인 달은 열정과 감성의 대상이며, 때론 광기의 대상이기도 하다. '달'과 '6펜스', 둘은 둥글다는 점에서 닮았다. 하지만 상징하는 바는 너무나 다르다. 서머싯 몸은 절묘하게 이 둘을 한 제목으로 엮었다. 그래서 『달과 6펜스』는 인간의 내부에 자리 잡고 있는 두 가지 본능의 다른 모습이다.

소설의 주인공 찰스 스트릭랜드는 인간이란 무엇이고, 인간은 어떻게 살아야 하는가를 적나라하게 보여준다. 이 세상의 모든 종교와 철학과 문학은 '인간'에 대해 묻고 나름대로 정리를 해준다. 하지만 아무리 물어도 '인간'이란 의문투성이이며 알 수 없는 존재다. 어쩌면 찰스 스트릭랜드도 사람들에게 질문했는지 모른다. 나처럼 살 수 있느냐고.

주식 중개인으로 부인과 두 자녀를 둔 평범한 중년 사내 찰스 스트릭랜드가 어느 날 갑자기, 아무런 말도 남기지 않은 채 영국 런던에서 프랑스 파리로 가버린다. 이야기는 여기서부터 시작된다. 스트릭랜드의 부인은 갑자기 사라진 남편이 어이없다. 자신과 한마디 의논도 하지 않았고 어떤 귀띔도 없었다. 둘 사이엔 잘 자라난 아이도 둘이나 있었다. 스트릭랜드 부인은 당연히 남편의 외도를 의심하며 알고 지내던 인물인 '나'에게 남편이 돌아오도록 설득해달라고 부탁한다.

그래서 '나'는 파리로 가 한 호텔에서 스트릭랜드를 만난다. 그런데 예상과는 달리 스트릭랜드는 여자와 달아난 게 아니다. 차림새는 남루했으며 화구 몇 가지가 그의 현재를 설명해주었다.

스트릭랜드는 영국의 가족에게 다시 돌아가지 않을 것이며, 앞으로 그림을 그리며 살겠노라고 말한다. 그는 그림을 그리지 않고는 살 수 없어서 집을 떠났다. 그는 말한다. "그림을 그리지 않고는 못 견디겠소. 물에 빠진 사람은 수영을 잘하건 못 하건 허우적거리며 무작정 헤엄을 쳐서 물에서 나오는 게 중요하오. 그러지 않으면 물에 빠져 죽을 수밖에 없기 때문이오." 이 말에 그의 각오가 다 들어 있다. '나'는 그가 자신도 어쩌지 못하는 힘에 사로잡혀 있음을 알고 영국으로 돌아간다.

하지만 평범하기 짝이 없던 스트릭랜드가 그런 예술적 열정에 사로잡혀 있다는 걸 부인은 물론 처가 식구들 중 누구도 이해하지 못한다. 그래서 그저 평범한 남편이자 아이들의 아버지로 다시 돌아오길 바랄 뿐이다. 그러나 이에 대한 스트릭랜드의 반응은 뻔뻔할 정도다!

스트릭랜드의 뻔뻔스러움은 '가출'에서 그치지 않는다. 그가 파리에서 그림을 그리며 지내는 동안 그의 작품을 눈여겨본 화가 더크 스트로브는 그를 아낌없이 지원한다. 하지만 스트릭랜드는 스트로브를 고맙게 여기기는커녕 그를 경멸한다. 그러나 스트로브는 스트릭랜드가 병에 걸리자 자기 집에 머물게 하며 그의 아내 블란치는 스트릭랜드의 그림 모델이 되어주기도 한다. 블란치는 처음엔 스트릭랜드에게 거부감을 나타냈지만 나중엔 스트릭랜드를 사랑하게 된다. 하지만 스트릭랜드는 여전히 냉담하고 결국 블란치는 자살하기에 이른다.

세월이 더 흘러 스트릭랜드는 창작의 영감을 좇아 파리를 떠나기로 한다. 그는 남태평양의 섬 타히티를 영혼의 고향으로 여기고 그리로 가서 산다. 타히티는 태초의 원시림이 살아 있는 섬이다. 타히티에서 예술에의 열정을 불태우는 스트릭랜드는 이미 광기에 휩싸인 듯이 보인다. 그의 광기는 그의 생애 마지막 그림인 벽화를 그리게 하고 그를 문둥병에 걸리게도 한다.

현실은 소설과 다르다. 우리는 쉽게 어딘가로 떠나지 못한다. 더구나 스트릭랜드처럼 한순간의 결단으로 모든 것을 버리고 원하는 것을 온전히 쫓아가기란 상상도 하기 어려운 일이다. 하지만 소설에서 보이는 스트릭랜드의 무모할 만큼 극단적인 행보와 삶은 어쩌면 무언가를 추구하는 인간의 진정한 모습이 아닐까.

☸ 달로 떠나다

『달과 6펜스』는 '6펜스'에 매여 세속적이다 못해 속물적으로 변해버린 현대에서 '달'의 관능과 이상 혹은 광기의 삶을 살다 간 한 사내에 대한 보고서다. 이 보고서는 친절하지 않다. 보고서의 작자 서머싯 몸은 냉정하기 이를 데 없는 문체와 절제된 문장으로 담담하게 써내려간다. 이는 화가 고갱의 전기가 아니다. 단지 화가 고갱으로부터 일부 소재를 얻었을 뿐이다. 어쩌면 서머싯 몸의 예술론이자 인생론인지도 모른다.

타히티 섬에서 스트릭랜드는 한참 어린 원주민 여인 아타를 아내로 맞아 그림에만 몰두한다. 어쩌면 그에게는 아타도 타히티 섬의 일부였는지 모른다. 오로지 그림을 그리는 데만 열정을 가진 스트릭랜드는 아타와 결혼했기에 생애에서 가장 행복한 3년을 보냈다고 할 수 있다. 아타의 집은 섬을 빙 둘러 나 있는 도로에서 8킬로미터가량 떨어진 곳에 있었다. 스트릭랜드가 물고기를 잡아오면 아타는 그걸 야자 기름에 튀겼다. 스트릭랜드는 몇 주일이고 사람을 보지 않고 그림을 그렸고, 책을 읽었다. 그 사이 아타는 아이를 낳았다. 스트릭랜드가 그림을 '생산'했듯이.

문명에 오염되지 않은 순수의 세계 타히티 섬은 스트릭랜드의 후기 생애에 딱 알맞은 배경으로 보인다. 억압된 현실에서 벗어나 자유로운 예술혼을 불태우며 살고자 하는 스트릭랜드에게 이곳은 낙원이다. 섬은 그에게 원하던 고립을 가져다주었고 생산의 장소가 되어주었다. 스트릭랜드는 타히티에서 다시 태어났고 이곳에서 나병에 걸려 죽을 때까지 그림을 그렸다. 마지막엔 눈까지 멀었지만 그는 보이지 않는 눈으로 몇 시간이고 자신의 그림을 바라보았다. 아마 자신이 평생 보았던 것보다 더 많이 보았는지도 모른다.

글쓴이 박상률

『한길문학』에 시를, 『동양문학』에 희곡을 발표하면서 작품활동을 시작했으며, 희곡으로 '문학의 해 기념 불교문학상'을 수상했다. 지금은 여러 형태의 글쓰기를 통해 인간의 다양한 삶을 그려내기 위해 애쓰고 있다.

못다 꾼 바다의 꿈을 소설 속에 펼치다

『해저 2만리』

쥘 베른 | 김석희 옮김 | 열림원 | 2002

쥘 베른은 과학의 시대가 시작될까 말까 한 1828년에 태어나 20세기가 막 시작된 1905년에 세상을 떠났다. 그러니 그는 19세기 사람이다. 그는 기술자도 아니고 과학자도 아니었다. 그런데도 그는 20세기에 이룩된 놀라운 과학기술의 진보에 실질적으로 참여했다. 영감에 넘치는 몽상가로서, 또한 인류의 미래상을 오래전에 통찰한 예언자로서.

하지만 무엇보다도 그는 뛰어난 작가였다. 그는 몽상과 통찰을 통해서 엿본 장면들을 놀랄 만큼 정확하고 생생하게 묘사했기 때문에, 수많은 독자도 저자만큼이나 또렷하게 그 장면들을 볼 수 있을 정도였다. '경이의 여행' 시리즈를 이루고 있는 64권의 책들을 보면 땅과 바다와 하늘에 그가 묘사하지 않은 곳이 한 군데도 없고, 실제 과학에서 이루어진 발전과 성취들 가운데 그가 정확하게 예측하고 과감하게 이용하지 않은 것이 하나도 없다.

☸ SF의 창시자 쥘 베른

간단히 말해서 쥘 베른은 이 세상에 'SFScience Fiction'를 가져다준 주역이다. 물론 신기한 이야기는 오래전부터 있었다. 베른이 한 일은 당시의 과학적 성취를 넘어서지만 인간의 꿈을 이루는 아이디어를 진지하게 다루고 체계적으로 개발한 것이었다. 그는 정보와 이야기를 결합했고, 이 새로운 공식을 근대 테크놀로지의 테두리 안에 도입함으로써 모험과 판타지를 과학소설로 변화시켰던 것이다.

이렇게 놀라운 상상력과 천재적인 통찰력을 가진 작가 쥘 베른은 어떤 사람이었을까? 그는 프랑스 서북부의 항구도시 낭트의 페이도 섬에서 태어났다. 낭트는 1598년에 앙리 4세가 '낭트 칙령'을 발표하여 36년간에 걸친 종교전쟁에 마침표를 찍은 곳으로 유명한데, 대서양으로 흘러드는 루아르 강 연안에 위치한 지리적 여건 덕분에 예로부터 해외무역 기지로 발달했다. 특히 18세기 초에는 프랑스의 잡화와 아프리카의 노예와 아메리카의 산물을 교환하는 이른바 '삼각무역'으로 프랑스 제1의 무역항이 되어 번영을 누렸다. 쥘 베른이 태어나던 무렵에는 혁명기의 혼란과 동인도회사 폐지 등의 영향으로 100년 전의 활기는 잃어버렸지만,

이국정서가 풍부한 항구도시로서 번영의 흔적을 간직하고 있었다. 그런 환경에서 태어나 자란 덕에 소년 쥘의 마음에도 일찍부터 바다와 이국에 대한 동경이 싹텄던 모양이다.

그의 생애를 이야기할 때면 반드시 인용되는 에피소드가 하나 있다. 열한 살 때인 1839년, 동갑내기 사촌누이에게 연정을 품고 있던 쥘은 산호 목걸이를 구해다 누이에게 선물하려고 인도로 가는 원양선에 몰래 탔다. 그는 배가 프랑스 해안을 벗어나기 직전에 루아르 강어귀에서 아버지에게 붙잡혀 호된 꾸지람을 들었다. 그때 소년은 "앞으로는 상상 속에서만 여행하겠다"고 맹세했다고 한다. 이 유명한 '전설'이 사실인지 아닌지는 알 수 없지만, 낭만적인 꿈을 좇아 미지의 나라로 여행을 떠나려는 소년의 모습은 과연 쥘 베른답다고 여겨진다.

현실의 여행을 금지당한 쥘은 아버지의 뜻에 따라 법조계에 진출하기 위해 파리로 나와 법률 공부를 시작한다. 하지만 당대의 문호 알렉상드르 뒤마를 만나면서 문학의 길로 들어서게 되고, 이후 출판업자인 피에르 에첼과의 만남에 힘입어 소설가로 출세하게 된다.

⎈ 상상 속에서 여행하는 작가

1863년에 첫 작품 『기구를 타고 5주간』을 출간해 대성공을 거두었는데, 아직은 설익은 베른의 문학적 재능이 에첼의 노련한 후원에 힘입어 결실을 맺은 것이다. 그 후 두 사람의 2인3각 협업이 전개되었고, 지금도 전 세계 독자들에게 사랑받고 있는 '경이의 여행' 걸작들이 1년에 두세 권이라는 놀라운 속도로 잇따라 태어났다. '기지의 세계와 미지의 세계'라는 부제로도 알 수 있듯이, '경이의 여행'은 단순히 전인미답의 땅구석을 찾아가거나 망망대해의 무인도를 찾아 떠나는 정도로 끝나지 않는다. 그것은 지구 속으로 들어가거나, 동토의 극지방으로 가거나, 공중으로 떠오르거나, 바다 밑으로 내려가거나, 지구의 대기권을 뚫고 우주로 날아가는 등 웅대한 스케일로 전개되는 모험여행이다. '경이의 여행'에는 지리학·천문학·동물학·식물학·고생물학 등 많은 정보와 지식이 들어 있기 때문에 '백과사전적 여행'으로도 볼 수 있다.

『해저 2만리』(1870년 출간)는 쥘 베른의 대표작일 뿐만 아니라, 해양문학에서도 최고 걸작의 하나로 꼽힌다. 바닷속과 바다 밑이라는, 당시로서는 가장 미지의 영역에 도전한 이 책이야말로 '경이의 여행'이라는 이름에 값하는 작품일 것이다. 독자들은 아로낙스 박사와 함께 잠수함 노틸러스호를 타고 해저세계를 탐험하게 된다.

베른이 해저여행 이야기를 구상한 것은 프랑스 여류 작가 조르주 상드의 조언 덕분이다. 상드는 『기구를 타고 5주간』과 『지구 속 여행』을 읽고 감탄하여, "주인공이 잠수함 같은 배를 타고 해저를 여행하는 이야기를 기대한다"는 편지를 베른에게 보냈던 것이다.

이 작품은 에첼의 잡지 『교육과 오락』에 연재된 뒤 단행본으로 출간되었는데, 여기에는 실로 '경이로운' 세계가 펼쳐져 있다. 지상의 인간은 볼 수 없는, 아니 보는 것이 허용되지 않는 세계에 베른은 교묘하게 진실의 옷을 입혀 웅장한 서사시적 이야기를 만들어냈다. 독자들은 저마다 상상력을 발휘하여, 바다를 방랑하는 수수께끼의 인물 네모 선장이 엮어내는 장엄하고 신비스런 드라마를 읽어나가게 된다.

이 작품이 단순한 SF의 테두리를 벗어나 큰 스케일을 갖춘 작품이 된 것은 라틴어로 '네모'(아무도 아니다)라는 이름을 가진 노틸러스호 선장의 신비성 덕택이 아닐까. 네모 선장은 지상의 인간 사회를 뛰쳐나가 세계의 바다를 돌아다니는 수수께끼의 항해자, 방랑자로 등장한다. 그는 탁월한 능력을 가진 기술자이자 몇몇 분야의 전문가이고, 오르간 주자에다 예술 애호가이기도 한 초인적 풍모를 보여준다. 하지만 그 참모습은 끝내 밝혀지지 않은 채 북극해의 소용돌이에 휘말려 모습을 감추고 만다.

어쨌든 베른 연구자들은 스케일이 심상치 않은 이 주인공을 고대 신화나 서사시의 주인공에 견주기도 한다. 네모 선장은 제우스처럼 번개를 일으킬 수도 있고(즉 전류를 흐르게 할 수도 있고), 포세이돈처럼 배를 침몰시킬 수도 있으며, 오디세우스처럼 바다를 표류하면서 모험을 시도하기 때문이다.

네모 선장이 잠수함에 '노틸러스'라는 이름을 붙인 것에서도 베른의 은밀한 의도를 느낄 수 있다. 노틸러스는—콩세유의 말투를 흉내내면—두족강-앵무조개과-앵무조개속에 딸린 조개 이름이다. 지상과 인연을 끊고 잠수함이라는 조가비 속에 틀어박힌 네모 선장에게 딱 어울리는 이름이 아닐까? 덧붙여 말하면, 네모 선장의 'N이라는 금 글씨가 박힌 검은 깃발'은 본래 해적 깃발을 뜻하지만, 개인의 완전한 자유와 독립을 추구하는 무정부주의자의 상징이기도 하다.

'경이의 여행' 시리즈에는 여러 유형의 지배자가 나온다. 지상의 지배자를 꿈꾸는 인물도 있고 하늘의 지배자를 꿈꾸는 인물도 있다. 하지만 가장 흥미롭고 감동적인 인물은 뭐니뭐니해도 바다의 지배자를 꿈꾸는 네모 선장이다.(바다에 대한 그의 태도는 사실 이중적이다. 한편으로는 바다를 지배하려 들지만, 다른 한편으로는 바다를 이용하려 하기 때문이다. 이것은 인류 문명화 과정의 한 축도가 아니겠는가.) 이는 아마도 바다를 꿈꾸었던 쥘 베른의 열망이 네모 선장이라는 캐릭터를 통해 표출되었기 때문일 것이다. 그러고 보면 '경이의 여행' 시리즈에서 바다와 직접 관련 있는 작품이 22편에 달한다는 사실은 어린 시절에 좌절된 항해의 꿈이 쥘 베른에게 문학적 원천이 되었음을 말해주기도 한다.

한마디 덧붙이자면 『해저 2만리』는 그보다 앞서 발표된 『그랜트 선장의 아이들』(1868) 그리고 나중에 발표된 『신비의 섬』(1875)과 더불어 '해양모험 3부작'을 이룬다. 따라서 『해저 2만리』에 접근할 때는 다른 두 작품에 대해서도 관심을 기울이는 것이 쥘 베른과 '경이의 여행'에 대한 예의일 것이다.

글쓴이 김석희

『한국일보』 신춘문예에 소설이 당선되어 작가로 데뷔했다. 영어·프랑스어·일어를 넘나들면서 『프랑스 중위의 여자』 『모비딕』 『삼총사』 『해저 2만리』 『로마인 이야기』 등 300여 권을 번역했고, 제1회 한국번역대상을 수상했다.

당신의 예상과
살짝 다른 진짜
바다 동물 이야기

『바다 동물은 왜 느림보가 되었을까』
사토 가쓰후미·모리사카 다다미치 | 유은정 옮김
돌베개 | 2014

열 길 물속은 알아도 한 길 사람 속은 모른다고 한다. 맞다. 내 마음도 잘 모르는데 다른 사람의 의중을 읽는 것은 정말이지 쉬운 일이 아니다. 심리학이 번창해도 사람 속마음은 여전히 알 수 없다. 온갖 기능을 가진 앱이 쏟아져 나오는 시대이니 상대방의 진의를 간파하는 앱, '관심법으로 볼 테야 ver. 1.0' 같은 것이 나올 법도 하지만, 설사 그런 앱이 제작된다고 해도 성능은 반려견 통역기 수준인 '멍멍=배고파요' 정도에서 그칠 것이다.

그렇다면 물속을 알기는 쉬울까? 열 길 물속도 어쩌면 사람 속만큼 알기 어려울 것이다. 청소년 대상의 해양과학 도서, 『바다 동물은 왜 느림보가 되었을까』는 그 열 길 물속에 사는 동물들을 꿰뚫어보고자 분투하는 책이다. 이 책은 바닷속 동물들의 모습을 관찰하고자 한 학자들의 노력과 그 결과물을 담고 있는데, 여기에 나타난 바다 동물의 모습들이 일반적인 예측을 살짝 빗나간다는 점이 흥미롭다.

☸ 심해 탐사를 향한 불굴의 도전

인간의 시야가 확보되는 육상에 서식하는 동물을 섬세하게 관찰하기는 용이하다. 지상의 동물들을 연구 관찰한 결과물로 노벨상을 수상한 학자들도 있다. 카를 폰 프리슈는 꿀벌이 동료들에게 먹이가 있는 장소를 몸짓으로 알려준다는 사실을 발견하여 노벨 생리학 의학상을 받았다. 이런 육상동물에 비해 바다, 호수, 강에서 사는 수생동물은 가까이서 관찰하는 일이 물리적으로 어렵다. 안타깝게도 인간의 폐는 수륙양용이 아니기 때문이다. 호흡도 제대로 할 수 없는 물속은 어둡고 차갑고 압력도 높다. 때문에 지상의 생물들에 비해 수생동물의 생활은 여전히 절대적으로 미지의 영역으로 남겨져 있다.

하지만 인간은 속을 알 수 없는 만큼 그 가능성 또한 예측하기 어려운 존재가 아니던가. 학자들은 물밑을 내려다보면서 몸에 아가미 또는 부레가 없는 것을 원망하는 대신 방법을 고안했다. 편하게 숨을 쉬면서도 수생동물을 관찰하고 싶다……. 일견 불가능해 보이는 바람이지만 인간은 이런 욕구에 얼추 부합하는 장치를 만들어냈다. 바로 수중관찰관이다.

미국 학자 제럴드 쿠이맨이 고안한 수중관찰관은 간단하게 설명하자면, 바다에 설치한 방이다. 꽁꽁 언 바다에 구멍을 뚫고 그 구멍에 철관을 박아 고정시킨다. 어른이 겨우 통과할 수 있을 정도 넓이의 둥근 철관 끝에는 방이 연결되어 있다. 줄사닥다리를 타고 내려가 작은 방 속 의자에 앉으면 옆에 설치된 유리창으로 수중 풍경이 보인다. 수족관에서는 동물이 수조에 갇혀 있다면 수중관찰관은 그와 반대인 셈이다. 관찰하는 사람이 좁은 공간에 들어가고 관찰 대상인 동물은 넓은 삼차원 공간을 자유로이 헤엄치며 돌아다닌다. 이 수중관찰관으로 학자들은 바다 동물에게 한 걸음 다가갈 수 있었다. 바다표범이 길이 1.5미터의 남극이빨물고기를 잡아 물속에서 먹는 사진 등 여러 자료를 수중관찰관을 통해 수집했다.

하지만 이 좁은 방 안에서 볼 수 있는 풍경은 매우 제한적일 수밖에 없다. 하루하루, 하지의 낮이나 동지의 밤처럼 긴 시간 동안 내내 의자에 앉아 바닷속을 지켜보던 학자들 머릿속에서는 새록새록 호기심이 일었다. 눈앞에서 유유히 헤엄을 치다 쓱 사라지는 저 바다표범은 어디로 가는 것일까. 먹이는 무엇을 먹을까. 그 먹잇감은 어디서 어떻게 잡을까. 일단 실제로 움직이는 모습을 보고 나면 보이지 않는 부분에 대한 흥미가 오히려 높아진다. 이 호기심을 해결하기 위해 사람들은 직접 동물의 몸에 기록계를 부착하기 시작했다. 실험 대상으로 선정되어 몸에 기록계를 달게 된 수생동물들은 손님을 잘못 태운 택시 기사의 심정을 맛보았겠지만, 그 덕분에 학자들은 궁금증을 조금이나마 해소할 수 있었다. 학자들은 수생동물에게 심도기록계를 부착하여 어느 정도로 깊게 얼마나 오래 잠수하는지 측정하고 여러 데이터를 수집했다. 북방코끼리물범이 수유기 이후 두 달 반 동안 먹이 사냥을 떠나며 평균 20분에 달하는 잠수를 계속 되풀이한다는 것도 기록계 결과를 분석해 얻어낸 정보다. 기록계의 데이터는 얼음 위의 모습만 보고서는 절대 파악할 수 없는 수생동물의 여러 습성을 알려주었다.

이렇게 동물의 몸에 기록계를 달아서 잠수 행동을 조사, 연구하는 방법을 바이오로깅biologging이라 한다. 보이지 않는 세계를 보고 싶다는 호기심에서 탄생한 바이오로깅 덕분에 잠수생리학 분야는 큰 성과를 거두었다. 하지만 숫자가 나열된 기록만으로는 여전히, 모든 궁금증을 충족시킬 수 없었다. 잠수한 뒤 동물들은 어떤 종류의 먹이를 어떻게 잡을까? 다시 수생동물과 새의 몸체에 소형 정지화상기록계 또는 비디오카메라를 부착해 그들과 같은 눈높이에서 주변을 돌아보는 실험이 시작되었다. 학자들은 실험 대상인 동물에 기계를 부착한 뒤 다시 회수해 화면을 분석했다. 이들은 경이로운 롱 테이크로 이루어진 대자연의 스펙터클한 화면을 기대했지만 정작 눈앞에 펼쳐진 현실은 대리운전 전화번호처럼 앞뒤가 똑같은 평범한 바닷속 영상이 대부분이었다. 이렇게 고독하고 수수한 작업을 수없이 반복한 뒤에 얻은 결과물은 다방면에서 예상과 어긋났다.

바다 동물들은 사람들의 예측보다 똑똑했다. 웨들바다표범은 무작정 먹잇감을 쫓지 않고 얼음 아래 구덩이로 공기를 내뿜어서 그곳에 숨어 있는 물고기를 몰아내는 고등기술을 구사한다. 킹펭귄이나 아델리펭귄 모두 깊게 잠수할 때는 폐의 최대 용량에 필적하는 대량의 공기를 마시며, 얕게 잠수할 때는 적은 공기를 들이마시고 잠수한다. 잠수에 들어가기 전에 깊은 곳까지 잠수할지 얕게 잠수할지 정하고, 깊이에 맞게 들이마시는 공기량을 조절하는 합리성을 발휘하는 것이다.

바다 동물들은 생각보다 높은 지능을 가지고 있었으며, 그들의 터전에서 충분한 게으름까지 피운다. 돌고래들은 나란히 줄을 지어 한쪽 눈을 감은 상태로 쉰다. 향유고래는 가끔씩 머리를 위 또는 아래쪽으로 두고 똑바로 선 채 가만히 있곤 하는데, 이때 근처로 배가 지나가도 반응하지 않는 것으로 보아 잠을 자고 있는 것으로 추측된다. 바다표범은 누운 채로 빙글빙글 돌다가 그대로 쿵 하고 바다 밑바닥에 떨어져 가만히 누워 휴식을 취한다. 물속에서 온 힘을 다해 날갯짓을 할 것이라 생각했던 펭귄은 부력을 이용해 편하게 물 위로 떠오른다.

동물들은 게으름을 넘어 꾀를 내기도 한다. 돌고래는 곁에 있는 돌고래의 소리를 훔쳐 듣고 상황 정보를 얻으며 바닷새들은 서투른 잠수를 하는 대신 범고래가 흘린 것이나 어부들의 그물에 걸린 작은 물고기를 먹고 배를 채운다. 펭귄은 바다 밑으로 500미터 이상 잠수할 수 있지만 사람이 얼음에 구멍을 뚫어놓으면 깊게 잠수하지 않고 얼음 바로 밑에 있는 물고기를 잡아먹는다.

물속에 있어 보이지 않고, 보이지 않으니 알 수 없는 야생동물에 대해서 치열한 생존의 모습만을 기대했다면 상당히 의외라 느껴질 만한 광경이다. 필자 역시 잡아먹느냐 먹히느냐가 최우선 과제인 대자연 속의 동물들이 게으름을 피우거나 꾀를 쓸 것이라고는 상상하지 못했다. 『바다 동물은 왜 느림보가 되었을까』는 흔히 상상할 수 있는 것과는 조금 다른 야생동물의 모습을 보여준다. 동물들은 하루 종일 전력투구하는 게 아니라 쉬고, 잠자고 게으름도 부리고 옆의 동료나 다른 종의 동물, 그리고 인간까지 이용한다. 그 게으름과 꾀는 그들이 생활하는 환경에서 체력을 절약해 효율을 올리고 죽을 확률을 낮추기 위한 선택이다. 늘 최고 속력으로 헤엄치다가는 정작 천적을 만났을 때에는 힘이 달려 도망칠 수 없고, 적절한 휴식을 취하지 않으면 두 달 반에 걸친 먹이 여행을 무사히 마치지 못한다. 긴장 상태에서 한숨 돌리고 적당히 느슨하게 풀어주는 것은 생물이 살아가는 데 꼭 필요한 행동이다.

인간이 상상할 수 있는 범위는 여전히 아주 한정되어 있다. 그러나 알 수 없던 세계는 눈을 뜨는 만큼 넓어진다. 바다 동물들의 몸에 기계를 달아 관찰을 시작한 이후 인간은 동물의 시선으로 그들의 세계를 들여다보게 되었다. 이제 겨우 그 비밀의 커튼이 살짝 들렸을 뿐이지만 그 속사정은 흥미롭기 그지없다. 이 책은 인터넷 검색창이나 TV 화면으로 이해하기에는 너무 넓고 큰 바다의 이야기를 활자를 통해 전달해준다. 독자들은 계속되는 실패에도 굴하지 않고 관찰과 실험을 계속하는 학자들의 행적을 따라가며 한 나무를 열 번 도끼질하는 인간의 끈기와 측량할 수 없이 깊은 탐구심을 깨닫게 된다. 그리고 연구 결과물을 보면서 바다 동물들이 그들 환경에서 기발하게 적응하는 모습들을 보게 된다.

방대하고 심오한 야생의 세계를 연구한다는 것은 결승점이 보이지 않는 경주를 하는 일일지도 모른다. 아직 이유를 밝혀내지 못한 동물들의 행동이 많다. 이 책의 본문에서도 '~로 추측된다'라는 문장이 적지 않게 눈에 띈다. 이런 추측들을 사실로 바꿔놓을 수 있는 것이 끊임없는 관찰과 연구다. 그리고 지속적인 관찰과 연구의 동력은 대상에 대한 흥미에서 나온다. 이 책은 바다와 그 속에 사는 수생동물에 대한 흥미를 일으키는 스위치 역할을 충분히 담당해줄 것이다. 그리고 언젠가 그 스위치가 작동되는 날, 우리는 바다가 알려주는 더 많은 이야기를 들을 수 있으리라.

글쓴이 유은정

잡지사 기자, 라디오 방송 작가를 거쳐 현재는 자유 기고가 겸 번역가로 활동하고 있다. 『까마귀의 엄지』『평온한 죽음』『달의 연인』『바다 동물은 왜 느림보가 되었을까』 등을 옮겼다.

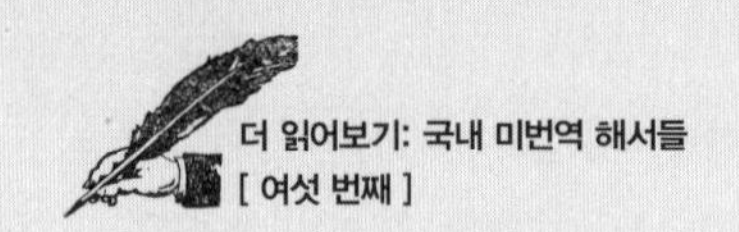

바다 생물의 성생활

Sex in the Sea: Our Intimate Connection

마라 J. 하르트 | 세인트 마틴스 프레스 | 2016

이 작품의 제목을 직역하면 '바다에서의 섹스: 특이한 갑각류, 성을 바꾸는 물고기, 로맨틱한 바닷가재 그리고 깊은 바닷속의 저질 에로물'이다. 에로물의 결정판인 카마수트라는 잊어라. 독특한 섹스가 궁금하다면 바닷속을 들여다보자.

저자 마라 J. 하르트는 등껍질이 단단한 바닷가재의 섬세한 짝짓기 과정, 숨을 참으며 스리섬을 즐기는 참고래 무리들, 보름달이 뜨자 광란의 성교 파티를 즐기는 블루헤드놀래기까지 충격적인 바다 동물들의 섹스 라이프를 숨김없이 공개한다. 여기서 끝이 아니다. 심해오징어는 수컷과 암컷이 69의 에로틱한 모양을 연출하며 짝짓기를 시도하고, 자웅동체인 바다달팽이는 생식기를 고리처럼 이어서 짝짓기한다. 섹스 기술을 타고난 상어 이야기, 몇몇 고래 종의 암컷은 질이 미로처럼 복잡한 구조를 띤다는 이야기 등 다양한 바다 생물들의 성적 특징과 성생활을 한눈에 살펴볼 수 있다. 거친 파도 밑에서 생활하는 바다 생물들이 어떻게 번식을 하는지, 이들의 믿기 어려운 성생활을 자세히 파헤쳐놓았다는 점에서 다른 해양 서적과 견줄 수 없는 차별성을 지닌다.

이 책은 단순히 훔쳐보는 재미가 쏠쏠한 해저 이야기에서 그치지 않는다. 과도한 어업으로 인한 개체 수 감소, 급격한 기후변화, 오염 등 여러 여건의 변화로 바다 동물들은 종족 번식에 방해를 받았다. 이런 점에서 파격적인 주제를 다루며 유머 감각을 유지하면서도 객관적인 잣대를 엄격하게 준수하려고 애쓴 작가의 솜씨가 더욱 돋보인다. 바닷속에서 벌어지는 섹스 빈도를 더 늘리기 위한 방법을 모색하는 등의 추가적인 연구도 대단히 새롭다. 『바다의 시민들Citizens of the Sea』의 저자 낸시 크놀턴은 이 작품을 "「섹스 앤드 더 시티」도 결코 따라잡을 수 없는, 감칠맛 나면서도 배울 게 많은 학구적인 섹스 이야기"라고 평했다.

뭍으로 걸어 나온 상어

신비한 바다 생명체의 기이한 실화

The Shark That Walks on Land: And Other Strange ButTrue Tales of Mysterious Sea Creatures

마이클 브라이트 | 롭슨 프레스 | 2015

BBC 「와일드라이프」가 극찬한 책이다. 자연의 기묘함을 마음껏 즐기고 싶다면, 이 기이한 실화야말로 꼭 읽어야 할 책이라고 평가했다. 또 『뉴사이언티스트』는 이 책이 바다에 관한 놀라운 이야기, 신화적인 전설 및 잘 알려지지 않은 여러 사실들까지 골고루 담고 있다고 호평했다. 몸통 너비가 1미터는 되는 에폴릿상어의 생활상을 낱낱이 파헤친 이 책에는 다양한 종류의 기이한 바다 생명체가 등장한다.

당신은 바다 밑으로 들어가서 그곳에 무엇이 있는지 두 눈으로 직접 본 적이 있는가? 갑자기 물어뜯을 듯이 다가오는 생물의 공격을 받은 적이 있는가? 영화 「조스」의 원작 소설을 쓴 작가 피터 벤츨리와 그 소설을 영화화한 영화감독 스티븐 스필버그, 이 두 사람은 바다 밑으로 실제로 들어가 탐험한 게 틀림없다. 우리가 살면서 결코 본 적도 없고 잘 알지도 못하는 파도 밑 해저, 외계인이 살 것만 같은 미지의 그곳에 두 사람은 자발적으로 찾아갔다.

이 책은 고대에서 오늘날까지 선원들이 직접 경험한 생생한 증언들로 채워져 있다. 뿐만 아니라 바다뱀, 인어, 해룡의 전설과 북극 바다에 사는 괴물로 알려진 전설의 크라켄에 관한 진실도 함께 들을 수 있다. 그렇다고 바다의 신화나 미스터리한 사건만 다룬 것은 아니다. 해양 생물학자들을 위해 새로운 발견과 함께 기존에 이미 밝혀진 사실이나 특징, 일화들을 더욱 재미있는 이야깃거리와 버무려 구성했다. 이 책의 이야기를 따라가다 보면 바다에서 가장 큰 생물, 가장 위험한 생물, 가장 기이한 생물들을 맞닥뜨리게 된다. 또 세계 신기록을 깬 놀라운 바다 생물들, 가령 바다에서 나와 육지까지 올라와 정말로 기어다녔다는 어느 상어 이야기도 에피소드로 등장한다. 독자들이 잘 접해보지 못한 특이한 이름의 상어가 많이 소개되기 때문에 상어에 관심 있는 이들에게는 더없는 참고도서가 될 것이다. 예를 들어 벨벳벨리랜턴상어, 쿠키커터상어, 넓은주둥이상어, 태평양슬리퍼상어 등이다. 희귀한 이름의 다양한 바다 생명체가 궁금하다면 꼭 읽어봐야 할 작품이다.

플랑크톤

떠도는 세계의 경이로움

Plankton: Wonders of the Drifting World

크리스티안 사르데 | 시카고대학출판부 | 2015

새와 물고기를 그려보라고 하면 누구든 곧바로 머릿속에 확실한 이미지를 떠올릴 것이다. 그런데 만약 플랑크톤을 그려보라고 한다면 어떨까. 대부분은 난감해하면서 한참을 망설인 끝에 명확하지 않은 선들을 구불구불하게 연결하거나 회색 빛깔의 얼룩덜룩한 덩어리를 그리는 데서 그칠 텐데, 그러나 이 책을 읽은 뒤에는 상황이 180도 달라질 것이다.

플랑크톤을 생애 처음으로 가까이서 보는 것은 소름이 돋는 경험이 될지도 모른다. 눈앞에 그동안 감춰졌던 매우 섬세한 세상이 펼쳐지는 순간이다. 이 책에는 수많은 클로즈업 사진들이 수록되어 있어 독자들은 물결에 따라 움직이는 플랑크톤의 진짜 모습과 마주하게 된다. 실제의 플랑크톤은 마치 반짝거리는 샹들리에에 촘촘히 박힌 보석처럼 화려함을 뽐낸다. 발끝은 가늘고 길게 뻗어 있으며 물결처럼 구불구불한 몸통이 중심부를 이룬다. 또한 젤라틴처럼 끈적끈적한 피부는 현미경으로 봐야 겨우 보이는 심장을 보호하는 역할을 한다. 이 책에 등장하는 플랑크톤의 색은 어찌나 강렬한지 마치 살아 움직이는 것처럼 보인다. 페이지를 넘길 때마다 플랑크톤의 촉수를 하나하나 감상할 수 있으며, 플랑크톤뿐만 아니라 해파리, 올챙이, 박테리아의 모습도 함께 일람할 수 있다. 삽화와 함께 저자는 독자들의 이해를 돕는 명확한 묘사를 해주는데, 특히 각 생물 종에 관한 상식을 주변 생활 터전과 잘 연결 지어서 쉽게 설명한 점이 인상적이다. 또한 그는 플랑크톤의 기원과 진화, 종별 특징에 관해 차별화된 정보를 전달하는 데 주력했다. 저자는 플랑크톤이 인간의 일상생활에 어떤 영향을 미치는지, 반박할 수 없는 실질적인 영향력에 관한 객관적인 자료를 제시한다. 우리 눈에 잘 보이지 않을 뿐 플랑크톤은 바다에 서식하는 해양 생물의 95퍼센트를 구성할 정도로 어마어마한 개체 수를 자랑하는 지구 생물이다. 플랑크톤은 이산화탄소와 바다로 흘러들어온 육지 식물들을 섭취해 생명을 유지하며 바다 생물의 매우 중요한 식량이 된다.

최근 들어 플랑크톤은 관련 신종 산업이 대두되는가 하면 많은 예술가의 상상력을 자극하는 등 매력을 발산하고 있다. 과학자와 기업가들이 바닷속에 대거 서식하는 플랑크톤의 잠재적인 가능성에 주목하는 동안 이 책을 손에 쥔 독자 대부분은 그동안 미지의 영역이었던 바닷속의 또 다른 세상에 눈을 뜨게 될 것이다.

해수면의 과학

조수, 파도, 쓰나미, 평균 해수면의 변화 이해하기

Sea-Level Science: Understanding Tides, Surges, Tsunamis and Mean Sea-Level Changes

데이비드 퓨·필립 우드워스 | 케임브리지대출판부 | 2014

조수간만의 차이, 폭풍우로 인한 파도의 변화, 쓰나미, 엘니뇨 현상, 갑작스런 기후변화로 인한 해수면의 상승 등 해수면 변화의 여러 과정과 해류를 집중적으로 연구한 책이다. 특히 연안 지방에 대한 효과적인 보호 대책 마련을 위해 꼭 알아야 할 주요 현상들을 자세히 소개하고 있다.

1987년에 출간되었던 데이비드 퓨의 고전적 저작 『조수, 파도, 평균 해수면Tides, Surges and Mean Sea-Level』에 살을 덧붙인 이 책은 기존의 흑백 삽화 대신 컬러 삽화를 싣고, 최신 과학 정보도 덧붙였다. 오늘날에는 인공위성에서 마이크로웨이브파를 해수면으로 보내 되돌아오는 시간을 통해 해면 고도를 측정할 수 있게 되었다. 또 GPS와 같이 인공위성을 통해 목표 대상의 위치를 정확하게 확인함으로써 측지학의 혁신적인 발전을 이루었다. 이와 같은 신기술을 통해 해수면의 높이를 정확하게 측정하고, 쓰나미의 원인과 발생에 대한 객관적 이론 정립과 아울러 갑작스럽게 변하는 해수면의 높이를 세밀하게 분석할 수 있게 되었다.

이 책에서 저자들은 오늘날 해수면의 변화를 제대로 이해하기 위해 최신식 측정 기술을 적용해 철저하게 조사하고 미래의 해수면 변화를 예측했는데, 특히 이 예측이 설득력을 얻도록 신중한 조사로 신뢰할 만한 결과를 도출해내려고 애썼다. 해수면 연구서로서도 전혀 손색없는 유익한 책으로, 관련 전공생과 해양학, 해양 기술, 측지학, 해양 지질학, 해양 생물학, 기후학 연구자에게 많은 도움이 될 것이다. 또 연안 지방에서 일하는 기술자들과 해양 관련 정책을 세우는 정부 관계자들에게도 중요한 단서를 제공할 것이다.

바다의 무척추동물

Spineless

수전 미들턴 | 해리 N. 에이브럼스 | 2014

사진작가 출신인 저자가 미스터리하면서도 놀라운 바다의 무척추동물을 관찰하고 연구한 기록이다. 사실 무척추동물은 알려진 해양 동물 가운데 98퍼센트 이상을 차지할 정도로 그 비율이 매우 높다. 바다에 사는 무척추동물은 생김새나 행동 패턴, 구성 요소, 색깔 등이 매우 다채롭다. 마치 자연계의 패션쇼를 보는 듯한 착각이 들 만큼 해저생활을 하는 이들의 겉모습은 명품 브랜드의 디자이너가 만든 고급 의상을 두른 듯 화려하다.

250가지 이상의 인상적인 이미지를 한자리에 모은 이 책은 한마디로 7년 동안 각고의 노력 끝에 탄생시킨 결과물이다. 저자는 태평양 구석구석을 직접 탐사하며 극도로 연약한 이 생명체들을 고도의 사진 기술로 멋지게 포착하고자 했다. 또한 이 무척추동물들의 일생에 대해 시작부터 끝가지 세세하게 분석했으며, 이들의 터전을 마치 성서에 나오는 '생명의 나무'처럼 신성한 보금자리로 묘사한 개인적인 에세이도 함께 수록했다.

과학자 베르나데트 홀투이스가 그의 저서에서 다양한 바다 생물의 종을 세부적으로 묘사하고 여러 종을 세계 최초로 발견해

공헌을 했다면 이 책은 바다라는 자연을 과학과 예술 두 가지 주제로 조화롭게 연구해 기존 과학책과 다른 관점을 제시했다는 점에서 차별성을 지닌다. 해양 생물에 대한 객관적인 지식뿐만 아니라 생물의 모습을 예술적으로 승화하여 이미지로 재현했기 때문이다. '바다의 백작 마님'으로 불리며 세계적으로 명성이 자자한 해양 생물학자 실비아 A. 얼의 서문은 이 작품의 가치를 더욱 빛내준다.

문어의 영혼

의식에 관한 놀라운 탐험

The Soul of an Octopus: A Surprising Exploration into the Wonder of Consciousness

사이 몽고메리 | 아트리아 북스 | 2015

『돼지의 추억The Good Good Pig』라는 회상록으로 국내에 소개된 사이 몽고메리의 이 책은 문어의 해부학적 구조와 문어가 느끼는 감정이 주요 테마로, 문어의 복잡한 기능, 지능과 정신적인 의식에 대해 신선한 충격을 안겨준다. 2011년 저자는 『오리온 매거진』에 「깊이 있는 지능Deep Intellect」이란 글을 발표했다. 실제로 그녀는 문어를 애완동물로 키웠고, 그때 문어와 쌓은 우정을 토대로 연구를 진행했다고 한다. 그녀와 함께 살았던 문어의 이름은 '아테나'로, 예민한 성격이긴 했으나 주인과 교감할 줄 아는 귀여운 친구였다. 문어의 수명이 다하자 큰 슬픔에 빠진 몽고메리는 아테나에 대한 애도의 표시로 이 책을 집필하기에 이르렀다.

그때부터 몽고메리는 본격적으로 연구 영역을 확장해나갔다. 뉴잉글랜드의 수족관 탱크를 방문하는가 하면 프랑스령 폴리네시아 섬과 멕시코 만의 산호초를 찾아가기도 했다. 야생의 외로운 생물체처럼 보이는 문어는 몸을 자유롭게 움직이며 그 형태를 바꾼다. 문어는 개체마다 성격이 제각각이며 인식 능력도 종마다 다르다. 게다가 지적 능력을 표현하는 방법도 다양하다. 어떤 문어는 작전을 펼치듯 끊임없이 몸을 움직이며 폐쇄된 공간에서 빠져나오려고 안간힘을 쓴다. 먹이를 사냥하기 위해 이동하기 힘든 곳도 요리조리 헤쳐나오며 길을 찾는다. 또 장난꾸러기처럼 물을 뿜어내는가 하면 공이 탄성을 받아 움직이듯이 몸을 움츠렸다 튕기는 동작도 한다. 사람들이 뜰채로 문어를 잡으려고 달려들면 문어는 트램펄린 위에서 뛰놀듯이 잽싸게 몸을 움직인다. 결국 포획되어 바닥에 내동댕이쳐지면 여덟 개의 팔을 꿈틀거리며 격렬하게 몸부림친다. 대체 이 생명체는 무엇을 의식할 수 있는 걸까? 그리고 대체 어떤 종류의 생각을 할 수 있는 걸까?

개, 조류, 침팬지의 지능은 최신 연구를 통해 대중에게 많이 알려졌다. 과학자들은 이제 문어의 지능에 대한 연구에 착수하기 시작했다. 문어를 둘러싼 갖은 의문을 해결하기 위해 밀착 취재를 하듯 관찰하며 문어의 여러 변장술을 파헤친다. 저자는 문어에 대한 놀라운 발견을 연대기 순으로 기록하면서 문어에 대한 애정을 낭만적인 고백처럼 펼쳐나간다. 유머가 가득한 가운데 심오한 교훈과 감동을 전하는 이 책은 특히 문어의 의식에 대한 진실을 알려준다는 점에서 독보적이다.

고래와 돌고래의 문화생활

The Cultural Lives of Whales and Dolphins

할 화이트헤드·루크 렌델 | 시카고대출판부 | 2015

이 책에는 혹등고래들이 내는 특이한 소리, 그리고 사냥할 때 물고기 무리의 아래쪽을 나선형으로 선회하며 거품의 벽을 만들어내 먹잇감을 잡는 독특한 사냥법이 자세히 소개되어 있다. 또 어린 범고래가 어미가 사냥하는 방식을 그대로 따라하며 바다에 둥둥 떠다니는 부빙浮氷에서 바다표범을 잡는 과정도 상세히 기술되어 있다. 그 밖에도 호주의 샤크 만에서 돌고래들이 바다수세미를 어떻게 사용하는지, 고래목에 속하는 다양한 동물이 어떻게 정보를 주고받는지 등 실질적인 정보를 풍성하게 얻을 수 있다.

인간은 언어, 문장의 활용을 통해 문화적 특징을 전달한다. 또 음식을 맛보면서 어떻게 그 맛이 나는지를 추측한다. 옷을 입는 방식도 마찬가지로 인류 문화 계승의 한 예다. 그렇다면 고래와 돌고래 역시 인간처럼 그들만의 고유한 문화를 발전시킬 수 있을까? 이 책은 주저 없이 '그렇다'고 대답한다. 저자 할 화이트헤드는 고래목 전문 학자로서 고래 연구에 일생을 바쳐 평생 바다와 함께 살았다고 해도 과언이 아니다. 또 다른 저자인 루크 렌델은 바다 밑에 펼쳐진 매혹적인 문화에 매력을 느껴 그곳을 집중적으로 연구하게 되었는데, 특히 바다 생물의 사회학습이 어떻게 이루어지는지 그 구체적인 과정에 초점을 맞춰 연구를 발전시켰다.

두 사람이 책에서 보여주듯, 고래목에 속하는 동물들이 문화적 특징을 형성하고 그 문화를 후세대에 전달하는 데에는 여러 단계의 적응이 요구되었다. 여기에 이들 동물이 선천적으로 가지고 태어나는 사회성도 한몫한다. 또한 고래와 돌고래가 사는 자연 환경의 독특한 환경적 영향도 문화 전달 과정에 영향을 미쳤다. 물로 가득한 이 바다라는 자연 속에는 150톤에 달하는 육중한 무게의 대왕고래가 살며, 이 고래는 이동할 때 놀랄 만큼 우아하게 움직인다. 저자들은 각자가 맡은 연구를 진행하면서 기존의 과학 정보를 대거 수집했고, 인접 분야의 학문까지 섭렵하면서 이 책을 완성했다. 저자들은 진화생물학, 동물행동학, 생태학, 인류학, 심리학, 신경과학 분야를 아우르며 고래목 문화의 형성 사유와 의미를 밝혀내려고 애썼다.

해서열전

초판인쇄 2016년 3월 4일
초판발행 2016년 3월 14일

지은이 남종영·손택수 외
펴낸이 강성민
편집장 이은혜
편집 박세중 이두루 박은아 곽우정 차소영
편집보조 백설희
마케팅 정민호 이연실 정현민 김도윤 양서연
홍보 김희숙 김상만 이천희

펴낸곳 (주)글항아리 | 출판등록 2009년 1월 19일 제406-2009-000002호

주소 10881 경기도 파주시 회동길 210
전자우편 bookpot@hanmail.net
전화번호 031-955-8891(마케팅) 031-955-1934(편집부)
팩스 031-955-2557

ISBN 978-89-6735-291-2 03800

글항아리는 (주)문학동네의 계열사입니다.

'바다의 인문학' 시리즈는 바다에 대한 종합적인 상상력과 인식을 키우자는 취지로
기획한 해양 교양총서입니다.

이 도서의 국립중앙도서관 출판예정도서목록(CIP)은 서지정보유통지원시스템
홈페이지(http://seoji.nl.go.kr)와 국가자료공동목록시스템(http://www.nl.go.kr/kolisnet)에서
이용하실 수 있습니다. (CIP제어번호 : CIP2015035922)